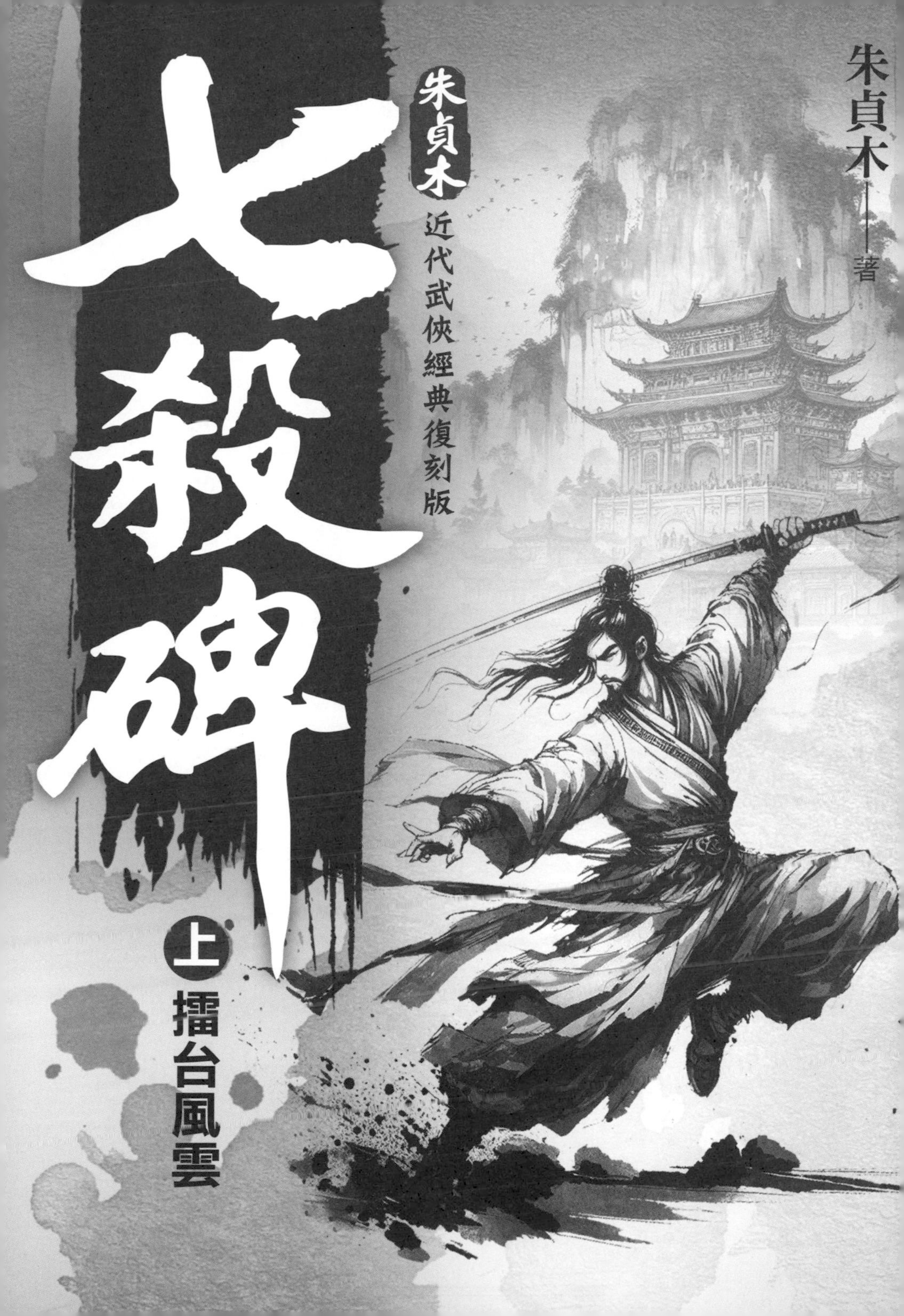
七殺碑
朱貞木
近代武俠經典復刻版
上
擂台風雲
朱貞木——著

# 《七殺碑》：承先啓後的一部武俠書

《武俠小說史話》作者　林遙

二〇〇五年以來，四川眉山市彭山區江口鎮岷江河道，陸續發現了大量文物。在專家和社會各層面的呼籲下，這個被稱為「江口沉銀遺址」的地方開展水下考古發掘逐漸成為現實。

二〇一七年三月二十日，眉山市舉行「江口沉銀遺址水下考古」新聞通氣會，四川省政府新聞辦宣佈「江口遺址」為張獻忠沉銀處。按照四川省文物考古研究院負責人的說明，在僅僅兩個多月的水下考古過程中，出水文物一萬多件，證明了「張獻忠江口沉銀」並非只是傳說，而是真實存在，而這項巨大的考古工程時至今日仍在繼續。在獻忠沉銀的傳說中，有一位歷史人物，他既是張獻忠的對手，也是一本著名武俠小說的主人公。

這本小說名為《七殺碑》，是武俠小說中的名作，文筆情節俱是上佳之選，作者是舊派武俠小說「北派五大家」之一的朱貞木。古龍對這書極為推崇，曾經多次在不同文章中說過：「我們這一代的武俠小說，如果真是由平江不肖生的《江湖奇俠傳》開始，至還珠樓主的《蜀山劍俠傳》達到巔峰，至王度廬的《鐵騎銀瓶》和朱貞木的《七殺碑》為一變，至金庸的《射鵰英雄傳》又一變，到現在又有十幾年了，現在無疑又已到了應該變的時候！」以此作為他革新武俠小說的動力。

我第一次讀到《七殺碑》，尚不知道作者朱貞木是何許人也。書是北方文藝出版社一九八八年出版的版本，封面標明「中國現代俗文學文庫・武俠卷」，書前有「出版例言」和「總序」，想來是要做個大工程，然而這個文庫究竟收錄了多少書，這個武俠卷又收錄了多少部武俠小說，一切概莫能知。

以我多年來讀閒書的經歷，再也沒有從其他通俗小說和武俠小說的封面上發現「中國現代俗文學文庫・武俠卷」的字樣，想來這冊《七殺碑》是其出版的第一部，也是唯一的一部了。

小說名字聽起來很響亮。在歷史上，「七殺碑」可是有著血淋淋的名頭。

民間傳說，明朝末年，張獻忠揮師入川，殺人如麻，特別立碑以明志，上書「天以萬物與人，人無一物與天，殺殺殺殺殺殺殺」，這就是著名的「七殺碑」的來歷。七個斗大的「殺」字浸透川人的鮮血，思之讓人不寒而慄。

明朝末年，四川總人口有三百餘萬，到了康熙二十四年（一六八五），只剩下一萬多人倖免於難。明清改朝換代，川人被屠戮之慘可想而知。嗣後為充實四川的人口，才有了著名的「湖廣填四川」。

若說這三百萬人皆是張獻忠所殺，則未免有些不實。清朝對文字的控制極強，曾大量毀禁篡改明朝的史料，相關資料匱乏或者可信度不足。張獻忠占據四川不過三數年，旋即退向陝西，不久中箭而亡。此後，張獻忠餘部、南明軍隊、流賊、清軍在四川地區進行了長達十餘年的拉鋸戰。康熙十二年（一六七三），吳三桂又反，四川再起兵亂。五十餘年間，整個四川不打仗的時間不過六七年的光景。這樣的兵連禍結，最終的結果就是四川十室九空，成都化為一座空城。

顧祖禹《讀史方輿紀要・南方輿紀要序》中說：「兩川數千里間，蕩為丘墟。得其地，誰為之耕？得其城，誰為之守？蜀所以不足問也……亂寇之前屠，大抵成都最甚。」康熙平定三藩後，四川的一個縣若有幾百口人，即可以號稱「人丁富裕」睥睨鄰鄉了。

按照當時留存的資料來看，張獻忠任意屠戮人命的行為肯定洗不白，稱其為殺人魔王並不為過，若說他殺了三百萬人，應是有些誇大。不過張獻忠的名頭在四川可以止小兒夜啼，足以說明他在川人心中的印象。

魯迅曾分析張獻忠的人格發展，在《晨涼漫記》一文中說：

他開初並不很殺人，他何嘗不想做皇帝，後來知道李自成進了北京，接著是清兵入關，自己只剩沒落這一條路，於是就開手殺，殺……他分明感到天下已沒有自己的東西，現在是在毀壞別人的東西了，這和有些末代的風雅皇帝，在死前燒掉了祖宗或自己所搜集的書籍古董寶貝之類的心情，完全一樣。他還有兵，而沒有古董之類，所以就殺，殺，殺人，殺……李自成已經入北京做皇帝了，做皇帝是要有百姓的，他要殺死他的百姓，使他無皇帝可做。

二

《七殺碑》有作者朱貞木的序跋，闡釋了自己寫作的緣由。

大致是一九三六年春，朱貞木逛琉璃廠時，看到一冊殘破的手寫詩冊，署名「花溪漁隱」，作者大概是清代乾嘉年間的四川人。朱貞木翻閱詩冊，覺得字寫得好，其中有一聯「妻孥雖好非知己，得失原難論丈夫」，也頗堪玩味，就買下來細細翻閱，發現裡面記載了四川在明朝時的十餘則逸事，有數萬字，其中就有《七殺碑》，說張獻忠立國號「大順」，在通衢要道上立聖諭碑，碑文就是傳說中的幾句話：「天以萬物與人，人無一物與天，殺殺殺殺殺殺殺。」朱貞木很奇怪，為什麼一定要七個「殺」字，而不是六個或八個呢？於是就請教熟悉四川風物的老朋友，對方告訴他，進入四川後，張獻忠多次遭受川南七傑的追殺，氣恨至極，遂立碑要殺七人，這七人分別是楊展、陳瑤霜、虞錦雯、晞容、陳登皞、余飛、劉道貞。

歷史上，張獻忠沒有佔據整個四川，實際控制的也就是成都平原一帶，川南以下，他並沒能攻打下來。若說其原因是受挫於七位英雄，竟至一籌莫展，以書「殺」字來洩憤，則張獻忠也過於兒戲。彷彿小孩子打架打不過，回家後在紙上寫上對手的名字，然後在上面打個叉，以此發洩恨意了。

一九三七年，當時的華西大學博物館工作人員林以均對「七殺碑」進行了相關考證，流傳很久的「七殺碑」之說，卻只在同治十二年（一八七三）《重修成都縣誌卷十二紀餘》中有記載，說縣署東側瓦礫堆中有一石碑，上面有注釋，據傳是張獻忠的聖諭碑，連寫七個「殺」字。民間傳說，這碑看之則惹禍殃，觸之更會引起火災，因此砌牆封碑，稱「七殺碑」。有說成都少城公園中的藏碑就是七殺碑，然碑文漫漶，無法辨識。

《蜀碧》等史料記載，張獻忠的聖諭碑，其碑文上書：「天以萬物與人，人無一物與天，鬼神明明，自思自量。」一九三四年，英國牧師董篤宜在四川廣漢發現一塊上面寫「聖諭」的古碑，下面有三行文字，與《蜀碧》中的記載相同，但碑上只刻有「天有萬物與人」。所以，傳說中的「七殺碑」該是一種誤傳。

朱貞木在他的序中也這樣說：「友人有於成都博物館曾見七殺碑者，謂其文略異，無七殺字，有謂原碑已為清廷椎仆，未知孰是。」

七雄傳說自然要比歷史真實有趣，小說家喜歡傳說多過喜歡歷史。朱貞木以此敷衍開去，竟成就了中國武俠小說史上具有劃時代意義的一部佳作。

三

《七殺碑》小說開篇即寫楊展和陳瑤霜兩人的親事，然後追述二人來歷，以及父母恩仇，再引出仇人擂台比武，路遇女飛衛虞錦雯。故事再返回迎親，卻又另開一筆，寫賀禮白玉三星的來歷，引出鐵拐婆婆一家的恩怨，再以送禮引出川南三俠力拒仇敵，以免破壞楊展的良辰。楊展婚後赴京應武舉，路遇三姑娘，入京設計報仇。逃出京城後，卻又因官兵餉銀遇上綠林女傑齊寡婦。此時天下方亂，楊展返川之際，得知仇敵欲引張獻忠入川，遂欲舉義旗，保衛家鄉，力阻兵亂。

全書以明末亂世為背景，以殺人魔王張獻忠為大反派，可惜張獻忠緣慳一面，僅僅在別人的對話裡出現了一次，故事至此並未終卷。

上海正氣書局於一九四九年開始出版《七殺碑》，至一九五一年止，出版七集，原刊本第七集末頁有如下啟事：「正氣書局附啟：本書至此，暫告結束。續集是否刊行，均待與著者詳細商討以後，再行決定。」《七殺碑》一書應該沒有寫完，朱貞木似乎有寫續集的打算，但是聯想到朱貞木所處時代，未能完成也就情有可原。

從作者最初的構想來推測，全書真正的高潮，該是張獻忠與楊展的正邪對抗，目前所寫篇章僅是開端而已，饒是如此，此書佈局結構多變，筆力搖曳生姿，情節一波三折，寫情細膩傳神，已足以讓人目眩神迷。

《七殺碑》小說中提到的七位英雄：華陽伯楊展、雪衣娘陳瑤霜、女飛衛虞錦雯、僧俠七寶和尚晞容、丐俠鐵腳板陳登皡、賈俠余飛、賽伯溫劉道貞，除陳瑤霜、虞錦雯這兩位女俠外，楊展、晞容、陳登皡、余飛、劉道貞諸人，皆是歷史上真實的人物。比如晞容，小說中有個綽號「僧俠七寶和尚」，史料所載，晞容是七寶寺的僧人，曾糾結鄉勇五百餘人，抵抗張獻忠部隊的圍攻。

這些資料皆出自清代彭遵泗的《蜀碧》一書。《蜀碧》收入《四庫全書》，其書詳細記載張獻忠入川之事，書中所引證的書目幾乎收盡了當時記載張獻忠據蜀的所有史料，包括《明史》、《明史綱目》、《明史紀事本末》等二十五種，雖然作者記事多據傳聞，又身處清朝，所記不可盡信，但其書確為研究明末張獻忠入川最為重要的史料之一。魯迅曾在《且介亭雜文・病後雜談》中評價此書：「講張獻忠禍蜀的書，其實不但四川人，而是凡有中國人都該翻一下的著作……《蜀碧》，總可以說是夠慘的了。」

《蜀碧》共四卷，末尾的附記就是楊展、劉道貞、陳登皡、余飛等人小傳。其傳中敘楊展：

> 前明總兵晉華陽伯楊展者，字玉梁，嘉定人也。長七尺有咫，性倜儻，負文武姿，尤

工騎射。少應童子試，參政廖大亨一見，器之曰：此將材也。亟獎拔之。舉崇禎己卯武科。北上挾強弓大矢，驅一衛獨行，遇賊劫其槖，展笑曰：爾欲利吾有耶？吾與爾鬥射，約退百步外，執號箭為的，吾射不中，聽汝取之，賊如言，一發破其干，賊驚拜去。臨試，閹貴人有馬，凶悍難制，挽以鐵韁，號於庭曰：能騎者，予第。眾愕踖鮮應。展持弓矢，排眾突前，奪馬騰躍而上，縱送迴旋，九發矢九中，走馬揚聲曰：四川楊展也。閹貴駭服。展名遂震京師。於是，成進士第三人，授遊擊將軍。

關於楊展「與賊鬥箭」、「降馬炫技」等事在《七殺碑》小說中都有所體現，只不過朱貞木描寫的更為細膩動人。「參政廖大亨器之」一事，在書中也約略提到。當代學者湯哲聲就認為：「《七殺碑》的最大貢獻就是將武俠與歷史結合起來，使得武俠小說歷史化。武俠小說在江湖世界裡增強了小說的傳奇色彩，但是故事有一種縹緲之感，而一旦以歷史事件為背景，不管武俠故事如何傳奇，它都有了『根』，給人以真實和厚重之感。」寓歷史真實於小說奇詭之中，朱貞木可以說開後來新派武俠小說之先河，也是他能被後人尊為新派武俠小說之祖的原因。

四

前文說過，張獻忠佔據成都平原一帶，「川西平原至於百里無煙」，然而他並未能染指川南，小說欲讓張獻忠「屢挫於川南七豪傑」，不過小說家言。歷史上張獻忠止步川南，倒確因在彭山敗於楊展之手。

一六四七年七月，張獻忠率部與楊展在彭山江口激戰，楊展兩翼分兵與其對陣，並派遣小船，上載火器，從正面進攻。孰料開戰之際，狂風大作，火焰瞬間在敵船上蔓延。楊展率領兵士大肆砍殺，張獻忠陣線大亂，只能掉頭回撤。

兩岸陡峭，數千艘船艦在狹窄的水道上首尾相銜，寸步難進。此時，風烈火猛，船上火勢一發不可收拾，楊展趁勢登岸加緊進攻。在楊展的槍統弩矢攻擊下，張獻忠的船隻頃刻盡焚，所部死傷殆盡，船上裝載的數千箱金銀珠寶悉數沉入水底。這也是張獻忠江口沉銀的來歷。張獻忠逃往川北，楊展則在後面乘勝追擊，一直殺到漢州（今廣漢）。

當然，這裡的楊展是歷史上真實的楊展，而不是小說中的少俠楊展。

楊展這一仗所獲無數。他的幕僚費密在康熙年間所寫《荒書》記載，開始楊展並不知道張獻忠失落了大量財寶，後來一個倖存的船夫告訴了他，他派人去江中打撈，果然獲得了許多金銀。

此事被當地百姓口口相傳，留下了「石龍對石虎，金銀萬萬五，誰人識得破，買到成都府」的童謠。後世有人時不時地在附近發現殘破的兵器和少量的銀錠、銅錢，不過所獲無幾，對這個傳說漸漸不太相信了。不料到了二〇一五年左右，因為破獲了幾樁文物盜賣大案，裡面有許多正是在河中挖出的國家一級文物，「江口沉銀」的傳說再次躍到世人眼前。

彭山之戰的三年前，張獻忠攻陷成都，楊展當時是參將，兵敗被擒。臨斬之時，行刑的士卒看到楊展的甲冑漂亮，心生羨慕，就說：「漢子，把這甲冑送我吧。」楊展暗喜，悄聲說：「黃泉路上，當為輕裝。甲冑可以送你，只是可惜這甲冑將被血污噴濺。」士卒說：「這個好辦啊，我把甲冑卸下就好了。」士卒說著就動手解開捆綁楊展的繩索。楊展趁此機會奪刀殺人，隨後跳入江中，泅水逃匿。這也是傳說中楊展會「水遁」的來歷。

楊展是四川嘉定人，他從成都逃回家鄉，密招親友，順岷江而下，苦戰數月，攻占宜賓，遺民潰卒多來歸附，達到數萬之眾。楊展在嘉定站穩腳跟後，又相繼收復仁壽、簡陽、眉州、青神等地，川西及上川南州縣盡為所屬。擊敗張獻忠後，他的地盤和勢力達到了漢州（今廣漢）和保寧（今閬中）。

嘉定州在楊展的苦心經營下，擁兵十餘萬，據有嘉定州、眉州、邛州、雅州等地，成為南明的重鎮。當時由於多年戰亂，四川大部地區荒無人煙，餓殍遍野，「唯嘉定之屬，城有夜市，街見醉人，民以為樂土焉」。不僅當地人得到庇護，就是外地也有人絡繹不絕地來此投靠。時人稱讚楊展時也說「蜀為賴之」，以至「南以嘉定為大鎮，而成都為邊」。一六四八年正月，永曆帝封楊展廣元伯，提督秦蜀軍務，加太子少傅。

可惜楊展在取得一系列勝利後，不免目空一切，剛愎自用，過於輕敵。他得罪了巡撫李乾德，結怨於投靠來的將領袁韜、武大定。一六四九年，楊展被三人設計謀害，時年不過四十五歲。

楊展一死，使得原本是「亂世綠洲」的川西南陷入戰亂，張獻忠殘部孫可望從雲南殺回，袁、武二人未戰而降，李乾德投水自盡。自此清軍、南明軍在這裡開始了拉鋸戰，川西南也再度淪為人間地獄。

## 五

《七殺碑》一書，在舊派武俠小說和港台新派武俠小說之間，具有承前啟後的意義。武俠小說寫歷史，無須辨認它的真實性，歷史只是武俠情節的一張外衣，只要合得上武俠情節的本身即可。《七殺碑》中的歷史就是這樣的「歷史」，它使得小說中的傳奇性、趣味性和歷史性雜糅在一起。

《七殺碑》的文字語言活潑，靈動，輕鬆，詼諧，如川南三俠的打趣嬉笑，以及他在與敵手相對時有韻有轍的笑罵譏刺，楊展、陳瑤霜、飛虹、紫電等人的調侃鬥口，更使小說頗具情味，活躍氣氛，強化了人物性格。鐵腳板這一人物，獨特的語言、舉止更使他聲口如聞，形象如睹，十分突出。

現代作家趙樹理對《七殺碑》的文字也非常推崇。鄧友梅曾在《憶樹理老師》一文中寫道：「他也不等我開口，就從沙發上拿起一疊書來說：『這些書你先拿去看看。思想觀點是落後的，咱又不學他的觀點，管那作甚！可寫法上有本事，識字的老百姓愛讀，不識字的愛聽。學學他們筆下的功夫。』……那是一套武俠小說《七殺碑》！」

在武功方面，這部小說虛實結合，獨創了很多影響後世的武功，如五毒手、琵琶手、五形掌等拳掌功夫，蝴蝶鏢、七星黑蜂針等暗器以及「脫形換位」之類的輕功。非但如此，作者還明確指出，武功的目的是「純化之境」和「心平氣和，理智明澈」，練武是為了「防止爭鬥，熄滅爭鬥」，這些無疑提高了武俠小說的思想境界。

《金庸小說論稿》中，嚴家炎稱讚金庸的小說中很好地吸取了新文學的長處，但同時又沒有新文學的「惡性歐化」的弊病，繼承了傳統白話文以及淺近文言中的優點……這樣的評價其實用在朱貞木身上同樣貼切。

一九四九年以後，朱貞木也曾創作話劇，嘗試著用新文藝觀念創作，其正在創作的武俠小說，由於政策原因，半途中輟，想來《七條碑》之擱筆，其緣有自。

朱貞木在一九五五年冬去世，享年六十歲。

比較值得一提的是，朱貞木名下有一部歷史小說《翼王傳》，雖是以朱貞木之名出版，其實是上海著名編劇蘇雪庵所作。朱貞木還專門為此寫了序言，由此可見兩人關係匪淺。蘇先生夫婦在二十世紀六七〇年代過世，身後乏嗣，家裡字紙亦自星散，只能從《翼王傳》的序言中來瞭解二人之間的友情。蘇雪庵認為在小說一道上，朱貞木的造詣在他之上，可證朱貞木小說受歡迎的程度。能把故事講得只要識字就能讀，且「識字的老百姓愛讀」，足見其語言功力的深厚。

作者序

# 歷史上的七殺碑

二十五年春，故都琉璃廠書攤中，見一手寫詩冊，紙半破損，署名「花溪漁隱」，蓋乾嘉時蜀人也。行楷圓勁，細於蠅頭，中得一聯「妻孥雖好非知己，得失原難論丈夫。」語頗雋，購歸細讀，詩百餘首，媵以蜀中明季軼事十餘則，約數萬言，中有一則，題為《七殺碑》，略謂「張獻忠踞蜀，僭號『大順』，立聖諭碑於通衢，碑曰：『天以萬物與人，人無一物與天，殺、殺、殺、殺、殺、殺、殺。』即世所傳七殺碑也，碑文『殺』字，不六不八，而必以七，何也，蜀中耆舊有熟於掌故者，謂余曰，獻忠入蜀，屠殺甚慘，而屢挫於川南七豪傑，恨之也深，立碑而誓，七殺碑者，誓欲殺此七雄耳，七雄為誰？華陽伯楊展、雪衣娘陳瑤霜、女飛衛虞錦雯、僧俠七寶和尚晞容、丐俠鐵腳板陳登暤、賈俠余飛、賽伯溫劉道貞是也……」

其文分敘七雄事蹟，詭奇可喜，楊展為七雄之魁，敘其生平及率義兵規復川南事尤祥，謂楊展能識金銀氣，擅奇門五遁術，近於小說家言。然其敘述，均有所本，吳梅村《鹿樵紀聞》及彭遵泗《蜀碧》等書，所載楊展傳中，亦有精五行遁術語，顧博雅之士，亦不免也，豈世真有此神奇之術歟？

友人有於成都博物館曾見七殺碑者，謂其文略異，無七殺字，有謂原碑已為清廷搥仆，未知孰是，而蜀人至今指楊展遺跡「萬人墳」，及七雄義烈掌故，奚能道之，余摭拾「花溪漁隱」所述，兼采各家筆乘，故老傳聞，綜合七雄事蹟，演為說部，而刪其怪誕不經者，並據「花溪漁隱」之說，以《七殺碑》名書，志其所由起，此七雄當明末之世，聯袂奮臂，縱橫川南，保全至眾，而卒扼於闒冗大僚，自剪羽翼，身為國殤，全蜀因而糜爛，事至壯烈，可泣可風，作者餘生烽火，凍墨磨人，文字遊戲，聊遺歲月而已。

三十八年春　朱貞木識於析津

# 目錄

# 第一章　驚人的新娘子

四川城內有巴、雒、瀘、岷，四大名川，故稱四川。巴即嘉陵江，古有巴蜀之稱。雒即沱江，一稱外江。瀘即金沙江，諸葛亮五月渡瀘，便是此地。岷即岷江。這四大名川，到了重慶，合而為一，經瞿塘三峽，巫山十二峰，奔騰激射而下，直趨下游，經洞庭鄱陽，越蘇淞而入海，成為中國大動脈之一的長江。

本書故事，開始於岷江之濱的嘉定城，嘉定是川南一個山明水秀的小城，這座小城，一面靠山，一面臨江，臨江這一面，斷岸千尺，下臨江流，上游自成都、彭山、眉山、到嘉定，下游是犍為、敘州、瀘州，直達重慶，所以嘉定是成都重慶兩江水道的中心，也是岷江這條水道上客商船隻必由之路，城池雖小，地卻馳名。城南的大佛寺、烏尤寺，尤為名勝之地。

大佛寺的大佛，卻不在寺內，在矗立江流的千尋峭壁上。這尊大佛，足有一二十丈高，從後面大佛岩上去，穿過大佛寺的後殿，可以爬上大佛的頭頂，縱眺岷江如畫的遠景，大佛寺的左首，是烏尤山，山上便是烏尤寺，危崖曲澗，雲影嵐光，嘉禾華滋，上下一碧，端的鐘靈毓秀，風物宜人。

在明季時代，嘉定便有「十不得」的勝景，「十不得」裡面，便有「大佛拜不得，烏魚煎不得」的民謠。所謂「大佛拜不得」是一種神話，別個佛像都可拜，獨有嘉定的大佛，拜了以後，岷江的水，漲到大佛脖子上，便要淹沒嘉定城了。所謂「烏魚煎不得」，本地人把「烏尤」二字，念作烏魚的緣故。其實烏尤寺是黃山谷的出典，還有八個「不得」的景緻，與本書沒有多大關係，暫且不提。

明季時代，烏尤山山腰有一家出名的茶館。這茶館造得非常特別，五開間的瓦房，前後都可進出，好像一座長方形的亭子，屋外四面都有寬闊的走廊，朱紅的欄杆，配上碧綠的紗窗，裡外都裱糊得雪洞一般，前面長廊內的茶座上，一面品茗，一面靠著紅漆欄杆，可以飽覽江景。後面靠著上山必由之路，正是烏尤寺香客遊客上下憩息之所。

前後面門額上，都寫著「曼陀羅軒」四個字。這軒名非常新穎，因為烏尤山是佛教聖地，春夏之際，山上山下，遍地開著一種繽紛馥鬱的曼陀羅花。曼陀羅花盛開時節，也是遊人最多，茶館生意最興隆的時節，不知哪一位名士，便把曼陀羅三字題作茶館的軒名，曼陀羅軒非但賣茶，還帶賣點心酒飯，曼陀羅軒的「抄手」，四遠馳名，「抄手」便是餛飩，四川人喊作「抄手」。

有一年正值十月小陽春的日子，川南氣候溫煦，加上是個晴天，曼陀羅軒外面遊廊上，坐滿了茶客，軒內坐滿了酒客。內外酒客和茶客，正在議論紛紛，談論一樁本地稀有的新聞。

廊座上一位花白鬍子的茶客，向對面一位窮學究問道：「老子（川人張嘴，便稱老子）從彭山趁水下船，路過貴寶地，順便上岸玩玩，一路聽人講『烏尤寺和尚嫁女兒』的新聞，真奇怪，出家人哪有女兒，老子活了這麼大，真是頭一遭聽到，其中究竟怎麼一回事呢？」

那窮學究把一個橄欖腦袋搖得貨郎小鼓似的，嘆口氣道：「異端，異端，攻乎異端，斯害焉矣。」

花白鬍子的茶客，聽他酸溜溜掉了一句文，等於白說，依然莫名其妙，萍水相逢，不好意思掘根究底地問下去，不想茶館裡愛管閑事的人最多，這位茶客的坐處，靠近裡面酒座的一排敞窗，突然從敞窗內鑽出一個酒氣醺醺的腦袋來，哈哈大笑道：「聽老先生是川北口音，大約路過此地，怪道不知敝處的事，便是這一屋子的人，也只有老子最清楚。」說罷，一個指頭，向自己酒糟鼻子上亂點。

花白鬍子的茶客，正苦沒法探聽真相，忙不及雙手亂拱，殷殷求教。窗內的酒客，大約已經酒足飯飽，藉此賣弄消息靈通，也許藉此打混，逃避掏腰包請客，先用兩個指頭，挾著酒糟鼻子，轉身狠狠地擤了一下鼻涕，然後探出半個身子來，似乎這樣好消息，不願意叫一個人知道，故意先打了個哈哈，大聲說道：

「你們知道嫁女兒的和尚是誰？便是山上烏尤寺老方丈破山大師。這還不奇，諸位一定要問，新郎新娘是誰呢？哈哈……說出來，諸位要嚇一跳，新郎不是別位，是我們嘉定第一大戶，新中第一名武舉，楊大相公。新娘便是楊相公義妹，和川南三俠齊名的雪衣娘。新郎新娘和那位高僧，都是我們四川的奇人。奇人辦奇事，才有這樣新奇的奇聞。

「老子索性告訴你們，今天便是他們洞房花燭的良辰。老子怎地知道這樣清楚呢，因為老子也姓楊，是楊大舉人的本家。回頭楊大舉人到此『親迎』（川俗，新郎必先至女家親迎，隨同花轎回家，然後交拜成禮），老子便要趕去喝喜酒了。」

他這樣一表白，果然，裡裡外外的茶客酒客，在窗內窗外，把他包圍住了，七嘴八舌，向他亂問，都想打聽個細微曲折。因為嘉定上下游的人們，都知道楊大舉人名聲遠大，雪衣娘、楊相公上擂台的事（四川打擂台的風氣，在抗戰時期，還有所聞），更是平日茶館裡面的談話資料。

起初大家只知道烏尤寺和尚嫁女兒，不知和尚是誰？女兒是誰？更不知新郎便是本城鼎鼎大名的楊武舉。現在聽到這位酒糟鼻子一抖露，真是一樁奇聞。

凡是在曼陀羅軒喝茶吃酒的，恨不得一個人拉著他到一邊去，細談細問。無奈這人知道的，也只有這一點，滿肚皮早已抖出來了。再要問他細情細節，起末根由，連他自己還想打聽別人去哩。

酒糟鼻子，大約是楊武舉五服以外遠房遠支。不然的話，當天是好日子，早應該在楊武舉家裡，幫忙照料。還有工夫，陪著朋友在曼陀羅軒幫吃幫喝，說閑白兒嗎？

這時被眾人包圍著，正苦無話可對，忽聽得山腳鼓樂之聲，細吹細打地響上山來，頓時直著嗓子大喊大嚷道：「諸位快瞧，楊大舉人上山迎親來了。」

這一嚷，果然有效，曼陀羅軒內的酒客茶客，呼地一聲，一窩蜂擠出茶館外面，迎在山道上，等候迎親的喜仗到來。獨有兩個雄壯大漢，依然紋風不動，坐在軒內酒座上，淺斟低酌，悄悄談話。

山腳下樹林裡轉出四面彩旗，迎風舒捲，緩緩地湧上山來。旗後十幾名披紅插花的鼓吹手，吹手身後，一對對的垂髮繡衣童子，分執著提爐、宮燈、寶扇之類。前隊過去後，又是兩面麟鳳呈祥的五彩錦旗，引著一匹雪白川馬，雕鞍鮮明，鑾鈴徐引，馬上穩坐著一個劍眉虎目，面如冠玉的楊大舉人，披著一身大紅喜服，配著雪白的駿馬，紅白相映，益顯得新郎器宇軒昂，不同凡俗。

新郎馬後，便是花團錦簇、五彩繽紛的一乘花轎，轎後又是一隊十番細樂，吹笙按笛，一路奏著「齊天樂」的曲子。後面一群牽羊擔酒，挑盒挾包的楊府下人，個個衣履鮮明，喜氣洋洋。這一大隊親迎喜仗，從山腳排到山腰，足有半里路長，山上山下，擠滿了看熱鬧的人們。

馬上新郎經過曼陀羅軒時，有許多本地茶客酒客，都認得楊武舉的，便擁在道旁，齊聲道喜。這時新郎不能下馬，只好在馬上含笑拱手。

這當口，新郎在馬上一眼瞥見曼陀羅軒茶廊內，立著兩個漢子，有點異樣；被眾人一陣纏繞，只瞥了一眼，人已跟著隊仗走過，也就忽略過去。

曼陀羅軒茶館內一般看熱鬧的人們，有許多遊手好閒的，會了帳，跟著親迎的喜仗，趕上山去。大家以為和尚嫁女兒，新娘子定在烏尤寺內上轎的了。和尚寺跑出新娘子來，真是天字第一號奇聞，哪知眾人猜想的滿錯了。親迎的喜仗，並不進烏尤寺，卻從寺後繞了過去。在寺後不遠所在，一條小徑，穿過一片松林，在一處突兀的懸崖上面，蓋著極精緻幽雅的一座小樓，樓外圈著短短石牆，牆上碧油油的朱藤翠葉，遮沒了牆身，裡面靜悄悄的不像辦喜事樣子。

親迎隊仗，在牆外草地上吹打了一陣，只新郎跳下馬來，領著花轎抬進門去。其餘的人，都在門外候著。沒有多大工夫，花轎抬出門來時，後面另有一乘小轎跟著走。轎一出門，新郎出來跳上馬背，立時鼓樂齊奏，吹吹打打地下山了。

看熱鬧的人們，既沒有瞧見新娘子是什麼樣子，也沒有瞧見新娘子家裡的人。花轎出門時，探頭往裡瞧，嫁女兒的破山大師似乎也沒有露面。有幾個好事的，拉著楊家管事的探問。管事的只微笑不答，問急了，手指著這座小樓笑道：「這座小樓是我家相公從前讀書之處，連這座樓，還是我們楊家的，你還打聽什麼呢！」

在管事的，以為這幾句話，答得要言不煩，包括一切了；在問話的人，一發弄得莫名其妙。滿腹懷疑地又跟著親迎隊仗下山，回到曼陀羅軒茶館內，三三兩兩，議論紛紛，一發把這檔事，當作奇聞了。

這天夜裡，嘉定城內首戶楊武舉家中，張燈結綵，賀客盈門，一番富麗輝煌的氣象。在嘉定城內，也只有像楊武舉這樣富戶，才能這樣鋪張。最奇怪的是，這許多賀客裡面不論近親遠眷，知道這頭親事底細的，沒有幾個。接到楊家的喜帖，才知楊武舉在今天結婚了，因為喜帖發得日子太近，想送點出色的賀禮，都趕辦不及，所以這般賀客裡面，大半和曼陀羅軒的茶客差不多。只知道楊武舉娶的是有本領的雪衣娘，老丈人是烏尤寺高僧破山方丈。

眾人都不知破山大師來歷，只奇怪破山和尚戒律精嚴，怎會憑空鑽出個女兒來，和楊家怎會結成親事，人人肚裡有一連串疑問，到楊家賀喜的，沒有一個不在暗地打聽，無奈楊家上上下下，能夠說出這頭親事內情來的，實在不多，大家都說，這頭親事，除了新郎本人以外，只有楊武舉母親，楊老太太一個人徹底明白了。

男女賀客人人想抓個機會一問楊老太太，或者楊武舉本人，無奈賀客一班去，一班來，楊老太太和楊武舉，哪有工夫長篇大套地細談細講？所以內外男女賀客們，一個個肚裡都悶著這檔事。

大家肚子裡悶著這檔事，一聽到花轎到門，大廳上立時人山人海，要瞧一瞧這位雪衣娘，怎樣的一個姑娘？無奈陰陽先生撿定了交拜的時辰，花轎擱在廳上，轎門兀是緊閉，好容易到了吉時，禮生高贊「降輿」，滿廳的眼光，集中花轎的門，門是開了，新娘子已和新郎並肩站在紅氈上了，無奈看到的只是新娘子身上的鳳冠霞帔，鳳冠前面，長長的一塊紅巾遮著面孔，好像一座山似的隔開了眾人眼光。

好容易等得交拜禮成，送入洞房；不料女客們近水樓台先得月，佈置得天宮似的幾間洞房，早被女客們擠得風雨不透，有不少落後的女客們，沒有擠進房去，還在房外等著，想遇缺即補，男客們一瞧這樣情形，只好吐舌而退。

這時已到申牌時分，洞房內珠燈璀璨，寶燭輝煌。新娘子面上紅巾一去，露出真面目來，立時滿屋子嘖嘖讚美之聲，一屋子都是爭看新娘子的人。

其中自然有不少爭妍鬥豔的女子，一見新娘子真面目，心裡通的一跳，覺得今天所有女賀客，都被這位雪衣娘的美貌壓下去了，有幾個眼珠瞧著雪衣娘，心裡起了微妙作用，似乎慚愧，又像嫉妒，有幾對秋波，仔細在雪衣娘面上搜尋，想搜尋出一些缺點來，安慰安慰自己，偶然回頭在鏡台上，照見了自己尊容，才覺自己實在比不過人家，一賭氣，退出洞房去了。

內外開宴之際，樂聲笑聲，酒香花香，渾成一片，俗例宴後有「鬧洞房」之舉，「鬧洞房」時，在新娘面前，可以長幼不分，隨意笑謔，但是楊家男女賀客，實在太多了，「鬧洞房」沒法排個兒，反而沒法下手，加上楊老太太一輩子撫孤守節，家教嚴肅，鄉黨馳名，賀客中束身自愛的，便不敢跟著起鬨。

只有一般風流少年，暗地安排了一個計劃，尋著了新郎楊武舉，向他說：「今晚人太多，洞房鬧不成，便宜了新郎和新娘，此刻新娘在內，行完了禮，定要到外廳來，拜見遠近親屬，我們久聞雪衣娘本領超群，比新郎還強，今晚我們在場的賀客，定要見識見識，否則，我們還得鬧洞房，這差事，非新郎自己去通知不可，新娘子快出來了，你快去通知她罷。」

楊武舉一聽，暗暗為難，陪著笑說：「諸位吩咐下來，理應通知賤內照辦，無奈新娘子頭一天進門，怎能當著老少親眷們，飛拳踢腿，諸位如果愛瞧武功，還是我來獻醜罷。」

楊武舉這樣一說，圍著他的一群少年，齊喊：「不成，不成，你這點氣力，留著伺候新夫人去罷，我們想見識的是雪衣娘的本領，而且我們也不能大煞風景，叫新娘子穿著鳳冠霞帔窟高縱矮，我們自有辦法，叫新娘子武戲文唱，……」

楊武舉忙問：「怎樣武戲文唱，諸位何妨先說出來，我酌量著，才好進去通知她。」眾少年立時起鬨道：「你倒想得滿好，今夜我們要考驗考驗雪衣娘的本領。考官的題目，關防嚴密，豈能先漏給考生們，你不用想暗通關節這條道，快替我們進去知會好了。」

楊武舉留神這般少年，雖然不是行家，其中很有幾個出名促狹的在內，不知他們想的什麼鬼主意，問既問不出來，駁又沒法駁，只好進內知會去了。

這般少年，都是本城紳宦世家的子弟，和許多老一輩的體面賀客，都在前面廣廳上喝酒。廳內擺著十幾桌喜筵，上懸珠燈，下鋪錦氈，畫棟雕樑，光如白晝。片時，屏後環佩璆璆，香風習習，先有兩個垂髫使女，提著一對紅紗宮燈，從屏後冉冉而出，嬌喊一聲：「新娘子出來見禮了！」

廳前階下的鼓吹手，立時細吹細打起來，門廳十幾桌賀客，個個精神大振，幾百道眼光，齊注屏後，剛才出題目的一般少年子弟，更是緊張。有兩個離席，跑到屏門口一堵，向屏內躬身說道，「久仰雪衣娘大名，想請新娘顯點功夫，讓我們開開眼界，藉此代替了鬧洞房的俗風，在新娘方面，也是有益無損，剛才已托新郎轉達，諒蒙採納。」

這當口，提宮燈的兩個使女，已經轉過屏門。還有兩個使女，捧著新娘子，也到了屏口，被兩個少年一堵，只好在屏口站住，聽兩個少年這樣一說，新娘身邊一個俊俏使女，笑道：「兩位相公，想見識見識新娘本領，也得讓我們出去見了禮，再說呀！」

兩個少年身子往後一撤，指著地上錦毯笑道：「今天是良辰吉日，我們不敢請新娘子動刀使劍，飛拳踢腿，只好請新娘子施展一點小巧之技，勞動新娘子兩瓣金蓮，在這一段小玩意兒上，走了過去，美人步步生蓮，現在我們改作『步步下蛋』，也無非替新郎新娘，取個吉利口彩罷了。」

大家聽到兩個少年說出「步步下蛋」的趣語，不禁哄堂大笑，連新娘身邊那個俊俏使女，也掩口而笑，大家急向屏口一段地上看時，原來在兩個少年堵著屏口說話時，另有一個少年，身上兜著許多生雞蛋，撅著屁股。把衣兜內雞蛋，一個一個地放在地毯上，從屏門口起，一直擺到大廳中心，地毯不比地磚，雞蛋擺上去，還不致骨碌碌亂滾，可是地毯上一個個雞蛋的部位和尺寸，非常促狹，也有兩個雞蛋並在一起的，也有兩個雞蛋，雖然並放，卻有三四尺遠，也有一個雞蛋放得很近，另一個卻在四尺以外。

不用說要步步落在雞蛋上，便是沒有雞蛋，照這樣部位，叫一個鳳冠霞帔的新娘子一對金蓮，忽而細步，忽而劈腿，忽而一邁好幾尺，試想一個新娘子，照這樣走法，變成什麼形狀，還不使一廳的人，笑掉了牙麼，何況還要叫她在雞蛋上走呢。

大家一看，這個題目太難了，出這個主意的人，太損了，雞蛋有多大的力量，不要說在上面走路，便是一腳踏上去，還不殼碎蛋飛，這簡直不可能的。

這時新郎楊武舉也在廳上，比別人更關心，一瞧地毯上雞蛋，便知道主意太歹毒了，他知道新娘身上的功夫，倒不是怕新娘踹碎了雞蛋，歹毒的是雞蛋忽上忽下，忽近忽遠的部位，一個踹不穩，便成了笑話，最可恨的是，堵著屏口的兩人，還巧立名目，叫作什麼「步步下蛋」，竟把新娘子當成老母雞了，在新郎心神不寧當口，猛聽得屏內使女嬌聲報道：「諸位相公上眼，新娘子出來了。」

這當口，全廳的賀客，屏氣凝神，眼光著力，一齊盯住了新娘裙下雙鉤，遠一點的，便跳起身，站在椅子上，直眉瞪目的，瞧這新鮮玩意兒，連階下一群吹鼓手，忘記了吹打，伺候的下人們，忘記了待客，湧在廳口，個個踮著腳跟往裡瞧，內外鴉雀無聲，人人替新娘擔心，只怕兩瓣金蓮下面，噗托一聲，蛋碎黃飛。

可笑廳內廳外這許多眼珠，竟沒有瞧清楚，新娘出現以後，裙下金蓮怎樣踹上屏口兩個蛋上去的，只瞧見屏內新娘子身形微微一動，一對纖小的金蓮，已點在兩個雞蛋上了，雖然只一點腳尖，點在雞蛋上，非但雞蛋不碎，而且新娘子亭亭玉立，站得四平八穩，連頭上鳳冠掛下來的珠串子，都沒有晃動一下。

新娘子一張酥粉嬌嫩的嬌靨，依然低眉垂目，氣定神閑，眾人心想，這真是邪門兒，再仔細一看，新娘面前，頭一步邁過去，必須邁開四尺多遠，才能落在雞蛋上，大家又替新娘擔心，站是站住了，往前要邁四尺多遠，卻不容易，不料新娘右腳下的一個雞蛋，忽然向前滾了過去，新娘只左腳尖點在雞蛋上，右腳並不落地，身上依然紋風不動，滾出去的雞蛋，滾到二尺左右，新娘忽地身形微晃，右腳已落在滾出去的雞蛋上，只一沾腳尖，左腳已到了四尺多遠的雞蛋上，並不停留，凡是左腳一落，右腳下的雞蛋必定向前滾去，右腳一落，左腳下的雞蛋，也同樣滾向前去。

眾人眼花繚亂，只見地毯上雞蛋，一路直滾，新娘一對金蓮，便在骨碌碌亂滾的雞蛋上，活似點水蜻蜓似的點了過去，並不用邁開大步，身子像星移電掣一般，轉瞬之間，兩瓣金蓮已跟著一路亂滾雞蛋到了大廳中心，站在最後兩個雞蛋上，和在屏口現身時一般，亭亭立住。

雞蛋也不滾了，全廳的人，立時轟地喝起連環大彩來，喜得新郎楊武舉笑得合不攏嘴，屏內兩個使女慌忙趕出來，扶住新娘子，走下雞蛋來，不料一個提宮燈的使女，走得略慌一點，一個不留神腳尖碰了雞蛋一下，這個雞蛋經不起一碰，骨碌碌滾去，碰在桌腳上，噗托一聲，蛋黃流了一地，眾人立時大笑起來。

新郎新娘在廳心向眾人行禮以後，由兩個使女，代替新娘向各席上，敬了一巡酒，階前細樂，復又吹打了一陣，兩個提燈使女，引著新郎新娘從廳左走了出去，繞到後面花園內，進了臨池的一座水榭，這座水榭內，也有一桌喜筵，只有三位與眾不同的賀客，在內一面喝酒，一面豪談，一見新郎新娘進去，大家站了起來，其中一個闊面大耳的怪和尚，嘻著嘴，呵呵大笑道：「今天雪衣娘只可稱為紅衣娘了。」

新娘見了這三人，並不矜持，竟微微一笑。和尚左面一個形似叫化的精瘦漢子，兩叢耳毛，刺出老長，頭上一蓬雞巢似的亂髮，披著滿身泥垢的短衫，下面一條破褲，露出半段瘦毛腿，光赤著腳，連草鞋都不穿一雙，這怪漢向和尚笑罵道：「你這酒肉和尚，依我說，你趁早還俗，趕快娶個花不溜丟的紅衣娘，免得眼熱。」說罷，大笑。

怪漢對面是個買賣裝束的人，向新郎新娘拱手道，「恭喜恭喜，珠聯璧合，後福無量。」

那怪漢又哈哈笑道：「余兄善頌善禱，我可斯文不來。依我說，新郎新娘今晚夠受的。聽說新娘在前廳，在雞蛋上施展輕功。本來這手輕功，練過笆籬邊兒幼功的，不算難事。難得的隨機應變，保持了新娘的身分，這便是常人辦不到的。依我說，兩位趁此坐下來，喝一杯，休息一會兒。」

楊武舉拱手笑道：「裡面女眷們席上，還得去周旋一下。三位只顧暢敘，恕小弟不能奉陪，諸位遠來不易，務必在此下榻，明天……」

楊武舉話還未完，姓陳的怪漢搶著說道：「楊兄不必費心，這位狗肉和尚，已和我們兩人講好，他說在一個地方，偷偷地藏著幾罈陳酒，幾條風臘的肥狗腿，不能讓他獨享，好歹吃他個海晏河清，兩位不要管我們，快請進去罷。」

新郎新娘笑著告退，轉身之間，七寶和尚忽然想起一事，立起身來，悄悄地說：「豹子崗兩個狗強盜還不死心，剛才我進城來時，在街道上，似乎瞧見這兩人的身影，被他們鑽進人縫裡溜走了，我想他們並不是路過嘉定，定然不懷好意，兩位還是當心點的好。」

楊武舉恍然大悟道：「被你一提醒，我也想起來了，白天上山親迎時，在曼陀羅軒茶廊內，我原見兩個漢子有點眼熟，定然是這兩個人了。」說完，便向三人告辭進內去了。

水榭內三位怪賀客，是江湖馳名的川南三俠，一個是葷酒不忌，專吃狗腿的僧俠七寶和尚，一個是光腳蓬頭，形似叫化，新郎稱他陳兄的瘦漢子，是丐俠鐵腳板，還有一個黑圓臉，土頭土腦，一身買賣人裝束的，是洪雅花溪人，姓余名飛，江湖上稱為賈俠，這三位不倫不類的賀客，如果雜在大廳縉紳酒席之間，大約一廳的人，都要人人注目，稱奇道怪了，所以主人特地在後花園幽靜處所，替這三位怪客另設一席，另派兩名書僮侍候。三怪客和前廳縉紳們氣味不投，也願意在水榭鬧中求靜，便於高談闊論，談笑不忌。

說起這三位怪客的來歷，和主人楊武舉的交誼，各各不同。三客中的余飛，和楊武舉還是新交。對楊武舉和雪衣娘這頭親事，只知道一個大概情形。

這時新郎新娘告退進內，三人仍然就座，放懷暢飲，余飛便向七寶和尚探聽新郎新娘兩人結合的詳情。

七寶和尚笑道：「他們兩位，真可以說是舉世無雙的奇緣，今天城內城外，滿街都轟動了，人人都打聽烏尤寺老方丈哪裡來的女兒，真是嘉定城千古未有的大笑話，但是人們要探聽這大笑話的內情，卻是不易，因為其中詳情，只有五六個人知道。

「頭一位是楊老太太。這位老太太素來內言不出，外言不入的賢母。第二位是破山老禪師，道高望重，面壁功深。次之是新郎新娘本人。他們兩位自己諱莫如深，三緘其口，剩下來的只有他這個臭要飯和我這個狗肉和尚了。余兄問得真是地方，今晚我這頓喜酒，是生平第一快事，便是我佛如來，馬上拉我上西天，羅漢證果，我也得把這份快事，向你說明了再去……」說罷，仰天大笑，聲震屋瓦，一低頭，把面前滿滿一大杯酒，長鯨吸川般，喝得點滴無存。

姓陳的瘦漢笑道：「今天我看你樂大發了，別人成雙作對，要你出家人這樣興高采烈作什麼，我看你這狗肉和尚真個動了凡心了。」

對面姓余的不禁也狂笑起來，七寶和尚卻一本正經地，輕輕敲著桌沿，說道，「不然，不然，你們不要打岔，聽我狗肉和尚現身說法，我把其中來龍去脈，慢慢地講出來，你們聽得心裡一痛快，保管要多喝幾杯酒。」

（作者開手寫了萬把字，書中主人翁和幾個主要之賓，特先一齊登場，作個提綱挈領的虛冒，讀者一定急於知道這幾個登場人物的來歷，同老和尚嫁女兒的內情，現在便借這位狗肉和尚的嘴，一一披露出來。）

# 第二章　奇特的紙捻兒

楊武舉單名展，字玉樑。楊展的祖父，從鹽商起家。

嘉定城南二十五里以外，有個市鎮，地名五通橋，是四川有名的產鹽區。四川產鹽，和近海省份的鹽灘、鹽坑不同。四川是鑿井取鹽，每一口鹽井，井口不過七八寸左右，用人工和簡單鑽鑿的器械，一點點鑿下去。據說要鑿到五十多丈的深度，才能取出鹽水來，熬煉成鹽塊，再運到遠近地方銷售。有時辛辛苦苦掘到很深，依然無鹽可取，只好把這口井的全部工程放棄。這種開鑿鹽井，差不多都是私人資本。從明代迄今，沒有多大變更。掘出鹽來，便是一本萬利的家當。十口井掘不出一口鹽水來，耗財折本，也可傾家敗產。這裡邊便有幸有不幸，而且為了鹽井的爭奪，釀成械鬥仇殺，也有所難免。

在楊展祖父手上，卻是一帆風順。凡是楊家的鹽井，從來沒有失敗過，出產多，質地好，馳名全川，傳到楊展父親手上，五通橋的鹽井，密如蜂巢，其中以楊家產業居第一位，每年從鹽井所得的利益，實在可觀，城內城外許多店鋪房地，也漸漸變成姓楊的家當，年復一年，有增無減，楊家便成了嘉定首屈一指的大戶。

楊家這樣大的家當，幾世都是單傳，楊展的父親，名允中，進過縣學，也是個獨生子，連姊妹都沒有一個，楊允中忠厚有餘，幹練不足，許多產業，都托本家親戚代為經營，而且樂善好施，有求必應，因此嘉定的人們，都稱他為楊善人，卻喜有個賢內助，便是楊展的母親，這位夫人對內對外，有條不紊，在生下楊展來的一年，楊允中無意之中，做了一樁善舉。

允中平日絕少出門，生下楊展的第三天，卻值今年冬天臘月時光。頭一天天上忽然飄下雪花，四川氣候溫和，下雪不常見，嘉定近著峨嵋山，偶然飛雪，大約從山上高處，被風刮下來的居多。第二天允中一早起來，忽然發了雅興，坐了家中自備的滑竿（四川人竹轎子的名稱）。這種富家自備滑竿，與普通不同，晴天有遮陽，雨雪有油蓬，而且可坐可臥，允中坐著滑竿，帶了兩個家人，想到大佛岩應個踏雪訪梅的節景，順便望望岷江雪景。

剛出南城，忽聽得江堤下面，隱隱哭泣之聲，哀切動人，仔細一聽，出自江邊一隻破船上。允中心裡一動，吩咐停住滑竿，打發一個跟隨，到堤下去探個明白，跟隨回來報告，說是破船上是一對遭難夫婦。大約是江中遭了盜劫，男的受傷甚重，女的又懷著身孕，受了驚嚇，震動胎氣，怕要分娩，逢著這樣風雪天，行動不得，女的看著丈夫傷重，一息奄奄，又不是本地人，舉目無親，一無法想，所以悲哭不已。

允中一看，江邊一帶，逢著風雪大，船隻特別的少，堤上也沒有人家。暗想船上的人，哭聲這樣淒慘，男的如果真的一死，女的懷著孕，也許便是三條人命，便留下兩個跟隨，吩咐他們立時雇了軟轎，去到江邊，向船內夫婦說明，把這兩個落難夫婦抬回家去。撥給一間房子，和吃用等物，招個醫生，好好診治，銀錢到帳房去支領。

他這善心一動，只吩咐寥寥幾句話，那江邊破船上一對夫婦，便算一跤跌入青雲。其實他吩咐跟隨們辦了這檔事以後，自己到烏尤山踏雪探梅，回家以後，早已擱在一邊，類似這種善舉，平日是常有的，家中閑房又太多，也見不到這對落難夫婦的面，連他們怎樣落難的情形，都沒有仔細打聽。允中夫人正在坐褥，也沒有理會這事。過了一個多月，楊夫人已經滿月，辦過了楊展的滿月餅酒，兩夫妻正在後堂，抱著楊展，弄兒為樂。前面管家忽然進來請示，說是：「上月老爺在江邊救回來的一對夫婦，男的病已痊癒，女的還生了一個女孩，感激老爺恩典，一定要給老爺和夫人當面叩謝。」

楊夫人一問經過，才明白家裡養著兩個落難夫婦，便叫進後堂來，問個明白，在他們夫婦心裡，以為定是一對小戶人家夫妻。不料管家領著這對夫婦進來，遠遠便覺出這一男一女，與眾不同。先頭走的男人，年紀不過四十左右，英氣勃勃，顧盼非常。後面跟著的婦人，手上抱著孩子，年紀不過三十左右，生得蛾眉鳳目，素面朱唇。兩人雖然都是一身布衣，卻顯得雅潔瀟灑，步履安詳。

楊夫人頗有見識，看出這對夫婦大有來頭，忙暗暗通知楊允中說：「進來的兩位，決不是平常人，我們不要失了禮數。」一知會之間，管家已領進後堂來。管家一閃身，向上面一指，便說：「上面是我家老爺和太太。」

男的上前向楊允中深深一躬，便要跪下。允中忙不及雙手架住，不意這人兩臂如鐵，重於泰山，如何架得住。楊允中吃了一驚，一看自己太太，已把懷中孩子，交與身邊使女，和那婦人在地上對拜，婦人臂上依然抱著孩子，起落卻非常矯捷，忙也學他夫人的樣，跪下地去，和那男的對拜了幾拜。

男的跳起身來，抱拳說道：「愚夫婦身受大恩，在尊府又打攪了這多天，理應叩謝，不料賢伉儷如此謙遜，教愚夫婦益發不安了。」

允中聽他出語不俗，不亢不卑，忙說：「四海皆兄弟，偶然投緣，何足言恩，這許多日子，沒有趨前問候，反勞兩位玉趾，更使愚夫婦慚愧極了。」

賓主一陣周旋之後，便在後堂落座，楊夫人更是香茗細點，殷殷招待，問起姓氏邦族，和江中遇盜情形來，男的似有隱情，並沒詳細地說，只說：

「姓陳，家住成都，經商為業，不意這次路過岷江，盜劫一空，受傷幾死，萬幸遇著善人愛護，真是生死骨肉之恩，沒齒不忘，現在托庇多日，賤恙已癒，歸心如箭，特來告辭，不過還有不情之請，賤內擬在夫人庇蔭之下，暫留尊府，充作婢僕，稍盡犬馬之勞，在下一人先回成都，清理帳目，補辦貨色，再來趨府接她，未知能蒙俯允否？」說罷，又向楊允中夫妻，深深一躬。

楊夫人便說：「尊駕只管放心回去，我一見尊夫人，便覺有緣，便是尊駕不說，我也要留尊夫人多盤桓幾天，婢僕之說，再也休提。」說罷，便吩咐在後堂擺起筵席，款待陳姓夫婦。

第二天，陳姓的男子，便拜別登程，楊允中又送了許多盤纏銀兩，衣履行李。姓陳的也怪，毫不客氣地笑納，從此嘴上不道一個謝字，很放心把他妻子和初生的女兒，留在楊家，竟自回成都去了。

姓陳的走後，楊夫人便把姓陳的妻子，留在上房住宿，上上下下都喊她一聲「陳大娘」。

楊夫人很是另眼相待，還替她做了許多衣裳，和她女孩子的應用的東西，而且叫她和自己同桌飲食。陳大娘也特別，平時對上對下，和氣異常，只要探問到她們夫妻來蹤去跡的詳情，便有點沉默寡言，她只回答你不即不離的一言半語，教人摸不清楚怎麼一回事。如果和她說起不相干的事，她一樣有說有笑，而且見多識廣，叫你聽得捨不得走開，尤其是楊夫人，愛聽她說的事兒，一天也捨不得離開她。

陳大娘這樣俊俏靈巧的婦人，唯獨對於女工一切針線生活，卻弄不上來，繡花針一上手，便斷成兩截。好在楊家有的是幹細活的女工，楊夫人待以上賓之禮，一切用不著她動手。

她生下來的女孩，乳名阿瑤，楊夫人要替她雇一個乳娘，她極力推辭，她說自己乳水太多，乳一個孩子，還有多餘，有時楊夫人生的楊展，乳娘乳水不足，她便把楊展抱過去，和自己女孩，一人一乳，一起抱在懷裡。一左一右，分乳起來，楊展這孩子，也奇怪，只要在陳大娘懷裡，整天不會有哭聲。日子一久，楊展原有的乳娘，變成擺樣兒的，一離開陳大娘，便大哭起來。

陳大娘也愛楊展，乳水也真足，整日把一男一女兩個小孩，抱在懷裡。有時楊夫人也把兩個小孩都抱在懷裡逗樂兒，無意之中，瞧見陳大娘女孩阿瑤右邊耳珠上，有一粒紅痣，和自己孩子楊展左邊耳珠上一粒黑痣，部位大小，一模一樣，不過一左一右，一紅一黑罷了。

楊夫人瞧得奇怪，叫陳大娘同看，笑著說：

「這兩個孩子，一般的粉雕玉琢，又有這兩顆痣，配成一對，將來能夠成為一對夫妻，才是佳話哩。」在楊夫人一時高興，隨意一說，照說陳大娘應該謙遜幾句，她卻沒有張嘴，只看了楊夫人一眼，微微一笑。

日月似梭，陳大娘在楊府已過了兩個年頭。奇怪的是她丈夫一走以後，非但沒有來接她，連一點信息都沒有。

陳大娘也絕口不提此事，楊府運鎖鹽塊，在成都等處都有聯號，常有便人到成都去，她也不託人打聽丈夫的消息。楊夫人心裡雖然有點疑惑，因為自己孩子和陳大娘非常投緣，離不開陳大娘，反而希望她丈夫不要來接她回去，才對心思。有時楊夫人暗地裡對楊允中說起陳大娘丈夫，一去以後，消息全無，陳大娘毫不記掛，似乎出於情理之外。楊允中也覺得其中可疑。

有一天，楊允中在外面書房內，叫進一個老管家來，問他：「那一年，我把陳大娘夫妻，從江邊破船上，救回家來，據說是江中盜劫，受了重傷。後來你們替他請醫治好，究竟她丈夫得的什麼重病呢？哪一個傷科替他治好的？」

老管家想了一想，回道：「老爺不提起此事，倒忘懷了。今天經老爺一提，我又想起陳大娘丈夫的怪病來了。老爺吩咐用軟轎把他抬回家來時，我們看不出何處受傷，只瞧他兩眼通紅，面色發青，非常可怕，果然是重症。我們正想立時請一醫生，陳大娘卻把我們攔住了。她說她丈夫的病，普通醫生治不了。她有家傳秘方，只十二味藥，不過得派四個人，分東南西北四處藥鋪，在同一時間，分頭抓來。吃下去馬上起死回生，否則便不靈了。

「她說了這古怪的話，居然能動筆，寫了四張藥方。每張三味。我以為是婦道人家的媽媽經，但是人家落難之中，性命攸關，好事做到底；果真依言辦理，派下四個人，分頭抓藥。

「十二味藥抓齊以後，陳大娘自己在房內，生爐煎藥。有人瞧見她從船上背來的一個包袱內，取出一個磁瓶來。在藥罐內倒下一點藥，然後叫她丈夫吃下去，連藥罐內藥渣，也吃得點滴無存。說也奇怪，第二天她丈夫果然好得多了。眼睛也不紅了，面皮也轉色了，已能坐起來說話了。我們相信她這秘方，果然奇效無比，起初我們不注意她開的藥名，抓藥回來時，連藥方還了她，這時想抄她這秘方，可以救人。

「她說這方子專預備給她丈夫吃的，別人決不會生這種怪病，胡亂地吃了，反而害人。到現在我們還不知她丈夫生的什麼怪病。既然從她嘴裡說是怪病，和江邊所說受了重傷的話，不是自相矛盾了麼？還有一樁事可怪，她丈夫吃了怪藥，過了三天，在屋內行動便和好人一般，但絕不走出房門一步。陳大娘卻在她丈夫病好以後分娩了，分娩時節，並不叫我們請收生婆，只叫我們代辦一切應用物件，也不知她小孩何時落地，兩夫妻關了兩天房門，第三天透出小孩呱呱的哭聲，開出門來，陳大娘已抱著小孩，坐在床邊乳奶了。

「小孩身上的嶄新襁褓和夫妻兩人身上的衣服，都換得乾乾淨淨，而且兩夫妻雖說是盜劫一空，卻不斷的掏出整錠銀兩來，有時托我們代辦應用物件，有時請我們吃喝。除出借了他們一間屋子以外，其實帳房裡並沒有支領什麼銀兩。一個多月的光景，她丈夫竟沒有出屋門一步。她丈夫走的時節。還拿出一包碎銀，足有五十多兩，分送前面一般管事的下人，而且再三囑咐，這點小意思，千萬不要叫上面知道。

「姓陳的走後，我越想越奇怪，還有他們坐來的一隻破船，船上並沒一個船老大，難道從成都溯江而下，都是兩口子自己掌舵的嗎？可是他們上岸以後，這隻破船有無別人收管，倒沒有打聽過，她們兩口子的怪舉動，我只存在心裡；陳大娘人尚在此，為人很好，小少爺又和她投緣。今天老爺不問，下人們還不敢直說出來，她丈夫一走以後，兩年多音信全無，大約老爺也有點起疑了。」

楊允中聽得，沉了一忽兒，突然面色一整，說道：「陳大娘夫婦是正經人，他們舉動雖然有點奇特，也許一處有一處的風俗，她丈夫也許有事出了遠門，與你們不相干的事，不要捕風捉影，隨便亂說，你是我家老管事，尤其嘴上得謹慎，你明白我這話的意思嗎？」

這老管家撞了一鼻子灰，只好諾諾而退，可是楊允中回到上房，悄悄和楊夫人一說，楊夫人對於陳大娘也暗暗地加一分注意了，但是陳大娘一切如常，毫無可疑之處，楊展這孩子，對於陳大娘，越來越親熱，陳大娘愛惜楊展，無微不至，比自己女兒，似乎還加幾分當心。

有一次，楊夫人瞧見陳大娘替楊展和自己女兒洗澡，另用一盆熱氣騰騰的，不知用什麼藥味煎出來的藥水，用塊新棉花，沾著藥水，替兩個孩子遍身摩擦，楊夫人問她：「這是什麼藥，有什麼好處？」她說，「這是祖上傳下來的法子，將來孩子身體強健，不易生病。」

楊夫人也沒有十分理會，後來瞧見她常常這樣替孩子洗澡，也就視為當然，兩個孩子在陳大娘手上，果然連癤子都沒有長過一顆，漸漸地陳大娘已成為楊家的一分子，她丈夫一去不回的事，只要她自己不憂不愁，別人已不大理會了。

陳大娘在楊家，一晃過了五年，楊展和阿瑤兩個孩子，都有五歲了，這五年以內，她丈夫依然信息全無，在楊展五歲頭上，楊允中突然一病不起，楊夫人和楊展變成孤兒寡婦，偌大一片家私，在兩個孤兒寡婦手上，便有狐朋狗黨，暗暗窺視起來，所幸楊家幾個有權的老年管事，感激主人在世，恩義深重，個個忠心耿耿，絕無二心，加上主婦雖然居孀，家務依然井井有條，外面窺覷產業的，一時倒無法可想。

有一夜，上房屋瓦上忽發奇響，竟會從屋上滾下兩個飛賊，一齊跌得半死，管事們聽得聲音不對，一齊起來，趕到後院，毫不費事把地上躺著的兩個飛賊捉住，楊夫人驚醒下床，陳大娘也抱著楊展進屋，和楊夫人一齊在窗內暗瞧院心捉住的兩個飛賊，身上還帶著悶香尖刀，楊夫人已嚇得發抖，陳大娘卻叫管事們，先問一問賊人口供，有沒有別情，再行發落。

院心不少管事們已把兩個賊人捆綁，兩賊也醒了過來，經管事人威嚇逼問，兩賊竟自認倒楣，說是：「你們楊家往後還要興發，定有神道保護著你們，我們兩人進宅以後，剛在堂屋前坡落腳，便覺腰後被人點了一下，眼睛一發黑，便骨碌碌滾下來了，我們兩人也非等閑之輩，竟在你們楊家失風，我們自己認栽，認頭吃官司罷了。」

賊人說話時，堂屋內陳大娘在楊夫人耳邊說了幾句，楊夫人壯著膽，吩咐管事們道：「這兩賊身帶熏香兇器，不是普通偷兒，你們仔細問他，其中定有別情，也許有人指使，如果從實招出來，絕不難為他們，非但立時讓他們走路，還有重賞，如果不說實話，先把這兩人腳筋挑了，這是江湖下三門的匪盜，先教他們識得我楊家的厲害。」

楊夫人照著陳大娘耳邊的話，說是說了，心裡卻勃騰勃騰，老打著鼓。連院子裡幾個管事人，都聽得詫異。我們主母怎的懂得這些門道。

不料兩個賊人，不用管事們費事，內中一個賊人，竟驚得喊了起來：「罷了，裡面這位太太，竟是行家，怪不得我們失風了，不錯，我們不是偷東西來的，是偷你們小少爺來的。有人想偷你們小少爺當押頭，不怕你們不乖乖的把五通橋鹽井，換你們小少爺性命，這是我們兩人的來意。可是我們只能說到這兒，如果定要問我們是誰指使出來的，行有行規，江湖有江湖門檻，不用說挑筋，便是立時腦袋搬家，我們也不吐露隻字。你們太太既然是行家，大約也明白我們為難之處。不過丈夫一言，快馬一鞭。倘蒙寬恕我們，我們兩人從此遠走高飛，非但不踏你們楊家一片瓦，從此也不進嘉定的城。」

賊人說畢，楊夫人喚進一個管事去，竟拿出五十兩紋銀，賞與兩個賊人，叫他們牽出前門，放兩人走路，這一舉動，又把幾個管事的驚呆了，他們不知內有軍師，全是陳大娘的袖裡乾坤。

賊人放走，楊夫人可嚇壞了，照著陳大娘一番話，果然從賊人口內，探出有人想在楊展孩子身上出主意。這計策太歹毒了，以後防不勝防，如何得了，這時楊夫人把陳大娘當作瞎子的明杖，一個勁兒向她討主意，也沒有細想兩個賊人，無緣無故，會從屋上滾下來，陳大娘怎會懂得江湖門檻，楊夫人一時沒有細想，只摟著楊展哭得淚人兒一般，陳大娘也只有極力勸慰，說是：「現在最要緊的，必須暗暗查明指使的人，查明以後，再想辦法。」

楊家出了這檔事以後，楊夫人照陳大娘主意，暗暗派了幾個忠心的老管事，四面探聽主使的人，晚上多雇幾個人坐更上夜。過了兩個多月，居然沒事。派出去探事的人，也探不出可靠的線索來。

有一天，楊家五通橋鹽井總管事，進城來見楊夫人。這人原是楊夫人的哥哥，是楊家的舅老爺，年紀五十多歲，人很能幹，他對楊夫人說：「現在五通橋相近，牟家坪的地方，出了一個惡霸，叫作牟如虎。從前牟家坪，沒有這個人。聽說牟如虎充過京城御營錦衣衛，和振武營參遊一類的武職，還是某權監的門下，年紀已近五十，大約在上年年底罷職還鄉，在牟家坪蓋造房屋，耀武揚威，不可一世，就近官府，多和他來往，他家裡又常養著不三不四的江湖人物，時常到五通橋各鹽井穿來穿去，一言不合，便蠻不講理，恃凶毆人，這般人拳腳上下過功夫，鹽場的工人們，自然打他們不過，他們便向各鹽井，索取例規。城內李家的鹽井管事，氣他們不過，私下約集一群打手，竟和他們械鬥了一陣。「被牟如虎手下打得大敗虧輸，還死了幾個人，李家管事還被牟如虎手下綁去，私刑毒打，李家弄得沒法，告到當官，因為械鬥在先，是李家先約打手的，官廳又有意維護牟如虎，鬧成一面倒的官司，結果，有人私下從中調解，李家忍痛撥出幾座鹽井，白送與牟如虎，才把管事人贖回來，這一下，牟如虎得著甜頭，一發恃勢橫行，昨天竟派幾個橫眉豎目，外路口音的打手，直進鹽場，指名見我，百般恫嚇，軟硬兼施，硬說是『李家約人械鬥，你們楊家定然有份。

「楊家的鹽井，比李家多，識趣的趁早打點，免傷和氣，如果敬酒不吃吃罰酒，便要後悔莫及了。』說罷，還聲明三天以後，再來討回音，這般人來過以後，把我氣破了肚皮，牟如虎竟想強佔我們鹽井了。因此我立時進城來，和妹子想個辦法。看情形牟如虎竟比強盜還凶，地方上有了這種人，如何得了，我們總得想個法子，一下子把他制服了，才能安生。」

這位舅老爺氣呼呼一說，楊夫人立時麻了脈。這時陳大娘領著楊展和阿瑤兩個孩子，也坐在一旁，便開口道：「舅老爺主意一點不錯，這種惡霸，到處都有，你如果沒有力量壓服他，這種人得寸進尺，沒完沒結，想起上次鬧飛賊的一檔事，想必也是牟如虎做的手腳了。」

舅老爺說：「是啊，宅裡鬧賊的事，我現在也疑心到牟如虎身上了，幸而祖宗佛爺保佑，事情真夠險的。」

楊夫人嘆口氣道：「我們世代忠厚傳家，守分過日，從來沒有和官府打交道，也沒有和人爭鬥過，李家已有前車之鑒，我們有什麼力量，制服他們呢？」

這位舅老爺一時想不出辦法來，兄妹二人，只急得長嘘短嘆。

陳大娘看楊夫人急得無法可想，忍不住說道：「夫人休急，舅老爺也不必發愁，牟如虎自稱退職武官，依我看來，連他這點前程都靠不住，他家裡又養著不少江湖下流腳色，這人路道，定然不正，糊塗官府，在這天高皇帝遠的地方，都被他蒙住了，這種人無非作惡鄉里，沒有多大氣魄，還容易對付，不是說三天討回音嗎?舅老爺只管回五通橋照常辦事，也許三天以後，沒有人向你討回音了。」

舅老爺很驚異的，朝她看了一眼，不明白她話裡的意思，暗笑，女流之輩，不知輕重，怎見得三天以後，沒有人討回信呢？

楊夫人經過上回鬧飛賊的事，只覺得陳大娘見多識廣，此刻聽她口氣，好像她有辦法似的，便說：「陳大娘，牟如虎可不比上回兩個毛賊，你說三天以後，沒人討回音，是什麼意思？」

陳大娘微微一笑，半晌，才緩緩說道：「府上積德之家，自然會逢凶化吉，上次兩賊，無緣無故會從屋上跌下來，不由人不信的。」

楊夫人、舅老爺都以為她另有好主意，不料她說了幾句安慰的空話，舅老爺和自己妹子商量了半天，依然想不出好主意，坐了忽兒，暫時只可先回五通橋去。

舅老爺走後，這天夜裡，大家吃過了晚飯，陳大娘坐在楊夫人房裡談閑話，兩個小孩子，阿瑤和楊展，在楊夫人床上玩耍，楊夫人坐在床沿上，一面逗著兩個孩子，一面和陳大娘講話，陳大娘嘴上講著話，手上卻沒閑著，把一張桑皮紙，裁成一指寬的紙條，裁好以後，又把一條條的紙條，用食拇兩指，捲成一根根筆挺的紙捻兒，手法迅速，一忽兒卷了二三十根一般粗細的紙捻兒，用另外一根紙捻，束成一小捆，有意無意的放入自己懷內，楊夫人看她捲這紙捻子，不明她用意，以為隨手消遣，或者替孩子們玩的，也沒有深切注意。

兩人講了一忽兒，陳大娘忽然盈盈起立，向楊夫人說：「今天不知什麼事，身上乏得很，今晚兩個孩子，陪著夫人睡罷。」

兩個孩子一般玉雪可愛。孩子們自己還非常親愛，楊夫人對待阿瑤，和自己楊展，一般地寵愛，時常留著兩個孩子在自己床上睡，所以陳大娘這樣一說，楊夫人立時答應，還說：「你平日在兩個孩子身上，太操心了，也許昨晚沒有睡好，你早點上樓安息罷。」

原來楊夫人住的是後堂樓下正屋，陳大娘平時領著兩個孩子，住在樓上，此刻把兩個孩子交代了楊夫人，便自上樓去了。第二天早上陳大娘笑嘻嘻地下樓來，說是：「睡了一夜舒服覺，夫人也許被兩個孩子攪得失睡了。」

這樣過了二天，已到了牟如虎限期回信的第四天上午了，這天楊夫人一早起來，愁得飯都吃不下去，更愁的她哥哥會不會像李家一樣，被牟如虎手下人綁去。正在愁急，下人們忽報舅老爺來了。

楊夫人又驚又喜，想想舅老爺既然沒有被牟如虎手下人綁去，定然有人來討回信，他又向自己討主意來了，這還有什麼主意，拚出幾口鹽井，白送與牟如虎，還有什麼辦法可想呢。

舅老爺一進後堂，一見楊夫人的面，便嚷：「怪事，怪事，你們楊家德性太大了。」沒頭沒腦說了這句話以後，一眼瞧見陳大娘坐在楊夫人身後，居然向她拱拱手，笑著說：

「陳大娘，你那天說的話，真有道理，真有佛爺保佑著我們。」

楊夫人平日非常沉靜端重的，這時也有點沉不住氣了，一個勁兒向她哥哥催問：「究竟怎麼一回事，怎的不痛快說出來，老叫人懸著一顆心。」

舅老爺坐下來，喘了一口氣，笑道：「我真樂糊塗了，你們誰也想不到，昨天五通橋沸沸揚揚，傳說牟家坪出了怪事，轟動了五通橋各鹽井，都說老天爺有眼，惡人自有惡報，我仔細一打聽，原來在我那次進城來的當天晚上四更時分，牟家坪牟如虎和一般狐群狗黨邀集幾個有錢惡少，在自己廳上聚賭，還弄來幾個粉頭，陪著作樂，正在興高采烈，鬧得馬煙瘴氣當口，牟如虎，高踞上面，擄臂揎拳，自己做莊，推出一條牌九，散家翻出牌來，三門造反，不是九，便是杠，這一條下注還特別多！

「牟如虎瞪著一對三角怪眼，把自己面前兩張牌，上下一疊，拿起來先看下面一張明的，是張天牌，嘴上便低喊一聲：『有門兒！』做張做智的，把上面一張疊著的一張暗牌，一點一點地推動，顛來倒去地一看，哈哈一聲大笑，猛喝一聲，『好寶貝，瞧老子的！』劈噗一聲怪響，兩張牌向桌上一亮，大家急看時，卻是一張天牌，一張人牌，原來是副『天杠』統吃。

「敗家垂頭喪氣之際，牟如虎雙臂齊伸，把各門注子，一股腦兒擄了過來，面前白花花銀子，小山似的足有幾百兩，牟如虎得意非凡，仰頭大笑，不料他一仰腦袋，上面屋頂大樑上，突然咔嚓一聲怪響，好像房樑碎裂一般，牟如虎一睜眼，眾人也一齊抬頭，猛覺幾縷尖風，夾著絲絲之聲，激射而下，下面聚賭的人，被桌上兩支大紅燭的火苗，晃得眼花，樑上沒有燈，黑黝黝的，看不出什麼來，還以為外面起了風，刮下來的塵土，哪知就在大家一抬頭之間，牟如虎忽地一聲慘叫，往後便倒，同時牟如虎身邊幾個凶眉凶目的人物，也突然掩面驚喊，山雞似地跳了起來，一群賭客，還沒有看清怎麼一回事，忽又呼地一陣疾風，從上面捲下，把賭桌上兩支巨燭，一齊吹滅。

「這一來，一群賭客，如逢鬼魔，嚇得山嚷怪叫，沒命亂竄，立時一陣大亂，有的竟嚇得失了魂，向賭桌下直鑽。你也鑽，我也鑽，頭皮撞頭皮，拚命地在桌下頂牛。有的頂在桌面上，頂得通通直響，頂得滿頭紫血泡，還不覺痛，幾個粉頭更可笑，滾在地下，連驚帶嚇，尿了一褲不算，卻死命鑽進桌下人們的大腿，這人以為鬼拉著他的腿，嚇得啞聲兒喊『媽！』立時眼珠泛白，嘴裡吐白沫。

「一廳賭客，像糞蛆一般亂了一陣，廳前廳後的人們，聞聲驚集，掌著燈，趕進廳來，又把賭桌上兩支蠟台重新點上，一看牟如虎兀自在地上，疼得亂滾，急忙扶他起來，仔細一瞧，大家立時驚喊起來，趕情牟如虎兩眼流血，每隻眼眶內，都插進一根紙捻子，眼眶外面，還留著一寸多長的半截紙捻，再一瞧幾個得力打手，不是左眼，便是右眼，照樣插著一根紙捻子，一個個順著紙捻流血，不過牟如虎是雙眼齊瞎，這幾個打手，僥倖還保留了一隻好眼。

「眾人看清了這幕驚人把戲，又齊聲呼起怪來，紙捻兒怎會飛進眼眶去，而且準準地都射進了眼珠子，眼碎血流，哪會不瞎，突然人群裡面，又有一個驚喊道：『快瞧，這是什麼。』大家順著他手指一瞧，只見賭桌上，莊家吃統的那副『天杠』，壓著一張一指寬的紙條，紙是普通的桑皮紙，紙上用胭脂寫著一行小字：『欺侮良善，略示薄懲，如不悔悟，立追你命。』下面又用胭脂畫了一隻紅蝴蝶。

「一群賭客，對於條上幾個字，當然明白，對於下面畫的紅蝴蝶，卻莫名其妙，不意瞎了一隻，還存著一隻好眼的幾個打手，耳朵聽得賭客們亂嚷著『紅蝴蝶』，忍著痛搶到桌邊，一瞧紙條上的話，立時面上變色，忙把紙條搶在手裡，指揮幾個人，把牟如虎扶進後院去，受傷的幾個打手，也到裡面治傷去了，一般賭客，親眼看到這般怪事，立時紛紛傳說開來。

「更奇的，昨天李家鹽井的總管事，悄悄對我說，牟如虎已把霸佔去的鹽井，交還李家了，已經霸佔的還交出來，我們的鹽井，當然不會再來煩惱的了，你想這事奇不奇。李家為了牟如虎，還花費許多財力人力。你們楊家真是福大造化大，意想不到的，便把這檔禍事，化解得沒影兒了。我看一半是府上積德，一半是我這位外甥的福命，這孩子將來要大發的。」

舅老爺說得天花亂墜，照說楊夫人要喜出望外，不意楊夫人低著頭。不知想什麼心事，竟沒有答話，倒是陳大娘微笑道：「舅老爺的話一點不錯，這位小少爺，千畝田裡一棵苗，骨骼、品性、模樣，確是與眾不同，事事逢凶化吉，當然衝著我們小少爺來的。」

楊夫人聽了陳大娘這幾句話，看了她一眼，暗暗點頭。

這天，舅老爺走後，到了晚上，楊夫人把使女們遣開，房裡只有她和陳大娘同兩個小孩子，楊夫人輕輕把房門一關，走到陳大娘面前，竟插燭似地拜了下去，嘴上說：「大娘，你我初會當口，我只看賢夫婦氣度一切，不是平常人，萬不料你暗地救我楊家兩次大難。今天不是舅老爺說出牟如虎的事，我還在夢裡。大娘，你是女俠客，你是我楊家的救星。現在我才明白，那天晚上，沒有你，我楊展這孩子，早落賊人之手。

「啊喲！大娘，你待我們這樣大恩大德，原不是我一拜能了的。我拜的是另一檔事。我知道你愛惜楊展這孩子，比我自己還厚一分。同時，我也愛惜你千金瑤姑，這兩個孩子，我老看著是天巧地設一對似的。現在年紀都小，我不便說什麼，可是我現在想求你一樁，我想把我們楊展這孩子暫時拜在你膝下，你平時常說，楊展這孩子，骨骼異常，得好好地造就他，成個文武全材，但是在我手上，最多替他請個本城通品，教點詩書罷了。也許這孩子耽誤了，大娘既然愛這孩子，你就成全他罷，不但我感激一輩子，連他死去的老子，也在九泉之下，感激大恩的。」說罷，流下淚來。

在楊夫人下跪之時，陳大娘早已把她扶起，納在椅子上。聽她說完了這番話，暗暗點頭，故意笑道：「我的夫人，你怎麼啦，又是俠客，又是救星，你說的哪一樁事呀！」

楊夫人哭喪著臉說：「大娘，你是真人不露相，你那晚在這屋裡，捲的紙捻兒，可有了對證。大娘，你這本領怎麼學的，紙捻兒怎麼能當兵器，大娘，你許是仙人降世罷。」

陳大娘哈哈一笑，這一笑以後，這一晚，陳大娘和楊夫人在屋子裡，唧唧喳喳，密談了一夜，從這一夜起，楊夫人和陳大娘變了稱呼，彼此姊妹相稱，兩個孩子也多了一個義母，阿瑤喊楊夫人為義母，楊展喊陳大娘也叫義母，而且陳大娘不在樓上住宿了，除出白天吃飯的時候和楊夫人在一起，此外領著兩個孩子躲在後面花園一座典雅的小樓上，並不叫人伺候。楊夫人還不准叫人到那所小樓去。從這時起，陳大娘常常帶著阿瑤到成都去，回來以後，照常住在後院小樓上，每隔一月或二月，又帶著阿瑤上成都了，陳大娘上成都時，楊展跟著楊夫人，陳大娘回來時，仍然跟著陳大娘在後園小樓上住宿。

在楊展六歲時，楊夫人托舅老爺聘了一位有名的宿儒，到家來教楊展念書，阿瑤也一塊兒上學，不過在聘請時，和先生講明，這兩個孩子身體弱一點，年紀還小，不能天天在書房裡。進書房時，先生只管從嚴教導，不進書房時，先生不用顧問，這位先生以為富家子弟，多半嬌生嬌養，年紀實在也太小，也不以為異，楊家對待先生，禮數飲食一切，又都比別家優異，也就樂得安享。

這樣情形，直到兩個孩子十二歲的當口，陳大娘同她女兒阿瑤到成都去時，竟把楊展也帶了去，而且總得隔了兩三個月才回嘉定來，楊夫人不以為奇，這位教書先生卻得其所哉，真可謂飽食終日，無所用心了。

可是事情很奇怪，楊展和家裡先生好幾個月不見面，等得回家來，進了書房，先生以為荒廢了幾個月，還得從頭來。哪知楊展比他所教的還讀得多，他沒有教，都背誦如流了。先生想得奇怪，問楊展時，他說：「義母教的。」更奇怪，每逢楊展跟著義母上成都一趟，不論時間久暫，一回家來，先生便要刮目相看，似乎那位義母教的，比他高明得多，這位老先生越想越慚愧，有點不安於位了。

到後來，陳大娘住在成都日子，越來越長，一年之中，只在楊家住個一個月兩個月，楊展似乎離不開這位義母，也是在成都日子長，回家來的日子少，這位西席，變著擺樣兒的，東家太太雖然禮貌不衰，實在覺得無法戀棧了，最後只好託詞而別。

# 第三章 鐵腳板

在楊展十五歲的一年，居然提著考籃，參加縣考，而且屢次名列前茅，由童生而秀才，很容易地披上藍衫。在明朝時代，名氣非常重視，這件藍衫，相當的貴重，何況一個十五歲的童子，因此神童楊展，已膾炙於嘉定縉紳之口。

但在楊展中秀才這年起，陳大娘和阿瑤，不再到楊家來，在這年秋天，楊展侍奉楊夫人到成都住了幾個月，回來時，楊展身上穿著孝服，人家看得奇怪，細一打聽，才知楊展義母陳大娘死了，楊展奉慈命替陳大娘穿孝，而且和兒子一般的重孝，楊家的人，都覺楊展的孝服，有點過分，連舅老爺也不以為然。

楊夫人從成都回來以後，忽然拿出大量金銀，捐助嘉定城外烏尤寺，大興土木，添造殿宇，內外裝修一新。而且在烏尤寺後，一座懸崖上，添造一所幽雅的小樓，作為楊家別業。

楊夫人這種舉動，在一毛不拔的守財奴看來，以為楊家錢財多得沒法花，被烏尤寺和尚騙去大批錢財罷了。在稍有心眼的人，卻覺得有點奇怪，獨力捐修寺院，是有錢人廣結功德的一種豪舉，原不足奇。可奇的不捐修別寺院，獨獨大修烏尤寺，偏在烏尤寺老方丈圓寂以後，承繼衣缽的新方丈，從成都來了一位破山大師，楊夫人出資捐修，便在破山大師進烏尤寺當口，好像破山大師向楊夫人捐募，出款興修似的，但是破山大師和烏尤寺任何僧眾，沒有一個和尚踏進楊家門過。

楊夫人也絕不到任何寺院拜過佛，烏尤寺山門朝向何方，楊夫人更沒有見過一面，只有楊展常常到烏尤寺和破山大師盤桓。

楊展喜歡寺後風景幽雅，把寺後那所別業的小樓，打掃乾淨，搬去書籍床榻等件，和兩個伶俐書僮，伺候楊展在樓上讀書，每天晚上起更時分，不論天晴天雨，寺內破山大師定和楊展走向山後僻靜處所散步。說是散步，必得過了兩個更次，才見楊展回樓去，天天如此。

楊展自從在這座小樓讀書以後，一個月之中，有限幾天，回家去侍奉他母親。楊夫人也不以為意，而且楊展中秀才以後，又是城內首戶，不免有同年之友，和許多攀交的人，楊展只淡淡地應付著，本城縉紳文酒之會，他也常常託故辭謝。還有在楊夫人面前，替楊展說媒的人，楊夫人一味推說年紀尚小，此時攻讀最要緊，不要把此事分了他的心。種種情形，楊家的親戚本家，都暗暗納罕。

這樣過了三、四年，楊展年近弱冠，長得英偉俊挺，儀表非凡，嘉定人們沒有一個不說，楊家世代厚德，楊夫人柏節松操，難怪有這樣好兒子！

但是有一件事，人們也紛紛議論，這三、四年內，本鄉幾場文闈，楊展好像忘記似的，楊夫人也絕口不提，竟沒有叫兒子到成都考鄉試，人人以為楊展只要進場，一名舉人是穩穩的，但是一般秀才們在揣摩應試文字，極力下應考工夫當口，偶然去找楊展談文，卻見他案頭擺著的書，都是六韜、三略、孤虛，風角，以及孫子，司馬講究戰陣、兵法等類的書，關於應考的書籍，一本都沒有。

這般秀才們，摸不著頭腦，問他時：卻只微笑，再問時，推說是：「在本縣青了一衿，已是僥倖，如到成都入闈觀光，不如家居藏拙，只有恭祝諸兄文戰得意靜候捷音的了。」人家以為他財多志短，抱定在家納福，做一個面團團、富家郎罷了。

這年秋天，成都舉行武闈，這一次武闈，比以前不同，朝廷因為邊塞不靖，陝甘等省流寇紛起，內外禍患交逼，天下多事之秋，特地分派重臣，到各省監臨武闈，認真選拔真才，儲為國用，監臨成都武闈的大臣，是兵部參政廖大亨，旨飭廖大亨會同新調成都巡撫邵宏業迅速赴蜀，認真辦理，這消息傳到四川，各縣武秀才，各各預備一獻身手，博一名武舉人的頭銜。

有了武舉人頭銜，便可進京會試，飛黃騰達名揚天下，考這武闈，注重的是弓、馬、兵、石、策，五項。弓是箭法，馬是騎術，兵是馬上步下各般兵刃，石是舉重，只有策是動筆的，是對答幾條關於行軍打仗的重要題目。

這當口，楊展忽然辭別自己母親和破山大師，雇了一隻舒適的江船，帶了一名書僮和隨身行李應用等件，悄悄地逆流而上，向成都進發。嘉定到成都的水道，不過三四百里路，因為逆流行舟，比順流而下卻慢得多，過了青神，到了彭山相近的白虎口，卻值上流連天淫雨，山洪暴發，上流無數支流，都在彭山匯合，注入岷江，江水突然大漲，而且急流奔湍，建瓴而下，加上江風怒捲，暴雨傾盆，這時再想逆流而進，危險萬分，便是船客膽大，船老大一家性命都在船上，也不肯冒這危險。

楊展也是無法，只好依照船老大，把船駛進叉港，泊在白虎山山腳下，天色已晚，風雨卻止，可是上流水勢一瀉千里，實在太洶湧可怕了，只好下錨，預備在山腳下停宿一宵。

楊展在船艙內用過了晚飯，聽得自己船旁人聲嘈雜，便走到船頭四眺，卻喜雨絲已停，天上一輪皓月，已從陣陣奔雲中湧現出來，一看泊舟所在，頗為荒涼，有名的白虎山，像筆架般峰尖，忽高忽低，排出好幾里外去，幾條山腳伸入江邊，山腳上林木森森，屏風一般，把外邊迅捷的江流擋住，船在山腳深灣之處停泊，好似進了船塢一般，山腳林木之間，似乎有幾條小道。

楊展還是頭一次停泊，地理不熟，不知小道通到何處，只覺這一帶山腳，並無燈光，可見絕無住戶，大約連漁戶都沒有一家，端的荒涼已極，緊靠自己船隻並肩泊著三隻雙桅頭號大船。每隻桅巔上，懸起兩隻擋風紅燈籠，船內也燈火閃爍，人影亂晃，船頭上還有掛刀的兵勇，有幾個跳上岸去，手上都拿著短刀長棍之類，故意把手上兵刃，弄得叮噹亂響，來回巡視，大約這三隻大船，內有官員官眷，所以鬧得這樣威武。

楊展在船頭閑立半晌，正要進船，忽見叉港又進來一隻大船，黑黝黝的不見燈光，一進港口，並不向這面駛來，遠遠地便泊住了。泊停之後，掌舵掌篙的船老大，似乎影綽綽往蓬底一鑽，便鴉雀無聲地停在那兒了。

楊展看得心裡一動，覺得那隻黑船，有點蹊蹺，冷眼偷看岸上幾個兵勇，並不理會那隻黑船，卻不斷地向自己打量，其中一個，竟踅了過來，大刺刺地向楊展問道：「喂，你們上哪兒去的，這兒有的是泊船地方，何必緊緊靠在一塊兒，你瞧那邊這隻船，不是遠遠兒的泊著嗎，我們瞧你斯斯文文的，才對你好說好道，出門人眼珠亮一點，識趣一點，才不會吃虧，光棍一點便透，你還不明白嗎？」

楊展無緣無故被這人教訓了一頓，並不動怒，也不答理，只一聲冷笑，回頭向後艄船老大喚道：「老大，你聽見麼，我們沒有可怕的，何必擠靠著人家，快替我泊得遠遠兒的，這樣好月色，睜著眼瞧顧，也怪有趣的。」說罷，自顧進艙去了，進艙以後，卻暗囑船老大快起錨，泊遠一點，而且不要靠岸，要泊在離山腳一丈開外。

船老大也聽見岸上兵勇們無禮的話，卻不明白為什麼要泊得離岸一丈開外，不便多問，便指揮船上夥伴，起錨解纜，果真照楊展吩咐，遠遠地離著三隻官船泊了，這樣，港內五隻船分三處泊著，近港口的是後來的一隻黑船，中間是三隻雙桅官船，靠裡一面是楊展的座船，唯獨楊展這隻船，並不靠岸。

楊展待船泊定，把中艙右面一塊隔水板抽掉，把艙內一隻風燈，移向遮暗之處。這樣，從抽掉隔水板一塊地方，可以望見中間三隻官船的動靜。因為自己的船，離岸一丈開外，也可以望著港口那隻黑船。

約莫到了起更時分，一聽自己書僮和後艄船老大等，都已睡得像死一般，悄悄把自己身上略一結束，腳下一雙粉底朱履，換了一雙薄底快靴，隨手從行李捲內抓了把制錢塞在懷裡，外面長衣，並不脫下，一瞧三隻官船，中艙燈火齊息，船頭和桅尖，依然高懸紅燈，船頭燈影下，似乎留著守夜的人，再瞧港口那隻黑船上，從後艄漏出幾絲燈火之光，片刻工夫，突又熄滅，卻從船頭上竄出四五條黑影，沒入岸上樹影之中。

楊展瞧戲法似的，暗暗點頭道，果然不出我所料，忙過去把自己艙內一盞風燈吹滅，在身上束了一條汗巾，把自己前後衣角曳起，向腰巾上一塞，走近船頭，暗地向那面一瞧，在船頭上一伏身，宛似一道輕煙，飛出兩丈開外，一落地，已到岸上，一沾地皮，倏又騰身而起，竄進山腳深林之內，在林內躡踵提氣，向官船停泊所在一路急馳，腳下絕不帶出一點響聲，剎時已到了三隻官船近處，刷地又縱上林口一株兩丈多高的黃桷樹上，隱身在枝葉叢密處所，居高臨近，腳下靠岸三隻官船上情形，看得逼清。

沉了半晌，林內颯颯有聲，瞧見四五條黑影，從那面林內，箭一般穿了過來，到了近處，聚在一處，似乎交頭接耳秘議了一陣，其中一條黑影，從林內向自己座船所在奔去，片刻工夫，在自己座船相近岸上，停身向自己船上打量了半天，大約因為泊得遠，並不縱上船去，轉身跑了回來，楊展在樹上暗想，不要輕看這幾個綠林，心思也很細，再一看三隻官船上，在船頭守夜的兵勇，竟抱著刀蹲在一邊打呼鼾了。

楊展已看清岸上預備動手的賊人，只有五名，個個一身青的勁裝，頭上也用青帕束髮，帶著各種兵刃，而且舉動很奇特，五個賊人湊在一處，並不縱下船去，竟在岸上立定，對著船頭一字排開，中間一個斜背一柄厚背鬼頭刀的，突然用食拇兩指，向口內一放，呼咧咧地吹起一陣尖銳悠長的口哨，在這港灣靜夜，突然發出這種怪聲，水面山腳，隱隱起了回聲，一發動人心魄。

三隻官船頭上守夜的兵勇，猛然被這一聲口哨驚醒，睡眼惺忪地愕然四顧，一眼瞧見岸上屹然卓立身帶兵刃的五個凶漢，立時啊喲連聲，有一個手上兵刃，竟嚇得噹的掉在船板，像掐了頭的蒼蠅一般，自己先亂成一堆。

樹上的楊展，幾乎瞧得笑出聲來，猛聽得岸上五個賊人裡面，一人高聲喝道：「亂什麼，把手上傢伙放下，抱著胳膊，往旁邊一蹲，沒有你們的事。」

船頭上的兵勇們，還在遲疑之間，三隻官船的後艄，也是幾聲口哨，每隻船上都竄起一個人來，落在船頭上，手上都拿著雪亮的長刀，齊聲威喝道：「老子們伺候了你們幾個屎蛋一路，把你們送到了地頭，還不乖乖地說好聽的，定要送你回姥姥家去麼？」這樣兩面一威逼，船頭上的兵勇們，真個都放下兵刃，蹲在一邊去了。

楊展急瞧船頭上的賊人，都是船老大的裝束，恍然大悟。明白賊人計劃周密，連這三隻官船上的船老大，都是盜黨。這般盜黨，似乎對於這三隻官船，穩吃穩拿，步驟井然，倒要瞧明白了，再見機行事。

這時三隻官船的中艙內已起了騷動，還夾雜著女子驚叫，小孩啼哭之聲，岸上盜黨裡面，一人厲聲喝道：

「呔！船內狗官邵宏業聽著，老子行不改姓，坐不改名，便是你怨家對頭，巴東搖天動，你在襄陽用詭計壞了俺幾個弟兄，還不知足，幾次三番，想捉拿老子，哪知道老子，並沒有把你放在眼內，偏要和你鬥一下，打聽得你這狗官刮足了民脂民膏，帶著妻妾老小調到成都來當巡撫了，天從人願，老子略使手段，你三船財寶和一家老小，盡落在俺們手掌之中，現在沒有什麼說的，你乖乖地把三船財寶和你兩個嬌滴滴的女兒，留在船內，其餘男的女的，統統替我夾著尾巴，溜上岸來，這樣，老子們看在你這份財寶和你兩個女兒面上，放你們一條生路，不然的話，刀刀斬盡，休怨俺搖天動心狠。」

樹上的楊展聽得勃然大怒，可惡這般亡命徒，非但劫財，還要劫人，正想飛身而下，忽見岸下靠右的一隻船上，忽然艙門一開，走出一個白面長鬚、方巾便服的人來，很從容地立在船頭，指著岸上幾個賊徒喝道：

「我便是欽派監臨成都武闈的兵部參政廖大亨，你們也是父母所養，也是大明的子民，邵巡撫奉朝廷旨意，調任成都，你們竟敢攔截朝廷大臣，口出凶言，你們為什麼不想一想，劫官如同造反，大兵圍剿，還不是身首異處，本大臣偶然和邵巡撫同舟入川，碰著這檔事，特地出來勸你們一番，趁此還沒有做出來，立時悔悟，感召天和，你們還可保全首級……」

廖參政還想說下去，岸上搖天動早已聽得不耐煩起來，哈哈大笑道：「你倒還有點膽量，照說沒有你的事，聽自己一報腳色，倒提醒了我，一不做，二不休，我們明人不做暗事，乾脆有一個算一個，一刀兩斷，免留後患。」

搖天動話剛說完，廖參政身後艙頂上，一個盜黨舉著鋼刀，已向廖參政身後趕來。樹上楊展暗喊不好，一抖手，一枚制錢，已向艙頂盜黨飛去，原來楊展看出情形不對，早已扣了幾枚制錢在掌中，從樹上到廖參政那隻官船，也有三四丈遠近，可是楊展暗運內勁，小小的一枚制錢，疾逾閃電，哧地已鑽入艙頂的盜黨眼內，一聲慘叫，噗通一聲，艙頂的盜黨，一個倒栽蔥，跌落水中去了，這一下，非但船頭上的廖參政嚇了一大跳，連岸上五個強盜，也沒有瞧清是怎麼一回事。

不料就在這一瞬之間，凡在三隻官船艙頂上的盜黨，預備揮刀動手的，都無緣無故地個個受傷，也有擲了手上兵刃，滾到江裡去的，也有跌倒艙頂，叫聲不絕的，樹上楊展也暗暗稱奇，自己只發出一枚制錢，哪能傷這麼多人，定然除自己以外，另有能人，暗伏一旁，打這不平了。

這時，岸上盜首搖天動等五個強徒，已看出有人作梗，忽地四下敞開，只搖天動拔出背上厚背鬼頭刀，抱刀卓立，昂頭四顧，厲聲喝道：

「哪位江湖同源，不必藏頭露尾，老子巴東搖天動在此候教。」

搖天動這一叫陣，樹上楊展本想下去，忽一轉念，先瞧一瞧暗中出手的是何腳色，這一來，搖天動空自嚷了一陣，半晌，沒有動靜，大約暗中的一位，也和楊展一般主意，先得瞧瞧人家的，暗下裡這一擠，卻把搖天動僵在那兒了。

搖天動一陣冷笑，向散開的四個強徒說道：「白虎山這一帶沒有成名的老師父，說到江面上線上的同源，和俺搖天動都有個認識，沒有不開面的。除非是初出道的角兒，但是想從老子手上，雁過拔毛，也得在我面前，拿出點玩意兒來，像這樣暗中取巧，江湖道上，還沒有這一號人物呢。」

搖天動這樣一敲山震虎，以為定把暗中的人擠出來了，哪知仍然白費，岸上岸下鴉雀無聲地沉了一忽兒，岸上搖天動五個強徒，弄得沒法擺布，船頂上已傷了好幾個同黨，如果不把暗中攪局的弄清楚了，便沒法伸手做案，可惡的暗中人，存心惡擺布，同你乾耗，這一帶盡是深林，人暗我明，也無從搜起，鬧得搖天動進退兩難，可笑船頭上立著的廖參政也愣住了，做官的怎知江湖上的把戲，他雖然有點明白，暗中有人和強徒鬥上了，聽搖天動口氣，似乎有人存了見面有份的主意，想從搖天動手中，分點什麼，無論如何，自己和邵巡撫已入強盜掌握之中，自己沒有什麼，邵巡撫家眷和細軟，實在不堪設想了。

搖天動和四個盜黨在岸上僵了一陣，始終不見有人露面，心想岸下三隻船上金珠財寶，和嬌滴滴的美人兒，已是到嘴的食，如果被這暗中的人一搗亂，把到口的食吐出來，從此我搖天動也不必在江湖鬼混了，這半天，沒有人答話，也許提出我搖天動的名頭，把這人嚇退了。

他想得滿對，一瞧艙頂被人暗地襲擊的幾個黨徒，掉下河去的，因為識得水性，都已帶著傷，落湯雞似地爬上岸來，沒有掉下河去的，兀自在艙頂撫摩自己傷處，搖天動瞧得更是憤火中燒。

一聲大吼，鬼頭刀一揚，指揮幾個同黨，喝聲：「上！搶下來再說。」正要奔下船去，猛聽得相近黃桷樹上有人喝道，「站住，我有話說。」搖天動吃了一驚，想不到搗亂的人，就在自己背後的黃桷樹上，急忙一轉身，橫刀仰面，向樹上大喝道：「何人敢壞你家寨主爺好事？有膽量的，下來見個真章。」

搖天動喝聲未絕，黃桷樹上一聲冷笑，刷地飛下一條灰影，其疾如風，呼地從搖天動頭上飛過，活似一隻巨鳥，直飛落三丈開外，一沾地皮，倏又騰身而起，落在靠岸中間一隻官船的桅杆上，軟巾直折，衣履翩翩，很瀟灑地停身在桅杆上半截扯風帆的一塊橫板上，比艙頂高出七、八尺上去。

楊展存心要保護三隻官船，而且要搜索在暗中還沒露面的人，所以一下樹，便飛上中間官船的桅杆上，可以居高臨下，一覽無遺，在桅杆上停身以後，指著岸上搖天動笑喝道：

「盜亦有道，像你這樣一面劫財殺官，一面擄人婦女，簡直是綠林敗類，虧你還敢自報匪號，叫什麼搖天動，像你這種鼠輩，只配稱『倒路屍』，還嫌臭塊地，我還告訴你，這三隻船上，和我非親非故，但是萬事總有個天理人情，違背天理人情的事，誰也看不過去，現在既然被我趕上，再讓你們動了他們一草一木，從此這條岷江，我姓楊的也沒法走了。」

楊展話風剛完，近岸左面一排矮樹背後，突然一個怪聲怪氣的嗓音，亂嚷道：「罵得好，罵得好。」

嚷了一陣，忽又嘟嚷道：「要命，要命，窮命的人，想出個舒服的大恭都不成，本來我想出完了恭，向這位寨主爺分點財香，現在被你這風急火急的一來，連我這頓大恭，都被你罵得彎回去了，大約我到手的財香，也要飛，生成窮要飯的命，有什麼法想。」

說罷，樹影晃動，從一排矮樹後面，影綽綽鑽出一個人來，高一步，低一步的，蹲到月光底下，蓬頭光腳，一身破衣，兩腿滋泥，左臂夾著一根短拐，右手兀自把褲腰亂塞，可不是一個瘦猴似的窮要飯的。

這要飯的鑽了出來，竟走到搖天動跟前，點點頭笑道：「寨主爺，你真福大量大，這三隻船上油水不小，你寨主爺費了許多心機，已經穩穩地送到你面前，你還等什麼，人手不夠的話，臭要飯替你忙合忙合，事完，你寨主爺隨便賞一點，夠我臭要飯吃喝一輩子的。」

桅杆上楊展一頓臭罵，已夠搖天動受的，偏在這節骨眼上，又鑽出一個要飯的來，嬉皮笑臉一套近乎，更把搖天動挖苦得淋漓盡致。

搖天動在巴東一帶，也有點小名頭，明知今晚要糟，明知今江湖上最不好鬥的，是僧，道、文士、女子、乞丐，五種人。這五種人，能在江湖上管閑是非，打抱不平，定有特殊的本領。萬不料今晚碰著兩位，眼看桅杆上翩翩儒雅的文生，已漏了一手絕頂輕功，這手輕功，便得甘拜下風，不料又鑽出這塊蘑菰，句句都中著自己心病，奇怪的這要飯瘦猴子似的，通身沒有四兩肉，也敢在我面前作怪，不如我先把這臭要飯打發了再說。

他心裡風車似地一轉，原是眨眼之間的事，在要飯話風一停，搖天動順著他口氣猛地喝一聲：「好！寨主爺賞你一刀。」便在這一喝中，搖天動身形一動，一柄厚背鬼頭刀，呼地帶著風聲，一個橫斬，先攔腰截去。

瘦要飯嘴上嚷著：「啊唷！我的媽，你真狠。」嘴上喊著，並不出手，只斜著一上步，搖天動的刀便落了空，慌把鬼頭刀往上一展，左腿向外一滑，獨劈華山，刀沉勢猛，又向要飯的肩頭斜劈過去，要飯的一甩肩頭，身子旋風般一轉，左臂夾著一支短拐，已到右手，拐隨身轉，噹的一聲，拐頭正點在刀片上。

搖天動頓覺虎口一麻，幾乎出手，吃了一驚，慌一翻身，展開五鬼奪魂刀的招術，點、斬、挑、截，掃五字訣，上下翻飛，使出壓底功夫，和要飯的短拐相拚，起初以為要飯手上一根短棒，無非是根木頭，一上手，才知是精鐵鑄就的短拐，在要飯手上，輪轉如風，拍、砸、撩、壓，點、打、撥、掄，招術精奇，點水不透，搖天動這柄鬼頭刀，用盡巧妙招數，休想佔半點便宜，漸漸地步步後退，連招架都有點手忙腳亂起來。

這當口，一個盜黨，一個箭步趕到要飯的身後。右腕一翻，一柄鋼刀，順水推舟，想從後夾攻，桅杆上楊展大喝一聲：「呔！無恥鼠輩，還不退後。」那個賊黨，卻也聽話，噹的一聲響，單刀落地，捧著右腕，往後直退，原來楊展居高臨下，早已監視著岸上四面散開的四個餘黨，這個盜黨，想從後暗襲，刀還沒有迎出，楊展一聲猛喝，一枚制錢已中右腕，連其餘三個盜黨，也不敢上前了。

便在這時，搖天動手上鬼頭刀，撤招略微緩得一緩，已被要飯的鐵拐，震出手去，還算搖天動身上功夫不弱，腳跟一踮勁，竟倒縱出一丈開外，卻並不逃走，高聲喊道：「今晚俺搖天動認敗服輸，請兩位報個萬兒，咱們後會有期。」

瘦要飯呵呵笑道：「寨主爺，臭要飯還有萬兒嗎？」說了這句，卻把自己一雙滿腿滋泥的光腳板，蹺得老高，遙向搖天動笑道：「這便是我的萬兒。」

搖天動吃驚地說道：「我想起來了，原來尊駕就是岷江龍頭丐俠鐵腳板，幸會，幸會。」

說了這句，忽然向桅杆上楊展抱拳問道：「尊駕輕功暗器，端地驚人，佩服之至，高人定有高名，請賜萬兒。」楊展剛要張嘴，岸上鐵腳板搶著說道：「這位楊兄，江湖上沒有萬兒，他也不是江湖道上的人，你定要打聽，我可以提出一個人來，他便是破山大師最得意的高徒。」

搖天動一聽得破山大師，嘴上「嗐」了一聲，一跺腳，向幾個盜黨遙一揮手，從地上拾起自己的鬼頭刀，轉身竄入林內，走得沒了影兒，其餘盜黨，也個個學樣，鑽入深林之中，船上還留著幾個盜黨，竟跳入水內，借水而遁，逃得一個不剩。

楊展在桅杆上雙足一點，縱上岸來，向鐵腳板躬身施禮道：「原來足下便是眉山陳登皞兄，曾聽七寶和尚提起大名，久已心仰，今晚幸會，但陳兄何以認識小弟，並還說出敝老師方面呢？」

鐵腳板大笑道：「我是奉令正雪衣娘之命，特來迎接吾兄的，我趕到烏尤寺，打聽得兄台已經登程，我仗著自己一雙鐵腳，素喜走旱道，回身便趕，沿江一看，水漲風緊，算計今晚定然停泊白虎口，不料趕到以後，碰到這檔把戲，倒會著楊兄了。」

楊展一聽是自己未婚妻雪衣娘派他來的，忙問：「雪衣娘那邊，定有事故，因為小弟赴成都之事，她是知道的，不過未知小弟何日就道罷了。」

鐵腳板說，「那邊停泊的，定是尊舟，咱們到船上細談罷。」

岸上楊展和鐵腳板談話時，三隻官船上盜去身安，艙內艙外，燈火重明，紛紛活動起來，那位兵部參政廖大亨，始終站在船頭上，一切看得很清楚，早已派了兩個貼身跟隨跳上岸來，等得兩人談了一陣，兩個跟隨，便躬身說道：「奉敝上命，請兩位降舟一談。」同時船頭上廖參政，也高拱雙手，朗聲說道：「兩位豪傑，務請屈尊一談，下官在這兒恭候了。」

兩人本想回自己舟去，被他高聲一喊，只好遙遙答禮，鐵腳板悄悄說道：「我不喜和這種人周旋，吾兄下去敷衍幾句便回，我在寶舟坐候便了。」

說罷，頭也不回，徑自走了。

楊展沒法，把曳起的前後衣襟放下，跟著兩個下人，走下廖參政立著的官船，向廖參政躬身一揖，卻不下拜，嘴上說：「嘉定生員楊展參見。」

廖參政一手拉著楊展，呵呵笑道：「難得，難得，怪不得美秀而文，原來是位黌門秀士，老弟，老夫託大，請不以俗吏見棄。」說罷，拉著楊展走進艙內，到了艙內，還未坐定，艙外報聲：「邵大人來謝楊秀才了。」

艙門開處，一個方面大耳的胖子，邁著大步擠進艙來，一見楊展，居然兜頭一揖，嘴上還說：

「今日不是楊兄扶危救困，下官一家老弱不堪設想，此恩此德，沒齒難忘。」

楊展微一皺眉，只好極力遜謝，廖參政卻呵呵笑道：「我卻不這樣想，我還感謝這般亡命之徒，使老夫得到一位允文允武的奇才。」說罷大笑不止，卻問還有一位，怎的不肯賜教，楊展忙說：「那位陳兄，生員也是初會，山野之性，尚乞兩位大人鑒原。」

廖參政點頭道：「何地無才，唯埋屠狗，往往交臂失之，這便是鐘鼎山林，不能沆瀣一氣的毛病，言之可嘆。」楊展覺得這位廖參政頗有道理，和這位邵巡撫滿身富貴氣大不相同，楊展正想告退，廖參政忽又問道：「老兄，大約也上成都，未知有何貴幹？」

楊展一想他是欽派監臨武闈，我怎能說出進闈應考，略一遲疑，廖參政呵呵笑道：「老弟非但文武全才，而且清高絕俗，前程未可限量，但是我卻明白老弟到成都，定是應考武闈，因為老夫是監臨，老弟避嫌，不願說明，正是老弟乇心之正，照說老夫也不應接待老弟，但是像老弟身抱絕技，人中之豪，豈是區區武闈，所能程限！

「老夫這樣一說，老弟定必疑惑，我怎能斷言應考武闈，其實事很明顯，老夫兩眼未盲，和老弟立談之間，便覺老弟氣清、神清、音清，是相術中最難得的三清格局，止就功名一途而論，已足拾青紫如草芥，但是今年鄉試已過，老弟還是生員，這不是老弟文場中名落孫山，定是老弟不屑為章句酸儒，看得天下將亂，立志投筆從戎的緣故，等得老夫問起行止，不願說謊，卻又支吾其詞，當然因為避嫌，欲以真才實學揚名於世，不願因今晚救助老夫的一段因緣，自汙清名了，幾層一湊合，十之七八，便可斷定此去成都，投考武闈無疑，老弟，老夫信口開河，還能入耳否？」

廖參政愛才心切，溢於言表，這一番話，楊展聽得也有點知己之感。

旁邊邵巡撫也讚不絕口，恨不得留住楊展，同舟而行，他存心和廖參政不同，完全被強盜嚇破膽了，老愁著到成都還有百把里路，萬一搖天動一般盜黨，不肯放手，再在前途攔劫，如何得了，所以他顧不得大員身分，死命糾纏楊展，不肯放手，楊展心裡惦著自己船上的鐵腳板，幾次三番告辭，不能脫身，最後還是廖參政轉圜，他說：

「楊老弟耿允絕俗，武闈之先，絕不肯和我們盤桓一起的，不過邵兄所慮亦是，好在楊老弟寶舟同路到成都，楊老弟救人救徹，只要寶舟遙為監護，托楊老弟庇蔭，安抵成都，邵兄一家老幼，便感恩不盡了。」

廖參政這樣一說，楊展只好應允，這才脫身告辭，廖參政邵巡撫居然紆尊降貴，一齊送到船頭，楊展上岸時，留神那面港口停泊的盜船，已蹤影全無，想必悄悄溜走了。

楊展跳下自己船內，艙內燈光搖曳，陣陣酒香，飄出艙來，進艙一看，這位要飯似的客人，毫不客氣，把自己沿途解悶的一瓶大麴酒，家中帶出來幾色精緻路菜，都被他席捲一空，而且在艙板上，枕著鐵拐，蹺著泥腿，竟自高臥，而且鼻息如雷了，自己的書僮，愁眉苦臉地蹲在一邊，正對著這位怪客發癡。

楊展一樂，書僮正想開口，鐵腳板已一跳而起，伸個懶腰，指著楊展笑道：「三隻官船，倖免洗劫，你的美酒佳餚，卻遭了殃，都在我臭要飯的肚裡了。」

楊展笑道：「這點不成敬意，到了成都，和陳兄暢飲幾杯。」

鐵腳板搖頭道：「楊兄還在夢裡，雪衣娘這一次禍闖得不小，楊兄到了成都，怕沒有自在喝酒的閑工夫，便是在下今晚權借寶舟打個盹兒，天一亮，我還要替尊夫人搬兵，到蒲江找那狗肉和尚去，再同狗肉和尚到成都，來回好幾百里，夠我鐵腳板跑的，還有工夫和楊兄喝幾杯嗎？」

楊展吃了一驚，忙問：「雪衣娘闖了什麼禍，陳兄既然先到烏尤寺去過，我師父知道沒有？」

鐵腳板笑道：「雪衣娘天不怕，地不怕，只怕她父親，我臨走時，她再三囑咐，只要悄悄通知楊兄，提前到成都，不要傳到她父親耳內去，所以我到烏尤寺去，像做賊一般，暗地探得楊兄已經動身，並沒有和令岳破山大師見面。」

楊展說：「我和雪衣娘已有幾個月不見面，平時通信，她也沒有提起，怎的弄出是非來了？」

鐵腳板笑道：「楊兄不必焦急，也沒有什麼不得了的事，聽我一說，你便明白了。」於是兩人便在舟中剪燭深談，楊展才知自己未婚妻雪衣娘發生了意外糾紛，但是作者要說明雪衣娘的事，先得說明「巫山雙蝶」與「川南三俠」。

# 第四章　巫山雙蝶與川南三俠

在楊展未出世以先，長江一帶有兩個神出鬼沒的俠盜，還是一對情侶。這對俠盜一出手，必有特殊的記號，男的以黑蝴蝶為記，女的以紅蝴蝶為記，但是兩人形影不離，留下標記的時候，總是畫著一對翩翩飛舞的蝴蝶，不過一黑一紅罷了，江湖上有知道這對夫妻隱居巫山十二峰的，便稱為「巫山雙蝶」。

長江一帶的人們，流傳著「巫山雙蝶」許多艷事和怪事，甚至疑惑這一對情侶，是仙怪化身，講得神乎其神，其實「巫山雙蝶」無非武功已臻化境，舉動隱現莫測罷了。

巫山雙蝶縱橫江湖十幾年，名望越來越大，可是仇人也越來越多。有一年，兩夫妻厭倦江湖，離開巫山，隱居於成都城外偏僻之區，這對情侶一享偕隱之樂。紅蝴蝶懷了身孕，快到足月時，偏在這當口，黑蝴蝶偶然外出，被一個厲害仇家跟蹤到雙蝶隱居之所，雙蝶非常機警，又因紅蝴蝶懷著身孕，沒法爭鬥，對頭是個非常厲害的盜魁，黨羽眾多，黑蝴蝶未免勢孤，夫妻秘密定計，暫先隱避，擬出其不意，回到巫山老巢，待紅蝴蝶產下後，再作計較。不料敵人網羅密佈，在岷江要口，已有高手黨羽多人埋伏。

巫山雙蝶離成都時，特地雇了一隻破船，只帶一點隨身包袱，順流而下，到了嘉定相近，仍被敵人看破，先用暗器，把兩個船老大打下河去，黑蝴蝶一看不下毒手，難逃虎口，仗著一口利劍，和夫妻獨門暗器蝴蝶鏢，與敵周旋，黑蝴蝶在艙頂上，紅蝴蝶不便縱躍，在後梢一手把著舵，一手施展獨門追命蝴蝶鏢，助著丈夫，便在江面黑夜中，與仇家邀出來的五六個高手血戰，在兩夫妻獨門追命蝴蝶鏢之下，竟把敵手傷了好幾個。

這種蝴蝶鏢，鏢尖奇毒，一經中上，非殘即死。把敵人打退以後，黑蝴蝶交手之際，也受了劇烈的內傷，紅蝴蝶也震動了胎氣，兩夫妻黑夜之間，行船的船老大又死盜手，上不靠村，下不靠店，一夜之間，盡力把這隻破船，支持到嘉定城外，黑蝴蝶已經傷發身僵，奄奄一息，紅蝴蝶陣陣肚痛，行動不得，似乎就要坐褥，想替丈夫上岸抓藥，已不可能，鼎鼎大名的巫山雙蝶，到了這地步，也弄得一籌莫展，困在一隻破船裡面了。

幸而天無絕人之路，碰著楊展的父親楊允中，救了回去，才和楊家發生了密切的交情。

黑蝴蝶在楊家調養好內傷以後，紅蝴蝶也養下一個女兒，兩夫妻暗下一計議，楊家是嘉定首戶，院宇深廣，倒是絕妙隱身之地，仇人絕不會疑心我們在富戶藏身，不過夫妻在楊家坐食，也不是事，仇人邀出來幫手，雖然慘敗，仇也越積越深，遲早有個了斷，趁此由黑蝴蝶暗暗召集當年好友，和那仇人作個了斷，能化解最好，不能化解，爽興一拚，斬草除根。

初生孩子，雖是女兒，也是自己的根苗，楊家這樣恩義，雙雙拂袖而行，也非俠義丈夫所為，這樣，兩夫妻才決計一留一去，彼時楊允中夫婦，以為男的真個到成都清理帳目，販賣貨物去了，哪知道這時俠盜，在不得已情形之下，才作勞燕分飛的呢。

紅蝴蝶丈夫本姓陳，所以紅蝴蝶在楊家以陳大娘名義出現，楊家上上下下，只曉得陳大娘足跡不出楊家大門，足足五個年頭。五年以後，才和女兒瑤姑，不斷回成都去，夫婦團聚。其實他們夫妻只離別了幾個月光景。這幾個月，黑蝴蝶已邀集幾個生平好友，把厲害仇家解決。仇敵一去。隱身於嘉定烏尤寺內，因那時烏尤寺方丈，從前受過黑蝴蝶救命之恩，結為方外之交，黑蝴蝶既然隱身烏尤寺，不斷地在楊家後花園中，和紅蝴蝶暗中相會。兩夫妻神出鬼沒的功夫，人家看不出來罷了。

這當口，黑蝴蝶隱身烏尤寺。常常受寺中方丈佛法陶融，感覺本身殺業太重，已有出家之想，只放不下一生情侶紅蝴蝶和女兒瑤姑，而且他們兩夫妻縱橫江湖，平時疏財仗義，毫無積蓄，直到牟家坪牟如虎一檔事發生，楊夫人巨眼識英雄，一夜密談，明白了「巫山雙蝶」的來歷，結拜了雙層乾親，還暗暗訂定了楊展和瑤姑的婚姻，一發情深誼固。

楊夫人想請黑蝴蝶到自己家來和紅蝴蝶母女團聚，紅蝴蝶夫妻都覺不妥，難免發生意外，累及楊家，還是仍回成都的妥當，楊夫人這才把成都南門外武侯祠相近一所房產，送與「巫山雙蝶」作為他們夫妻偕隱之所，預先派人修葺一新，雙蝶夫妻這才重回成都，得享偕隱之願。

紅蝴蝶往返於成都嘉定之間，傳授嬌女愛婿的功夫，把楊展帶到成都時，照嘉定一般，請了位通品，教授嬌女愛婿的文學，到了楊展進學中秀才的前後幾年中，瑤姑和楊展，知識漸開，彼此都知道誰是誰，宛然一對小夫婦。雙蝶夫妻的一顆心，都貫注在這對小夫妻身上。

楊展和瑤姑的武功，可算得一出娘胎，便受了嚴格訓練，哪會不突飛猛進，出色當行。不過世間沒有長久圓滿的事，紅蝴蝶享了幾年家庭之福以後，在楊展中了秀才的一年，突然生起病來，有功夫的人，不易得病，一經得病，比普通人特別厲害，楊夫人得訊，帶著楊展趕到成都，乾姊妹病榻相對，只相處了幾個月工夫，紅蝴蝶竟百藥罔效，一病不起。

紅蝴蝶一死，黑蝴蝶萬念俱灰，立時把自己女兒交付了楊夫人，落髮出家，湊巧嘉定烏尤寺方丈，也在這時圓寂，圓寂時留下一封遺信，勸黑蝴蝶勘破紅塵，皈依三寶，信外還附了披度戒牒，和方丈的衣缽袈裟，幾下裡一湊，黑蝴蝶主意更決，楊夫人百般勸阻，也是無效。

照黑蝴蝶意思，任何寺院，都可清修，並不要當方丈，再說初落髮的人，便當方丈，也是稀有的事，可是楊夫人和他夫人紅蝴蝶情逾手足，出家的黑蝴蝶，又是楊家的親家翁，於是錢可通神，寺廟也講勢利，有楊家這樣首戶，做烏尤寺大護法，何況前任方丈，留有遺言，寺內和尚都知黑蝴蝶不是常人，這樣黑蝴蝶一出家，便當了烏尤寺方丈了。

巫山雙蝶女的死了，男的出家，遺下的女兒瑤姑，雖然是楊家的媳婦，有楊夫人收管，但是瑤姑身穿重孝，楊展也有孝服，一時未便結婚，如果把瑤姑接回嘉定，變成了鄉村人家的童養媳，難免被人恥笑，和黑蝴蝶一商量，黑蝴蝶也不主張把楊展和瑤姑天天聚在一塊兒，因為兩人一年大似一年，平時冷眼看他們兩人，已竟恩愛得蜜裡調油，兩人武功，又還沒有到火候，還須刻苦深造，不便叫兩小常在一起。

兩位親家一打算，楊夫人便在成都挑選幾個老成的使女丫環，服侍著瑤姑，自己不斷地到成都來，慈母一般盡愛護之職。黑蝴蝶雖然出家，一面在烏尤寺日夜督促楊展下功夫，一面忙裡偷閒，還要趕到成都，考查瑤姑的武功，所以一個人，真要到五蘊皆空，六根清淨的地步，實在不易。

在黑蝴蝶既已出家當和尚，這顆心依然纏繞在這一對嬌女愛婿身上，他自己也明白和出家的初衷，有點自相矛盾。其實他在夫人死後，毅然出家，完全為了一個「情」字。出家以後，一顆心，牽纏在兩小身上，還是一個「情」字。他眼中看得楊展和瑤姑，完全是「巫山雙蝶」的一對影子，而且這對雙蝶的化身，將來比「巫山雙蝶」當年俠盜的大名，似乎要光明得多。

他還顧慮到另外一種深意。這種意思，存在他一人心中深處，極不願叫楊夫人知道，他自己明白當年「巫山雙蝶」縱橫江湖，仇人極多，最厲害的雖然已被自己除掉，難免沒有另外冤怨相報的人。對自己無法報復，定必找到兩小夫妻身上去。可是瑤姑和楊展一經成婚以後，兩小夫妻身分，和當年「巫山雙蝶」絕對不同，他們不是江湖中人，楊展還要從功名中，飛黃騰達，萬一被自己料中，有人找到兩小夫妻身上去，不是兩好結親，反而遺禍楊家了。

他存了這種深心，益發在兩小口身上，刻刻用心，只有把楊展、瑤姑兩人武功造就得比自己還強，便不怕人家尋仇了，他這樣存心，楊展和瑤姑的武功，當然與眾不同了，而他在兩人身上一番深情，也到了無以復加地步，所以世界最難勘破的，便是「情」字這一關，世界沒有這個「情」字，也不成為世界，我佛普渡眾生，還不是為了一個「情」字。

楊展在烏尤寺後面自己別業讀書，這幾年，正是黑蝴蝶盡心傳授武功的幾年。黑蝴蝶既然做了烏尤寺的方丈，當然不能再用江湖綽號黑蝴蝶三字了，烏尤寺前任方丈，留賜黑蝴蝶的披度法牒，法牒裡面已經註明一個法號，是「破山」兩字，做了出家的法名。「破山」兩字，怎樣用意，圓寂的老方丈，沒有加以說明，還是破山自己靜中生慧，參悟出破山兩個字的用意，他說：

「常年和紅蝴蝶隱跡巫山，出沒江湖，不管人家稱他強盜或俠盜，總是不入王法的草寇，說得好聽一點，便是山大王，不論王法，照佛家因果循環來說，一生殺業太重，定要落到被官軍破山，身首異處為止，現在幸保首領，跳出紅塵，皈依我佛，無異兩世為人，所以用這『破山』命名，教他時時警惕，自己是倖免官軍破山，身逃法網的人，還不一心皈依，懺悔一生殺業麼！」

他自己這樣一解釋，倒符合了放下屠刀，立地成佛之旨，他除傳授楊展和瑤姑兩人武功以外，確是戒律謹嚴，功德精進，嘉定一帶，也漸漸知道了烏尤寺方丈破山大師的清名。

有一天，楊展自己在烏尤山僻靜處所，練完了功夫，提著破山大師賜他的一口寶劍，劍名「瑩雪」，這口瑩雪劍，和紅蝴蝶遺傳她女兒一口「瑤霜劍」，正是一對，瑤姑得了瑤霜劍以後，破山大師把她名字也改為瑤霜，人劍同名，真是「人即是劍，劍即是人」了。

且說楊展提了瑩雪劍，信步走上烏尤山最高所在，山巔高處，有座亭子名叫曠怡亭，大約是登高四眺，心曠神怡的意思，楊展緩步而上，到了曠怡亭前，驀見亭內石桌上，一個從來沒有見過的和尚，呼聲如雷，蜷身而臥，從他身上發出來的酒肉氣味，異常濃厚。

細看這和尚時，蠶眉虎目，闊面大耳，紫巍巍面皮，泛著紅紅的一層酒光，一件僧衣，滿身油漬，腌臢不堪，下面赤腳草履，也是泥漿滿腿，再一看，亭角還支著一具黃泥小風爐，餘火未熄，灶上破鍋內，還留著吃殘的狗腿，地上餚骨狼藉，酒瓶亂滾，心想這野和尚決不是烏尤寺的，便是相近大佛寺內，也容不得這樣酒肉和尚掛單，便搖搖頭走出亭來，獨自在山巔上縱目遠眺，看得嘉定斗大的城池，如在腳下，烏尤山屹峙江上，宛如水晶盤裡，堆著一塊蒼玉，山上山下，嘉木蓊鬱，蔚然一碧，和岷江內雲影波光，互相映帶，爽氣徐引，滌慮清心，真有瀟灑出塵，翩翩欲仙之概。

楊展披襟當風，幽然獨立，正在遊目騁懷當口，忽聽得身後呵呵大笑道：「秀才們，看江景，也只讀得幾句風花雪月的歪詩罷了，怎及我七寶和尚的逍遙自在，物我兩忘。」

楊展聽得吃了一驚，平時聽破山大師講起川南三俠的名頭，知道三俠是僧俠七寶和尚、乞俠鐵腳板、賈俠余飛，不想這狗肉和尚，自稱七寶和尚，慌轉過身去，只見七寶和尚身子斜依著亭柱子，手上拿著半段狗腿，正在大嚼，突然把狗腿折下一根半尺長的腿骨，骨上還帶著一點肉，猛不防把這塊狗骨頭向楊展一撩，還笑嘻嘻地喊一聲：「秀才！接著，啃狗骨頭，別有風味。」

兩人相距，也有兩丈開外，楊展不防他來這一手，那塊狗骨頭，咻地帶著一縷疾風迎面襲來，而且方向直對自己嘴上飛來，楊展明知有意相戲，微一側身，右臂一抬，只用食拇兩指，便把迎面飛來一根狗骨撮住，隨勢一抖腕，這塊骨頭毫不停留，刷地向那和尚頭上飛去，嘴上笑道：「請和尚自用吧！」

不料這塊骨頭，在楊展指上一出手，那面和尚草鞋一跺，燕子般向這面飛來，在半空裡一張嘴，正把擲還的一根狗骨在半路便被用嘴銜住，落下地來，已立在楊展面前，笑嘻嘻地說道：「我知道你是破山大師的高足楊秀才，你手上這口瑩雪劍我認識的。」

楊展知道川南三俠，對於自己岳父，均自居晚輩，便抱拳說道：「常聽家岳提起川南三俠大名，仰慕已久，不想今日無意相逢，何妨到敝齋一談。」

七寶和尚笑道：「你說什麼，你說敝齋，我可怕吃齋，你說有酒有肉，我非但立時跟你去，而且去了便不想走。」楊展知他故意打趣，笑道：「酒肉穿腸過，佛自在心頭，和尚自有來歷的。」七寶和尚看了楊展一眼，點點頭道：「破山大師快婿，畢竟不同，好，我到你樓上談談去，可有一節，你不要驚動破山大師，他出世早一點，我又是大廟不收，小廟怕留的和尚，咱們談談倒對我心思。」

楊展笑著答應了，兩人到了寺後小樓上，美酒佳餚，彼此細談，從七寶和尚口中，得知川南三俠和巫山雙蝶，有很深的淵源。尤其是三俠中的七寶和尚和鐵腳板，對於破山大師，以師禮待之，破山大師深知七寶和尚和鐵腳板常在成都出沒，曾托兩人隨時照料住在成都的女兒瑤霜，因此雪衣娘也常和二俠見面，楊展也聞名已久，今日才和七寶和尚無端遇合，從此便和七寶和尚有了交往。

有時楊展笑問他：「自稱七寶和尚，何謂七寶？」

他隨口答道：「和尚有廟，而我無廟，幕天席地，兩腳到處，便是我的廟，此一寶也；和尚必須拜師受戒，念經茹齋，而我葷酒不忌，無師無戒，不經不齋，此二寶也；和尚賴佛穿衣，靠佛吃飯，求財主，騙村婦，叩頭禮拜，募化十方，而我不必募化，以狗為糧，天下之狗無盡，我亦無盡，此三寶也；和尚無家室之累，而有坐關參禪之苦，我有和尚之名，而無和尚之實，悠遊天地，自在一身，此四寶也；和尚苦行苦修，只求早生淨土，免墮輪迴，我卻只問是非，不問果報，現世現了，何必來生，此五寶也；和尚講出世，我卻講入世，不平事，也得伸手管管，困苦人，也得盡心救救，和尚在廟內做功德，我在廟外做功德，此六寶也；還有一寶，卻不能說。」

楊展問他怎的第七寶便不能說了，七寶和尚在楊展耳邊悄悄說道：「七寶和尚到時，也要殺人，最不濟，也得屠狗，和尚手上有血腥，這話似乎不好出口了。」說罷大笑，忽又面色一整，大聲地說：「什麼叫七寶，滿是胡說亂道，說實話，七寶者，『吃飽』也，世界上不論出家人，或在家人，誰不圖一飽呢，往後你叫我『吃飽和尚』便得。」說罷，一聲狂笑，拔腳便走。

楊展一把拉住，笑道：「和尚慢走，我告訴你，從華嚴性海之義，可以悟到無人、無我、無去、無住、無垢、無淨，加上一個真如無礙，這七無，便是和尚七寶。」

七寶和尚看了他一眼，搖搖頭笑道：「那有這許多無字，我只曉得有了世界便有人，有了人，便有你我他，這兒有個你，成都有個她，因為有了你和她，便有我這七寶和尚替你們作捎書紅娘，有吃有喝也。」原來這時他要上成都，楊展托他捎信與雪衣娘，所以他這樣說，七寶和尚瘋了一陣，便到成都去了。

雪衣娘小名瑤姑，後改瑤霜。這雪衣娘外號怎樣來的呢？原來瑤霜和楊展，年齡相同，只楊展比瑤霜早出世一個月，兩人平時兄妹相稱。楊夫人對於瑤霜，愛護得無微不至。紅蝴蝶死後，寵愛尤甚。有楊展一份，便有瑤霜一份。因為瑤霜是女子，女子應用的東西，當然比男子多，因此楊夫人加意調理這位義女兼兒媳，不論穿的戴的吃的，瑤霜得比楊展多得多。

楊展在嘉定買了兩匹駿馬，在自己後園，圍了一處射圃，學騎射。楊夫人到成都時，也替瑤霜買了兩匹出色的名駒，這兩匹馬，一對似的，通體純白，毫無雜毛，竹耳蘭筋，非常英俊，瑤霜把這兩匹馬，愛逾性命，楊展上成都時，兩人並轡連騎，時常出遊。楊夫人和楊展回嘉定時，瑤霜沒有了管頭，後園雖然也有跑道和射鵠，總嫌馳驟得不盡興，仗著身懷絕技，不虞強暴，時常悄悄地把馬牽出後門，到空闊郊野之處，馳騁一下。

起初只在近處武侯祠一帶放個轡頭，後來看出兩匹白馬的腳程，一般地飛快，便漸漸一二十里放下轡頭去，瑤霜這時母喪未除，還是一身孝服，成都南郊一帶的人們，常常瞧見一個十七八歲的美貌姑娘，一身白衣，騎的又是一匹白馬，往來馳騁，控縱自如。這種女子，成都還真少見，大家不知道她是誰家姑娘，便胡亂替她取了個外號：叫作雪衣娘。每逢她騎馬而出，道上一般野孩子，便拍手喊著：「雪衣娘又來了！」

瑤霜、楊展兩人的武功，都是巫山雙蝶從小訓練出來的，應該差不多，但是武術一道，同一師父，一人有一人的造就，各有所長，也各有所短，絕不會等量齊肩。

楊展的武功，雖然也是紅蝴蝶一手教育，但是烏尤寺這幾年，經破山大師盡心指授，內外兼重，尤注重於長槍大戟，衝鋒陷陣之能。瑤霜卻專心一致於內家功夫，和輕身小巧之技，她母親一身絕技，可以說已經傾囊相授，一柄瑤霜劍，一袋蝴蝶鏢，已經練得得心應手，對於內家功夫，如三十六手點穴，七十二把擒拿，似乎比楊展略勝一籌。不過年齡所限，像巫山雙蝶出神入化的功夫，自然不能並論。

瑤霜聰明絕頂，人小志大，有時碰著七寶和尚和鐵腳板時，一瞧見他們兩人，偶然漏出幾手絕藝，便想盡方法，要兩人傳授，真也難為她，過目不忘，一點即透，因此她身上的功夫，比楊展多點，不過楊展稟賦極厚，天生神力，劍術拳術，務極精純，卻非瑤霜所及。

在楊展預備應考武闈這一年，瑤霜和楊展已都十九歲了，兩人的武功，自然又進步不少。楊夫人的意思，這時兩人孝服已滿，預備楊展武闈以後，便要替人兩成婚。楊展托七寶和尚捎去的信內，便是通知她自己母親的意思，和自己交秋到成都應考武闈的事。七寶和尚把這封信面交瑤霜，吃喝一陣以後，便自走了。

瑤霜接到楊展信時，還是春季。她暗想武闈大約在中秋前後舉行，最多三四個月工夫，兩人就要結婚。成婚以後，當然住在嘉定和老太太在一起，但是成都地方，實在比嘉定好得多，便是兩口子到城外聯騎並馳，嘉定城外哪有成都郊外的可以絕塵而馳？

她一想到絕塵而馳，便在家中匆匆用過午飯，只吩咐了眼前兩個婢女幾句話以後，便把身上略一裝束，又動了騎馬遊郊的興緻。這時她孝服雖除，改穿綢羅，她仍然愛穿淡雅的顏色，外面特地披了一件雪羅素裏圓的風衣，她一半好奇，一半童心未除，外面既然有雪衣娘的雅號，所以特地罩件純白風衣，保持了這個雅號。

她藝高膽大，成都又是省城，雖然郊外閒遊，從不帶兵刃和賭器。這天照常提了一支精緻馬鞭，從後門跳上馬鞍，轉上大道，一放轡頭，便向南郊道上馳下去了。

今天她又特別高興，一口氣便跑了十幾里路。這條官道，她平時原是跑熟的，鞭絲一揚，還想多跑一程，她又愛惜自己的馬，瞧見馬身上出了汗，才緩緩地鬆下韁來。

她這樣按轡徐行，一路春郊綠野，鳥語花香，美不勝收，心裡高興極了，一陣輕風又飄來一種沁心的異樣芬芳，她覺得這陣花香，與眾不同，站在馬鐙上，四面探望，瞧見右面一條小河上，架著長長的一座石橋，橋那面，一片樹林，林內一條小道，道旁雜花怒放，燦若雲錦，似乎別有佳境。

瑤霜一拎馬韁，便走上橋去，過橋穿進樹林，信馬溜韁，不覺穿過了這片樹林，一瞧卻是一個池塘，池塘岸上幾株高大的桐樹，滿樹開遍了芬馥幽絕的桐花，這種桐花，是綠萼紅蕊，四面開放的花瓣，卻是雪白的，花既嬌艷，香又濃郁，滿樹上蜂蝶交飛，落花陣陣，靠近幾株桐花，開著一座茶館，綠油欄杆，紅漆茶桌，掩映於花樹之下，襯著碧油油一塘池水，池塘內一群黃毛乳鴨，泛泛而遊，頗似一幅畫景。這是茶館後身，靠池塘的一面。

茶館的正面，情形便不同了，對面一排矮屋，參差不齊，有幾家挑出酒招，進進出出的，都是市井人物，中間一塊空地上，圍著一圈人，亂嚷嚷地不知鬧著什麼，茶館門口，也擁著不少人，指手劃腳的，不知談論什麼？

瑤霜順著池塘，賞鑒了一回桐花，不知不覺轉到茶館前面空地上，她在馬上，已看出一圈人堆內，地上坐著一個十六七歲的小姑娘，梳著雙丫角，披一件破爛的舊紅衫，赤著一雙泥腳，掩面而哭，身旁放著一個小包袱，從中有一個歪帽敞襟的顯眼漢子，指著地上小姑娘喝道：

「你不要得福不知足，你們走江湖的，官宦人家誰敢收留你們，現在有人收留你，還應允你父親棺殮，這也可以了，你還哭得沒了沒結，憑你還想大宅門招你去當千金小姐嗎？」

這人一陣胡喝，地上小姑娘，更哭得悲切了。瑤霜把馬頭一帶，嘴上喊一聲：「諸位閃一閃，當心被馬撞著。」

圍著的人，忙閃開了一個空檔，大家眼光一齊盯在瑤霜身上了，茶館門口閑看一般人內，便有人喊了一聲：「這是雪衣娘！」又有一個說道，「馬上也是小姑娘，地上也是小姑娘，一天一地，人比人，氣死人！」

瑤霜不理會這些閑話，向旁邊一個老頭兒問道：「老人家，這位小姑娘為了什麼事，哭得這樣傷心，她家裡的人呢？」

那老頭兒搖搖頭，嘆口氣道：「這孩子是外路來的，到成都還沒有一個月，這孩子同她父親，每天在青羊宮，練把勢，走繩索，胡亂掙幾個錢度日。不料日前父女回來，她父親便得了重症，只一天工夫便死了。死在茶館對面小客店內，小姑娘沒有錢棺殮，只一味傻哭，今天早上卻來了一個漢子，也是外路口音，對小客店內的人說，她父親棺殮一切由他來料理，這位小姑娘也由他領走，此刻有事不便，晚上再來。臨去時，丟下一錠銀子，教先棺殮了再說，不意這小姑娘不知什麼意思，等得她父親棺殮好以後，此刻悄不作聲的，竟想偷偷溜走，小客店老闆已由來人知會過，原是防她私溜，立時追了出來，把她截住。她卻賴在地上，哭得昏天黑地，再也不肯回店去了。」

瑤霜聽得有點奇怪，一飄身跳下馬來，預備向那小姑娘盤問一下，不意地上坐著的姑娘，一看她跳下馬來，突然跳起身，向瑤霜面前跪下，嗚嗚咽咽地哭道：「小姐，小姐，也許你能救我一命，我情願跟小姐去，做牛做馬也甘心。」

瑤霜這時看她兩手沒有遮著臉，細細的眉毛，靈活的大眼睛，皮膚雖然風吹日曬黑一點，小臉蛋頗有幾分秀氣，哭得梨花帶雨一般，更覺得楚楚可憐，便伸手把她拉了起來，說道：「你不要哭，我問你，你姓什麼？叫什麼？替你父親棺殮的是誰？你為什麼要逃走？你對我說明白了，我好救你。」

那小姑娘向眾人看了一眼，才悄悄說道：「人多不便說話，我父親死在仇人手上，想領我走的人，定是仇人一黨，所以我要逃走，逃不了，我也得拚出命去，替父報仇。小姐，我瞧見你跳下馬來，便知一身俊功夫，但是你自己酌量著，能救則救，不能救，快離開是非之地，不要連累了你。」

她說這話時，聲音非常之低，瑤霜聽得柳眉一挑，用手拍拍她的肩頭，說：「咱們有緣，我跟前也缺你這麼一個人，好，我替你弄清楚了，咱們就走。」

瑤霜說罷，已定了主意，伸手在錦鞍皮兜內，掏出兩錠銀子，轉身向剛才答話的老頭問道：「開小客店的老闆在哪兒？請老人家費心代叫一聲。」

老頭指著那顯眼漢子說道：「那不是客店老闆麼？」顯眼漢子看得小姑娘和瑤霜說話已經注意，這時一看瑤霜手上雪花花兩錠銀子，斜著眼早已盯在兩錠銀子上了。

瑤霜一看這人，便知不是正經路道，喝道：「你憑什麼攔住這位小姑娘，不讓她走路，你知道想領走她的人是幹什麼的，你做買賣的，也想串通匪人，拐騙人口麼！」

顯眼漢子吃了一驚，想不到這位美貌姑娘，嘴上這麼來得，忙陪笑道：「小姐，我們開客店的，怎能做這種事，想領走這孩子的人，幹什麼的，我們也說不清，不過他已丟下銀子，替她父親棺殮，這孩子如果一跑，那人向我們索還銀子，我們也是麻煩，所以……」

瑤霜不等他說下去，笑道：「你原來為了這點銀子，那容易辦。」說罷，把手上一錠銀子，向顯眼漢子面前一擲，喝道：「那人來時，便把這錠銀子還他好了。」手上還多餘一錠，卻向在場眾人說道：

「諸位，我和這位小姑娘也是初見，諸位親眼瞧見這位小姑娘求我救她一救，願意跟我走，我也是姑娘，女人對女人，總有點同情心，我不管裡面有別情沒有，暫時收留她一下，免得她落於匪人之手，這兒還有一錠銀子，索性托這位店老闆，替她父親刨個墳埋了，也是一樁好事，墳上留個記號，這位姑娘自己可以來上墳化紙，盡點孝心。」說罷，便把餘下這錠銀子，也擲在顯眼漢子腳前。
眾人看得瑤霜言語舉動非常老練，偏又這樣美貌，年紀又這樣輕，無不齊聲讚歎，齊說：「姑娘好心有好報，我們在場的也盡份心，定照姑娘的辦好了。」
這時小客店老闆顯眼漢子，一面看著雪花花兩錠銀子，有點眼熱，一面又似乎不敢撿起地上銀子來。兩隻眼睛，只顧往茶店門口瞧，弄得沒了主意。瑤霜不管他，問那小姑娘道：「你在客店裡，還有要緊東西沒有？」
小姑娘道：「沒有什麼東西，無非擺場子的破刀爛鐵片，和幾根索棍罷了。」
瑤霜笑道：「跟我去可用不著，咱們走吧。」

# 第五章　七星蜂符

瑤霜馬鞭一順，把風氅一拎，左手一按判官頭，回頭向那小姑娘說：「你能騎馬麼？你只要在我身後緊緊攬著我的腰，便掉不下來。」

那小姑娘說：「小姐，你只管上馬，我手髒，一抱腰，倒把你衣服弄汙了，我在馬屁股後一點地方便得。」瑤霜明白她能走索，定有點輕身功夫，小劍靴一點馬鐙子，便先聳身坐上馬背，那小姑娘把自己包袱向左臂上一套，一矮身，刷地竄上馬屁股，卻是側身坐在馬鞍後屁股脊上，身上並不靠緊瑤霜，只右手微扶鞍後。

瑤霜看她坐穩了，正想上路，驀見茶館門口，竄出一人，喊一聲：「慢走！」人已飛步趕到馬前，伸手把馬嚼環攏住，蹬著眼喝道：「你這小姑娘，年輕不懂事，你身後的孩子，是有主兒的，你和她陌不相識，怎能隨隨便便把她帶走了？一半天有人問你要這孩子，你便要後悔！」

瑤霜打量這人，鼠眉鼠目，一臉姦邪，暗想怪不得她跑不了，原來還埋著暗樁哩，我既然伸手管了此事，顧不得有什麼麻煩了。立時嬌叱道：「你是什麼人，敢攔住我馬頭？」

這人大約心底下有點明白，欺侮瑤霜是個年輕姑娘，丁字步一站，一手緊緊攏住馬嚼環，哈哈笑道：「你管閑事，我也是管閑事，趁早叫那孩子下來，你走你的，否則，連你也走不了。」

這一句話，使瑤霜發怒，一聲不響，右手馬鞭一沉，順著這人攏住嚼環這條胳膊下一穿，貼著這人胸脯往外一兜，這一兜，暗用了一點內力，這人萬料不到，這點年輕姑娘，有這麼大的能耐，啊喲一聲，一個身子，竟被馬鞭兜起七八尺高，風車似地跌出一丈開外，跌得發昏，半晌才爬起身來，看時，雪衣娘一馬雙馱，已穿出樹林，走過那石橋了。

雪衣娘瑤霜把小姑娘帶回家來，天色已晚，吩咐使女們，替她沐浴更衣。吃過了晚飯，瑤霜在樓上自己臥室內，叫使女把小姑娘帶上樓來。一瞧這小姑娘沐浴更衣以後，宛然換了個人，眉目如畫，玲瓏活潑，非常討人喜歡。

小姑娘跪在瑤霜面前，叩謝救命之恩，情願終身服侍小姐。瑤霜叫她起來，問她來歷和她父親怎樣被人弄死，仇人是誰？她說，她叫小蘋。姓什麼，她自己也不知道。

死的父親有個外號，叫做花刀李。花刀李並不是真正父親，花刀李妻子是小蘋母親的妹子。小蘋母親去世，家裡沒有照料她的人，花刀李夫婦便把她領來，當作自己女兒。花刀李妻子，本來是個繩伎。夫妻終年飄流江湖，小蘋也跟著他們，學了點江湖本領。三人搭檔，混了好幾年，花刀李妻子死後，花刀李便仗著小蘋跑碼頭，混飯吃。從長江下流，慢慢流浪到成都，在青羊宮擺了幾天場子。

有一天，幾個惡霸，向花刀李索取規例。偏逢生意不好，手頭奇窮，口頭上大約硬了一點，幾個惡霸也有意尋事，一個對付不得法，便被惡霸黨羽們群毆。花刀李年紀上了歲數，身上也沒有多大功夫，竟被他們打得內外受傷。回到小客店，便吐了血。醫治又沒有錢，折騰了一天便死了。

死前從身邊掏出一樣暗器來，交與小蘋，叫她拿著這件東西，想法到眉山，去找岷江哥老會首領丐俠鐵腳板，定會替她想法找個安身之處，也許還替他報了仇。花刀李說完便死，不料惡霸們黨羽甚多，小客店老闆，也是他們的人。看得小蘋長得不錯，串通著又從她身上想歹主意。

小蘋機靈不過，暗藏著那件暗器，假裝一味哭泣，讓惡霸們鬼鬼祟祟出錢棺殮以後，便想偷偷溜走，到眉山找鐵腳板去，不料惡霸們羅網四布，逃不脫身，便又改變主意，預備把這件暗器帶在身邊，跟著惡霸們走，找著機會，冷不防用這暗器，打死一兩個惡霸，替花刀李報仇。自己能逃則逃，逃不了拚著一死，決不落在惡霸手中。萬想不到會逢凶化吉，被小姐救了回來。瑤霜聽她說完，笑道：「原來是這麼一回事，幾個惡霸，無非雞毛蒜皮的人物，不值一談，倒是你說去找眉山鐵腳板，這人我認識，你先把那暗器拿出來我瞧瞧。」

小蘋依言，把隨身帶的小包袱解開，其中無非幾件替換破衣服，小蘋在衣服夾層裡，取出一件東西，是個五寸長的黃銅圓筒子，一頭像蓮蓬似的，有七個小窟窿，一頭是個螺絲旋蓋，圓筒子身上，近蓋處有一圈突出的銅帽子，連著筒內的機括，原來是個精緻的袖箭筒。

瑤霜把這黃銅箭筒，拿在手內，反覆看了一遍，看到箭筒身上，細細的刻著「洪武三年元月製」字樣，慌忙把底蓋旋開，抽出彈簧，向桌上一倒，倒出七枚三寸長筆帽似的銅釘來。每一支銅釘尾上，有一個窟窿，窟窿上綴著一撮黑絨。

瑤霜嘴上噫了一聲，指著桌上銅釘說道：「這是邛崍派獨門七星黑蜂針，就我所知，現在能使用這獨門暗器的，只有丐俠鐵腳板，而且這種暗器，現在已沒有人能打造，因為身子必須用風磨銅，裡面彈簧機括，必須用千錘百鍊，剛柔得宜的精鋼，最難得的是黑蜂針，應該有兩套：一套是用緬鐵提煉出來的精鋼打就，沒有毒；一套是用滇貴深山老苗採煉的樵銅，是有毒的，中上裂膚而死，無法解救，每套七七四十九根。這七根是精鋼打成的，沒有毒。但是你說想用這暗器，替花刀李報仇，難道你能使這暗器麼？」

小蘋一對烏溜溜眼珠，向瑤霜望了半晌，才說道：「照小姐這麼一說，這件玩意兒變成寶貝了，在我父親身上藏著，我從來沒有瞧見過，我也沒有瞧見他用過，不過我學過袖箭，這玩意兒和袖箭也差不多，我想用起來也不難。」

瑤霜笑道：「你真是孩子話，這種獨門暗器，怎能和袖箭相比，不用說手法，眼神，腕勁，須下特殊的功夫，而且不是邛崍一派的獨門傳授，也難以使得百發百中。這種七星黑蜂針，發一支，或者聯珠而發，或者一發七支齊出，都有特殊的手法，可以打到百步開外。鐵腳板是此道能手，打出去專找穴道。一等的鐵布衫、金鐘罩等功夫，也擋不住這種七星黑蜂針。如用樵銅打的毒蜂針，更是霸道。我猜想花刀李未必能用這種暗器，奇怪的是像他這種腳色，怎會藏著江湖少見的獨門暗器，他臨死時，教你拿著七星黑蜂針去找鐵腳板，其中定有說處，你年紀小，對於花刀李夫妻來歷不清楚罷了。」

小蘋笑著說：「我真因禍得福，得著小姐這樣的主人。小姐在茶館前面下馬時的身法，我已瞧出小姐得過高人傳授。後來瞧見小姐輕描淡寫的一馬鞭，把那惡徒兜起老高。我驚喜之下，暗想小姐比我大得沒有幾歲，竟有這樣大本領。此刻小姐一瞧這七星黑蜂針，便能說得源源本本。小姐又和丐俠鐵腳板認識。不用說，小姐定會使用這七星黑蜂針了，從此小蘋是小姐的丫環，小姐有這樣大本領，小蘋也得跟著小姐學點像樣的功夫，人家才會說，強將手下無弱兵呀！小姐，你說對不對？小姐，你是我恩主，也是我恩師呀！」說罷，真個跪在樓板上，叩起響頭來。

瑤霜笑叱道：「小油嘴，起來，明天我得考考你輕身功夫，你們跑碼頭使的一套走索跑解的功夫，只圖個好看，講到真功夫，切合實用，卻須下苦功，你把七星黑蜂針，看得容易似的，你沒有幾年純功，還真使不上手哩。」

楊夫人替瑤霜買的兩個使女，笨手笨腳，真還沒有對瑤霜心思的，湊巧得了玲瓏活潑的小蘋，瑤霜真還愛她，真有心思傳她一點武功。當天這一晚，便留著小蘋，在自己閨房內設個地鋪，伴著自己，小蘋也真會巴結，一張小嘴又活又甜，伺候得瑤霜百下裡舒服，瑤霜還有點孩子氣，主僕兩人，唧唧噥噥講不斷頭。臨睡時，七星黑蜂針，瑤霜把它一支支裝入筒內，旋緊了底蓋，隨手擱在床前一張畫几上，小蘋便睡在她床下樓板上，主僕滅燭就寢，還低低地說著話。

這夜月色甚佳，樓內滅了燭，樓外月光映在窗紗格子上，連窗內都像罩著一片寒光似的，瑤霜自從母親紅蝴蝶死後，楊夫人來成都時，陪著她睡。楊夫人回嘉定時，原派一個使女伴夜，瑤霜卻喜一人獨睡，一半厭那使女太蠢，現在有個得意丫環小蘋伴睡，又比獨睡強了，兩人講了一陣，瑤霜已經香息沉沉了。

小蘋聽得小姐睡熟，一人靜靜地想起白天的事來，忽憂忽喜，　　時思潮起落，竟有點睡不著。偶然翻身朝外，忽見窗格子上，顯出一個黑影子，似乎像個腦袋，但是一晃而過。一時沒有看真，心裡卻吃了一驚。一聲不響，睜著眼向窗上瞧著。半晌，又現出一個腦袋影子來了，而且一隻手影，也映在窗紗上。似乎窗外有個人，側身貼耳一手扶窗，偷聽窗內的動靜。倏忽之間，又一晃而逝。

小蘋大驚，一聽帳內小姐睡得很香，慌悄悄地像蛇一般從帳子底下鑽進床去，輕輕地用手推著瑤霜。瑤霜人本機警異常，不過從小受人憐愛，嬌寵已慣。住的又是高樓深院，從來沒有風吹草動的事，值得驚心的。當天在郊外救了小蘋，無非得罪了一個市井下流，毫不擱在心上。得了一個心愛丫環，反而心裡痛快，睡得格外香甜。這時經小蘋輕輕一撼，便已醒轉。正要開口，忽聽小蘋在耳邊低低說：「小姐莫響，窗外有賊。」

瑤霜一聽，一手已摸著枕邊的瑤霜劍，並不立時跳起身來，卻悄悄問道：「你怎樣知道的？」小蘋道：「紗窗上瞧見了兩次人影，第一次不敢響，第二次瞧見賊人半個身影貼著窗偷聽，才驚動小姐的。」瑤霜說：「你快下去，替我照常睡著。」

小蘋身子鑽下床去，瑤霜一張紫檀雕花大床前後都有帳門，她心裡一轉，暗地伸手把床前畫几上的七星黑蜂針銅筒子，拿進帳內，微一準備，人已出了後帳門，一柄瑤霜劍卻擱在帳後，一聳身，人已到了窗口，一側身，閃在暗處，未見窗上現出身影來，卻已聽出對面屋瓦上微有响動，便知來人輕身功夫不見高明，窗格子上窗紗綳得緊緊的，想往外瞧是瞧不清晰的。

瑤霜藝高膽大，微微地把一扇窗戶推開了一條縫，便瞧見一個賊人，一身夜行衣，斜背著一柄單刀，背著身，撅著屁股，蹲在窗外瓦簷上，用火摺子點那薰香盒子。還有一個賊人，手上橫著雪亮的一柄鬼頭刀，似乎還掛著鏢袋，立在對面前院屋脊上，大約在那兒瞭風。瑤霜究竟童心未退，暗地一笑，竟悄悄把窗戶掩上，加上窗戍，過去把地上睡的小蘋叫起，拉著她的手，到了床後，把一柄瑤霜劍，叫她捧著，附耳囑咐了幾句，悄悄開了房門，主僕兩人躡足而出。

瑤霜住的是後院三開間一座樓房，她臥室是樓上靠右的一間，中間是起坐室，沒人住的，靠左一間，住著兩個使女。瑤霜和小蘋出了自己臥室，轉入中間的起坐室，瑤霜悄悄把前窗推開了一條縫，正瞧見使薰香的賊人，點著了薰香盒子，在臥室窗口，弄破了一點窗紗，把薰香盒子的仙鶴嘴，伸進窗去，側著身，呵著腰，鼓著嘴，含著薰香盒子的尾巴，一口口的往裡吹煙。

瑤霜存心要教賊人認得自己厲害，一聲不響地瞧著，還悄悄叫小蘋也來瞧一下，小蘋一瞧，卻嚇了一跳。原來中樓的窗戶，和賊人存身所在，不過二丈多距離。賊人的鬼相，看得逼真。小蘋不敢多看，她恐怕腳步重，壞了事，慌一縮身，靜看自己主人怎樣對付賊人。可笑對面屋脊上瞭風的賊人，眼神只照顧遠處了，卻瞧不出中樓窗內出了毛病。

瑤霜留神使薰香的賊人，把盒子薰香都快吹完了，覺得窗內連噴嚏都不打一個，這是和往常使薰香的情形不對的，疑惑自己薰香不靈了，忍不住，一翻腕子，拔下背上單刀，便要橇窗而進。在他刀尖剛插進窗縫去，這邊瑤霜手上咯叮一聲，猛聽得橇窗的賊人，一聲大喊，一歪身，骨碌碌順著樓簷滾了下去，叭噠嘩啦啦震天價一陣大響，原來叭噠是賊人掉落樓下院心，還被他帶下一羅窗簷上的鴛鴦瓦，才發出嘩啦嘩啦一陣大響，在這當口，對窗屋脊上瞭風的賊人，吃的苦頭，比掉下去的賊人，還厲害得多。

原來瞭風的賊人，本在對面屋脊上，他一見使薰香的賊人，忽然用刀橇窗，以為得手了。他從前坡走向簷口，大約想縱過這邊來，不過前院是平房，比後院樓房矮得多，而且中間還隔著三丈多寬的天井。他打量了一下，大約覺得自己沒有十分把握，只蹲了一蹲，上身向前，作了個飛躍的姿勢，並沒有真個飛起身來，萬不料在他蹲身作勢當口，橇窗的賊人，已滾下樓簷去。心裡剛一驚，猛覺一縷冷風，直貫脊骨而下，好像脊骨內嗤的鑽進一件東西，他本來上半身向前微俯，微蹲著身的，這一下，只覺一陣劇痛，再想直起腰來，自己身子竟不聽話，好像有件東西，從半腰脊心插進去，直貫尾尻骨，停在那兒不動。

腰尾之間，插進了這麼一件東西，哪還直得起腰來。這還不算，他本想跳過對樓去，身子已停在簷口，這樣腰既直不上去，上半身只好老往前探著，手上一柄鬼頭刀，已脫手掉下去了，立的地方，只差幾寸，便是院心，這樣跌下去，準死無疑。但是自己下半身已不聽話，前進不能，後退無法，背脊上一陣陣抽搐，比死還難過，他竟忍不住了，出聲極喊起來。

這時中樓窗內偷瞧的小蘋，捧著瑤霜劍，看得對面賊人這副怪相，只笑得蹲下身去，啊唷！啊唷！嚷肚子痛。樓上樓下睡著的下人們，被兩個賊人一陣大鬧，哪還有不驚得跳下床開出門來麼，一見院子裡直挺挺躺著一個，對面簷口上一個賊人，擺著夜叉探海的式子，好像要撲下來似的，嘴上卻又不顧一切地極喊，只嚇得下人們齊喊一聲：「我的媽！」慌不及又逃回屋去了。

這時瑤霜把七星黑蜂針交與小蘋，從小蘋捧著的劍匣內，拔出劍來，一聳身，飛出窗外，小蘋眉開眼笑地膽也大了，竟也跟蹤而去。瑤霜身上還是臨睡時換的一身白羅綉邊的睡衣，只臨起時腰上束了一條白羅巾，飄飄然橫著一口晶瑩耀目的寶劍，立在樓簷口，宛如波上洛神，雲中仙子，向對面簷口的賊人叱道：「鼠輩，今晚叫你們識得雪衣娘厲害，還不實話實說，報上狗名！」

那窗口賊人，已痛得活鬼一般，極聲喊道：「小姐饒命，我們也是被人所使，我叫馬潮，下面的叫張盛，只因白天小姐帶走了一個江湖賣藝的小姑娘，有人吃了小姐的虧，茶館有人知道小姐名號和住處，才叫我們兩人到此，意思想把小姐和那小姑娘一同劫去。不想有眼不識泰山，求小姐大量寬恕吧！」忍著痛結結巴巴說了幾句話，呵著腰痛得冷汗涔涔，哼哼不絕。

瑤霜喝道：「誰指使你們來的？說實話，還有商量，半句虛言，立叫你們做劍下之鬼！」

馬潮極喊道：「小姐，我……我實在痛得沒法說話了，你暗器把我……脊尻骨串住了，小姐，你……你慈悲，能救則救，不能救，乾脆賞我一劍吧！」

瑤霜聽得幾乎笑出聲來，卻也暗暗驚奇，自己先發出第一支七星黑蜂針，向簷口檐窗的賊人發出時，明知道這種黑蜂針勁足力猛，不敢向致命處下手，特地向賊人身後腿彎處射去，不料跌下去半晌沒有動靜；這一個賊人，在他作勢想縱過來時，又發了一支，居高臨下，原想射他脊頭，不意對面賊人，身子起落了兩次，並沒有真個竄起來，巧不過，七星黑蜂針到時，正值他上身低俯，尾尻高聳之時，黑蜂針竟串在尾尻骨上，幾乎把督脈穿斷。

瑤霜對於七星黑蜂針，無非在鐵腳板面前，學了一點皮毛，隨便一用，兩個賊人，幾乎命傷黑蜂針下。

當賊人一說傷處，瑤霜是家傳點穴，立時明白自己發的黑蜂針，串在賊人尾尻穴上了，所以直不起腰來，這倒費了事，自己不便下手醫治，醫治得晚一點，也許送命，下面還有一個賊人，死活還沒一定，再添上一個，未免麻煩。心裡一轉，向身後小蘋悄悄囑咐了幾句，自己一聳身，已竄到對屋窗口，向馬潮肩頭一點，賊人啊喲一聲，便向院心撲了下去，瑤霜隨著賊人身影飄身而下，再用手一撮賊人肩頭，賊人馬潮並不倒下，依然夜叉探海的式子擺在庭心裡了。

瑤霜把簷口賊人弄下來以後，招呼下人們出來，點起燈燭。小蘋也從樓上飛跑下來，把空劍鞘背在身後，一手拿著一柄鋒利的匕首，一手拿著一包藥來，瑤霜先瞧跌下來的叫什麼張盛的一名賊人。一瞧這人並沒跌死，捧著一條腿，坐在地上。趕情一枝七星黑蜂針，兀自穿在腿膝彎的骨骸上，痛得他呲牙裂嘴，立不起來。瑤霜立時轉了主意，向小蘋身邊說了幾句話，小蘋把匕首插在腰裡，走到地上張盛身邊喝道：「要命，快轉過臉去，我們小姐慈悲你們。」賊人真還聽話，忙別過頭。

小蘋蹲下身去一瞧，賊人後腿彎露出黑蜂針頭，進去二寸多深。小蘋把左手上藥包放在地上，右手一撮針頭上一叢黑絨，冷不防左掌向賊人腦後拍的一掌，賊人殺豬似的一聲狂叫，一枚七星黑蜂針已由小蘋拔下來了。賊人的狂叫，是拔針時的痛徹心窩，倒不是腦後一掌的關係。可是沒有這一掌，據說七星黑蜂針便起不下來，普通針灸郎中，下針起針，也有這一套，這門道小蘋怎會明白，當然是瑤霜指點了。

賊人張盛雖然痛得大喊，但是一喊以後，立時覺得腿上鬆動了，小蘋從一包藥裡面，撿了一小包，擲與張盛喊道：「這是小姐賞賜的家傳秘藥，你自己撕塊衣襟把藥敷上，包紮一下就得。」

賊人張盛如言辦理以後，果然覺得痛楚大減，勉強能夠從地上站起來了，瘸著腿，向瑤霜抱拳道：「小姐，今晚寬宏大量，俺們也不是沒有心的人，這一位馬大哥，還得小姐高抬貴手……」

瑤霜叱道：「快說，誰指使你們來的？說明了，立時放你們一條生路。」

張盛嘆口氣道：「俺們和小姐無怨無仇，俺們也不是此地人，偶然在南門外三十多里豹子岡黃大哥黃龍家中作客，黃大哥手下幾個人，獻殷勤，想奪花刀李手上一件東西，又想把花刀李女兒獻與黃大嫂做個丫頭，不想被小姐壞了他們的事。黃大哥從手下人口中，又探出小姐貌如天仙，他又起了歹主意，俺們也糊塗了心，自告奮勇，小姐騎馬回府時，黃大哥手下，已經有人暗暗綴了來，所以俺們很容易找到此地，這是俺們實情，俺們自知理缺，也沒有臉見人，蒙小姐寬恕我們，從此再不到成都來了。」

瑤霜問道：「豹子岡黃龍幹什麼的？敢強劫好人家女子。」張盛似乎有難言之隱，半晌，才說：「這一層，小姐只要仔細向江湖中人一打聽，便可明白，俺們實在有點不便出口了。」

瑤霜說：「好，今晚權且饒你們一次。」轉身吩咐小蘋道：「你把匕首借他，叫他用這小刀在那賊人傷處，割開一線，取出暗器，敷上咱們秘藥，就不妨事了。」說罷自進堂屋去了，因為賊人傷在尻骨上，割皮取針，殊不雅觀，其實她沒有走遠，在堂屋暗處，監視著兩個賊人。

院內擺著夜叉探海式的賊人李潮，聽說叫張盛用刀割開，又嚇得心驚膽顫，但是沒法，他中的七星黑蜂針，和張盛不同，是順著脊縫穿皮而下，不割沒法取出來，不取出來，又沒法走路，只好讓張盛權充外科大夫。張盛真還下不了手，這份活罪，真虧賊人受的，張盛咬著牙下刀時，馬潮一聲鬼叫，張盛便驚得手軟了，本來一割了事，這一來，忽割忽停，無異凌遲，好容易把暗器取出，把藥敷上，馬潮已委頓於地，不像人樣了。

這樣，兩個賊人折騰了半天，才由瑤霜吩咐下人們開了大門，讓兩個賊人，你扶我架的狼狽出門，賊人連自己的一具薰香盒子，兩柄刀，都顧不得帶走了。

瑤霜自從經過這檔事以後，晚上便留了神。一面暗地打聽豹子岡黃龍是什麼路道，自己在家裡教小蘋練功夫，也不常騎馬出門了。嘉定楊夫人派人到成都來看望時，瑤霜也不提起此事，免得楊夫人惦記，連楊展方面，也沒讓他知道，轉眼過了夏季，並沒發生事故。派去打聽豹子岡黃龍的下人們，也打聽不出什麼來，只曉得黃龍是個財主，家裡養著幾個護院的武師罷了，瑤霜也漸漸不把這事擺在心上了。

不料三伏過去，快到立秋這當口，外面下人們，突然送進一封信來，瑤霜接過一看，信皮上寫著：「雪衣娘親拆，內詳。」幾個字，拆開信皮，取出裡面一張黑色柬帖，上面寫著：「水旱兩路，各門各派，諸位男女老少師父公鑒，本年秋擂，以武會友，由打箭爐虎面喇叭，沱江小龍神黃龍主辦，擂台設於成都南門外豹子岡，謹擇於八月朔開擂，擂期七天，敬候賜教。」原來是個公帖，下面並不具名，瑤霜一看，擂主內有小龍神黃龍，便明白向自己下帖的用意了。

四川打擂台的風氣，明朝萬曆以後，最為盛行，名曰以武會友，其實武師派別之爭，幫會碼頭之爭，以及私人的爭雄奪霸，積忿成仇，沒法和解時候，便在擂台上解決。凡是上擂台的，並非都是當事的主角，各人都有同門同派的師友，誰也得請出助拳的幾位好友，想把對方壓倒，爭得勝利。

但是也有袖手旁觀，乘機觀摩各派武術的人們，也有存心看熱鬧，坐山觀虎鬥的，所以某處一開擂台，人山人海，做賣作買，比戲台下還熱鬧。主辦擂台的人，事先照例在當地官府備案，請一張告示，貼在擂台上。

開擂時官府理應派員彈壓，可是官府深知上擂台的，十有其九是亡命徒，動拳腳，玩刀槍，說不定出幾條人命，好在擂台也有傳統的規矩。江湖上爭鬥，更以驚官動府為恥。擂台不論死多少人命，絕沒有一紙訴狀告到當官的，因此開擂當口，官府假作癡聾，免去許多麻煩。這樣相習成風，擂台上又變成好勇鬥狠的出頭露臉之地。不論遠近，自問有幾手的，也得趕這場熱鬧。也許硬充一角，上台去露臉揚名，反過來說，也許鬧得灰頭土臉。

瑤霜從小便知擂台是怎麼一回事，她接到請帖以後，心裡暗暗琢磨：既然人家指名下帖，不去便算認輸，連我父母巫山雙蝶的名頭，都要被我葬送了。憑自己一身功夫，何懼他們。可有一節，被我義母知道，她老人家決不願意叫我拋頭露臉，何況上擂台和人動手呢！再說現已交秋，中秋武闈以後，我和玉郎（楊展字玉樑）便要成婚，新娘子上擂台，也是笑話。

我父親如果知道這檔事，更得罵我無事生非。這檔事，只有和我玉郎私下商量，可是他考武闈是中秋，便是早幾天到成都，也在開擂以後了。

瑤霜並不怕打擂，而且很願意趕這場熱鬧，瞧一瞧人家有什麼出色的功夫。不過她左思右想，很有為難之處，一個從小無慮無憂的雪衣娘，倒被這封請帖難住了。湊巧接到請帖的第二天，丐俠鐵腳板來了。瑤霜大喜，正苦沒有妥當的人捎信與玉郎，鐵腳板出名的飛毛腿，成都到嘉定，幾百里路程，在鐵腳板一雙鐵腳上，用不著騎馬坐船，一天便到。只是鐵腳板和七寶和尚一般有古怪脾氣。不向他說明其中細情，休想他出力。

瑤霜設法，先用好酒好肉款待鐵腳板，待他吃喝到差不多時，掏出那封請帖來，向鐵腳板面前一擱。不料鐵腳板一看到這封請帖，酒杯一擱，嘴上連喊：「奇怪！奇怪！」一雙怪眼，向瑤霜瞅了又瞅，驀地跳起身來，拍手大笑道：「無事不登三寶殿，我便為這事來的，想不到你也有份，倒省得我求你幫忙了。」說罷，從自己懷內，掏出縐得一團糟的一封柬帖，往桌上一擲，用巴掌把柬帖熨了熨。

瑤霜看時，封皮上寫著：「岷江龍頭丐俠鐵腳板陳師父親啟」一行字，瑤霜肚裡暗笑，我這頓酒肉白餵他了，原來他急巴巴趕來，求我助拳的，正想問他，鐵腳板已開口道：

「我卻奇怪，你父親現在是得道高僧，久已不涉紅塵，你呢，在楊夫人百般愛護之下，已是千金小姐的身分，何況不久便做新娘子，我還想偷偷地請你幫一下忙，有點不便張嘴，不料你自己和華山派的人，結上樑子，這事奇怪，而且奇怪得出我意料之外，我得問個清楚。」

瑤霜笑道：「不用你問，我也得向你說明白內情。」便把無意之中，救了小蘋一檔事的先後情形統統說與他聽，鐵腳板一聽這事始末，立時瞪著一對怪眼，急喊：「快叫小蘋到這裡來。七星黑蜂針，也拿來我瞧！」瑤霜看他猴急神氣，便知其中有事。就吩咐使女到樓上去，叫小蘋拿著七星黑蜂針到這兒來。

這時小蘋，和坐在茶館空地上傻哭的小蘋，可不一樣了，本來長得不錯，經瑤霜愛憐之下，從頭到腳一調理，蘋果似的小臉蛋兒，配著一對水汪汪黑白分明的大眼，襯著一身稱身的講究衣衫，嬌小玲瓏，非常可愛。下樓來在瑤霜身後一站，真有紅花綠葉，相得益彰之妙。

小蘋下樓來，還不知為了何事，只見堂屋內一張梨花鑲大理石的八仙桌上，一個破破爛爛要飯似的人，居中高坐，吃獨桌兒，自己小姐還耐著心坐在一旁，陪著談話，已覺奇怪，那要飯似的人，瞪著一對怪眼，又死勁地瞧她，還向她點著手說：「你過來，把你手上的東西，拿來我瞧。」

小蘋不敢過去，用眼睛向瑤霜討主意，瑤霜笑著說：「你父親花刀李死時，教你拿著七星黑蜂針去找丐俠鐵腳板，這位就是，你只管過去，聽他說什麼。」

小蘋吃了一驚，忙過去向鐵腳板拜了一拜，把手上七星黑蜂針銅筒子，擱在桌上。鐵腳板先不說話，忙把黃澄澄的銅筒子拿在手中，把底蓋旋了下來，在瑤霜手上拆開七星黑蜂針時，只旋下一重底蓋，現在經丐俠鐵腳板左旋右旋了一下，底蓋變成了兩層。

原來巧匠做就的子母螺旋蓋，底蓋裡面，還有夾層，在夾層內部，用烏金絲嵌就一個栩栩欲活的蜜蜂，蜜蜂背上有極細的「邛崍老人」四個字，也是用烏金絲篆出來的，不細看，一時真還看不出來。鐵腳板一看到這四個字，猛地用手一拍桌子，嘆口氣道：「祖師爺有靈，現在我可得到這種寶物了。」

瑤霜、小蘋看得鐵腳板失驚道怪的怪模樣，都莫名其妙，鐵腳板卻凝神志致地把筒子裡面彈簧抽去，倒出七星黑蜂針來，仔細一瞧，向瑤霜笑道：「這裡面兩支針尾黑絨風舵，染上了血水，一望而知那兩個賊人沒有當場傷命，算是萬幸，但是兩賊一腰一腿，定已殘廢了。這種黑蜂針，不到萬不得已時，萬不能用，和你家獨門蝴蝶鏢，路道雖不同，厲害是一樣的。」

瑤霜道：「且不講這些，你剛才失驚道怪，究竟怎麼一回事呢？」

鐵腳板道：「沱江小龍神黃龍，派人弄死花刀李，死後又替他棺殮，又想把小蘋劫去，不管他用什麼花言巧語來掩飾，骨子裡都為了這件寶物，這件寶物，還關係著將來擂台爭雄，其中關鍵，你們當然不知道，破山大師大約知道的。你要知道，四川遍地都有袍哥兒，但是其中派別很多，一時也說不得許多，只說從本朝洪武爺一統江山以後，我們祖師邛崍老人門下，便分出兩大支流，一支便是本門邛崍派，凡是岷江上下流一帶的哥老們，都屬於本門這一派，另一支卻變了樣，和別門別派混在一起。

「現在邪魔外道的虎面喇嘛小龍神黃龍等，暗地一拉攏，想獨霸沱江涪江一帶的水旱碼頭，再向長江發展，直達重慶。他們深知岷江上下流，是邛崍派發祥之地，根深蒂固，沒法下手，沱江涪江也散佈著我們這一派的人，不過在沱江涪江一帶的邛崍派，便是邛崍派的另一支派，群龍無首，非常散漫。

「其中有幾位明白的，和我商量，想把這一支派，歸入岷江我們一派之內。小神龍黃龍等也知道其中內情，也想把這般人收為己用，必須先將邛崍派嫡系川南三俠壓下去，否則，必須得到邛崍派祖師邛崍老人的烏金絲七星蜂符，才能號召。七星蜂符只有兩個，分賜兩大支派的掌門人，一代代地傳下去，屬於岷江支派的一個，在我手上，蜂符是用赤金絲嵌就的，另一個，是用烏金絲嵌就的，在沱江涪江一支掌門人手上。不幸這一支掌門人，從軍出征陣亡異地，致蜂符遺失，多年沒有下落。這幾年有人傳說，蜂符落在長江賣藝的一對夫婦手上，便是小蘋父親花刀李夫妻。

「花刀李軟弱無能，七星黑蜂針，他固然不會用，連蜂符來頭，都莫名其妙。最近黃龍得知此事，暗地派人跟蹤花刀李，想探明他手上，究竟有沒有這件寶物，同時我也得著消息，派人通知花刀李，說明蜂符來歷，叫他務必藏好了，萬一有人欺侮他，叫他拿著蜂符找我去。黃龍手下的人真笨，把花刀李活活弄死了，還沒有得到手，卻被你無意之中，破壞了他們詭計，連這小姑娘都帶回來了。

「巧不過，你自己蝴蝶鏢不用，偏要試個新，用七星黑蜂針，把黃龍派來的兩賊傷了，你想兩賊回去，黃龍也是行家，定然看出是七星黑蜂針傷的。黃龍還未知你的來歷，也許疑心你是邛崍派了，定然還疑心到蜂符落在你手上了，這種人舉動不光明，派來暗做一次，弄你不過，只好在擂台上和你一較高低了。

「可是我此刻想起來，幸而你沒有施展本門蝴蝶鏢，萬一被他們知道你是巫山雙蝶的後人，一發不妙了，你要知道虎面喇嘛是你父親劍底下的遊魂，他不感念你父親饒他活命之恩，定然兩事並一，把舊帳算在你頭上了。倘若你到了擂台上。不論到什麼地步，能夠不用蝴蝶鏢，還是不用的好，最好這檔事，不要牽涉到破山大師頭上去。我想暗地通知你那位玉郎，叫他早點動身到成都，我們川南三俠都接到帖子，當然必到，再加上你們兩夫妻，我想也可以對付一氣了。」

瑤霜靜靜聽他講明緣由，才明白其中還有這許多牽纏。這倒好，我正想托他找玉郎快來，不料用不著托他，他和自己一般的心意，現在鐵腳板說出許多內情，並不是一樁簡單的事，得趕快和玉郎商量，便催他快走，還囑咐千萬不要叫自己父親知道。

鐵腳板把七星蜂符藏在懷內，笑道：「我謝謝兩位巧得蜂符的盛意。」

瑤霜笑道：「你倒得了現成，天下沒有這樣便宜的事，你得傳授小蘋幾手真功夫。」

鐵腳板大笑道：「有你這樣大行家，已夠她一生學不完的，還叫我傳授什麼呢？也罷，總得各盡各心，過幾天，我傳她一點小玩意兒。」說罷，便直奔嘉定，一打聽，楊展已動身，拔腳便趕，才在白虎口叉港內，碰著搖天動擸劫邵巡撫，會見了楊展，便在舟中，向楊展說出雪衣娘闖禍的經過。

# 第六章　玉龍銜單身女客

楊展知道了雪衣娘的事，暗想憑她身上家傳武功，人又機智，倒不必十分憂懼，為難的是破山大師和自己母親，萬一知道此事，定要心神不安，自己也得受訓斥，再說華山派虎面喇嘛小龍神黃龍，似乎沒有聽人說起過，便問鐵腳板道：「主持擂台的虎面喇嘛和黃龍，有什麼特殊功夫，敢做擂主？」

鐵腳板笑道：「你生長在富家，對江湖的事當然隔膜，我們川中打擂的風氣，擂主並不定要功夫高人一等，有財力人力，官私兩面都兜得轉，便可出面主擂，往往擂主發請帖以後，另請功夫高明的，暗中鎮擂，不過這兩人，黨羽甚眾，本人功夫也未可輕視。今年擂台，和往年又不一樣，完全是黃龍想獨霸沱江，虎面喇嘛本是打箭爐的野和尚，依仗身上武功，在蛇人寨佔山稱王，手下也有不少亡命，蛇人寨在涪江上游，他這次和黃龍同惡相濟，定然也想發展自己勢力，雄霸涪江一帶的碼頭了。

「今晚倒楣的搖天動一般寶貨，便和虎面喇嘛小龍神兩人有淵源，我猜想將來擂台上出現的人物，華山派定然還有能手，暗中主持，把沱江涪江各碼頭，視為華山派下的衣食父母，怎能不拚死相爭呢！現在祖師爺門下兩支派的七星黑蜂符，都入我手，涪沱兩江好漢，凡原屬邛崍派門下的，我便有法，使他們明白自己的統屬，不致被外來的華山派，花言巧語利用了。」

兩人在船內，一直談到天亮，鐵腳板告別上岸，自去尋找七寶和尚。這裡楊展一夜沒睡，暗地瞧見廖參政邵巡撫三隻雙桅官船，起錨駛出港口，暗想既然答應人家，只好做個順水人情，便命自己船老大遠遠隨著。過彭山雙流直達成都，一路平安無事，在自己船中高臥了大半天，絕不和官船兜搭。

到了成都，天已起更，故意叫船老大等得前面官船上的人走淨了，才靠岸登陸，打發了船家，命自己書僮挑了行李，雇了一乘滑竿，悄悄的到了武侯祠雪衣娘住的所在。進門時，將近三更，雪衣娘瑤霜，還不防楊展來得這麼快，和小蘋早已睡了，一聽下人們報稱嘉定相公到了，喜得一躍而起，忙不及重整雲鬢，再施膏沐，和小蘋走下樓來。

這一對未婚夫妻，在那個時代，如果是普通婚姻，萬無見面之理，唯獨這一對婚姻，可以說在那個時代中，是異乎尋常的一對了。他們兩人從小便在一起，兄妹相稱，而且從小便從父母平日口吻中，知道自己是預定的一對兒，所以他們兩人從不識不知，到半知半解，從半知半解到心領神會，愛情跟著年齡一步步往上長，到了這一次兩人見面，已經是名正言順，只差舉行一種成婚儀式罷了。兩人見面，種種親密態度，在成都的下人們，都已視為當然，他們兩人，也無庸避忌耳目，其中只有一個小蘋，初來乍到，尚在一知半解之間，未免有點那個。

瑤霜一見楊展的面，便奔過去拉著手向他面上細瞧，嘴上說：「玉哥，比上一次我們見面，似乎清減點，大約路上辛苦了一點，娘身體好嗎？」

楊展笑道：「這一點路程，還用不著兩條腿，哪會辛苦，母親身體很好，岳父在寺裡一切如常，母親知道你愛吃的東西，都替你送來了，瑤妹，你卻比上次豐滿一點了。」

瑤霜笑得兩個酒渦，深深的凹了進去，眼神一轉，微啐道：「瞎說，我不信了！」

楊展說：「你不信，你拿面鏡子瞧，不用說旁的，兩個酒渦，便比上次見面時深了半分，酒渦便是臉蛋兒發福的證據了。」

瑤霜剛要說別的，一眼瞧見小蘋在身後發愣，笑著一閃身，指著楊展向她說：「這是我的……玉哥。」話一出口，覺得「玉哥」兩字也有點不妥，她卻不知道，話病在「我的」兩個字上，聰明的小蘋，肚裡暗笑，暗暗琢磨她主人「我的」兩字的滋味，心想誰還奪你不成，肚裡笑著，人卻已向楊展盈盈下拜。

楊展笑道：「很好，很好，這便是鐵腳板對我說的小蘋了，我常向母親說，瑤妹身邊，必得有一個像樣的丫頭才合適，小蘋真不錯，瑤妹賞識的，當然高人一等，這是一段奇緣。想不到從小蘋身上，發生了打擂的事……」

瑤霜說：「噫！原來你已會著鐵腳板了，怪不得你都知道了，這雙鐵腳真比千里馬還快。」

楊展大笑道：「這雙鐵腳，還到處露一手。」便把白虎口搖天動攔劫邵巡撫的事說了。

說話之間，機伶的小蘋，托著茶盤，獻上兩杯香茗，向瑤霜說：「小姐，廚房已預備了宵夜的酒肴，小姐平日不喝酒，今晚可得陪相公幾杯。」

瑤霜向楊展一笑，吩咐把宵夜開上來。小蘋走後，瑤霜說：「你路上沒有好好兒睡覺，回頭早點安息吧。」

楊展悄悄說：「我還住在老地方麼，我有許多話和你說，我們談個整夜吧。」

瑤霜啐道：「傻子，有的日子細談，為什麼要熬夜呢？小蘋這孩子，機伶不過，不像那兩個蠢貨，得避著她一點。」

楊展和瑤霜，連日無拘無束的，盡情領略婚前的溫柔滋味，連後園養著的兩匹白馬，也懶得並駕齊驅。過不了幾日，下人們報稱新任邵巡撫接任的告示，和欽派廖參政武闈觀風的會銜告示都貼出來了。沒有下人這一報，楊展幾乎把考武闈的事，丟在腦後了，這才騎匹白馬，進城拜會了幾家親戚，又備了三代履歷，託人辦了改考武闈的應有手續，成都城內，又有自己家中鹽產運銷的聯號，未免也得去轉個身，這一來，大家都知楊展到了成都，難免有點應酬。

有一天獨自騎馬到北門外拜望一位父執，順便到洗墨池駟馬橋幾處名勝看了看，回來路過玉龍街，聽得路上行人講著：「今年南門外豹子岡擂台，藏龍臥虎，定有熱鬧看，剛才那個女子這一手，真有點邪門，楞把那個小夥子定在那兒，說不定小命要完，那女子定是上擂的女英雄。」

楊展在馬上聽得起疑，正想拉個人問個清楚，猛見前面不遠處所，圍著不少人，一提絲韁跨下馬四蹄一放，便到了鬧哄哄一堆人所在，楊展把馬韁一勒，四蹄屹然停住。楊展在馬上踞高一瞧，只見這堆人圍在一家體面的客寓門口，偶然一瞧，還瞧不出什麼異樣來，再仔細一看，才看出客寓門口，一個衣履華麗，面目油滑的少年，目瞪口呆，滿頭大汗，紋風不動的站在那兒，右臂向前伸著，微呵著腰，像木頭人一般，寂然不動，可異的是伸直的右臂，五指向下微撮，好像撮著一件東西一般，其實手上什麼都沒有。

楊展一看便明白了，知道這少年吃了苦頭，被人點了穴道了，想起剛才聽到路上行人的話，暗想成都竟有這樣女子，心裡一轉，便跳下馬來，隨手把馬拴在路旁一株樹上，擠進人堆，便進了客寓。向客寓櫃上一打聽，據櫃上人說：

「原來這個少年，住在這客寓內，預備進武闈考武舉人的，偶然在客寓門口閑看，街上來了一乘滑竿，滑竿上坐著一位面蒙黑紗的妙齡女子，一雙金蓮，露在外面，這位單身女客，原是客店的房客，坐著滑竿，在門口停下來，停下來時正在這位少年身旁，這少年也太不成話，自討苦吃，竟乘機欺侮單身女客，伸手去撮女子蓮鉤，也沒有看見女子動手，不知怎麼一來，這少年便原封不動的定在那兒了，我們老掌櫃見多識廣，明白少年得罪了女英雄，被她停住了。雖然少年沒有人樣，老掌櫃怕時候久了，性命攸關，小店也得受累，此刻我們老掌櫃正在後面求那位女客，饒恕了這少年，請她救治過來，你瞧，我們老掌櫃出來了。」

楊展轉身一看，一個花白鬍子的老者，滿頭大汗的走到跟前，跺著腳說：「我一提這少年，也是一位考武舉的相公，她卻說：『如果是別人，還有可恕，既然是考武舉的，學了武欺侮女人，更是情理難容，叫他多站一忽兒。』諸位請想，這不是要小店的好看麼？算替我們小店添了一塊活招牌，我活了這麼大，這種事，還是頭一椿兒。」

楊展心裡，本也恨這少年太輕佻了，可是轉念到這人也是應考的，裡面女子還說是考武舉的，更得多站一忽兒，未免心裡有點不以為然，太藐視我們應考的相公了，心裡一轉，便向老掌櫃笑道：「我替你們解個圍吧。」

老掌櫃一聽有人能解圍，忙不及打拱作揖，求楊展救這少年一下，楊展一笑，過去低頭向這少年伸出的手掌心下一瞧，只見掌心裡有一點黑點，便已明白，右手捏住少年伸出的臂膊，左掌向他背上一拍，同時右腕一搖少年臂腕，只聽得少年哎呀一聲，立時眼珠轉動，四肢自如了。

門內門外的看客們，頓時喝起彩來。楊展向老掌櫃說：「這少年不妨事了，你們把他扶進去，讓他靜養一忽兒，勸他下次不要這樣輕薄了。」說罷，轉身出門，老掌櫃死命攔住，定要察點名堂。這當口，裡面忽然跑出一個夥計模樣的人來，在老掌櫃耳邊說了幾句，老掌櫃面色立變，原來裡面女房客得知有人能救了那少年，差一個夥計出來向老掌櫃說：「多管閑事這位相公，務必請到後院一會，千萬不要放走。」

老掌櫃死命留住楊展，本是好意，這一來，留也不好，不留也不妙，老掌櫃雖然不懂武功，江湖門道，略懂一點，後悔自己，求了半天，不應該再讓人家管閑事，剛才沒有想到這一層，彷彿讓人摘了裡面女客的面罩了，女人有這樣身手，當然是難纏的腳色，一陣為難。楊展已有點明白，笑道：「裡面女客說了什麼話了？」

老掌櫃為難已極，一看大門外人已散去，支吾著說：「那位女客佩服相公本領，想請相公到後院一會，老漢怕相公另有貴幹，一時不敢直說出來。」

楊展微一沉吟，心想這女子也能點穴，不知何人門下，會她一會也未始不可，便點頭道：「好，我也會會高人。」

老掌櫃一聽，手心裡捏把汗，心想要糟，說不定怨家碰上對頭，弄出事來，沒法子，領著楊展往裡走。這座客店，房子正還不少，走過兩層院落，才到了女客獨住的一所小院落裡，這所小院落，並不止一間房，這位單身女客，竟把這小院落獨包了。

老掌櫃把楊展領到這所院落的天井裡，自己進了北面正房，沒有一句話工夫，老掌櫃出來，後面跟著一位二十左右的娉婷女子，雖然一身荊布衣衫，卻掩不住苗條的體態，面紗已去，容光照人，尤其一對剪水雙瞳，眼波遠射，箭箭中心，暗想這女子是何路道，如論姿色體態，和我瑤霜，正如春蘭秋菊，未易軒輊。

那女子立在階前，一見楊展，似乎略顯忸怩，倏又面色一整，遠遠襝衽為禮，朱唇微啟，聲若笙簧，說道：「相公英俊非常，定是高手，剛才那少年輕狂無理，略示薄懲，承相公從旁解圍，免妾出去拋頭露臉，非常感激，特地請相公屈駕，當面道謝。」說罷，復又深深斂衽，楊展忙長揖答拜，嘴上說道：「在下嘉定楊展，略識武術，冒昧解圍，尚乞原諒。」

這時立在一旁的老掌櫃，原本懷著鬼胎，老防兩人說翻，不料兩人酸溜溜的，滿嘴斯文，竟客氣得了不得，最奇自己進屋去時，還見她滿臉肅殺之氣，不料一見姓楊的面，頓時滿面春風，照此刻的情形，誰也瞧不出這樣斯文女子，會有那一手邪活兒。

楊展和那女子，互相謙遜了幾句，似乎詞窮，楊展一想，還沒有問她姓名宗派，便向她說道：「不嫌冒昧的話，可否見示邦族和師父宗派，四川藏龍臥虎，內外兩家，均有名宿。在下奉母家居，素鮮交遊，小姐舉止非常，定然淵源有自，尚乞見教一二。剛才那少年有人說是應考武闈，在下既恨其輕薄，又念他應考不易，才冒昧出手，並非自炫其能，好在這種無德無行的人，將來定有後悔之日，小姐身分高貴，也不必和這種人一般見識。」

那女子笑道：「這樣說來，相公定然也是應考武闈的了，像相公這樣本領，這樣英俊，考這武闈，真是大才小用，但不知尊師是誰？有其徒必有其師，定然是位前輩英雄，可否先行見告呢？」

楊展心想，我問你，你故意拉扯，卻一個勁兒探聽別人，不禁笑了一笑，那女子立時覺察，也微微一笑，楊展覺得無話可說了，只好躬身告辭。女子似乎還想開口，卻又說不出什麼話來，嬌臉上微現紅暈，向楊展瞟了一眼，便輕移蓮步，送到院落的過道口，忽然說道：「這幾天聽說豹子岡有人設擂，楊兄有意觀光否？」

楊展聽得心裡一動，又聽她忽然轉口稱楊兄，忙轉身答道：「剛才聽街上紛紛傳說，才知道此事，如果有能手出場，或者從旁觀光一下，小姐有興，何妨也去看個熱鬧。」這話原是隨口一說，那女子立時接上道：「好，我們在豹子岡再見。」說罷，姍姍的轉身進屋去了。

楊展回到家去，不料七寶和尚和鐵腳板都到了，正和瑤霜談論擂台的事。楊展進門便把玉龍街客寓碰到的事說了個大概，向七寶和尚、鐵腳板探問那女子是誰？七寶和尚鐵腳板一時想不起來，瑤霜兩道秋波盯住了楊展，說道：「你們既然對面說了話，人家問你的，你忙著說了，你問人家的，卻問不出來，還好意思回來向人打聽，連姓名都不知道，叫人家往哪兒搜索呢？」

楊展本想把那女子形貌體態描摹一番，被瑤霜一堵，口氣似乎有點嚴重，慌不及口上戒嚴，關於那女子的事，什麼也不敢說了。不料鐵腳板偏問道：「那女子什麼形狀？你說出來，或者我們見過面的，便可想得出來了。」

楊展違著心說道：「無非一個普通的江湖女子，我也沒有十分注意，她臉上又沒有特殊記號，有什麼可說的？」

三人信以為真，瑤霜聽他說出是個普通江湖女子，立時心平氣和，有說有笑了，楊展暗暗快樂，可是他肚子裡，從此暗藏著這個秘密了。七寶和尚和鐵腳板並沒和楊展住在一起，忽來忽去，舉動神秘，也不知他們兩人忙的什麼。

有一天，鐵腳板匆匆走進門來，說不到兩句話，拉著楊展便走，瑤霜問：「拉他到什麼地方去？」

鐵腳板說：「有一位同道想見一見楊兄。」

兩人出了門，鐵腳板笑道：「一位斯文的秀才相公，和一個臭要飯同行，滿街的人，都要瞧我們兩人了，我先走一步，在武侯祠柏樹林內等你。」說罷，飛也似的走了。

楊展不知他搗什麼鬼，暗想這種風塵俠士，看外表真像一個臭要飯，誰知道他舉臂一揮，岷江上下游上萬的袍哥們，都聽他指揮呢，做官的人們，倘能紆尊降貴，收羅這類風塵俠士，引為己用，真可以做到盜賊絕跡，路不拾遺的地步。可惜食肉者鄙，盡是盲目盲心之輩，天下焉得不亂！忽然聯帶想起白虎口那晚的一幕，覺得廖參政言語舉動，還有點知人之明，他一面思索，一面安步當車，不知不覺便到了昭烈廟。

武侯祠在昭烈廟後，老柏成林，蒼翠蔽天，走進柏林僻遠處所，便見鐵腳板和七寶和尚在一株千年古柏的根下，席地而坐。楊展過去，一看地上茸茸淺草，非常勻淨，便也盤膝坐下，笑問道：「你們兩位不到我家中談話，鬼鬼祟祟的引我到這兒，其中定有別情。」

鐵腳板向他一扮鬼臉，大笑道：「我們引你到這兒來，為的替你方便，你不感謝我們，倒嫌我們鬼鬼祟祟嗎？我們本來想告訴你一樁要緊事，是非只為多開口，不說也罷。」

楊展心裡微微有點覺察，暗想這兩人神出鬼沒，手段通天，也許玉龍街客寓內的女英雄，被他們探出來了。心裡一轉，故意假作不解，問道：「你說的是哪一樁事，沒頭沒腦的，教人摸不著頭腦，事無不可對人言，何必這樣做作！」

七寶和尚笑道：「不必猜啞謎了，那天你說的玉龍街那個女子，我們察言觀色，早知你在尊夫人面前，有難言之隱，其實我們比你還注意，在這邛崍華山兩派，預備在擂台上一決雌雄之際，憑空出現一個異樣人物，如何會不關心呢？既然這女子住在客寓內，近在咫尺，當然要探個清楚。」

楊展急問道：「你們探明白沒有呢？」

鐵腳板微笑道：「這點事還探不出來，我們也不必上豹子岡了，可是探明以後，倒有了為難之處，因為這樣才請你到此，只有你才能破解這個難題。」

楊展皺著眉說：「你不說還明白，你這樣一說，我真越糊塗了。」

七寶和尚大笑道：「一個臭要飯，一個狗肉和尚，再來一個風度翩翩的秀才相公，人家一看，還不糊塗死嗎？哪知道世界上最有趣的，是一輩子糊塗，可惜人人自作聰明，明明是糊塗的事，他楞說不糊塗，我的秀才，你想不糊塗時，你的煩惱就來了。」

楊展笑道：「我的和尚，此刻不和你參禪，把糊塗悶在心頭，也不是事，我已預備著承受煩惱，你們不必再繞彎子，直截了當的說出來吧！」

三人鬥趣了一陣，鐵腳板向七寶和尚擠擠眼說：「秀才相公自己說明，願意承受煩惱，君子一言，快馬一鞭，這副擔子，就擱在秀才相公的肩上吧！」

七寶和尚一摸光頭，吐吐舌頭：「阿彌陀佛，但願秀才這一副擔子，不要老擱在肩上才好，否則，臭要飯和狗肉和尚，大有吃蝴蝶鏢的希望。」

楊展恨道：「你們還有正經的沒有，沒有的話，我要失陪了。」

鐵腳板笑道：「玩笑歸玩笑，秀才不要急，我和你說，你是破山大師的愛婿兼愛徒，破山大師當然對你說過，我們四川奇人鹿杖翁的名頭。」

楊展點頭道：「這人聽我師父說過，鹿杖翁隱居鹿頭山中，與世無爭，與物無忤，人也非常正派，聽說此翁年已高壽，足跡不出鹿頭山，你們提他怎甚？和那女子有什麼關係？」

鐵腳板說：「自然有關係，鹿杖翁早年是何來歷，是不是姓鹿，誰也摸不清，因為他手上一枝非木非鐵的怪杖，杖頭上有幾個短枝叉，形似鹿角，又隱居在鹿頭山，人們才稱他一聲鹿杖翁。鹿杖翁絕跡江湖上二三十年，我們都沒有見過廬山真面，只聽破山大師說起此人，論武功是四川第一位人物，不過鹿杖翁多年不出鹿頭山，江湖上早把這位老前輩忘記了。可事情奇怪，我夜入玉龍街那家客店，暗地一查櫃上住客留名簿，寫著獨包後院的單身女客，姓鹿，是從鹿頭山來的，下面還註明到成都探親，我一瞧到店簿，馬上想到鹿杖翁身上去了。

「這還不奇，我去的時候，大約頭更未過，我從屋上翻到後院，幾乎和那女子撞個對頭，原來那女子一身青綢夜行衣靠，背繫寶劍，一溜煙似的，從內院屋上飛躍而過，我忙閃身隱入暗處，待她走遠，躍入後院，沒法子，只好暫時做回賊，在窗戶上做了點手腳，進了她住的一間屋內。屋內熄了燈，用隨身火摺子一照，這女客一身之外，只有一個包袱。女人家的包袱，畢竟不好意思去偷看。其餘什麼東西沒有，卻見桌上擱著文房四寶，一團綯亂的紙，擲在桌角下，拾起來一瞧，滿紙橫七豎八寫滿了字，寫來寫去，卻只四個字，你猜她寫的什麼？原來她寫的是『嘉定楊展』四個字。」

鐵腳板說到這兒，用眼看了楊展一下，又接說道：「我本想探探她的來歷，在她屋內既然探不出什麼來，便跳出窗外，縱上屋簷，不料那女子暗伏簷上靜候，背上寶劍業已掣在手內，向我喝道：『黌夜暗探我室，意欲何為？快說實話，免死劍下！』我萬想不到那女子回來得這麼快，略一疏忽，便被她堵上了，她這一問，我真無話可答，猛地靈機一動，坦然說道：『姑娘恕我冒昧，我奉嘉定楊相公所差，有事請教姑娘，不想姑娘沒有在屋，倒顯得太冒昧了。』」

楊展聽他說到這兒，便發急道：「你怎的信口胡說，人家問你楊某何事求教，你用何言對答呢？」

鐵腳板說：「你聽著，我這樣隨口一說，她微一沉吟，冷笑道：『楊某是個正人君子，未必有此曖昧舉動，你和楊某認識也許有之，大約從楊某嘴上，知道這兒有我這麼一個人，你私下探望我的來歷罷了，不然的話，剛才在屋上，明明見我從身旁過去，為什麼不招呼，鬼鬼祟祟的暗進我室，東探西查呢！不過，你這人尚有可取，居然不欺暗室，沒有動我包袱，憑這一點，你也許是楊某的朋友。現在我問你，你說楊某差你到此，有事問我，究竟什麼事呢？你說吧。』

「我聽得吃了一驚，好厲害的姑娘，我還以為她走遠了，原來我的舉動，都落入她眼內了，剛才我信口胡說，她這一問，我又得現編，還好，三寸不爛之舌，還有點用處，我毫不思索的答道：『鹿小姐，請你原諒，楊相公從這兒掌櫃口中，知道小姐貴姓是鹿，又是從鹿頭山來的，這幾天又快到豹子岡擺擂的日期。楊相公深知這次擂台，是虎面喇嘛小神龍兩個人的興風作浪，說實了，也是華山派和邛崍派爭雄奪霸。楊相公自己與擂台毫無關係，而且到時還想從中做個和事老，他知道小姐是鹿頭山來的，定然與老前輩鹿杖翁有關。他很驚奇小姐在這時駕臨成都，又私下非常佩服小姐，他年輕面嫩，未便一再求見，只好托我暗地探明小姐來意。如果探得小姐被虎面喇嘛小神龍等所請，他還想在擂台之前，和小姐一談。』

「這一套話，真虧我急中生智，可是我也將計就計，暗藏用意，她一聽，果然有點相信了，她說，『現在我姑且相信你這話是真的，楊相公既然有事賜教，煩你轉告，請他隨時駕臨面談好了。』她說完了這話，突又問我道：『足下身手不凡，既和楊相公一起，定是高人，請賜教大名。』她雖然不認識我，瞧我這身臭要飯的行頭，也許她有點明白，如果我一提萬兒，萬一她是華山派請出來的能手，我們就得比劃比劃，我卻不願橫生枝節，忙答說：『我是無名小卒，替楊相公跑跑腳而已。』說罷，來不及抱拳告辭，一躍而退，臨走時，暗暗聽她在背後一聲冷笑。」

楊展說：「真虧你無中生有的亂編謊話，還替我定了約會，我不去赴約，失信於一女子，無事的去見她，又叫我說什麼？」

鐵腳板道：「你且莫急，我話還沒有完哩，你聽著，下面還有教你吃驚的哩。那一晚，我和七寶和尚都做了夜遊神，我去探鹿小姐時，七寶和尚也去探豹子岡小神龍黃龍。我們兩人原已約定聚會之所，我從玉龍街客店出來，便奔北門，不料還未到城門口，我已覺察有人盯上我了，我故作不知，頭也不回直進北門，在大街小巷之間，好像走八陣圖似的亂竄，出其不意的，一隱身，暗伏在一家樓面上。

「一忽兒，便見一條黑影，好快的身法，箭一般從那面過來，仔細一瞧，趕情是那位鹿小姐。她明知道與我隱身處所相離不遠，故意冷笑道：『大名鼎鼎的丐俠鐵腳板，原來也是藏頭露尾之輩，躲得了今晚，還躲得了豹子岡不露面嗎？』說罷，她也依樣葫蘆，一縱身也隱入對面一所房屋的後坡。

「這樣變成對耗局面，我只要一現身，她立時可以堵上我的。在我沒有明瞭她確實關係之先，實在不願和她發生糾紛，她一路跟蹤，無非想探明我落腳處所，多半想證明我是不是楊相公所差，也許她綴著我的作用，完全在探明楊相公的住址。我正想聲東擊西，金蟬脫殼，忽然南面一層層的屋脊上，又發現了兩條人影，風馳電掣般，飛躍而至。

「對面後坡隱身的鹿小姐，忽然一躍而出，向來人一探手，兩條黑影，便向鹿小姐奔去。兩人一定身，和鹿小姐湊在一起，似在低低說話，隔著一條街，聽不出說話聲音，可是看上去那兩個夜行人，也是女子，身上都帶著兵刃。我想得奇怪，一時哪裡來的這許多女英雄？忽見她們三人倏地一散，一伏身，都隱身不見了。一忽兒，兩個女子在我暗藏這面房屋上現身，遠遠向左右兩面排搜過來。那位鹿小姐，還在對面監視著。

「我立時明白，這兩個女子和鹿小姐是一路。鹿小姐主意好不歹毒，定是請她們幫忙，想把我硬擠出來。當年虎牢關呂布戰三雄，我是臭要飯戲三美。我一想，得，好男不和女鬥，我惹不起，我還躲不起麼。我那位老搭擋狗肉和尚，還不知我臭要飯變成豬八戒，被三位女妖所困，大約已等得一佛出世，二佛涅盤了。一半我也有點內急，許久脹著一泡尿，不是辦法。我一抖手，斜刺裡打出一小塊碎瓦，落在右面三丈開外。又一抖手，照樣向對面第三重屋上發了一塊，逗得她們摸不著準處，我卻在暗地裡一滾身，從那家門樓上，捲進簷下，身子往下一沉，已落到街上。我竟乘機尿遁了。」

楊展和七寶和尚聽他說得有趣，又加上他飛眉斜眼、五官亂動的怪模樣，不禁一齊人笑。忽聽得柏林外面，道上鸞鈴鏘鏘，三匹馬駝著三個女子，款款而來。鐵腳板啊呀，聲，吃驚的悄說道：「快噤聲！剛說曹操，曹操便到。今天臭要飯劫數難逃，我的秀才相公，萬一冤家狹路，豬八戒和沙和尚在這三位女妖面前，沒咒兒念，全是你唐僧一個人的戲了。」

# 第七章　武侯祠前

丐俠鐵腳板詼諧百出，僧俠七寶和尚裝瘋賣傻，這兩個風塵奇俠和楊展在武侯祠柏林下，談論北門玉龍街單身女客的事。鐵腳板趣語橫生，暗藏用意，不料話未說全，道上鸞鈴響處，玉龍街單身女客同兩個女友騎著馬，也來遊武侯祠。鐵腳板、七寶和尚在開播之先，不願露相，暗囑楊展幾句以後，兩人跳起身來，藉著樹林隱身，竟自走得不知去向。

楊展明知這兩人舉動莫測，一半戲耍，一半另有用意，可是自己也存心要瞧瞧馬上三女，究竟什麼路道。立起身來，把衣衫拂拭了一下，假裝隨意閒遊，從容不迫地緩步出林，便見三匹駿馬緩緩而來。

馬上三女子用馬鞭指點沿路景物，一面走，一面說笑。頭一匹馬上，便是玉龍街客店所見的單身女客，這時蛾眉淡掃，脂粉輕勻，頭上錦帕抹額，身披紫色風氅，和客店相見時一身荊布裙釵，又是不同，後面馬上兩個女子，裝束妖艷，顧盼風騷，一個似已半老徐娘，雖有幾分豐韻，可惜左鬢邊有一大塊青痞記；還有一個是二十出外的女子，細眉細目，體態風流，雖然一臉脂粉，卻掩不住鼻尖上的雀斑。

三匹馬進了柏林內的通道上，第一騎上的女客，一眼瞧見林邊閑立的楊展，似乎驀地一愕，倏又弧犀微露，嘴角含春，到了跟前，含笑向楊展點點頭，楊展微一躬身，笑道：「鹿小姐興致不淺，今天同貴友來遊武侯祠。」

馬上女客，絲韁微勒，馬已停住，第一騎停止前進，後面馬上兩個女子，自然也把馬韁勒住了，兩對秋波，卻盯在楊展臉上，第三騎上這位半老徐娘，抿嘴笑道：「錦姑，你幾時又變了姓鹿了？」她這樣一說，楊展才知道這位女客，芳名錦姑，鐵腳板暗查客店名簿，寫著姓鹿，誰知還是個假姓。

第一騎上的錦姑，似乎恨那徐娘多嘴，橫了她一眼，卻向楊展笑道：「楊相公是誠實君子，不便相欺，賤姓虞，小字錦雯，世居鹿頭山，鹿杖翁是我義父。」

說罷，又指著第二騎女子說：「這位是江小霞，江湖上有個雅號，稱她為『江燕兒』。後面馬上的一位，便是豹子岡擂主黃龍的夫人，江湖上有個『半面嬌』的外號。」

楊展聽得這個外號兒，幾乎笑出來，哪知這位徐娘半老的半面嬌，似乎以提出她的外號為榮，故意向虞錦雯笑罵道：「還有說的沒有？你恨不得把我們家譜都背了出來，你自己的外號兒，怎不向人說呢？」半面嬌趁勢向楊展兜搭道：「我們的外號兒，聽不聽沒關係，這位虞小姐的外號，你可得記住了，我對你說，她雖然不常江湖上走動，鹿頭山的人們，公送她一個『女飛衛』的外號兒，我們卻稱她為虞美人，這位虞美人本領大極了，模樣兒，性情兒，又都是拔尖兒的，她今年二十一歲，還沒有……」

一語未畢，錦雯嬌喝道：「你敢……」喝了這一聲，慌向楊展笑道：「那晚有人到敝寓探訪，說是奉相公所差，我平常聽人說過丐俠鐵腳板怪相，這人多半是鐵腳板本人，他說『楊相公有事想和我一談』，我猜他多半是信口開河，想不到今天湊巧，又在此地碰見楊相公了。」

她說了這句，一飄身，跳下馬來，意思之間，表示出一個馬上，一個地下，不便長談。她這一動作，楊展當然明白，而且她身後的江小霞、半面嬌也都跳下馬來了。

楊展有點發窘，本來和她們沒有細談的必要，被鐵腳板昨夜一陣胡鬧，勢又不能不承認有這回事，既然認了，便得和虞錦雯一談。談談倒也願意，可是昨晚鐵腳板信口一說，好像我為了華山派邛崍派爭雄的事，遂想和她一談，好像自己有居中調和的意思，自己何嘗有這意思。華山邛崍兩派的情形，最近才知道了一點大概，這位虞錦雯又是萍水相逢的女流，何況還有黃龍的女人，和江小霞在旁，這位虞錦雯既然和黃龍女人在一起，當然是他們一邊的人，憑我一個萍水相逢、素未涉歷江湖的人，居然敢挺身做兩派相爭的和事老，我楊展未免太年輕無知，荒謬萬分了。但是這原不是我主意呀，可恨的便在這兒，現在事情已擠到這兒，好歹也得把眼前難關先對付下來再說。

他心裡風車似的，不知轉了多少次，對面下馬來的虞錦雯好像明白他為難一般，笑道：「祠堂內難免有來來去去的遊人，我們還是在這柏林內，撿個幽靜處所一談吧。」說罷，不等楊展回話，竟先牽著馬走入林內，後面的江小霞、半面嬌，依次而入。

江小霞走過身邊時，朝楊展瞟了一眼，低頭一笑，半面嬌卻站在楊展身邊，一手牽馬，一手指著前面虞錦雯笑道：「我們這位虞美人，是出名有刺兒的玫瑰花，不想今天改了樣，也許是……」

楊展心裡一驚，知道她下面說的什麼，忙搶著說道：「在下年輕無知，不常到外面走動，今天得見三位女英雄，真是幸會，這兩位小姐，大約都是尊府貴客，也許是親戚吧。」

半面嬌不知楊展有意用話試探，以為他探聽的全在虞錦雯身上用功夫，半面嬌又有意賣俏，和楊展並肩往林內走，一面走，一面說道：「昨日虞小姐對我們說起楊相公在玉龍街解圍的一樁事，已知楊相公到成都是來考武舉的，照說我們談談沒有關係，不過聽說鐵腳板和楊相公也是朋友，我們就有許多話不便說了。但是虞小姐，也和楊相公一樣，和擂台爭雄的事，沒有多大關係，因為我們和她平時有個來往，請她來瞧個熱鬧，她自己也要在成都訪一個人，不料沒有訪著想訪的人，卻和楊相公巧會上了。」

楊展明知這半老徐娘，說話半吞半吐，未必靠得住，不過說起虞錦雯想在成都訪人，不知她訪的是誰？嘴上隨口應對，人已到了柏林深處，一瞧虞錦雯、江小霞已把兩匹馬拴在樹上，站在一起相候，半面嬌忙也把馬拴在一起。四面一瞧，恰好有株大柏樹，下面老根如龍爪一般，四面透土而起，被遊祠的人，坐得光滑平整，半面嬌出主意，請大家分坐在老根上，可以談話。

楊展一瞧，和剛才同鐵腳板、七寶和尚席地而談的地方，只差了兩株柏樹的間隔，他們兩人此刻不知溜到哪兒去了。

楊展和女飛衛虞錦雯、江燕兒江小霞、黃龍女人半面嬌坐下以後，半面嬌先問道：「聽說楊相公府上是嘉定，嘉定楊府，久已馳名，是五通橋鹽場大戶，相公定是這家，未知府上還有何人？」

楊展答道：「祖傳薄產，何足掛齒，敝姓族人雖眾，在下卻是幾代單傳，現在舍間只有家母一人。」

半面嬌向虞錦雯瞟了一眼，又問道：「楊相公文武雙全，看相公年紀不過二十左右，玉龍街解救那輕薄少年，沒有深得內家點穴功夫，是辦不到的，未知尊師是哪一位前輩，可否見示一二？」

這一問，楊展不敢直說，推說：「並沒有真下功夫，只平時向幾位高明請教，一知半解而已。」答語非常含糊。

虞錦雯瞧了他一眼，說道：「依我猜度，楊相公已得內外兩家之長，定然從小得有明師苦心指授，才能到此地步，何故諱言尊師，難道其中有難言之隱麼？」

這一問，問得咄咄逼人，楊展心裡一動，暗想她們一吹一唱，明明想探出我是何人門下，本來說明不妨，但是我岳父從前仇敵甚多，一個不慎，便惹麻煩，還是謹慎點好，略一轉念，立時笑道：「承虞小姐謬獎，我也不是諱言師父，我覺得江湖上有點能耐的人，一輩子光陰，大半耗廢在爭勝鬥狠，尋仇報怨上，實在覺得可惜。在下年輕，也不願在江湖上走動，雖然平時有幾位明師益友，我也不願扯著師友旗號，自招是非，所以只好請虞小姐原諒的了。」

虞錦雯笑道：「尊見甚是，但也不能一概而論，因為楊相公席豐履厚，不必在江湖上謀衣食，換一個人，不問他，還得自報某師某派呢。」

這時坐在虞錦雯身旁的江小霞，忽然開口道：「楊相公，我請問一個人，最近幾個月內，成都南門郊外，常常發現一個騎匹白馬的年輕美貌姑娘，外面還有個雪衣娘的外號，在這半個月內，突然又不露面了，有人說她住在這武侯祠近處，老實說，我們三人到此，並不是玩武侯祠，實在想訪一訪這位雪衣娘，楊相公如果認識她，何妨替我們引見引見。」

楊展吃了一驚。暗想不好，小蘋的事和黃龍有關，她忽然問到瑤霜頭上，定有所為，忙反問道：「江小姐想訪尋雪衣娘，有沒有要緊的事？據我知道，雪衣娘並不是江湖中人呀。」

江小霞微微冷笑道：「照楊相公這麼一說，認定我們都是吃江湖飯的了。」

楊展面孔一紅，忙分辯道：「江小姐誤會了，我是說雪衣娘和我一般，絕少江湖朋友，江小姐想訪她，怕不易找到她。」

半面嬌立時接過去笑道：「欲知心腹事，但聽口中言，想訪雪衣娘，只要問楊相公好了，楊相公明明說出雪衣娘和你一般絕少江湖朋友，可見楊相公和雪衣娘是熟識的了。」

楊展一聽，自己說話露了漏縫，正想分辯，虞錦雯突然亭亭起立，面現秋霜，冷笑道：「江湖上有好有壞，也不能一律看待，即如楊相公朋友中，也有鐵腳板這種江湖人，而且是個鬼鬼祟祟狡詐百出的人。」說罷，向江小霞、半面嬌道：「我們走吧，免得讓相公沾染江湖氣。」

楊展大窘，暗想一言不慎，便惹是非，忙立起身來，向虞錦雯一揖到地，說道：「言出無心，尚乞海涵。」虞錦雯欲前又卻，向楊展掃了一眼，粉頸低垂，默然不語。

半面嬌笑道：「我瞧得出來，楊相公確是位正人君子，現在長話短說，想訪雪衣娘的，不是別位，便是這兩位，虞小姐和江小姐。虞小姐到成都來，一半是見識見識豹子岡擂台，一半便為那位雪衣娘，女子對女子，慕名而訪，也是極普通的事，楊相公果真和雪衣娘熟識的話，何妨給我們引見引見，撿日不如撞日，聽說雪衣娘併在此地，就請楊相公領導一見便了。」

一語未畢，猛聽得頭上，咔嚓一聲巨響，近身一株柏樹上，有人大喊道：「啊唷！要命，羅漢爺要歸位。」

在這喊聲中，大家不由得一齊抬頭，只見上面遮天蔽日的枝葉虯結之中，肉球一般滾下一個人來，離地有七八丈高下，竟風車似的滾了下來，這般高跌下來，不死也得斷臂折腿，哪知這人跌下來，在地上旋風似的一轉，竟好好地立在地上，而且是個和尚。楊展暗暗直樂，他早已看出是七寶和尚，明知他這一跌，是給自己解圍，免得給她們引見雪衣娘，自己難關已過，倒要瞧瞧七寶和尚怎樣對付三個女子。

在七寶和尚從樹上滾下來時，虞錦雯等三個女子，萬不料樹上藏著人，倒也吃了一驚，一見跌下來的是個掩面和尚，而且身法奇快，竟自笑嘻嘻地站在地上，三個女子心裡立時明白，暗暗戒備，且看這怪和尚鬧什麼把戲。

哪知七寶和尚，先向楊展單掌問訊，呵呵笑道：「阿彌陀佛，托小相公和諸位女菩薩的福，和尚居然沒有跌死，看來世上苦水還沒有喝夠，和尚別的能耐沒有，看個麻衣相，起個文王課，保管又準又靈，小相公一表非凡，今天帶著寶眷來玩武侯祠，和尚也算有緣，和尚得奉送幾句。相金隨便……」

楊展暗暗好笑，七寶和尚故意說他帶著寶眷來玩，明明占人家便宜，楊展忙向虞錦雯偷瞧，不料虞錦雯電光似的眼神，正在注視他，兩人眼光一碰，楊展忙不及低下頭去。不料七寶和尚一轉身，又向三個女子打個問訊道：「三位女檀樾都是有福的人，小相公將來飛黃騰達，和尚雖然不敢亂說，三位女檀樾裡面，準有一位是誥命夫人，三位如果不信，好在和尚沒有跌死，如果不靈的話，儘管找和尚去，砸和尚寺金字大匾去……」

虞錦雯等明知他有意調笑，一時真還不好說什麼，半面嬌卻忍不住了，喝道：「出家人休得胡說，我問你，你在哪一個寺裡掛單，你為什麼故意藏在樹上，你是誰，孔夫子面前休賣百家姓，趁早實說，免得麻煩。」

楊展一聽，馬上要翻臉，哪知七寶和尚滿不在乎，立時愁眉苦臉的說道：「我的……太太，你是活菩薩，你哪知做和尚的苦，我這和尚，又比旁的和尚苦十分，大寺不收，小寺不留，沒法子餓著肚皮，躲在柏樹上喝西北風，連打個盹的福氣都沒有，被三位女菩薩頭上的毫光一沖，便把我沖下地來，我以為這一下子活罪滿了。哪知又被諸位福氣往上一托，又沒有死，和尚真活膩了，偏死不了，三天肚子裡沒有塞東西。這一翻騰，五臟搬了家，比死還要難受，沒法子，小相公替我美言幾句，不說相金，三位女菩薩不看僧面看佛面，隨緣樂助吧。」

說完，哈哈一笑，立時又開口道：「太太，你打聽我是誰，我往常有個外號，叫苦中苦，你打聽我哪個寺，可憐我苦中苦，哪有寺，剛才我卻說過，不靈砸寺匾，太太聖明不過，看相沒有鋼口，哪兒成，我的太太，我的女菩薩，善心有善報，隨緣樂助吧。」

這一套裝瘋賣傻，幾乎把半面嬌肚皮氣破，她氣的是被他說了好幾句「我的太太」好像她是和尚太太了，但是這是啞巴虧，一時不好發作。

虞錦雯卻勃然變色，從懷內掏出一個銀錁子，一抖手，喝聲：「拿去吧，」哧地一道銀光，向和尚腦門上射去，七寶和尚肥大的破袖向前一拂，一個銀錁子宛如泥牛入海，卻見他右臂高舉，兩指鉗著銀錁子，哈哈大笑道：「好寶貝，謝謝女菩薩的功德。」

一語未絕，江小霞、半面嬌齊聲喝道：「接著。」兩條玉臂一展，銀錁子當暗器，分兩面向七寶和尚左右太陽穴襲來，其疾如風，好不歹毒。

其實七寶和尚早已留神，只見他身子像陀螺似的一轉，兩隻大袖，飄飄而舞，向兩面襲來的銀錁子，一齊接住，在他轉身舞袖之際，百忙裡還向楊展遞了一個眼風，楊展立時醒悟，一摸懷內，被兩人拉來，走得匆忙，沒帶銀兩，立時變計，喝一聲：「和尚休得稱能，你接我這個。」右腕一揚，好像有一樣暗器發出，和尚似乎兩手都拿著銀子，有點應付不過來，大吼一聲：「小相公，你的佈施，我可受不了。」破袖護著後脖子，一縱身，竄出二丈開外，好像受傷似的選出林外去了，其實楊展手上根本沒有發什麼暗器，七寶和尚做得活靈活現。

江小霞、半面嬌真還相信了，虞錦雯卻笑道：「楊相公手法高妙，發的什麼暗器，我竟瞧不出來。」

楊展一驚，忙說：「我沒有帶銀子，只好把一枚制錢賞給和尚了，也夠他受的。」

虞錦雯微微一笑，向他深深的盯了一眼，笑道：「這幾天，我們曾見不少高人，這和尚滿嘴胡說，卻有這樣能耐，不言而喻，是有來歷的，看情形，不到擂台上，誰也不肯露出真面目來，本來我想訪一訪雪衣娘，探個究竟，現在一想，遲早要在豹子岡露面，也不必急於一見了。」

虞錦雯等三個女子，在七寶和尚身上，白白花了三個銀錁子，雖然是一種近乎滑稽舉動，明面上沒有什麼，暗地裡也算掃了一點面子。

虞錦雯暗中又看出和尚與楊展，似乎有關係，覺得楊展表面上好像初出茅廬的青年應考相公，骨子裡未必盡然，聽楊展口吻，又像與雪衣娘很熟識，種種情形，很是可疑，這幾個人都非尋常，黃家擂台未必穩穩操勝算，還得暗中探查一番，她這樣一想，立時變計，把訪雪衣娘的主意打消了，便和江小霞、半面嬌兩人一使眼色，辭別楊展，各人拉著馬，走出林來，楊展見她自己打消了訪雪衣娘的本意，心頭一鬆，從容不迫地送她們到了林外道上。

三女把馬牽出林外，翻身上馬，虞錦雯在馬上，向楊展含笑點頭道：「今天我們雖然沒訪著雪衣娘，卻會見了楊相公，總算不虛此行，我還是那句話，我們豹子岡再見吧。」說罷，盈盈一笑，和半面嬌江小霞一齊拎動絲韁，催馬放蹄，半面嬌還轉過身來，和楊展點點頭，這當口，虞錦雯等剛一動身，對面道上，蹄聲忽起，鸞鈴急響，兩匹雪白駿馬，向這面得得而來。

楊展一看，大吃一驚，頭一匹馬上，不是別人，正是雪衣娘陳瑤霜，身上依然披著雪羅紗裏圓風氅，後面馬上卻是小蘋，也裝扮得小美人兒似的，披著一件玫瑰紅的風氅，馬跑得急，一紅一白兩件風氅，像蝴蝶翅膀似的，飄飄然飛舞而至。

這面虞錦雯等三人，走不到幾步，一見對面道上來了兩騎白馬，馬上的人，又是異常出色的女子，突然一齊把馬勒住，停在道旁，虞錦雯回過頭來，遙向楊展笑道：「大約來的第一騎上披白風氅的一位小姐，便是雪衣娘了。」這時楊展沒法裝傻，只好點點頭。

轉眼之間，兩匹白馬跑過三女身邊，到了楊展面前屹然停住，第一騎上瑤霜，柳腰微扭，一對秋水為神的妙目，把道旁三匹馬上的虞錦雯、江小霞、半面嬌三人盯了幾眼，便向楊展嬌喚道：「玉哥，聽說有位虞小姐，到此探訪雪衣娘，你怎不領回家去，讓我也會會高人？」

這一聲「玉哥」，嬌喉特別尖脆，聽在虞小姐耳內，便覺芳心一震，在楊展耳內，一半受用，一半卻帶點戰慄，他明白平日瑤霜在生人面前，絕不會有這種親愛稱呼，何況嬌音特異，明是「取瑟而歌」之意，奇怪是誰去通報她這一段消息，讓她趕來的呢，一看她雪羅風氅裡面，露出瑤霜劍的劍鞘，更是一驚。

後面馬上的小蘋，一對烏溜溜的小眼，不斷的打量三個女子，一張小嘴，撇得椰瓢似的，情形非常可笑。

楊展先不答話，走到瑤霜身邊，悄悄說道：「錦帕紫氅的便是虞小姐，面上有青瘩記的是黃龍女人，還有一個叫江小霞，我看這三人另有別情，千萬出言謹慎。」

在他們兩小口貼身說話當口，那邊三匹馬上，六隻秋波，也盯在兩人身上，虞錦雯手上絲韁一提，把馬圈過身來，下面小蠻靴一蹬馬腹，已到跟前，向瑤霜笑道：「剛才向楊相公打聽成都雪衣娘，不想機緣湊巧，得見姑娘。」

瑤霜在馬上微一欠身，問道：「虞小姐何事見教，雪衣娘的怪號，是成都多事的人們，信口胡云，不值一笑。」

兩人馬上問答之際，江小霞也撥轉馬頭，湊了上來，搶著開口道：「我們久仰姑娘英名，專誠拜訪，雪衣娘是姑娘外號，姑娘尊姓芳名，可否見告？」

瑤霜見她問得急，心機一動，隨口答道：「賤姓楊，小字瑤霜。」

江小霞聽她報說姓楊，微微一愣，便看了楊展一眼，虞錦雯立時接口道：「唔！原來姑娘和楊相公是一家。」

瑤霜一笑，隨口說道：「我們原是兄妹，諸位究因何事見訪，道上談話不便，請示尊址，當專誠拜謁。」

虞錦雯一聽他們是兄妹，面上立呈詫異之色，向兩人掃了一眼，笑道：「我們無非慕名造訪，此刻巧會，足慰生平，聽說姑娘也接到擂台請帖，相見有日，敝寓又遠在北郊，姑娘也不必親勞玉趾了。」說罷，和江小霞撥轉馬頭，說聲再見，玉腿一夾，三匹馬立時向前，一齊飛馳，虞錦雯臨走時，卻扭腰向楊展一笑，點點頭，才絕塵而去。

瑤霜在馬上，目送三女走得沒有影兒，才轉過身來，滿面含嗔的向楊展橫了一眼，又回頭向小蘋說道：「我們回家去罷，我以為是個什麼了不得的虞小姐，原來也不過如是。」

小蘋抿嘴一笑，跳下馬來向楊展小手一招，說：「相公上馬。」她一蹦一跳的走到瑤霜馬後，一提風氅，縱身跳上馬屁股，貼著瑤霜鞍後坐了，楊展依言騎上那匹白馬，涎著臉說：「瑤妹，我們回家吧。」

楊展、瑤霜、小蘋三人回到家來。七寶和尚同鐵腳板已在客堂上開懷暢飲，一見楊展進來，兩人大笑而起，七寶和尚舉著酒杯笑道：「秀才相公今天被臭要飯狗肉和尚兩個寶貨，帶累不淺，最後一步棋，更使秀才相公大吃一驚，來來來……借花獻佛，三杯壓驚。」

楊展皺眉道：「你們鬧的什麼把戲，據我看那三個女子尋訪我瑤妹，別有用意，你們故意叫她出去和那三女見面，又是什麼意思？」

瑤霜在他身後，把身上雪羅風氅一卸，摘下寶劍，一齊交與小蘋，嘴上接口道：「不關他們事，是我自己要見識見識女飛衛虞錦雯，我還預備和三個女子馬上見個真章，一瞧她們沒有帶兵刃，人還識趣，乖乖地跑掉了，姓虞的丫頭不是說我接到請帖，相見有日嗎，大約這句話是對我吃味，好，我們就在擂台上比劃比劃。」

楊展道：「我們沒有摸清她們來歷，貿然和她們爭鬥，總覺不妥，剛才瑤妹對她們說是姓楊，是我妹子，這對答得太好了。」

瑤霜笑道：「我本來姓楊的，你不願我姓楊麼？」

楊展道：「我只怕你說姓陳，被她們摸出根底來，牽涉到我岳父身上去。」

七寶和尚拍手道：「秀才相公鬧了半天，這一句話說到對題了，剛才我們三人在林下，話沒有說全，被三個女子闖來攪散了，等得我和臭要飯回到這兒，和雪衣娘一說你單槍匹馬在柏林內，被三位女將所困，她一聽急了，沒等我們話完，立時全身披掛，帶了一員小將，上馬救駕去了，我一想那三個女子，只有姓虞的有點道理，你們一對金童玉女，應付有餘，我便讓她走了。其實那三個女子的來歷，早被我狗肉和尚探出來了，兩位坐下來，我狗肉和尚喝了你們酒，總得從嘴裡面掏點出來。」

鐵腳板笑道：「狗肉和尚說話都噁心，從你嘴裡還能掏出象牙來麼，無非幾根狗骨頭罷了。」

瑤霜剛從小蘋手上啜了一口香茗，聽兩人一陣打趣，抿著嘴幾乎把一口茶噴出來，七寶和尚兩手亂搖道：「臭要飯不要打岔，今天我白得三個銀錁子，窮和尚窮命，身邊存不得一星星銀子，回頭和你進城宵夜去。」

楊展笑道：「和尚說正經的，你把探出來的說與我們聽聽。」

七寶和尚說道：「臭要飯夜探玉龍街這一晚，我也到了豹子岡小神龍黃龍的家中，而且連去了兩夜，才被我探出一點消息來了，暗中聽他們談話，才知他們這次擂台，本想請鹿杖翁下山鎮擂，因為鹿杖翁是華山派名宿，黃龍的師父，是鹿杖翁的師弟，黃龍師父已死，黃龍常到鹿頭山去，以師侄名義，到鹿杖翁隱居之處，拜見師伯，這次黃龍親自去見鹿杖翁，求他鎮擂，不料被鹿杖翁訓斥了一頓，據說鹿杖翁年逾古稀，晚年好道，終日靜坐，早已不管閑事。

「黃龍一廂情願，又說出虎面喇嘛與自己合力主擂，哪知鹿杖翁從前已知虎面喇嘛在西藏無惡不作，近年在蛇人寨招集同類，劣跡昭彰，如果鹿杖翁未隱以前，早已仗劍懲治虎面喇嘛去了，所以黃龍非但請不到鹿杖翁，反而遭了一頓訓斥，自己也後悔，不該和虎面喇嘛合作，但是不和虎面喇嘛合作，自己一發勢力單薄了。

「黃龍回到豹子岡家中，和自己女人半面嬌一商量，半面嬌出主意，由她暗暗到鹿頭山去找鹿杖翁義女女飛衛虞錦雯，女飛衛並沒和鹿杖翁住在一起，孤身一人，住在鹿頭山腳親戚家中，這家親戚，便是你們見過面的江燕兒江小霞，江小霞武功並不出奇，她的哥哥鐵駝江奇，卻是沱江新近出名人物，說江奇沒人知道，說江鐵駝，江湖上不知道的已很少。

「江鐵駝年紀大約三十幾歲，天生駝背，但是他這駝背與人不同，和他交手，一不小心，中了他背後駝峰，不死必傷，最奇他形似老猿，而臂特長，練就獨門通臂二十八手仙猿拳，這二十八手仙猿拳裡面，羼雜著獨門琵琶功最陰毒，說起琵琶功原是少林七十二藝之一，是練就指上功夫，陰陽掌一揮一彈，可以致人死命，你們碰上時，千萬注意。」

瑤霜說道：「這手功夫，似乎記得聽我母親說過，而且講解過破這類功夫的身法手法，現在我忘記這類功夫，出於何派門下了。」

鐵腳板向她點點頭道：「你哪知道從前你老太太對你解釋這類功夫的破法，是有極大用意的。」

楊展驚訝地說：「唔！我明白了，江鐵駝兄妹定是當年沱江琵琶蛇江五的後人了。」

瑤霜說：「噫！你怎知道的？」

七寶和尚向鐵腳板笑道：「你聽聽他們兩口子的話，老太太果然愛自己小千金，老丈人愛小女婿還要加倍，不用說，破山大師這幾年，恨不得把自己一身出奇本領，一股腦兒都堆在小女婿身上，我們白替他們擔心，老丈人早有指教，這位姑爺也真成，領了泰山錦囊妙計，守口如瓶，連在雪衣娘面前都沒有說出來。」

瑤霜一聽便急了，向楊展責問道：「你好呀！你對我也藏私了，父親定然私下傳授你許多絕招兒，你都沒有向我提過。」

楊展笑道：「瑤妹，這兩位一天不要幾次貧嘴，是不過日子的，你怎又相信他們了，平日岳父當然向我說過各門各派的特殊功夫，最近又向我細說當年結怨結仇的幾家門派和擅長哪一類功夫，瑤妹你也應該聽我岳父講解各家武功秘奧，各門各派的特殊家數，誰也學不全，略涉皮毛，更沒有用處，反而白耽誤光陰，不管他們什麼毒著兒，只要自己功夫精純，怕他何來，此刻和尚說的什麼通臂仙猿拳，什麼琵琶功，照武功正宗說起來，都是下乘功夫，出手雖然狠毒，也要看用它的人，功夫到了什麼地步。

「就當年琵琶蛇江五來說，十九年前，琵琶蛇江五幫同行兒，在岷江暗伏，攔截我岳父岳母，想用陰毒琵琶功，置兩位老人家於死命，動手的還不止琵琶蛇一人，哪知依然被我岳父用內家五行掌打下江去，不過以後琵琶蛇江五是死是活，我岳父便不得而知了，現在和尚提起江鐵駝的功夫，定然是琵琶蛇江五的後人，怪不得今天江小霞、虞錦雯對於瑤霜妹報說『姓楊』，她們很有驚疑之色，其中定有說處，現在我們且聽七寶和尚講完了，再作商量。」

七寶和尚向瑤霜一豎大拇指，說道：「嘿！英雄出少年，不是我當面奉承，你們這一位秀才相公，善藏若虛，將來一鳴驚人，登壇拜師，你等著穩做誥命夫人罷。」

楊展心裡暗樂，你這狗肉和尚滿嘴噴蛆，剛才在柏林樹下，還定下一位誥命夫人哩，這時瑤霜卻不管這些，心高氣傲地說：「我不信他的功夫比我強。」

鐵腳板大笑道：「你們兩位，功夫誰強誰弱，等嘉定楊老太太替你們搭好擂台以後，儘管比試去，我們管不著，現在豹子岡擂台要緊，快聽狗肉和尚講下去吧。」

七寶和尚笑著打跌，楊展紅著面不敢笑，連小蘋也捧著肚子躲出去了，瑤霜知道不是好話，粉面含嗔，卻向楊展橫了一眼，自己忍不住也噗笑了。

七寶和尚說：「秀才相公一語道破，江鐵駝、江小霞兩兄妹，確是琵琶蛇江五的兒女，當年琵琶蛇被破山大師五行掌打下江中，雖然識得水性，逃出命來，人已受了內傷，回到沱江以後，從此沒有出現江湖，有人說他得了吐血之症，不久便死，江鐵駝、江小霞當然記此一掌之仇，半面嬌去尋女飛衛虞錦雯時，定然順口說起雪衣娘義救小蘋的事，又加上雪衣娘巧用七星黑蜂針，打傷兩個賊人。

「這兩個賊人，當然是黃龍手下的走狗，回去一說，又多了一層疑忌，雖然一時摸不清雪衣娘來歷，但是江湖上已知當年巫山雙蝶，女的去世，男的出家，隱約知道，有一個女兒被一家大戶收養，這還不要緊，雪衣娘騎馬出遊，難免落在老江湖眼中，她又長得和當年她老太太紅蝴蝶十分相似，人家當然又多一分猜度。

「這風聲傳到江氏兄妹耳中，更得注意，半面嬌又藉此引誘虞錦雯和江氏兄妹到成都來助拳，她們三人一到成都，黃龍歡迎非常，原想連虞錦雯一起供養家中，虞錦雯眼高於頂，看不慣黃龍手下一般腳色，加上虞錦雯到成都來，並沒有向她義父鹿杖翁稟明，完全是一時好奇，跟著江小霞來湊熱鬧，在黃龍夫妻卻向人家說：『女飛衛是代表鹿杖翁來的。』

「在女飛衛並沒有把擂台的事攬在身上，她怕將來義父知道，落個不是，特地避得遠遠的，一人住在北門玉龍街客店裡。一到成都，便問江小霞探訪雪衣娘。半面嬌盡地主之誼，也夾在裡面起鬨，臭要飯那晚被虞錦雯堵在屋上，編了一套謊話，想自圓其說，又想秀才相公使點手段，用面子拘住虞錦雯，免得將來牽涉到鹿杖翁頭上去，所以把秀才相公拉到柏林內談話，不料……」

瑤霜突然截住和尚話頭，問道：「你教他在一個不相識的女人身上，使點手段，我不懂。這手段怎麼使法，你說出來我聽聽。」

七寶和尚一吐舌頭，暗想要糟，言多必失，旁邊楊展也捏了一把汗，這當口，鐵腳板微微一笑道：「這主意還是我出的，因為虞錦雯在玉龍街施展點穴法，把一個輕薄的應考相公點住了，我們秀才相公一舉手，便解了圍，這一手，便把虞錦雯鎮住了，在開擂之先，秀才相公再使點手段，給她瞧瞧。她又是偷偷地瞄著鹿杖翁來的，一看人外有人，便不敢輕意出手了，現在情形起了變化，又用不著這一套了。」

瑤霜點頭道：「原來如此，其實這手段，你們要請教我的，準比他來得乾脆。」

旁邊七寶和尚光頭上先摸了一把汗，暗自叨念：「我的佛爺有靈，臭要飯有幾下子，今晚準得請他宵夜。」

七寶和尚向瑤霜看了一眼，故意皺著眉說：「在你們這兒說話，比上擂台，還得留神，幾乎把我一口氣，噎在嗓子眼裡出不來了。」

鐵腳板、楊展一齊大笑，瑤霜也笑得花枝招展的別過頭去，七寶和尚卻又一本正經的說道：「那時我們三人在柏林下，正講得起勁，不料虞錦雯等三人騎馬跑來，臭要飯戲耍過她們，不便露面。我雖然跟著一齊溜了開去，卻竄上了柏樹，預防秀才相公年輕面嫩，抵擋不住三位女將時，可以保駕。

「果不其然，她們一吹一唱，向秀才相公追問雪衣娘下落，在秀才相公發窘之際，我便假裝跌下，發了一陣瘋魔，白得了三個銀錁，一溜煙地跑了。跑出林外，一想不對，秀才相公還在三位女將包圍之中，又從這飛來的三個銀錁上，試出三女手法不過爾爾，立時變計，狗顛瘋般跑到這兒搬兵，果然不出所料，臭要飯已在這兒喝上了，三言二語，雪衣娘駕上白龍駒，一陣仙風，便把白袍小將撮回來了。」

說罷，光頭一晃，破袖一擺，立起身來向鐵腳板說道：「臭要飯，我說時候不早了，我們那位余老闆請來的幾位寶貨，也快到了，還不起駕，等待何時。」

鐵腳板大笑而起，向瑤霜、楊展兩人說道：「明天便是開擂之日，三天以內，照例是一般雞毛蒜皮唱掃台戲，兩位到第四天下午再去好了，在這三天內，我們也要招待幾位朋友，我們準在豹子岡見面吧。」

說罷，兩人告辭而去。

# 第八章　擂台上（一）

到了豹子岡開擂後第四天午後，瑤霜錦帕束髮，內著勁裝，暗佩鏢囊，外面仍披雪羅風氅，楊展依然軫巾直褶，不帶寸鐵，瑤霜硬迫著他把腳下朱履，換了薄底快靴，又把他一柄瑩雪劍，叫他書僮背著，自己的瑤霜劍，叫小蘋背在身後，兩匹白馬之外，又配上兩匹小川馬，吩咐小蘋和那書僮一同前往，小蘋高興得了不得，想隨著主人開開眼，而且私下裝了一筒燕尾小袖箭，帶在身上。

這筒袖箭，是瑤霜新近傳授的，小蘋本來懂得這類功夫，經這位大行家的女主人細心指授，居然能夠隨意射取空中飛鳥了。

主僕四人，四匹馬便向豹子岡進發，三十多里路，一路疾馳，用不了多大工夫，便到地頭，沿路盡是到豹子岡瞧熱鬧的人。楊展、瑤霜從來沒有到過豹子岡，遠遠看到一座峻嶺腳下，一重平坦廣闊的黃土坡，坡上人山人海，四面搭著不少蘆棚，便知到了地頭了，坡下清溪如帶，碧清的溪水，映著溪底五色鵝卵石，潺潺而流，夾溪都是房屋，有幾家沿溪建著夏天納涼的水閣，草簾半卷，閣內琴書爐鼎，穩約可見，頗有幽趣。

楊展主僕四匹馬，渡過溪橋，從一行棗林中，踏上坡道，一到坡上，便有兩個雄壯的青衣莊客，前來引路，似乎要把主僕四人，引到側面新座蘆棚裡去，忽然有人在遠處高聲喊道：「擂主有話，新到馬上兩位是嘉定楊相公和女英雄雪衣娘，請到正棚待茶。」

本來擂台下面的人們，看得一對俊人物，騎著鞍轡鮮明一對白馬上坡來，後面還有背劍的一對童男童女，早已人人注目，又被這人嚷了一嗓子，格外萬目交射，都覺得馬上這對俊人物，定是擂主請來的特殊人物，不用瞧功夫，只瞧這份品貌氣魄，人是人，馬是馬，便知大有來頭，往年哪有這樣人物。眾人交頭接耳之間，馬上楊展、瑤霜已留神高聲喝喊之處，是擂台左面第一座棚內，有人立在高處喝喊。

棚內虞錦雯、江小霞、半面嬌等已坐在那兒談話，便知這聲高喊，屬於虞江等人的主使了。

兩個引路莊客聽了這一聲高喊，立時轉了方向，很有禮貌的引到了擂台對面，正中一座蘆棚內，楊展、瑤霜跳下馬來，小蘋和書僮早已下馬趕過，接住轡轠，經引路莊客指點，棚後便是來客拴馬之處，小蘋把書僮背上瑩雪劍拿下，和瑤霜劍一齊捧在手中，四匹馬交書僮帶到棚後看管，楊展、瑤霜帶著小蘋走進棚內，一看這座棚內，與其他蘆棚不同，打掃得特別乾淨，棚口拼放著兩張朱漆八仙桌子，上面一字式，放著一排太師椅，椅上還披著紅緞。

楊展和瑤霜貼肩並坐在靠左最末兩張椅上，小蘋便捧劍俏立椅後，可是這座棚內，也只有他們主僕三人，還沒有其他貴客進棚。一忽兒，另有幾個莊客，香茶細點，陸續獻上，諸事具備，引路莊客才算盡到了招待責任，向楊展告退。

楊展來時，已有成竹在胸，居之不疑，只說：「有勞擂主厚待，卻之不恭，請先代為道謝，改日再圖答禮。」

莊客去後，瑤霜卻有點不安，悄問：「他們把我們當貴客看待。甚麼用意？」楊展說：「大約是虞、江等故意如此，所謂先禮後兵，一半也是江湖上講究過節的虛場面，回頭我自有道理。」

兩人坐定以後，舉目打量全場佈置，只見正中用幾支牛腿粗細的杉篙，支起五六丈高下，七八丈見方的一座篾篷挑角的大敞棚，四面挑角，都掛著紅綠綢子紮就的綵球，彩棚正中，綳著一塊黃綾匾額，寫著「以武會友」四個大字，彩棚底下。另用極粗的柏木樁打基。上鋪杉木厚板，搭就三尺高下，五六丈見方的堅實擂台，上面彩棚正把這四面凌空的擂台蓋住，陽光不透，風雨無礙，擂台四面都有幾級厚木釘就的台階，可以上下。

擂台正面坐西朝東，除留出南北兩頭人來人往進出口以外，圍著擂台，都是一座接一座的蘆棚，各面蘆棚和中間擂台的距離，約有三丈左右，趕熱鬧的門外漢，便可以在這距離之間，圍著擂台，袖手看虎鬥，這時擂台上冷清清的人影俱無，只有靠裡陳設著紅漆兵刃架子，十八般兵器，擦得錚光耀目，屏風似的排著，其餘沒有可看的，所以這時擂台下人頭亂擁，擠來擠去像波浪一般，蘆棚背後，格外熱鬧，一片吆喝叫賣之聲，和廟會一般，都是乘機趕生意的各種買賣攤子。

楊展、瑤霜留神鐵腳板、七寶和尚兩人，不意一個不見，只見左面蘆棚，有幾座棚柱上，插著旗子，上面寫著涪江、沱江字樣，右面蘆棚，有一座棚柱上，插著岷江字樣的旗子，插岷江旗的柵內，已有不少人在內，卻沒有鐵腳板、七寶和尚的影子，插涪江、沱江旗的棚內人更多。

再暗地留神左面，靠裡第一座棚內，虞錦雯、江小霞、半面嬌等和背後一般人說話，似乎對於兩人到來，故作不知，連正眼都不看一眼。

擂主小神龍黃龍、虎面喇嘛等人物，楊展、瑤霜都沒有見過，當然認不出來，兩人閑坐無事，四面仔細觀察，一眼瞧見擂台正面左右分插著兩塊高腳木牌，左面一塊，貼著官府告示，這是照例文章，右面一塊，寫著核桃大的字，卻是幾條擂台比武應守的規則，其中有一條寫著：

「擂台上不准用暗青子（即暗器）。」又有一條寫的是：「復仇報怨，須先向眾聲明，再行交手。」

楊展看了這兩條，向瑤霜說：「這兩條有點道理。」

瑤霜冷笑道：「休看他們這樣寫著，我聽鐵腳板說過，往往說得好聽，到後來便亂了章法，或者他們對頭有厲害暗器，故意這樣寫著限制人，回頭我們兩人。萬一被人擠上台去，一人上台，一人在台下監視著，免得著了他們道兒，你一袋金錢鏢，我已替你帶來了，馬上替我帶上吧。」說罷，暗暗從裡面解下一袋金錢鏢，逼著楊展帶在身上，才沒有話說，楊展卻叮嚀她：「蝴蝶鏢能夠不用，還是不用的好。」

瑤霜笑道：「我明白，我自有道理。」

兩人喁喁私語之際，莊客們又引進三四個人進來，坐在靠右一面椅子上，其中一個老者，背著身，竟靠桌打起睡來了，莊客們暗地通知：「這幾位是官親官眷，瞧熱鬧來的。」

楊展一聽是官面人物，便沒有理會，這幾個人進棚，又是從後面走進，楊展正背身和瑤霜低語，在莊客暗地知會時，才回頭瞧了一瞧，那位老者，已枕臂打盹了，楊展以為年老神衰，擂台未開，且自養神，也不以為異。

這樣，待了半個時辰光景，有許多莊客，七手八腳在擂台下正中和左右兩面的空地上，用大鐵鎚，打下兩行木樁，再用極粗草繩，沿著兩行木樁一攔，攔成台下正中和左右兩面三條走道，是預備三面蘆棚內各路好漢由棚內上台的，攔好繩欄以後，一個莊客上台去，手上擎著一面銅鑼，噹！噹！噹！噹！敲了幾下，便走下台來，銅鑼一響，台下閑漢們便喊著：「開擂了！開擂了！」

南北兩頭進出口，立時像潮水般，湧進許多人來，一霎時，台下各面繩欄外立滿了人，各座蘆棚內，也黑壓壓的坐滿了，這時，再想找尋鐵腳板、七寶和尚，也無從找起，因為岷江棚內高一頭，低一頭的人們，也坐滿了，如果躲在人家背後，便無法瞧出來。

各面蘆棚都滿滿的，只有正中楊展、瑤霜坐的棚內，依然是這幾個人。

楊展書僮，從棚後拉開一點蘆篷，鑽將進來，悄悄在楊展手上，塞了一個紙團，楊展、瑤霜暗地把紙團舒開，只見上面寫著：「今日不但華山邛崍兩派之爭，尚有虎面喇嘛對頭，隱伏一旁，定有好戲可看。」下面署了個「七」字，便知是七寶和尚寫的了。

片時，從擂台後身西面，走上一個魁偉漢子，大踏步直到東面台口，這漢子長得高額深目，濃眉大鼻，面上青虛虛的一臉殺氣。沒有鬍子，大約四十左右年紀，穿著一身不倫不類的華服，腰上束了一條青絲鸞帶，下面燈籠褲，薄底快靴，左手托著兩個光亮的大鐵球，俗名英雄膽，在掌心裡搓得噹啷啷亂響，滴溜溜亂轉，這漢子到了擂台口，把兩枚英雄膽往懷裡一揣，向四面一抱拳，大聲說道：「各門各派諸位老少師父，各位鄉里鄉親，在下黃龍承各位老師父抬舉，委辦本年秋季擂台，還有一位老師父，也是和在下合辦擂台的主持人，諸位當然有個耳聞，便是鼎鼎大名的蛇人寨虎面喇嘛。」

他說到這兒，乾咳了一聲，一對鷹眼，惡狠狠的向對面棚內楊展、瑤霜盯了幾眼，又開口說道：「我們四川真是藏龍臥虎的地方，有的是高人。所以每年擂台上，都出幾位鰲裡奪尊的成名英雄。本來麼，好練的，訪求名師益友，不論三九三伏，下了二五更的功夫，為的是成名露臉，工夫不虧人，不論哪一門，哪一派的傳授，都是內練一口氣，外練筋骨皮，吃得苦中苦，方為人上人。凡是到場的諸位，不論男女老幼，自問有幾下子的，都可上台來，切磋切磋。常言道，人不親藝親，擂台上較藝，行家看門道，外行瞧熱鬧，不怕不識貨，只怕貨比貨，不用說自己出手，便是袖著手瞧，瞧各門各派的真功夫，也是萬兩黃金買不到的機會。

「今天是擂台第四天，過去的三天，因為路遠一點的各位師父，還沒有到齊，未免減色。今天可不同了，諸位只要瞧插旗子的棚內，岷江、涪江、沱江的成名師父差不多都到齊了。不插旗子的棚內，和台下鄉親們，真人不露相、露相不真人。更不知有多少高人在內，諸位今天可真趕上了，也許有一位說：『你黃龍往常也有個小名頭，你先露幾手吧。』

「諸位不要忙，人外有人，天外有天，在下可不敢這麼狂妄，在下又是地主，總得敬客，現在閑話少說，在下趕快退下去，請各位師父上場諸位慢慢上眼罷。」說罷，又向四面一抱拳，伸手把懷內兩枚英雄膽掏出來，噹啷啷一響，轉身便走，不料遠遠地有人怪聲怪氣地嚷道：「黃龍臭賊，你等著，有你的樂子！」

台上黃龍一轉身，瞪著眼向遠處搜尋，嘴上喊道：「哪一位開玩笑，有本領上台見高低，罵街可不許。」

黃龍一講話，半晌也沒有人答理。誰也聽不出發話的人在哪兒，黃龍沒法，滿面殺氣地退下台去了。

擂主小神龍黃龍，交代了開擂的幾句過場。下台以後，便見左面插沱江旗棚內，竄出一個一身青的大漢，年紀不過三十左右，腰闊膀圓，挺胸紮臂地從繩欄內走上擂台。在台口一抱拳，獷聲獷氣的說道：「在下姓刁行四，同道抬愛，都叫我一聲銅頭刁田，因為我練過幾年油錘貫頂，莊稼笨把式，不算甚麼，昨天在台上，也會了幾位高人，居然受不住我銅頭，被我得了彩，今天可不比昨天，我這笨把式，當然進不了仕場老師父的法眼，不過好戲在後頭，我先來唱一齣開場戲，我說哪位老師父上台來，賜教幾手高招兒，姊刁的接你幾下。」

銅頭刁四話音方絕，台下便有一個嫩嗓子接口道：「喂，弔死鬼（刁四諧音），小師父上去和你玩幾下。」嗓音未絕，咻的從人堆裡飛起一條人影，像飛鳥般掠過眾人頭上，落在台上。

大家定睛細瞧，原來是個十六七歲的小孩子，頭上一蓬亂髮，滿臉污泥，只剩了一對滴溜溜的圓眼珠，一身七釘八補的短袖衣褲，腰上束著一根草繩，下面露著半段泥腿，赤著腳，提著一雙爛草鞋，簡直是個小叫化子。

台下的人們，個個稱奇道怪，心想這小叫化窮瘋了，只要看他餓得麻桿似的兩條小手臂，瘦得鷺鷥似的一對小泥腿，和金剛似的銅頭刁四一比，一高一低，一壯一弱，不用交手，壓也把小叫化壓扁了。

在台下看客們替小叫化擔心之際，台上的銅頭刁四也覺得上台的小叫化太古怪了，瞧他飛上台來的身法奇快，這一手，自問便辦不了，但是瞧他小小年紀，長得一身皮包骨的小骨架子，能有多大能為。照他這副骨架子，自己一個指頭，也把他戳倒了，故意說道：

「小孩子上來幹什麼，我會的是高人，誰和你小叫化一般見識，便是勝了你，也被人恥笑。你快下去，到外面去討點殘羹冷飯，治飽了肚子是正經。」

小叫化一對小眼珠，骨碌碌一轉，露出一副雪白細牙，哈哈笑道：「剛才黃擂主說過，不論男女老幼，有幾下子都可上台，並沒有說，小孩子小叫化不准上台的話，你是狗眼看人低，我還對你說，我本來無心上台，昨天在台下，瞧見有一位初學乍練的莊漢，被你冷不防用頭鋒衝下台去，連跌帶傷，十九性命難保。像你這樣恃強逞兇，欺侮莊稼老實人，俺便不服。閑話少說，來來來，小爺試試你這顆狗頭，究竟是銅的，還是肉的。」

銅頭刁四被小叫化說得氣貫胸膛，大喝一聲：「你自己找死。」便在這一喝聲中，竄到小叫化跟前，微一矮身，左掌一晃，右拳疾出，向小叫化左肩搗去。

小叫化身法奇快，右肩一甩，身子隨勢向左一轉，人已到了銅頭刁四身後，右腿一起，便向銅頭刁四屁股踹去，銅頭刁四一拳搗空，用力太猛，身子向前一衝，如果被小叫化這一腳，實磴磴踹上，準得來個狗吃屎，幸而銅頭刁四一拳落空，便知不好，慌不及右腿一上步，硬把身子轉了過來，才算閃開一腳之厄，可是嶄新的青布燈籠褲，屁股蛋上，已印上了小叫化爛草鞋的泥腳印，這一來，小叫化和銅頭刁四，已經互換了個地位。

銅頭刁四轉過身來，眼珠通紅，恨不得把對面小叫化一口氣吞下肚去，小叫化並不出手進攻，笑嘻嘻地立著，向銅頭刁四招招手，笑道：「弔死鬼，不要忙，我等著你看家本領——銅頭哩。」銅頭刁四被他逗得氣沖牛斗，火雜雜又趕了過去，這回存了一力降十會的主意，拳頭像雨點般擂了過去，無奈小叫化身子像旋風一般，不但不還手，連招架都不用，只一味閃轉騰挪，滴溜溜圍著銅頭刁四亂轉。

銅頭刁四像瘋牛一般，把一對油缽似的拳頭掄圓了，四面亂衝，一下也沒有摸著小叫化的身子，鬧了個暈頭轉向，汗流氣促。忽然一眼瞧見小叫化身子立定了，而且正立在台口，銅頭刁四以為這機會不可錯過，而且一下子想制小叫化於死地，把頭一低，一下腰，腳跟用力，莽牛觸籬，連頭帶身子，整個兒向小叫化身上撞去，不料小叫化只一閃，又撞了個空，去勢既疾，用的又是全身力量，屁股後面，似乎又被小叫化送了一腳。身子如何還留得住，箭頭一般，射了出去。

銅頭刁四這一下，罪可受大了，整個身子，飛一般衝出台外，直跌出一丈開外，落在台下正中走道上，面皮都已搶破，而且一時竟爬不起來，值台的幾個莊漢，忙趕過來，把銅頭刁四扶起來，攙回棚內，治傷止血不提。

這時台下的人，都注意跌下來的銅頭刁四身上，再抬頭向擂台上看時，小叫化蹤影不見，不知在什麼時候悄悄地溜走了。

這場過去，右邊一座沒有插旗的棚內，走出一個精壯大漢，嘴上留著掩口濃髯，大步走上台去，大家一瞧這大漢長得油墩似的，便知孔武有力，這人走到台口，抱拳開口道：「台下鄉親們，大約有認識俺馬回回的。俺在成都住了多年，除每天賣點清真牛肉以外，平生好練，承眾鄉親抬愛，叫俺一聲馬武師，其實幾手笨把式，不算什麼，前天俺在西門空地上，教俺幾個徒弟練幾下潭腿，有一位朋友，在旁邊口出狂言，說俺花拳繡腿，誤人子弟，俺便請教那位朋友尊姓大名，他說：『你有膽量上豹子岡擂台上去，那時定教你見識見識。』

「那位朋友說了這句話便走了，俺馬回回是個本分買賣人，從來不敢得罪人，隨意教幾個子弟們操練操練身體，根本和戳竿鋪場子的老師父們不同，想不到那位朋友尋上門來，俺馬回回本領沒有，膽子倒有，既然那位朋友當面吩咐下來，我明知本領不濟，也得話出應點，不過俺要聲明一句，俺找的是那位朋友，別位我可沒有這麼大膽……」

馬回回話還未完。左面涪江旗棚內，刷的竄出一人，大喝一聲：「好，教師爺有種！」喝聲未絕，人已竄上台來，是個瘦長少年，一臉凶狠之氣，左頰上還有一個很長的刀疤。

這人一上台，向台下說道：「在下是擂主虎面喇嘛的門徒，叫做九尾蠍張三。剛才銅頭刁四功夫不壞，小叫化根本不敢過招，仗著身體唧溜，人小心毒，才上了他的當，這種不算正式過手，說不上誰輸誰勝。現在這位馬教師爺是成都名武師，當然不能和小叫化比，回教的師父們，又是潭腿出名的，所以我九尾蠍約他上台玩一下子。」說罷，一轉身，在左面丁字步一站，一抱拳，向右面馬回回喝道：「教師爺請。」

這一個請字剛出口，一個箭步已到馬回回跟前，左掌一起，右掌向左肋一穿，微一側身，向馬回回右乳下章門穴猛擊，馬回回微一吸胸，右足退後半步，右臂攏掌如鉤，由上向下一洗，一換步左掌吐氣開聲，一個單撞掌，向九尾蠍肩窩撞去，九尾蠍倒也識貨，一撤招，雙肩一錯，金豹露爪，兩臂迴環，滾斫而進，其勢頗猛。

馬回回一看單撞掌沒有用上，一個霸王卸甲，微一退步，九尾蠍乘機猛攻一步步進逼，哪知他棋勝不顧家，顧上不顧下，馬回回有意誘敵，一個野馬分鬃，向下一撥九尾蠍雙臂，九尾蠍意狠心凶，踏進一步兩臂一翻，乘勢一個雙風貫耳，如果這一招被他用上，馬回回十有九死，那知馬回回早知他有這一手，雙臂一招，一個撥雲見日，同時下面右腿一起，一個跺子腳，正踹在九尾蠍小肚上，九尾蠍經不起這一腿，被馬回回踹出五六步出去，一個倒坐，騰的墩在台板上了，九尾蠍面上立時變成黃蠟一般。

這時馬回回如果說幾句好聽的場面話，抽身一退，也沒事了，他偏得意忘形，指著九尾蠍冷笑道：「這便是俺花拳繡腿。」

他這一句俏皮話，已夠瞧的了，台下一般唯恐天下不多事的人們，又喝起彩來。彩聲未絕，涪江棚內，已有一人，燕子一般飛上台來。

這人一上台，九尾蠍已勉強站起身來，捧著肚子走下台去了，大家一看上台的人，瘦小枯乾，活似社廟裡的泥塑小鬼，黑帕包頭，一身黑的緊身短裝，背著一柄綠鯊皮鞘子的軋把單刀，在馬回回面前一站，陰森森的笑道：「馬師父潭腿得有真傳，在下雷九霄求教一二。」

馬回回一聽雷九霄名字，暗吃一驚，聽人說過，此人是蜀中有名的獨腳飛盜，綽號雲裡翻，素常手辣心黑，出沒無常，後悔不早早下台，碰著這位魔頭，忙抱拳笑道：「雷師父請你原諒，在下聲明在先，是應約而來，只會一人，恕不奉陪。」

說罷，一抱拳，便想轉身，雷九霄喝道：「來時由你，去時可不由你了，想下台也容易，你向大家聲明一句，『俺馬回回仗著花拳繡腿混飯，請諸位師父饒了俺罷，』你照這樣說了，便讓你好好兒下台。」

馬回回大怒，厲聲喝道：「放屁，誰還怕你不成，接招。」一個箭步竄近前去，黑虎伸腰，雙掌齊出，這一手，類似近代形意拳的虎撲，其實也是少林五拳的基本功夫，馬回回這一招，實中帶虛，有意試敵，雷九霄不接不架，身形奇快，只向左一轉，已到了馬回回的右邊，運臂如風，一個劈山穿海，右掌劈肩，左掌穿脅，立施殺手，馬回回一撤招，斜身換步，變成海鶴抖翎，霎時之間，兩人對折了十幾招。

馬回回識得雷九霄的招術，是華山派的燕青八翻，以迅捷猛厲見長，論功夫實非敵手，可是他看出雷九霄身形雖然輕快，步下似乎虛浮，想來個出奇制勝，用了一招白猿獻果，雷九霄隨勢一封，馬回回側身便走，烏龍擺尾，走時一掌護胸，一掌掩後，原是存心誘敵，雷九霄一聲冷笑，舉步便追，掌風已向馬回回身後襲來。

馬回回斜著一塌身，倏地身形一起，一個十字擺蓮腿，向身後雷九霄右膝踝踹去，雷九霄喊聲：「來得好！」左足一滑，右臂「海底撈月」，正把馬回回足跟兜住，往上一撩，喝聲：「去你的！」

馬回回油墩似的一個大身軀，被雷九霄抖起幾尺高，風車似的翻跌出去，還算馬回回有功夫，被敵人抖起時，心神不亂，趁勢雙腿一拳，一個風車斤斗，落下地來，沒有跌翻，喘吁吁地站起來，說一聲：「後會有期。」便跳下台去了。

# 第九章　擂台上（二）

雷九霄得意揚揚地站在台口，大聲說道：「老子承擂主虎面喇嘛邀請，到豹子岡湊個熱鬧，會一會平時知名的幾位老師父，像這位馬教師爺，說他是花拳繡腿，未免少差，但是出花拳繡腿，強得也有限，這種把式，根本不必上台，俺會的是成名高人……」

雷九霄在擂台上一賣狂，岷江棚內便有一人喝道：「還有一個花拳繡腿，和你玩幾下。」

雷九霄向台下右面一瞧，只見棚內出來一個連鬢鬍子的矮道士，年紀五十不足，四十有餘，頭上挽個道髻，身上香灰色短道袍，只齊膝蓋，白布高腰襪，套著一雙蒲編涼鞋，背著一口連鞘寶劍，衫履整潔，舉止沉著，慢條斯禮地走上台來，雷九霄似乎眼熟，張嘴喝道：「來人通名。」

矮道士從右面台階，走到台口，離雷九霄五六步遠對面立定，向雷九霄稽首道：「雷當家貴人多忘事，三年前貧道雲遊劍閣，無意之中，仗義救了一位撫孤守節的女子，那時曾與雷當家有一面之緣，不意雷當家心不甘服，糾合羽黨，半路攔截，定欲置貧道於死地，幸蒙洪雅余俠客解圍，得免毒手，其實貧道皈依三清，與世無爭，當年這段公案，早已置之度外，不料今天巧逢雷當家，而且還佩服雷當家膽大包身，竟不怕兩手血腥，積案累累，居然在大庭廣眾之間，耀武揚威，貧道便是心如木石，也不由得想起三年前舊帳了……」

雷九霄吃了一驚，想起此人武功非常，岷江一帶，稱為矮純陽，是邛崍派能手，當年糾合同道，把他困在劍閣棧道上，偏被洪雅余飛拔劍救走，還傷了兩個同道，今日狹路相逢，真得當心應付，心裡一轉，面上獰笑道：「我道是誰，原來是青城矮純陽道長，幸會幸會。」

說到這兒，一呵腰，反臂拔下背上亮銀似的軋把翹尖雁翎刀，把刀一抱，殺氣滿面，厲聲喝道：「牛鼻子還不亮劍，等待何時？」

矮純陽點頭微笑道：「雷當家燕青八翻的拳術，早已領教過，今大再展仰展仰高明的刀法，」矮純陽慢條斯理的話剛說完，正待伸手拔劍，雷九霄大喝一聲：「哪有這些囉嗦，手上見高低。」

便在這一喝聲中，刀光一閃，人隨刀進，一個獨劈華山，疾逾電閃，已向矮純陽斜肩劈了下去。

矮純陽劍未出鞘，只向左一上步，刀已落空。右臂一展，順著刀背一壓，一錯身，左掌一穿，便變成鐵掃帚，向雷九霄臉上拂去，霄九霄刀勢被封，勢不能不後退一步，才能變招，便在他後退一步之間，矮純陽背上崩簧一響，一柄青銅劍已經拔在手內，劍花一起，一個白蛇吐信，劍尖已到雷九霄脅下，雷九霄疾慌身形一轉，勁貫右臂，單刀一掄，破招進招，展開五鬼奪命刀法，挑，壓、斫、掤、掄，把一柄雁翎刀舞成一片刀山，恨不得立時把矮純陽掤幾個血窟窿。

矮純陽也怪，他這劍法也和人一般，不慌不忙地看關定勢，隨勢封解，並沒出手進招，台下看的人實在替矮純陽擔心，雷九霄得理不讓人，儘是進手招術，一片刀光，不離矮純陽左右，不過雷九霄無論用如何厲害刀招，總被矮純陽很巧妙的封閉出去，看著他手上劍招，慢吞吞的令人擔擾，可是刀鋒一近身，自然不即不離地被他化解了，雷九霄把壓底本領都施展出來，也占不到半點便宜。

台下閑瞧的人不明白，還以為矮老道只有招架，無法還手。台上雷九霄可識貨，知道不妙，這矮老道故意以靜制動，想活活把自己累死。如果再不見機抽身，今天要難逃公道。

雷九霄既狠且滑，故意把手上刀招，狠劈狠砍，心裡卻暗暗打腳底抹油主意。但是武術一道，練的是精氣神，講究心與臂合，臂與刀合，也就是「用志不紛，乃凝於神」的道理。雷九霄這時手上進招，心上想逃，遞出去的刀招，當然已不能心手相印，其實矮純陽早已成竹在胸，故意把雷九霄圈住，折騰他一個夠，再下殺手，哪會讓他得機抽身？

這時雷九霄交手多時，已有點汗流氣促，一想不好，慌極力把氣提住，猛力用了幾手五鬼奪命刀的絕招，矮純陽依然左攔右隔，不慌不忙招架，雷九霄一想此時不走，等待何時，倏地抽招撤身，正想倒縱到左邊台口，轉身說一句場面話，略留體面，再縱下台去。

哪知矮純陽劍法，靜如嶽峙，動若源流，在雷九霄撤身當口，萬不防矮老道突然改了進手招術，雷九霄足跟一墊勁，剛要倒縱而退，身形還未縱起，矮老道哧的一上步，劍隨身進，青銅劍一個巧女紉針，刷刷兩劍，已在雷九霄兩肩琵琶骨下穿了兩個窟窿，而且吐劍時一使手法，存心把雷九霄聯著兩臂一條總筋挑斷，只聽得雷九霄一身怪叫，手上雁翎刀，噹的一聲，掉在台板上，人已站不住，似乎搖搖欲倒，台下值台的莊客，忙奔上兩個來，把雷九霄攙扶而下，一柄雁翎刀，也抬了下去，從此雷九霄，命雖不妨，兩臂卻廢，大約不能再做獨腳飛盜了。

青城道士矮純陽，上擂台時一步三搖，慢條斯理。下台時卻其快如風，在雷九霄被人攙扶而下時，矮純陽把劍還鞘，雙足一點，已從台上飛身而下，回進岷江棚內了。矮純陽身剛進棚，擂台上喝聲如雷：「矮純陽休走，老子虎面喇嘛會會你。」

虎面喇嘛在台上一聲大喝，台下聞名沒見面的，才知這人便是和黃龍主辦這次擂台的虎面喇嘛，大家一瞧虎面喇嘛的長相，實在太凶了，連心眉，大環眼，蒜鼻闊唇、廣額寬頤，一臉橫肉，色如淡金，又長著赭黃蝟髯，連眉毛眼珠，都是赭黃色的。頭上包著一塊紅生綢，身上披一件棗紅箭衣，腰束一巴掌寬的藍絲板帶，足穿跌死牛的搬尖牛皮靴，身材高大，渾如鐵塔。左臂抱著一柄九環厚背大砍刀，右手指著岷江棚內，瞪目如燈，連喝「矮純陽休走，矮牛鼻子替我滾回來。」

不料虎面喇嘛大喝如雷當口，突然又是一聲怪吼，見他用右手一遮雙目，手指縫裡鮮血直流，把台板跺得山響，大喊：「你們快來，老子中了暗算了。」

這一嚷，突生怪事，台下各棚內，立時一陣大亂，忽聽得台下人叢內，發出一個刺耳的聲音，喊道：「諸位休亂，這是俺們家務，別人管不著，聽我對你們說。」這一喊，更是驚奇，千百對眼珠，捨了台上的虎面喇嘛，轉向台下，找尋突然怪喊的人。

這當口，台下人縫裡擠出一個四肢不全的怪婦人來，向繩欄底下一鑽，鑽進繩欄內台口中間走道上，朝著台上虎面喇嘛哈哈怪笑，笑聲刺耳，宛如梟啼。這時大家才看清這怪婦人年近五十，一身裝束，好像街上縫窮婆樣子，凶眉凶目，滿臉狠戾之氣，左臂已斷，只剩一條右臂。手上拿著兩尺多長的一支竹管，人們還以為她拿著簫笛之類，識貨的卻明白她手上是深山野苗用的吹箭。

這種吹箭，是苗人練就的一種特殊功夫，箭藏細竹管內。聚氣一吹，在兩丈以內，可以命中，原是苗蠻預防深山毒蛇猛獸，驟出襲人，便用這種吹箭，專取蛇獸雙目咽喉等要害，藉以臨險逃命之用，箭如鋼針，尾有風舵，能手可以兩箭齊發，深山樵採的苗婦，十九帶著這種吹箭，取其輕巧便利，雖沒有十分大用，中在脆弱之處，卻也厲害非常。

虎面喇嘛在台上瞪眼發威，一心想替好友雷九霄報仇，指名要岷江棚內矮純陽出場，做夢也沒防到台下埋伏著這種吹箭，兩箭齊中，雙目已瞎，血流滿面。

左面棚內擂主黃龍和虎面喇嘛一般近友，一齊跳上台去，一面護持雙眼已瞎的虎面喇嘛，一面查究兇手，哪知道用不著查究，這怪婦人已鑽進繩欄走道，哈哈怪笑，用手上吹箭筒指著台上虎面喇嘛，大聲說道：

「我是虎面喇嘛的原配妻子，五年前我從打箭爐帶著三歲的孩了，尋到蛇人寨，虎面喇嘛已從別處搶來兩個女子，安置在蛇人寨內，供他淫樂，對我視若敵仇，這樣過不到一年光景，他不知又從什麼地方，擄來幾個青年女孩兒，強迫為妾，我看他倒行逆施，越來越凶，已無人理，我忍不住幾次苦口相勸，勸他少作大孽，替自己兒子留點餘地，哪知道這人心腸，比禽獸不如！

「常言道：『虎毒不食兒』。虎面喇嘛一顆心，比老虎還毒，竟趁我不防，把自己三歲兒子，活活弄死，又把我趕出蛇人寨，我幾次和他拚命，又被他砍斷一條左臂，我逃入深山，左臂潰爛，眼看性命不保，幸蒙深山一家苗戶收留，用祖傳秘藥，把我斷臂割掉，治好瘡傷，保全一命，傳授我吹箭獨門功夫。

「今天我不用毒箭取他性命，還存一份忠厚，從此他兩眼已瞎，大約也不能再作惡事了，這是我們一篇怨孽帳，諸位不信，可以到蛇人寨去打聽打聽，各門各派行俠作義的老師父們，大約有不少在場，請諸位公評一下，如果以為我不該下此絕情，不論哪一位，只管拔出刀來，把我刺死，替虎面喇嘛雪恨報仇。」

說罷，怪婦人昂頭四顧，挺身而立，絲毫沒有畏避之意。台上台下的人們，聽了她這一套淒慘的怨孽帳，一時鎮靜得鴉雀無聲，連擂主黃龍，也呆在台上，不知說什麼才好。

突然，從虎面喇嘛身後，轉出一個凶眉凶目的少年，站在台口，指著台下走道上的怪婦人喝道：「你是胡說八道，哪有此事，你是受人指使，竟敢在眾目昭彰之下，謀害親夫，你對自己丈夫，這樣無情無義，我做門徒的，只好替我師父報仇。」

他說到這兒，右手已伸入脅下鏢袋，猛地右臂一抬，一聲大喝：「潑婦！看鏢！」眾人吃了一驚，以為這怪婦人定然命傷鏢下，不意這人右臂一抬，忽地嘴上：「哎呀！」一聲，噹的一聲響，一隻鋼鏢，竟從他掌內溜了下來，掉在台板上了。

再一細看，原來這人腕上，釘著一支小小的燕尾袖箭，這人捧著右腕，痛得咬牙切齒的向四面找尋發袖箭的人，但是他自己正全神貫注在台下怪婦人身上，起初沒留神，這時要想在這無數人內找出發暗器的人來，實在不易，便是棚內棚外，台上台下，各各神有專注，誰也防不到有這支袖箭。

不過眾人裡面，有幾位大行家，默察袖箭方向，是從擂台對面正棚裡出來的，但是正棚內除出幾位官親官眷以外，只有靠左並肩坐著的一男一女，和身後捧劍面立的俏丫鬟，有點與眾不同，細察神色，這一男一女，氣定神閑，似乎連身子都沒有動一下，這支袖箭究竟從何而來，連行家也有點莫名其妙了。

台上虎面喇嘛門徒，想替師父送師母的命，鏢沒有發出，反而中了一袖箭，捧著右腕，咬牙切齒的正想破口大罵，罵未出聲，他師父虎面喇嘛卻已痛得支持不住，出聲怪叫，人也搖搖欲倒，大家七手八腳，把虎面喇嘛扶下台去，這一打岔，再一看台下，那位怪婦人已擠進人叢，走得不知去向，這位門徒，鬧得虎頭蛇尾，沒法下台。

這當口，他忽見對面招待貴客的正棚內，從容不迫地走出一位英俊秀挺的文生相公，瀟灑翩翩地從走道上緩步而來，他以為這人是個富家子弟，想到台前看得清澈一點，不料這位斯文一脈的書生，毫不躊躇的，從台口幾級台階上，拾級而上，到了台上，連正眼都沒有看他一下，卻向擂主黃龍一揖到地。

小神龍黃龍早已有人通知他，正棚內並肩坐著的一對男女是何人物，楊展出棚上台，黃龍也早已注意到，這時忙抱拳還禮，嘴上說道：「楊相公文武全才，早已久仰，此刻蒙楊相公紆尊上台，非但為今年擂台增光，在下也可展仰高人的驚人功夫了。」

楊展笑道：「一介書生，有何本領。今天偶然到此觀光，承蒙擂主厚待，平日又久聞擂主大名，乘機上台來向黃擂主道謝盛意，還要請求黃擂主恕我年輕無知，冒昧上台獻醜。」

這時黃龍十分注意楊展一切舉動，覺得此人雖然年輕，氣概相貌，確實與眾不同，可是說話文縐縐的，從外表觀察。卻看不出有多大本領，此刻一聽他說「上台獻醜」當然是要露一手的了，便答道：「楊相公一時雅興，我們請都請不到，今天各門各派的老師父到得不少，楊相公在台上一交代，定然有人奉陪，拳腳兵刃，悉聽尊便。」

黃龍這話意思是誤會楊展特地上台來找他比試的了。不知楊展深淺，自己先不出手，想叫別人試一試楊展本領，自己從旁瞧一瞧功夫門派，再打主意，不意楊展卻出了新花樣，聽他說道：「在下身入黌門，總算是個文士，對於武功，無非學了一點皮毛，從來沒有出手，和人爭鬥過，現在我先來練一點粗功夫，請黃擂主和在場的各位師父指教一下，現在閑話少說，請黃擂主打發一個人，到坡下溪澗內，撿兩枚鴨蛋大小的鵝卵石來。」

楊展說時，原在台口，聲朗音清，台下棚內的人們，都聽得很真，卻猜不出在鵝卵石上練什麼功夫，黃龍也有點莫名其妙，卻不便細問，便打發一個值台莊客，馬上到坡下溪流內，撿來了兩塊鵝卵石。

這種鵝卵石，終年被溪水衝激得光滑圓渾，和普通石頭不同，其堅如鐵，如果用鋼刀在鵝卵石上刻劃，保管堅不受刀。

兩塊鵝卵石撿來，黃龍親手交與楊展。

楊展把幾層長袖挽起，露出一段白玉似的腕臂，大家一瞧這樣細皮白肉的手腕，便覺沒有多大武功。楊展兩手各握一塊鵝卵石在掌內，一瞧那個腕中袖箭的寶貨，已悄無聲地溜下台去。

台上只剩黃龍一人，在左邊遠遠立著。對面正棚內，瑤霜和小蘋，已全神貫注各棚的舉動，右面棚內，多半是七寶和尚、鐵腳板的同道。自己一上台，他們定已替自己監視著黃龍手下人物，自己大可放心行事。

其實照楊展本意，尚不願在此刻登台，完全為了這支袖箭而來，原來虎面喇嘛門徒中的袖箭，誰也料不到是瑤霜身後小蘋所發。

可笑小蘋人小心靈，把偷偷帶來一筒燕尾小袖箭，居然發得巧，中得準，救了怪婦人一條命。小蘋發箭時，並不抬臂作勢，她原是雙手抱著一對寶劍，右臂原是捧著雙劍的上半截，發箭時只身子微側，右掌微起，左指在衣外暗撳右袖內機簧，哧的一支小袖箭，便射向台上去了，袖箭發出，小蘋沒事人似的，依然紋風不動的捧劍而立，誰也瞧不出來，但是袖箭從瑤霜身後出去，瞞得住別人，瞞不過自己主人。

楊展怕在這支袖箭上另生枝節，趁台上還找不到發箭的主兒，暗地和瑤霜一說，便自己出馬上台了。

楊展雙袖高挽，左右兩掌內，分握著兩枚鵝卵石，走到台口，其勢不能再下袖長揖，只好仿效江湖舉動，比著一對雪白拳頭，向四面亂拱，照他身上這身斯文裝束，實在有點可笑，對面棚內瑤霜和小蘋，瞧他這副怪模樣，便先忍不住了，楊展自己卻不覺得，向四面拱拳以後，左右兩臂並沒垂下，掌心緊握著鵝卵石，平端著，立在台口正中，朗聲說道：

「在下嘉定楊展，讀過幾年書，也練過幾天武，不論文字和武功，我自己明白，都不成氣候，還得多讀多練。今天偶然來到豹子岡，看到各位在擂台上各獻本領，真是黃擂主說過的，萬兩黃金買不到的機會。不過在下從開擂時看起，一直看到此刻，我越看心裡越難受。

「我不是自己難受，我替天下練武的難受，我忍不住上台來，想把我心裡難受的道理，在到場的各門各派諸位老師父，和諸位鄉親面前請教一下，但是擂台上是掌來腳去，刀劈槍刺的所在，不是在下說閑白兒的地方，所以在下向黃擂主請求許可以後，撿了兩枚鵝卵石，在我掌心裡握著，一面說話，一面練功夫，說話完了，我功夫也練完了。我這手功夫，無非上台來應個景兒，好歹等我練完以後，請諸位老師父批評。」

他說到這兒，略微一沉，台下的人們，還以為他口上說練功夫，這時定然要打拳踢腿了，不料他依然紋風不動地立著，忽然右拳向上一舉，朗聲說道：

「諸位請往上瞧，台上面不是掛著一塊匾，寫著『以武會友』四個大字麼，諸位再請想一想，今天從開擂銅頭刁四上台起，直到擂主虎面喇嘛吹箭傷兩眼為止，哪一場也逃不了為了怨仇相報，而且雙方怨仇，一場比一場凶，一個比一個狠，不是你死，便是我活，這樣下去，擂台上變成流血慘殺之地，上面『以武會友』這塊匾，可以換一個字，換了『以武會仇』好了。

「我們到此想開開眼，瞧一瞧各門各派老師父的真功夫，想不到看了幾場流血慘劇，假如我們在街上，看人家扭打，還得向前排解，現在我們卻瞪著眼，瞧人家在台上，性命相搏，不死必傷，諸位請想一想，我們心裡難受不難受，怎樣再袖手旁觀下去，這是一。

「有人說，江湖上講究的恩怨分明，三寸氣在。有恩得報，有怨仇也得報，話是這麼說，可得佔住一個理字，比如某人依恃一點功夫，為非作惡，殺人放火，受害的子孫，子報父仇，或者仗義的朋友打抱不平，這在理字上還說得出去，如果為非作惡的，也有子孫，也有朋友，也講究三寸氣在，為父報仇，為友仗義，把理字丟在一邊，一代代地下去，仇越結越深，這篇疙瘩帳如何演算法，江湖上都變了狹路相逢的人，成何世界。

「江湖上多義氣朋友，但是意氣從事，應該在理字上站住腳步，這義氣才有著落，如果報復怨仇，在理字上講得出去，站得住腳步，何必在擂台上性命相搏，朝廷有王法，鄉黨有公評，便是講究來個乾脆，不妨約一個地點，私下決鬥一下，何必教擂台下一般不相干的人，瞧得傷心慘目呢，這是二。

「現在我丟開怨仇相報不說，只說擂台本身的事，人人都知道，上擂台是想揚名露臉，但是這種揚名露臉，必定有一勝一敗，一榮一辱，甚至於一傷一死，種種怨仇，便從此而起，其實武功一道，學無止境，人外有人，誰也不敢說是天下無敵手，如果只在豹子岡擂台上稱雄，還算不得揚名露臉，我想真有高人，定必善藏若虛，決不肯輕意上擂台的，何況擂台上變成結怨結仇之地，真有高人，益發不敢上台了。

「要知道練武的人，不論本領大小，武功在身，小則強身保家，大則衛鄉保國，現在國家多事之秋，邊塞疆場，便是練武的揚名露臉之地，而且可以勛銘鄉里，功垂永世，才不枉練武的訪師求友，多年二五更的功夫，何必在這小小擂台上爭強鬥勝呢？

「可是話又說回來，擂台不是現在才有的，當年擂台比武的本意，原應該禮讓在先，武功居後，大家練點功夫，互相切磋切磋，免得孤陋寡聞，藉此結識幾位高師益友，立意不算不對，能夠這樣，才符合了上面『以武會友』的匾額本意。

「我想既然在擂台上互相觀摩切磋，未必定要點名叫陣，動手過招，把自己功夫，練一手兩手也是一樣，所以在下上台來，變個新樣兒，獨自練一點粗功夫，向諸位求教，在下話說得太多了，定然有人要說，姓楊的是嘴把勢，盡說不練，諸位休急，在下現在說話完了，功夫也練完了。」

楊展說罷，平端的兩臂，往前一伸，兩拳一齊舒開，大家伸長脖子一瞧，他掌心裡和剛才一樣，整整的一手一枚鵝卵石，大家不由得一愣，鵝卵石還是鵝卵石，原封不動，真不明白他練的什麼功夫，就在大家一愣當口，楊展把左右兩掌，慢慢地側了過來，便是掌心完整的鵝卵石，頓時四分五裂，變成一粒粒小碎石子，從兩掌心裡紛紛掉落下來，台板上一陣碎響，碎石子落了一地。

這一來，台下的人們各各驚得目瞪口呆，這樣細皮白肉的拳頭，會把鐵一般的鵝卵石，捏得粉碎，這種功夫，簡直是邪門兒。

突然從右面棚內，有人大喊道：「好功夫，這是最難練的混元一氣功呀！」被這人一嚷，台下四面的人們，震天價喝起連環大彩來了。

楊展不理會台下眾人喝彩，留神右面棚內大嚷的人，雖然一時瞧不出是誰嚷了這一聲，心裡卻暗暗好笑，自己練的這手功夫，和混元一氣功，雖有幾分相似，卻和混元一氣功，是另一路道，這人大聲疾呼，誤認為混元一氣功，未免貽笑行家。

楊展猛地心裡一動，立時省悟，右棚內多半是鐵腳板、七寶和尚的同道，這人出聲一嚷，替自己報出這手功夫名堂來，是故意用混元一氣功的名堂，替自己掩蓋的。

自己一時大意，把破山大師嫡傳功夫，在擂台上顯露出來，萬一被行家識透，無異自己供出與巫山雙蝶有關，對於瑤霜更是不利，百密難免一疏，自己老防瑤霜出錯，不想自己先露馬腳，也許這人替我一嚷，可以含混過去，不致另生枝節，我得見好就收，趕快離開是非之地。

楊展忙把挽起雙袖，向下一抖，正想下台，擂主小神龍黃龍，原立在台上一邊旁觀，這時走了過來，大讚道：

「楊相公這手功夫真不易，我黃龍便得甘拜下風，最難得是一面滔滔不絕的講話，一面卻在掌中運動碎石，楊相公貴庚，大約不過二十左右，便有這樣驚人功夫，依我猜想，定然從小便得高人盡心指授，非但功夫驚人，便是這一套苦口婆心。真是句句金玉良言，不過楊相公身分高貴，哪知江湖上有一言難盡之處……」

黃龍話還未完，突然左間棚內，竄出一人，一頓足，便到了台上，嘴上大喊道：「黃擂主，讓俺會一會這位高人。」

楊展一看，這人長相特別，駝背猿臂，濃眉怪眼，藍綢包頭，一身藍油急裝，滿臉精悍之氣，雖然赤手空拳，腰束寬巾鼓鼓的似乎裡邊圍著軟兵刃，楊展一瞧，便知此人定是七寶和尚所說的鐵駝江奇了，暗想古人說的一點不錯，煩惱皆因強出頭，江鐵駝當然衝著自己來的，這一來，我上台容易，下台難了。

在楊展轉念之際，江鐵駝已到眼前，黃龍滿面含歡的說道：「楊相公，這位是名震沱江的江鐵駝江師父，高人會高人，兩位有緣相會，多多親近。」說罷，身子很快地往後一退，好像江鐵駝上台來，在他意料之中的。

黃龍抽身一退，江鐵駝怪眼一睜，立射凶光，面上卻故作笑容，撕著一張闊嘴，抱拳笑道：「楊相公剛才施展秘傳五行掌的功勁，金掌碎石，一鳴驚人，佩服之至，這手功夫，得先從達摩老祖易筋經打底，可笑剛才右面棚內，一位假充行家，大喊混元一氣功，不知混元一氣功，是純粹武當內家的功夫，五行掌卻是辰州言門的獨門秘傳，與雞心拳獨步江湖，講究內外兼參，剛柔相拚，與混元一氣功，似是而非，不能並為一談的，楊相公，俺江鐵駝孔夫子門前賣百家姓，大約有幾成說對了麼？」

楊展聽得暗暗吃驚，果然江鐵駝識貨，看清自己練的是五行掌了，既然被人說破，礙難掩飾，一面還禮，隨口答道：「江師父名不虛傳，在下初學乍練，當然難入方家之目，無非獻醜而已。」

江鐵駝面現冷笑，立時接口道：「我還知道，這幾十年內，深得這門五行掌秘奧的，只有一人，這人便是當年馳名江湖的巫山雙蝶，而且是黑蝴蝶尤擅這一門功夫，仗著這五行掌獨門功夫，逞強爭霸，橫行一時，俺江鐵駝這些年存心訪求這門功夫，未償夙願，萬不料今天在楊相公身上見到，真是幸會了。

「楊相公既然是五行掌的傳人，不用說，當然與黑蝴蝶有師生之誼了，名師出高徒，楊相公已得黑蝴蝶真傳，俺江鐵駝訪不著黑蝴蝶，會著了楊相公，也是一樣，今天好歹要討教幾手五行掌的高招，楊相公看在我幾年訪求的苦心上，定然不吝賜教的了。」

江鐵駝說出這幾句話，楊展便明白他來意，表面上江鐵駝說得非常委婉，不明白他用意的人。聽著真像為了武功，殷殷求教，楊展卻明白他故意不提舊恨夙仇，骨子裡卻想乘機報當年他父親琵琶蛇江五被黑蝴蝶一掌落空之仇，一時訪不著黑蝴蝶，把這怨毒又移在楊展身上了。

楊展想起剛才自己向大眾講說，擂台上非尋仇報怨之地，萬想不到話剛出口，便有仇家移禍江東，找到自己頭上來了。

看起來，黃龍說的不錯，江湖上怨仇牽纏，真有一言難盡之意，偷眼一瞧對面棚內瑤霜，大約聽清了江鐵駝尋仇之意，滿面怒容，小蘋捧著的瑤霜劍，已背在自己身後，大有上台較量之意，一想不好，如果瑤霜一上台，揭開真面目，事情更不好辦，心裡略一盤算，在江鐵駝說出了來意以後，便已打算好對付主意，立時接口道：

「江師父太謙虛了，可惜在下初學乍練，恐怕要使尊駕失望，倒是在下討教江師父幾手高招是真的。」

在江鐵駝來說，未始不知五行掌的厲害，當年他父親便是前車之鑒，不過江鐵駝另有如意算盤，他看得楊展年紀太輕，功夫未必到黑蝴蝶地步，看情形又未必知道自己來歷，和尋仇用意，自己家傳琵琶功和通臂仙猿拳，威震沱江，和這種初出茅廬的雛兒交手，定可穩穩成功，又聽得楊展竟隨隨便便地答應了，更合心意，得機便下毒手，先出口惡氣再說，主意打定，不再客氣，一拱手，喝聲：「楊相公仔細，我要獻醜了。」

# 第十章　鹿杖翁

楊展明知這時不動手是不成了，只得又把長袖挽起，把身上直裰前後下襟，一齊撩起，反拽在裡面腰巾上，留神對面江鐵駝身子向下一蹲，全身一縮，雙臂護胸，兩手个拳不掌，五指緊撮，向內微鉤，形如鴉嘴，兩眼灼灼，注定了楊展，活像一個老猴子。

楊展一瞧，便知他這是猴拳的架式，功夫全在指上，琵琶功也是指上功夫，把這種功夫，藏在猴拳招術裡面，確是最合適不過，只瞧他一露猴拳架式，全身緊縮，形若木雞，便知武功已到火候，頗不易與。楊展不敢怠慢，暗地運用功勁，抱中守一，屹然卓立，表面上好像神態自若，並不露出過招的架式來，只雙拳一抱，微笑說道：「我們萍水相逢，無非以武會友，請江師父手下留情罷。」

江鐵駝一聽，以為楊展心虛，已露內怯，並不答話，身形微動，真比猿猴還捷，兩條長臂，已到楊展胸前，一開招，二龍搶珠，左臂一起，臂隨身長，右臂往左脅一穿，兩指已向楊展雙睛點來。

楊展不接不架，雙肩一錯，左腿向外一滑，江鐵駝一招點虛，右側落空，一轉身，雙臂一伸一縮，倏又變為仙猿摘果，進步撩陰，楊展一個白鶴晾翅，身如旋風，又到了江鐵駝左側，依然沒有進招。

江鐵駝兩招落空，看出楊展存心滑鬥，倏地一聲怪嘯，身子往後一退，不明白的還以為江鐵駝不願比試了，楊展卻知道猴拳招術，退得快，到得更快，果然，江鐵駝身子剛往後一退，一縱身，又逼到跟前，臂影縱橫，猛雞奪粟，竟施展迅厲無比的招術，向楊展猛攻。

楊展被他逼得有點發火，劍眉軒動，俊目放光，身法一變，立時展開師父絕技，把三十六手擒拿，揉雜於五行掌中，吞吐如電，虛實莫測，江鐵駝也把通臂仙猿拳的絕招，盡量展開，偏於抓、拉、啄、掛、騰、閃、摟、摘一路，可是招招都是陰毒迅猛的著數，這一交手，彼此乘虛蹈隙，爭勝敗於俄頃之間，台下看得眼花繚亂，目瞪口呆，只覺台上兩人，身法如風，進退如電，已分不清一招一式來。

打著打著，猛聽得一聲怪嘯，兩人霍地一分，江鐵駝向左邊一退，雙眼通紅，面如噀血，雙拳一抱，惡狠狠說了句：「楊相公端的不凡。」立時轉身跳下台去了，這面楊展神色自若，只微笑點頭，並不答話，台下看得莫名其妙，兩人正打得熱鬧頭上，何以沒分勝敗，便草草終局了，但是兩面棚內，有的是行家，早已看出江鐵駝吃了啞巴虧，甘拜下風了。

原來楊展已得破山大師真傳，對於猴拳和琵琶功一類武術，早預備著破解之法。江鐵駝身世，又被七寶和尚探得詳細，楊展成竹在胸，卻不願仇上加仇，傷害江鐵駝，兩人一交手，雖然越打越快，在江鐵駝恨不得立時制人死命，在楊展卻抱定穩紮穩打，守比攻多。

江鐵駝一交上手，便知楊展雖然年輕，兩臂如鐵，功夫非常穩實，對折了二三十招，毫無破綻可尋，反而自己一味猛攻，常常露空，明明對方指力掌力已竟用上，竟是寬宏大量，一沾即走，並不存心傷人。

這時江鐵駝能夠知難而退，倒也罷了，他卻老羞成怒，立時施展家傳琵琶功，向楊展要害下手，琵琶功練的是五指一正一反的彈掃力，如果被他用上，不死必傷，不意江鐵駝一施展琵琶功，每逢他鐵指頻揮或彈或掃當口，指頭還沒有沾到人家身上，自己寸關穴上，或者是曲池穴上，總被對方用指點上，或者用金龍手砍上，立時覺得全臂一麻，指頭無力，雖然一麻即止。琵琶功恰算碰到剋星，而且好幾次都是如此，簡直無法破解。

江鐵駝這才明白姓楊的功夫比自己高得多，無奈江鐵駝是個莽夫，到此地步，還不死心，以為對方忠厚。還想占點便宜下場，已知對方無意傷害自己，竟在楊展掌風上身之際，不管不顧，一個毒蛇入洞，身形一挫，十指如鉤，分向對方兩脅抓去，楊展一聲冷笑，乘勢童子拜佛，雙臂向外一展，江鐵駝猛覺兩臂一震，一陣劇痛，同時聽得對方低喝道：「在下不願仇上加仇，尊駕就此停手吧。」

江鐵駝驚心之餘，這才明白萬難佔得便宜，只好忍辱含恨地退下台去了。

江鐵駝知難而退，楊展慌不及褪下挽起的雙袖，整理一下衣襟，以為這時可以順理成章地下台了，那知擂主黃龍始終沒有下台，在台上遠遠立在一邊，把楊展言語舉動看得非常清楚，江鐵駝一下台，黃龍立即過來，滿面堆歡地向他連連抱拳，嘴上說道：

「楊相公非但功夫驚人，而且言行相符，處處大仁大義，令我非常佩服，而且令我非常感動，楊相公今天光降的來意，從楊相公剛才一番金玉良言，便可推測一個大概，楊相公既然有這番美意，真人面前，不必再弄虛套，本年擂台，完全是為了邛崍派和華山派兩家的爭雄鬥勝。

「此刻江師父江鐵駝下台時，華山派幾位成名的老師父，便欲出場向楊相公求教，被我暗地阻止，因為我明白楊相公上台，和別人不同，完全是抱著息事寧人的好意來的，我黃龍兩眼不瞎，還能識得好歹，不過我斗膽想請教一下，聽人說楊相公和邛崍派首領丐俠鐵腳板、僧俠七寶和尚等有相當交誼，對於兩派糾葛，諒必有個耳聞，但是這檔事，和個人結怨結仇，大不相同，關係著俺們華山派下許多門徒的衣食。

「邛崍派獨霸岷江，還不知足，還想在我們沱江、涪江各碼頭，搶奪華山派的衣食飯碗，理路上實在說不下去，楊相公是讀書人，文武雙全，前程遠大，這個理請楊相公替我們評論一下，如果沱江、涪江也應該讓邛崍派獨佔，只要楊相公一句話，我們馬上掩旗息鼓，抱著胳膊一忍，更不必在擂台上見雌雄了。」

黃龍這番話，卻比插拳過招厲害得多，楊展初離師門，未涉江湖，邛崍華山兩派之爭，僅在鐵腳板、七寶和尚兩人嘴上，得知一點大概，究竟內情如何，非常模糊，現在黃龍單面之詞，說得非常動聽，還請他評一評這段理，教楊展如何張嘴，幸而黃龍話剛出口，右面岷江棚內，有人大喊道：「黃擂主不必來這一套，楊相公是局外人，根本不明白我們的事，你教他如何評理，現在不必多廢口舌，我們龍頭在此，請他上台向大家說明內情好了。」

這人一喊，楊展如釋重負，急向岷江棚內細瞧，以為這一喊，鐵腳板定從棚內出來了，不料岷江棚內並沒走出人來，卻聽得台下有人喊道：「請位老鄉，借光借光，讓我臭要飯見見世面。」轉臉一瞧，鐵腳板真是怪物，不知他在什麼時候，鑽在台下人縫裡，拿著哭喪棒似的短拐，擠出人前，鑽進繩欄，高一步，低一步的走上台來。

丐俠鐵腳板一出現，台下人們便交頭接耳，嘁嘁喳喳議論起來，左面棚內還是不少人低喊：「你瞧！這怪物便是邛崍派掌門人。」

台上黃龍，一見鐵腳板上台來，立時變了臉色，鐵腳板若無其事的到了台上大抱著短拐，先向楊展拱拱手，笑道：「楊相公真有你的，你不在家納福，居然也會到這種地方來，而且酸溜溜地講了一大套仁義禮智，可惜對牛彈琴，滿白費了，我臭要飯一字沒有入耳，好鞋不沾臭泥，我勸你少管閑事，息著去吧。」

這一頓搶白，楊展明白他用意，借題發揮，罵的是華山派黃龍等人，暗地又點醒他，教他趁坡而下，故意冷笑道：「誰高興管你們這種事，苦心勸不醒鈍根人，這是沒法的事，少陪少陪！」說罷，一撩衣襟，哧地縱下台來，走進對棚，和瑤霜低低一說，且看鐵腳板如何對付。

楊展一下台，鐵腳板轉身向黃龍一拱手，說道：「在下忝為邛崍掌門人，剛才聽得黃擂主對楊相公說出，邛崍派獨霸岷江，又說邛崍門下，在沱江、涪江搶奪碼頭，這話未免含血噴人，一隻手遮不住天下的眼睛，在場的都是明白事理的老師父老鄉親，用不著我和黃擂主口舌爭辯，是非自有公論，黃擂主不要誤會我上台來和你辯論是非，或者和你拳腳上見高低，這都不是我來意，請黃擂主站在一邊，聽我向本派的同道，分派幾句，也許黃擂主和華山派諸位師父們，聽了我這次分派，便心平氣和了。」

黃龍怒沖沖的答道：「沒有人攔著你嘴，你說你的。」

黃龍不明白鐵腳板用意，想聽他分派什麼，再作道理，鐵腳板哈哈一笑，轉身到了台口，向岷江棚內招手道：「狗肉和尚、矮老道上台來！」岷江棚內，立時走出一個和尚。一個道士，和尚是七寶和尚，道士是矮純陽，而且來得非常神速，一縱身一齊縱上台來，在鐵腳板身後分左右一站，對於黃龍，連正眼都不瞧一眼，鐵腳板喚兩人上台，別有用意，一半也防備自己說話時，華山派暗下毒手，有這兩人護衛，便不必顧忌了。

這時鐵腳板把平時嬉皮笑臉一概收起，態度非常嚴肅，把手上短拐，在台板上嗵嗵地擊了幾下，大聲發話道：「在場的邛崍門下聽著，凡是邛崍門下，都應該知道前輩祖師爺傳下來兩大支派，第一支在岷江一帶，現在由我和七寶和尚管理門戶，第二支在沱江一帶，這一支門徒，這幾年因為第二支掌門人，報效國家，命送疆場，弄得群無所歸，異常散漫，其中有幾位同道，看到沒有掌門人，群龍無首，亂了章法，難免做出棄師滅祖，背教離宗的事來，常常和我商量，想把兩支門戶，並為一支。

「但是我們祖師邛崍老人留下兩個七星蜂符，見符如見祖師，由兩支掌門人執掌蜂符，管束同道，一代代傳下去，在我岷江一支的蜂符，是赤金絲嵌就，沱江一支，是烏金絲嵌就，這兩具信符，是我邛崍派的寶物，也就是威振江湖的獨門七星蜂針，想仿造做假，都不可能。

「不料沱江一支的七星蜂符，被掌門人遺失，好幾年沒有下落，沒有祖師爺信符，便公推出沱江掌門人，也無法約束同道，現在可好了，祖師爺神靈呵護，不忍沱江同道散漫無歸，居然被涪江第二支嫡派師兄，鼎鼎有名的矮純陽訪求到手，經過兩支派幾位名宿公議，公推矮純陽繼任沱江第二支派掌門人。

「從此我們兩支派兄弟攜手，患難扶持，遵照祖師爺遺規，各安生業，今天在場如有本門第二支派門徒，務於今晚起更時分，在武侯祠柏林下會齊，自然有人知會，領赴香堂，參拜祖師，面謁二支掌門人，驗看祖師留傳七星蜂符，領受慈悲，從此邛崍派兩大支派。均由兩派掌門人約束領導，各守範圍，不得逞強恃霸，奪人衣食，亦不得受人誘惑，為非作歹，違背祖師遺訓，兩支掌門人隨時監察，查有違背祖訓之人，請出祖師蜂符，按十大家規處治，這是我向本門同道說的話，現在，在下還要在華山派諸位老師父，和諸位鄉親面前，聲明一下。

「剛才嘉定楊相公一番金玉良言，說明怨怨相報，不是真理，凡事總要佔住一個理字，學武的人外有人，誰也不敢說打遍天下無敵手，可見打是打不出道理來的，這番話，真有道理，凡是意氣從事的朋友，何妨各人都退後一步想，剛才黃擂主說我們邛崍門下搶人衣食，憑這一句話，如果意氣從事，今天邛崍華山兩派，定然要打得不可開交，不過嘴唇兩張皮，算不了什麼，我們邛崍振暫時噎住這口氣，諸位鄉親眼睛是亮的，耳朵是靈的，請鄉親們主張公道好了。

「今天還有一位擂主虎面喇嘛，又無端地鬧了家務，黃擂主大約心情不佳，偶然出言不慎，我們也不願恃強逞能，凡是到場的邛崍門下，立時退場。便是有人挑鬥，我們也決定置之不理，諸位鄉親大約也不願瞧這種熱鬧，在下和同道們就此告辭。」

說罷，向四面一拱手，竟沒有再理會黃龍，鐵腳板和七寶和尚、矮純陽三人，刷！刷！刷！宛如三隻燕子，竟各自施展輕身絕技，從台上飛身而起，掠過台下一片人頭，飛出四五丈開外，落地時，再一晃身，竟從南面出口飄身而出，三人一走，右面岷江棚內的人們，一齊轉身，拽開後壁葦席，走得一個不剩。

左面各棚內，也紛紛走出不少人來，追蹤著岷江棚內的人們走了，連瞧熱鬧的也湧出了一大半，這一來，把台上擂主黃龍氣破了肚皮，萬料不到邛崍派有這一手，最可恨的，鐵腳板饒是口頭上佔了便宜不算，不防他找來青城道士矮純陽，已經得到邛崍老人遺傳第二支派的七星蜂符，重整沱江邛崍第二支派，把左面棚內，自己費了許多心機邀來沱江不少邛崍第二支派的人物，預備收羅入華山派的，竟被鐵腳板三言兩語引走，把自己一番計劃，付諸流水。

事出意外，一時措手不及，把黃龍呆在台上，連右面各棚內，幾個華山派厲害人物，也被鐵腳板用話封住。一時確難出場挑戰，表面上好像邛崍派仁至義盡，有意相讓，其實骨子裡有意拆台，把華山派陰乾起來，如果華山派有人攔住邛崍派人們，定要在擂台上當場解決，勝負且不說，邛崍派先佔住一個理字，更有話說，今日邛崍派幾個首腦都在場，人手齊全，也許還請著高手隱在一旁。

在棚內坐著的嘉定楊展和雪衣娘，定然和邛崍派一鼻孔出氣，剛才楊展在台上一番話，此刻看起來，好像故意說的，活像是邛崍派全套的詭計，先由姓楊的上台來說一套冠冕堂皇的話，替邛崍派伏一個下筆，然後鐵腳板照方抓藥，就此做文章，顯得邛崍派大仁大義，面面俱圓，卻把擂台陰乾大吉，把華山派的人們，鬧得哭笑不得，只好睜著眼，看邛崍派的人們得意揚揚地走了，華山派人們這樣一想，未免遷怒到楊展身上了，擂台上爭鬥既失對手，一齊惡狠狠朝著楊展、瑤霜，怒目而視。

這當口，楊展和瑤霜，也覺察情形不妙，處在嫌疑之地，有點進退兩難。照說邛崍派幾位人物一走，擂台上定然無人出場，兩人應該立時就走。但是兩人跟在邛崍派人們後面走出，在華山派人們眼中，一發疑心兩人和邛崍派有關了。

兩人正在一陣猶疑，尚未離座當口，猛見左面棚內，竄出兩人，縱上台去，卻是女飛衛虞錦雯和江燕兒江小霞，身上都帶著寶劍，兩女一上台，左棚內又飛出一人，也跳上台心，卻是江鐵駝。江鐵駝一到台上，立時解下纏腰軟兵刃，黑黝黝，亮晶晶，是條蛟筋騰蛇棍，江鐵駝把騰蛇棍一提，走到台口，向對棚楊展拱拳說道：

「邛崍派鐵腳板一般人，有名無實，不敢用真功夫在台上較量，輕嘴薄舌的用話遮羞，悄悄地溜走了，這種人不夠人物，俺江鐵駝還不屑和這種人較量，剛才我和楊相公在台上過招，像楊相公這身功夫，才教人佩服，不過我江鐵駝還想討教幾手兵刃。

「再說，楊相公同來的那位雪衣娘，聽說也是本領出眾。江湖上已有人傳說，雪衣娘是當年巫山雙蝶的千金，不用說，更是家傳絕藝，現在鹿頭山有兩位女英雄，想乘機會一會雪衣娘，這兩位彼此都已見過。一位便是女飛衛虞小姐，一位是在下妹子江燕兒江小霞，已在台上恭候，請楊相公、雪衣娘賞臉，一齊請上台賜教吧。」

楊展一聽便知事情不妙，江氏兄妹定然想報當年一掌之仇。江鐵駝竟敢再上台來向自己挑戰，定然別有毒計，何況還有虞錦雯，今天不用殺手，怕不易脫身了。楊展一時心口相商，還未答話，瑤霜已柳眉一挑，霍地起立，把身後瑤霜劍取到手內，向楊展嬌嗔道：「人家指名叫陣，還有什麼話說。走。」她走字一出口，一按桌面，人已掠桌而出。楊展無法，從小蘋手上接過自己的瑩雪劍，低囑小蘋和自己書僮，看守住騎來馬匹，萬一出事，說走便走。

瑤霜聽他吩咐小蘋，回頭悄說道：「不妥，你忘記小蘋和他們有過節，不能叫她走單了，跟我一塊兒上台。」

楊展一想也對，提著寶劍，離座跟在瑤霜身後，兩人剛走出棚外，猛聽得右面靠裡一座棚內，有人聲若宏鐘的喝道：「兩位留步，買賣人講究兩眼不落空，台上這批貨色，成色不高，倒合小號胃口，兩位請回，這筆買賣，作成小號吧。」

兩人聽得一愣，連台下的人們，都聽得詫異非凡，一齊向那面瞧去。楊展和瑤霜並不回座，一瞧那面一步三搖的走出一人，黑黑的圓臉，胖胖的身材，一團和氣，滿臉油亮，全身穿著土頭土腦，宛然是個四川販藥材的道地買賣人，怪不得滿嘴是買賣經，幾乎把瑤霜笑歪光了嘴。暗想江湖上什麼角色都有，買賣人也上擂台，而且把台上黃龍、虞錦雯等都看作交易的貨色，真是笑話，倒要瞧瞧他有什麼出奇本領，敢這等賣狂。

台上黃龍、江鐵駝、虞錦雯、江小霞四人突然聽到這人可笑的話，又瞧見這樣貌不出眾的藥材販子，居然也敢口出狂言，真是氣不打一處來。黃龍、江鐵駝一齊轉向右面，大喝道：「你發的什麼瘋，拳腳無情，你大約是活膩了。」那人並不動怒，哈哈一笑，且不上台，指著台上笑道：「你叫黃龍，連泥鰍都不如。如果改作黃牛，也許可以掏點牛黃，還值幾文。這一位偏又叫什麼鐵駝。為什麼不叫龜板呢。龜板倒有行市。」

黃江兩人大怒，嚴聲喝道：「你上來，這兒不是鬥嘴的地方。」

那人一笑，便要舉步，忽聽得頭上一個蒼老沉著的聲音笑道：「余俠客遊戲三昧，不必和這種狂妄之輩，一般見識，老夫自有道理。」幾句話突然而來，這位買賣人也吃了一驚，霍地向後一退，抬頭往上一瞧，忙不及躬身施禮，笑道：「鹿老前輩，想不到你老人家有此雅興。多年不見，今天真是幸會了。」

原來擂台上面蘆蓬右面卷角上，飄飄然立著一個清瘦老頭兒，鬚眉俱白，相貌清奇，一身道裝，左脅下挾著一根奇特的短杖，杖頭上四面盡是短角。這使楊展、瑤霜暗暗心喜，知道這位便是大名鼎鼎的鹿杖翁了。

此翁一到，事情立解。冷眼看台上黃龍等一般人，都已變貌變色。但是在台上的人，只聽到鹿杖翁的語音，還未見著鹿杖翁身形，因為人在蘆蓬上面，尚未下來。片時，鹿杖翁飄身而下，一轉身，便到了台上，台上黃龍等立時跪倒迎接，鹿杖翁用杖擊著台板，喝道：「虧你們不惶恐，連洪雅花溪余俠客當面認不出來。你們沒有見過面，也應聽人說過他的長相舉動。你們有眼無珠，在江湖上還混什麼勁兒！」

鹿杖翁把黃龍、江鐵駝罵得啞口無聲，又指著虞錦雯說道：「姑娘，你從前很好，這一下可不對了。你一個姑娘家，不知天高地厚。居然扯著我旗號，趕到這兒鎮擂來了。這還不算，還替江氏兄妹撐腰，訪尋巫山雙蝶後人。你有多大本領，敢這樣目中無人，幸而我趕來得早，從開擂起到此刻為止，我在上面看得清楚。

「你們這幾個人，可以說沒有一個趕得上人家的。鐵駝自己肚內明白。剛才楊相公對你何等留情，何等寬宏，這樣替你留臉，你還得福不知足，還想討死，我本來不想露臉，你們原是咎由自取，我多年不在江湖露相，此刻現身，我是想會一會大仁大義的楊相公。」

鹿杖翁說到這兒，楊展和瑤霜，忙不及把各人的寶劍，仍然交與小蘋，向中間走道上緊走幾步，向台上鹿杖翁躬身施禮，楊展說道：「後輩楊展和世妹瑤霜參見，久仰老前輩德高望重，今天幸得拜識尊顏，足慰平時敬慕之願了。」

鹿杖翁邁步走到台口，一面抱拳還禮，嘴上說道：「楊相公真是謙謙君子，老夫佩服之至，兩位請上台來。」又轉面向右面台下說道：「余俠客也請上台，彼此都是有緣。」說畢，他又向台下四面拱手道：「諸位鄉親，擂台從此停止，我們無非閑談，沒得可瞧的了，諸位站了半天，也可以散一散了。」

鹿杖翁這麼一說，台下和兩面棚內，散的果然不少，想看個究竟，捨不得走開的，依然有不少人。

楊展、瑤霜和買賣裝束的余俠客，一齊走上擂台，鹿杖翁向黃龍等一揮手，黃龍等四人，含愧站起，退立一旁，鹿杖翁指著瑤霜向楊展問道：「這位姑娘，大約是破山大師的嬌女了。」楊展稱「是。」鹿杖翁點頭嘆道：「難得難得，真是珠聯璧合，破山大師得此嬌女嬌婿，畢竟是有福的。」說罷，看了虞錦雯一眼，微微地嘆了口氣。

突然面色一整，向黃龍等說道：「你們以為我獨處深山，多年不在江湖露相，萬事都可以瞞住我了，哪知道你們一舉一動，我都清楚，不用說你們，總算和我有幾分牽連，便是鐵腳板、七寶和尚這般俠義道，我也略知一二。最近我又聽得破山大師出家苦修，把本領教授了一女一婿。今天我在上面親眼見到楊相公英俊不群，親耳聽到楊相公勸解江湖道怨仇宜解不宜結的話。

「因為楊相公是讀書人，理解高人一等，說得非常激澈，連我聽得都非常感動，無怪鐵腳板臨時改計，當眾聲明，率領門徒，毅然一走了，可恨你們不知楊相公一番苦心，還以為和邛崍派一鼻出氣，老實對你們說，我在上面看得非常清楚，如鐵腳板、七寶和尚、矮純陽這般人，不被楊相公用話感動，定要在擂台上和華山派見個真章，今天你們便要吃大苦了。

「邛崍派交友廣闊，除出在場的鐵腳板等幾個首腦以外，還隱藏著幾個能手，決非你們所能對敵，你們偏瞎了眼，冥然無覺，還以為人家詭計取巧，你們今天能夠有這樣結果，真是不幸中之幸，完全是楊相公片言解紛之德，可笑我們這位乾閨女，還想替江氏兄妹會一會雪衣娘。

「說起當年琵琶蛇江五被黑蝴蝶五行掌打落江中，也是咎由自取，江五事不干己，依恃一點琵琶功，替朋友強自出頭，才受一掌之厄，剛才江奇也用琵琶功想制楊相公於死地，老夫在上面，已經怒不可遏，便想下來制止，後來一看楊相公應付有餘，三十六路擒拿手中，羼著分筋錯骨法，把江奇一點微末功夫，消解於無形，最難得的是楊相公擊穴斬脈，極有分寸，既穩且準，都適可而止，絕不用出殺手。

「如果楊相公也和你們一樣，手法稍微一重，江奇早已兩臂俱廢，這種寬宏大量，才是真英雄，江湖上尊重的便是這種人，老夫實在感佩得了不得了，從此江氏兄妹，如果不知自量，還要記著這段怨仇，再生事非，從我說起，便不答應你們。」

鹿杖翁說到這兒，忽然向虞錦雯看了一眼，向她抬手道：「姑娘，你過來。」

虞錦雯眼圈一紅，走到跟前，滿肚委屈地說道。「乾爹，你老人家說我扯著旗號，到此鎮播，可把我怨苦死了。」

鹿杖翁笑道：「我都明白，你自己還不知道，人家利用你，到處說是女飛衛代表鹿杖翁鎮播，江湖上卻早已傳開了，如果我不趕下山來，連我這張老臉皮，都被你們抹黑了，我的乾閨女，你是完全靜極思動，想到成都來開開眼界了，可是你要明白，江湖上交朋友，最得當心，像這兩位楊相公陳小姐，才是你應該結識的好友，姑娘，乾爹老眼不花，快過去，和陳小姐親近親近吧。」

虞錦雯雖然老練，不由的粉面一紅，低下頭去，瑤霜卻玲瓏剔透，乘機過去拉著虞錦雯的手，說道：「姊姊一身本領，小妹非常佩服，如蒙不棄，改日請到舍下盤桓，小妹可以面受指教，多交閨友。」

虞錦雯除出懊悔自己疏忽，被人利用外，心裡又多了一種難受，她這難受，只有她自己知道，嘴上只好和瑤霜謙遜幾句，心裡卻想哭。

在鹿杖翁未嘗不愛惜這位乾閨女，如果楊展沒有一段姻緣，鹿杖翁早把這愛婿抱在手中了，在鹿杖翁心裡未嘗不暗稱可惜，所以他剛才說出破山大師是有福的人，還嘆了口氣，這時看得瑤霜和虞錦雯互相周旋，他心裡又想了一種微妙念頭，可惜他這念頭一時不便出口，也只有他自己明白了。

鹿杖翁一出面，豹子岡擂台，算是瓦解冰消，最難受是擂主黃龍，鬧得八面不是人，他被鹿杖翁一頓訓斥，雖然不敢說什麼，心裡越發把邛崍派恨之入骨，連鹿杖翁也恨上了，因為他野心甚大，為了這座擂台，費了許多心機，因友及友，也請了不少厲害能手，預備最後出場，對付鐵腳板、七寶和尚等人，邛崍派雖然巧言惑眾，退出擂台，事不算完，擂台還有幾天，自己早有安排，不怕邛崍派躲著不見人，好歹要把沱江、涪江兩處水碼頭，歸華山派獨佔，自己覺得穩操勝券，萬不料事不由己，多年不下山的鹿杖翁，竟會在這緊要當口，趕來以大壓小，反而幫敵人說話，左面棚內自己請來的幾位江湖能手，大約也恨鹿杖翁多事，枉稱華山派尊宿，一個個都悄悄溜走了。

那班溜走的人，逃不過雙眼炯炯的鹿杖翁，朝著左面棚內，一聲冷笑，向楊展說道：

「凡事總要講個理字，無奈江湖上多一勇之夫，和他們費盡唇舌，也難使頑石點頭，但是公道是在人心，楊相公涉世尚淺，這十幾年內，四川有十三家山賊之稱，黃龍虎面喇嘛，以及搖天動等，都是十三家以內。

「偏偏這十三家內，有不少是華山派門下，被人們說起來，脫不了這個賊名，因此老夫獨行其是，息影山林，讓他們自生自滅，今天老夫多事，不明白的人，還以為老夫不替自己華山派做主，反而胳膊肘往外彎，哪知道老夫和楊相公一般存心，總想替他們感召祥和。免去多少殺身之禍。

「可是此刻默察情形，恐怕迷途難返，枉費我們一片好心，老夫這把年紀，也管不了許多，從此老夫絕不干預他們的事。不過有一事，老夫要拜託楊相公，虞錦雯從小孤苦伶仃，由我收養成人，名為義女，實和親生一般，老夫從來不收徒弟，只有她的功夫是老夫親傳，平日心情品德，都還不錯，老夫風燭殘年，務請賢伉儷看老夫薄面，萬事照料，老夫言深了，似乎不應該說這些話，但是楊相公胸襟遠大，陳小姐也是賢淑女豪，大約不致見怪老夫冒昧的了。」

# 第十一章　詭計

鹿杖翁說出這番話來，言重心長，別含深意，聽在黃龍江氏兄妹耳內，越發不以為然。

在虞錦雯卻是芳心寸碎，心事重重。楊展想說出幾句話來，心有顧忌，怕瑤霜多心。這時瑤霜一面拉著虞錦雯的手，一面向鹿杖翁笑著：「老前輩這樣看得起我們，是我們後輩的幸運。只要虞家姊姊不嫌我們，後輩願和虞姊姊結為異姓姊妹，彼此都有個照應。」

鹿杖翁呵呵大笑道：「姑娘，你這樣多情，我乾閨女是求之不得，老夫是喜出望外了。」

楊展乘機說道：「此時日已西沉，老前輩和黃播主大約有話談，後輩斗膽，明午略備水酒，想請老前輩和虞小姐光降敝廬，可以從容求教，黃播主、江師父、江小姐，能夠聯袂光臨，更是歡迎，敝廬在武侯祠後宏農別墅便是。」

鹿杖翁道：「好，準定叨擾兩位，別人不敢說，我和我乾閨女必到。時已不早，兩位先請回府吧。」

楊展又向洪雅余俠客抱拳道：「余兄大名，早已貫耳，不想在此會面，明午不誠之敬，務乞余兄撥冗下降，藉此訂交。」

余飛忙不及躬身還禮，笑道：「楊兄抬愛，敢不從命，不過這次路經成都，同著幾位朋友在此，我輩神交有素，不拘形跡，萬一明午有事羈身，改日定然趨府拜訪。」說時，略使眼色，似乎別有用意。

楊展猛地省悟，鹿杖翁和虞錦雯在座，有了外人，鹿杖翁反有顧忌，不能暢所欲言，有自己和鹿杖翁打成交道，對於川南三俠，頗有益處。當下略一周旋，不再堅邀，和瑤霜便向鹿杖翁告辭，再和黃龍等口頭上也敷衍了幾句，瑤霜卻誠形於色的拉著虞錦雯訂明午之約。

兩人離開擂台，小蘋和書僮，已把四匹馬預備妥當，一齊上馬，回到家中，已是上燈時分。下人們遞上一封信來，說是有人送來不久，兩人一看信上寫著「楊相公親拆」，拆開一瞧，只見信上寫著：

「偉論敬佩，弟等退場以後，特留余兄及二三能手殿後，藉為賢伉儷暗中臂助，嗣得探報，鹿杖翁突然現身，對於賢伉儷讚不絕口。此翁性情怪僻，絕少許人，青睞如此，確是難得。但此翁在華山派上身分雖高，隱跡已久，未必能使敵方悔悟，就此罷手。

「其中尚隱伏一二著名惡魔，敵方藉為後援，雪衣娘蹤跡已露，吾兄得鹿杖翁青睞，更為彼等所忌，弟等近日內整理沱江支派恐難赴晤，務希隨時防範，以防反噬，切囑，切囑。」下面具著一個「七」字。

楊展道：「我本意請鹿杖翁到此，同時想請七寶和尚等作陪，替他們解釋怨仇，免去多少是非，照這信內所說，黃龍這般人，已屬無可理喻，怪不得剛才余飛連使眼色，婉辭赴席了。」

瑤霜說道：「你是脫不了書獃子脾氣，對強盜們講了一篇大道理，完全白費唾沫。我暗中留神，早看他們成群結黨，絕不死心，便是鐵腳板一片花言巧語，藉此散場，也是針鋒相對，另有安排。不過虎面喇嘛無端被他老婆一口吹箭，射瞎雙眼，最後又被鹿杖翁趕到鎮壓。這兩檔事一擾局，完全出於他們意料之外，可是事情不算完，擂台上被人擾了局，也許別生花樣，我們兩人的事，又被鹿杖翁依老賣老的明說出來，又把你恭維得暈頭轉向，當然把我們當作眼中釘了，但是憑這些亡命之徒，能夠把我們怎樣。」

楊展一瞧小蘋和幾個使女不在跟前，悄悄說道：「今晚你把小蘋照料到別屋子睡去吧，我們晚上在一起，彼此容易照顧一點。」

瑤霜笑啐道：「呸！不識羞的，別使巧著兒，我才不上你當哩。」

楊展笑著央求道：「好妹妹！我是正經話，別往邪處想。」

瑤霜在他耳邊低語道：「小蘋鬼靈精，教我用什麼話攆她呢？再多的日子也過來了，你考過武闈，我們便要成禮，你算算還有多久日子，為什麼官鹽當作私鹽賣呢。」

楊展故意逗她道：「官鹽當作私鹽賣，又是一番趣味，我不上樓，你不會下樓嗎？」

瑤霜明知他打趣，笑罵道：「下流坯子，還說是正經話呢，我不理你了。」

兩人在內室晚餐，小蘋站在一邊伺候，瑤霜說起白天豹子崗，小蘋一支袖箭幾乎惹出禍來，人小膽大，下次千萬不可如此。

小蘋撅著嘴說：「我實在可憐那個獨臂婆娘，到了這地步，居然還念夫妻之情，只射瞎虎面喇嘛雙眼，這種殺坯，還留他一條命作甚！」

楊展笑道：「嘿！瞧你不出，小小年紀，這樣心狠手辣。」

瑤霜說：「小蘋這一袖箭，雖然魯莽一點，卻救了一條命。」

楊展道：「強將手下無弱兵，小蘋從此可稱『俠婢』了。」

三人正在說笑，外面下人送進一封信來，楊展在燈下一瞧信皮上，字跡歪斜，且寫得稚弱不堪，細審筆跡，好像是女人寫的，信皮上寫著：「楊相公密啟，內詳。」

楊展先不拆信，向送進信來的人問道：「這封信何人送來，送信來的人，走掉沒有？」

那下人回話道：「送信來的人，形色慌張，自稱北門外玉龍街客店夥計，奉一女客所差，限他即時送到，立等回音，現在送信人還在門房候著，沒有走。」

楊展、瑤霜聽得起疑，忙把信封拆開，取出信箋一看，只見上面寫道：「萬惡賊黨，竟敢以下犯上，陽稱歡宴，暗下蒙汗藥，將我義父劫走，生死未卜，雯先回寓，俾免毒手，刻據江小霞念舊，密通消息，始知毒計，擬於三更時分，仗劍赴豹子崗與賊黨決一死戰，生死已置度外，賢夫婦俠義薄雲，倘蒙拔刀相助，救我義父垂危之命，至死不忘大德，虞錦雯泣叩。」

楊展把這封信，反覆看了好幾遍，冷笑不止。瑤霜道：「萬惡賊黨，真是傷心病狂，竟敢做出這樣事來，可是鹿杖翁也枉稱江湖前輩，竟也著了他們道兒，照說他們自己窩裡翻，外人管不著，不過這種大逆不道的事，既然被我們知道，在俠義天職上，難以置之不理，何況那位虞小姐，實在可憐，我已經出口和她結為異姓姊妹，更不能不助她一臂之力。走！我們倒要瞧一瞧這般惡徒，究有多大能為，敢這樣倒行逆施。」

瑤霜說時，柳眉倒豎，義憤於色。楊展卻坐得紋風不動，微微冷笑道：「我的小姐，你少冒熱氣，這封信的來意，原希望我們兩人風急火急地趕去打抱不平的，不過信上說的是三更時分，你先不要急，讓我打發了來人再說。」

說罷，站了起來，瑤霜詫異道：「你這是什麼意思，難道這封信上有毛病麼？」

楊展點頭道：「我先到外廳見一見送信人，回頭再對你說。」說完，便和門外立著的下人出去了。

片時，楊展進來，大笑不止，瑤霜急問道：「為何發笑，送信人打發走了麼？」

楊展劍眉直豎，目射異光，冷笑道：「我雖然未涉江湖，這樣詭計，休想在我面前施展。剛才我仔細一瞧來信，很是可疑，特意親自出去，把送信人喚進來，驟然看他一身衣服，倒像客店夥計。問他客寓地點，和虞錦雯形狀，也都說得對，無奈一臉一身的賊氣，瞞不過我雙眼，最可笑賊黨們什麼人不派，偏派了這人來，這人右手腕上，貼了一塊金瘡膏藥。我一瞧這塊膏藥，再看他長相，便認出是虎面喇嘛的高徒，也就是中了我們小蘋袖箭的一位。在賊黨們還不知袖箭是我們小蘋所發，更料不到我們認得他的面目，賊黨們又把細過頭，定要取得回音，以便穩拿穩捉，真把我姓楊的，當作一個不識世故的紈袴公子了。」

瑤霜笑道：「你且慢吹大氣，究竟怎麼一回事，快說出來吧！」

楊展道：「我先說信上的破綻，虞錦雯的筆跡，我們果然沒有見過，這封信上的字，驟然一看，筆劃細嫩歪斜，好像一個女子慌慌張張寫的一般，但是信文文通理順，井然有序，毫無塗抹竄改之處。和慌慌張張的筆跡，便覺不符，可見筆跡細嫩歪斜，是故意做出來的。這是小漏洞，不算數。我們此刻晚餐剛畢，信上所稱『歡宴』，是在我們離開豹子崗時，他們便歡宴鹿杖翁呢，還是上燈以後才歡宴呢？你想，我們回來時，業已萬家燈火，到此刻我們飯罷，並沒多久。你瞧信上，算他我們走時便開始歡宴，虞錦雯卻不在場，獨回北門客店。後來江小霞看見歡宴出事，前去暗通消息，虞錦雯才知其事，再寫起信來，打發客店夥計，從北門外步行到南門外，把信送到這兒，你想得用多少時候？細算時刻，大有毛病。

「再說，賊黨歡宴前輩鹿杖翁，自在情理之中，何以虞錦雯獨不備宴，反而獨回客店，卻在情理之外。江小霞和虞錦雯是親戚，又是同處已久的女伴，暗通消息，也在情理之中。但江氏兄妹與鹿杖翁同處鹿頭山，虞錦雯又寄居江氏家中，同為鹿杖翁後輩，江氏兄妹在華山派中，比較與鹿杖翁最為接近之人，平時受鹿杖翁、虞錦雯父女武功指點，危難扶翼之處，定然難免。江小霞既有暗通消息之情，豈無利害切身之念？即使江氏兄妹並不預謀，當場亦難坐視不救，此又大出情理之外，這都不算最大毛病。

「賊黨他為什麼對於本派尊長要這樣下手甘犯江湖大忌呢？照今日擂台上情形，凡是黃龍之輩，不免怨恨鹿杖翁不替本派作主，反而折斷胳膊往外彎，把一座擂台弄得瓦解冰消，華山派下也許動了公憤，先來個大義滅親，除掉內部的障礙，然後始能重振旗鼓，合力對外，這種情形，似乎有此一說，信上的本意，也是要我們從這條路上著想的，但是我們再想一想，鹿杖翁是何如人？何等武功？何等閱歷？憑黃龍之輩，果然沒有這樣大膽。

「即使另有主使之人，這種鬼計，鹿杖翁絕不會輕易上鉤，即算暗箭難防，黃龍之輩，喪心病狂，為了暢所欲為，暫時把鹿杖翁軟禁起來，免得阻礙已定之策，然而深得鹿杖翁真傳的虞錦雯，既未預謀，彼等何以毫無顧忌，讓她安處客店！只要從這種地方一想，便覺種種不合情理，信上好像言之成理，其實禁不住仔細琢磨，其中便覺毛病百出了。總之這封信是假的，送信人假稱客店夥計，更是鐵證。其中詭計，完全想在今夜把我們兩人誘到賊黨埋伏之地，群起而攻，制我們死命罷了。本來他們不必定在今夜行此詭計，大約為了明午鹿杖翁和虞錦雯到此赴約，他們認定我們兩人，雖不是邛崍派中人，卻與邛崍派首腦有密切關係，已把我們視為仇敵。

「如果鹿杖翁父女和我們接近，不免說出黃龍等平時不法行為，把他們虛張之勢，洩露無遺，多有不利；鹿杖翁在擂台上又把乾閨女重重拜託我們，更遭他們之忌。為了他們爭沱涪兩江水旱碼頭的利害前途，只好把強敵暗算除掉。對於我們急於在鹿杖翁赴約之先，先下手為強，免得夜長夢多，但是他們不想一想，即算如了他們心意，紙裡包不住火，事後鹿杖翁肯饒恕他們了麼！

「哎呀！不好，這封信上的意思，當然是無中生有，故意揑造出來的，可是言為心聲，他們既然能揑造出這種事來，其中難免真有這種壞念頭的人，鹿杖翁這次下山，實在有點自招煩惱了！」

這事經楊展詳細一解釋，瑤霜恍然大悟，勃然大怒道：「玉哥，你既然看透了萬惡賊黨詭計，我們何妨將計就計，讓萬惡賊黨們嘗嘗我們厲害！」

楊展笑道：「我已定下主意，已經親口對送信人說『屆時必到。』而且故意說：『我們自備駿馬，腳力極快，決不誤事。』我還賞了幾兩銀子，以示不疑，那賊徒歡天喜地的走了。此刻尚未起更，到三更時分，綽有餘閑，我想以此信為證，先去會著鹿杖翁和虞錦雯，請他們一同前往，看賊黨們如何擺布！」

瑤霜道：「好是好，這時哪裡去找他們呢？」

楊展道：「依我推測，鹿杖翁和虞錦雯在一起，也許已在玉龍街客店了……。」

一言未畢，忽聽院子裡風聲颯然，一響便寂。瑤霜噗的一口，把桌燈吹滅，向小蘋耳邊囑咐了一句：「拿劍來。」楊展已一個箭步竄出房門，到了中間堂屋門口。

兩人聞聲警備之際，院子裡已有人嬌滴滴喚道：「楊相公、陳小姐不必驚疑，虞錦雯奉命求見，望乞恕罪。」

兩人一聽是虞錦雯，瑤霜忙命上燈火，同楊展一齊出堂屋，虞錦雯一身夜行衣服，背著長劍，款步上階。

瑤霜趕上一步，拉住虞錦雯玉臂，笑道：「虞姊姊深夜光降，定有見教，請裡面待茶。」

虞錦雯笑道：「初次造訪，便從屋上進來，實在太失禮了。不過奉命而來，避免耳目，只好如此，尚乞兩位原諒。」

瑤霜道：「虞姊來意，略知一二，虞姊不來，他也要到玉龍街乘夜拜訪了。」說著向楊展一指，虞錦雯聽得卻是一愣，楊展笑著把懷裡一封信取出來，送到虞錦雯近身茶几上，說道：「虞小姐一看信便知。」

虞錦雯急把信箋取出一瞧，立時粉面失色，杏眼圓睜，恨聲說道：「豈有此理，這種萬惡詭計，兩位大約已窺破陰謀，可惡的竟借用我的名義，引誘兩位入陷，還捏造這種大逆不道的話來，我和義父都不能寬恕他們。怪不得我義父逼著我連夜趕來，命我通知兩位，『休中詭計，慎防暗算。』

「我還以為沒頭沒腦的兩句平常話，巴巴地逼著我冒昧趕來，我還愁著初次造訪，這話如何說起。他老人家又不細說內情，兩位一問我這話從何而來，叫我如何回答？萬想不到他們已做出這種事來了。

「大約我義父察言觀色，已經預料到他們這般人難免有這樣詭計，事不宜遲，命我連夜知會，請兩位有個防備。如果這封信入他老人家之目，我義父真要氣壞了，說不定把這般無法無天的惡徒們，一個個親自手刃了。」

說罷，又向楊展、瑤霜看了一眼，憤然說道：「瑤妹，愚姊略長幾歲，我也不客氣了。瑤妹，我也年輕無知，此番到成都來，幾乎被人愚弄。我義父責備我一點不錯，現在我先向兩位謝罪。」

瑤霜忙說道：「虞姊千萬不要掛在心上，我們有緣結交，此後親近日子多著呢。」

楊展笑道：「小弟和瑤妹同歲，此後請姊弟相稱吧。」

虞錦雯犁渦微暈，瞟了他一眼，立時低下頭去，有點羞澀了，瑤霜指著信說道：「虞姊來得正好，信是派人送來的，派來的人，我們認得他是虎面喇嘛的門徒，來人還討回聲，我們說屆時必到。現在虞姊來了，我們應該怎麼辦呢，還是置之不理呢？」

虞錦雯倏地面現青霜，指著信說道：「信上不是說三更時分嗎，我們三人三口劍，大約還不把這般惡徒放在心上，而且我先出場，我要問問他們，為什麼借用我名義，萬一兩位真個上當，我有嘴也說不清，我還能見人麼？」

楊展道：「虞姊，此刻鹿老前輩在什麼地方，還在玉龍街客店嗎？」

虞錦雯嘆口氣道：「他老人家這麼大歲數，性情非常特別，隱現無常，誰也不知他準住處。白天兩位走後，老人家又把黃龍一般人罵得狗血噴頭，還是由我用話勸住。他老人家一頓罵完，跺跺腳就走了，也沒有人敢問他到哪兒去。我也恨極黃龍夫婦，幾乎把我也毀在裡面。江氏兄妹染上他們惡習，義父走後，連江鐵駝也敢編派義父不是，我是一賭氣，獨自回了玉龍街。此刻我推想這封信的鬼主意，定然在我走後想出來的。

「我回到客店用過晚餐，越想越氣，後悔跟著江氏兄妹到成都來，染上這混水，正在氣悶，義父忽然走進房來，也不知他從哪兒來的。一見面，便命我速到此地知會兩位，而且叫我越牆而過，避免耳目，還不准我細問情由。」

楊展笑道：「如照虞姊所說，今晚黃龍等活該倒楣。虞姊以為鹿老前輩察言觀色，無非叫我們預防詭計，但是小弟猜測，鹿老前輩表面上怒罵而走，大約仍在暗中監察這般惡徒舉動，這封信內的詭計，也許他老人家早已明白了。不過小弟此刻代黃龍等設想，定此詭計，準能把我們兩人制服麼？還是其中隱有出色人物，穩操勝算呢，還是暗伏狙擊，依仗人多勢眾呢？」

虞錦雯說：「楊相公料事如神，我義父也許知道這惡計了，至於他們……」

話還未完，瑤霜搶著笑道：「人家親親熱熱地叫你一聲姊，虞姊還是見外，還是相公不離口，他號玉樑，你喊他玉弟不行麼！」

虞錦雯被瑤霜天真浪漫的一說，不禁一陣忸怩。半晌，才接著說道：「他們一般人，白天在擂台上現世的幾個，兩位已經一目了然，我在黃龍家中沒有久留，也因看得黃龍相處的人，沒有正經路道，才遠遠的避居客店。不過依我推測，未必有什麼高手，物以類聚，無非是四川水陸兩道，吃橫樑子的匪人罷了。

「據江小霞對我說，虎面喇嘛請到了兩個江湖厲害魔頭，都不是近處人物。一個是川藏交界凶淫無比的獨腳大盜，綽號小喪門，一個是甘蜀境內摩天嶺一股悍匪的寨主，綽號禿鷹。不用見人，只聽那兩個綽號，便知是個混帳東西。虎面喇嘛和黃龍，把這兩個寶貨，敬如鬼神。聽說許了重願，才請來的。也許這條詭計，還是這兩個寶貨指使的呢！這倒好，我今天要開殺戒，先把這兩個寶貨做榜樣，替世人除害，使黃龍破膽。如果我義父已知此事，更不用說，這般惡徒要自討苦吃了。」

三人越說越投機，瑤霜把虞錦雯請到樓上自己香閨內敘話，楊展也陪上樓，小蘋張羅香茗細點，殷勤待客。虞錦雯看得小蘋可愛，拉著小蘋，略問身世。瑤霜便說出黃龍手下害死花刀李，劫取小蘋，自己湊巧相逢，救了她，巧得七星蜂符，才和黃龍結上樑子，接到擂台請帖的一段經過。

虞錦雯這才明白，其中還有這段故事。想起擂台上，鐵腳板抬出邛崍派第二支派七星蜂符，失而復得，把黃龍網羅的沱江一帶的邛峽門徒，統統引走，原來還從小蘋身上所起，怪不得黃龍把雪衣娘、楊展一併恨上了。

虞錦雯笑道：「我這次到成都來，真像瞎子一般，如果我義父遲到一步，也許冒冒失失的和瑤妹交上手呢，還算逢凶化吉，我們到底交上朋友了，不過我還有一事不明……」

虞錦雯說到這兒，略一遲疑，似乎有點不便出口，卻向兩人看一眼，微微一笑，瑤霜笑道：「虞姊有什麼不明，我和他毫無忌諱，只要是我們知道的，沒有不據實奉告的。」

虞錦雯被她一逼，只可笑說道：「我和瑤妹在武侯祠馬上相逢，瑤妹自說姓楊，和……玉弟是兄妹，我真相信了，現在才知……不是。」說到這兒，虞錦雯自己倒有點不好意思了。

楊展一笑，正思開口，瑤霜心直口快，已接過去笑說道：「怎麼不是呢，實對虞姊說罷，我們兩人一出娘胎，便定姻了，而且我去世的母親，是他的義母，他的老太太也是我的乾娘，我們從小便在一塊兒，從小便兄妹相稱，所以又是兄妹，又是……」瑤霜說到這兒，嗤地一笑，便不說了。

虞錦雯暗想：他們真是世間少有一對天緣，我義父稱他們珠聯璧合，一點不錯，既然是夫婦，她對我說姓楊，女從夫姓，也講得過去了，不禁笑道：「你這一說，又使我頓開茅塞，既然如此，我從此稱他妹夫好了。」

瑤霜大笑道：「暫時還得喊他玉弟。」

虞錦雯惘然問道：「這又什麼緣故？」

瑤霜朝楊展瞟了一眼，微笑不答，卻用話岔開道：「虞姊，從今天起，你不必老遠跑到玉龍街去了，我定要留你在這兒。咱們一塊兒多盤桓幾天，咱們聯床夜話，才是姊妹結交一場的情分。」

虞錦雯朝瑤霜一笑，悄悄說道：「府上閑房有的是，我也不客氣，不過聯床同眠，似乎……有點不便吧！」

楊展半晌插不進話去，癡癡地聽她們一往情深的談話，此刻聽得虞錦雯忽然世故起來，知她還沒有摸清兩人的底細，不由得噗嗤笑出聲來。

瑤霜橫了他一眼，在虞錦雯耳邊，悄說道：「我們過了中秋才成禮呢，所以妹夫兩字，還得藏一藏哩！」

瑤霜這一解說，虞錦雯立時粉面通紅，心想真糟，這一世故又出了錯兒，自己也是閨女，這一文不對題，倒有點不好意思了。他們也真怪，明明同居在一起，明明兩人百無避忌，宛然是一家的男女主人，誰看得出他們還沒有交拜成禮呢。

虞錦雯這一難為情，楊展旁觀者清，忍不住口角露笑，瑤霜向他嬌嗔道：「你敢笑虞姊，本來我們兩人和別人不同，難怪虞姊瞧不出來，你得罪了虞姊，看我饒你！」

楊展忙分辯道：「我何曾笑你們來？你這麼一說，倒真使虞姊不安了。」說罷，忙站起來，拱手說道：「虞姊海涵，真個不必獨處客舍，務必在此下榻，我們也可朝夕求教。」

虞錦雯把兩人舉動，看在眼內，芳心怦怦然，受了異樣感動，嘴上故意笑道：「兩位真是……連這一點小事，也要賠個禮，使我真不敢和你們親近了。」說罷，三人一齊笑了起來。

三人這樣剪燭深談，虞錦雯感覺楊展、瑤霜都是一片熱情，絕無虛偽，心裡非常高興，覺得來到成都，結交了這樣朋友，總算不虛此行。不過心裡也暗暗難過，這難過只好藏在心裡極深處了，是無法對人說的。

三人一同用過宵夜點心，將近三更，楊展、瑤霜也把外面長衣脫掉，結束一身夜行衣靠，佩上寶劍暗器，囑咐小蘋在家小心看守門戶，瞞著下人們，一齊躍窗越牆而出，施展輕功，掩著身形，向豹子崗進發。連馬匹都不用，這是楊展主意，先對送信人故意說出騎馬趕往，此刻卻是步行，使賊黨們難以覺察。

虞錦雯當先，瑤霜居中，楊展殿後，各自展開身法，疾如流星，用不了多大功夫，已走出十幾里路去，繞過一處田園，前面一片荒林，並無村莊。虞錦雯倏地放緩腳步，向後面兩人悄說：「當心前面樹林。」說畢，把背後寶劍拔下，腳步一緊，卻不使步下帶出聲音來，宛如一道輕煙，當先向前面樹林趕去。

瑤霜、楊展豈肯落後，卻不亮劍，三人走成一條線，眨眼之間，已到林口，猛聽得林內有人似哼非哼的一種啞悶怪聲，三人合在一起，駐足細聽，聲音似在林內不遠處所。

楊展藝高膽大，倏地伸手拔出瑩雪劍，一個箭步竄入林內，向哼聲所在處尋。好在林木稀疏，天上月光照射入林，並不十分黑暗，楊展走了不遠，已瞧見一株枯樹上綁著一人。虞錦雯、瑤霜兩人也趕到身後，一齊走近綁人那株枯樹跟前。

楊展一見綁著的人，便認出是送信的賊徒，也是虎面喇嘛的高足。這時手足被人用林內老樹上細藤，緊緊的捆在樹身上，兩眼插著兩支吹箭，順著臉不住的流下血來，嘴上還塞著一團破布，啞悶的怪聲從鼻孔內哼了出來。

三人想得奇怪，這是怎麼一回事，猛聽得左近一株樹上，一個蒼老的婦人聲音，喊道：「來的是楊相公楊恩人麼？待難婦叩見。」

三人更是驚疑，一回身，只見左近樹上跳下一人，飛步而至，到了跟前，立時向楊展跪了下去。三人微一退後，瑤霜業已認出這婦人，是白天用吹箭射瞎虎面喇嘛的獨臂女人，便說道：「你不是虎面喇嘛的原配妻子麼！為什麼又把這人弄成這般模樣？」

這婦人在地上叩了幾個頭，站起來說：「姑娘，你和楊相公是我的恩人，難婦沒有兩位暗中助我一袖箭，早已被這混帳東西一鏢送命了。」

她這樣一說，三人立時明白，這又是怨怨相報，楊展問道：「你怎知袖箭是我們所發的呢？再說，你在這人身上報了仇，也就罷了，為什麼又把他綁在樹上？自己也沒逃走，好像知道我們要來似的。」

那婦人說：「楊相公明見萬里，難婦在白天面向擂台，沒有背後眼，怎知相公救助，難婦身已殘廢，只剩一臂，要把這人捆得這樣結實，真還費事，這是剛才老爺子鹿杖翁通知難婦，才知兩位是我救命恩人，這也是老爺子綁的。不止這人，還有幾個，兩位不信，請看老爺子留下的字條好了。」
說罷，右手在懷內摸出一張紙來，楊展接過，映著月光，瞧出紙上寫道：「今夜詭計，暗中監察，難逃余目，此事係著名惡盜小喪門、禿鷹兩人主使，可恨兩盜見機先遁，未能手刃。黃龍、江鐵駝，已由賈俠等事先邀截半途，盡情戲侮，喪膽而逃，其實不必看余情面，饒其一命。

「江小霞被半面嬌蠱惑，違余教訓，特留此兩人，以供質訊，並囑獨臂婦留林看守。此婦可憐，賢伉儷倘能收留，感恩托足，堪供門戶之役。老夫心灰意懶，悔此一行。明午之約，請俟異日。錦雯暫時託身尊府，俟余後命，餘事乞楊相公裁行。鹿杖。」
三人一見字條，楊展笑道：「惡徒枉費心機，弄巧成拙，非但鹿老前輩事燭機先，連賈俠余飛，也早盯上他們了，這倒好，鬧得我們三人無用武之地了。」
瑤霜笑道：「鹿老前輩真有意思，把那位黃夫人半面嬌和江姑娘江小霞，不知擱在哪兒了，還特地把送信人綁在樹上，人證俱全，這要瞧我們三人的了。」
虞錦雯恨聲說道：「江燕兒忘記本來面目，咎由自取，我真不願見她的面。」
楊展道：「江姑娘跟著她阿哥走，身不由己，又惦記著上輩一掌之仇，情有可原。老前輩不知如何懲治，我們快找一找吧！」
一邊站著的獨臂婦人嘆口氣道：「人人都能像楊相公光明寬大，哪會有這種事。這兩個人所在，難婦知道，三位隨我來。」

說畢，領路先走。三人跟著她走進林木深處，沒多遠，便見一株大樹的橫幹上，像秤錘一般，高高的吊著兩個人，是背對背連雙手捆住，再用長藤一穿，懸空吊起。逼近一看，可不是江小霞和半面嬌。黃龍、江鐵駝大約嚇破了膽，不知逃往何處，連自己妻妹都顧不得解救了。

江小霞、半面嬌身上毫未受傷，只高吊樹上，全身麻木，隨風晃蕩而已。其實兩人早已聽出虞錦雯和對頭進林，又羞又愧。情願在上面受罪，哪敢出聲呼救。

這時三人已到樹下，江小霞淚如雨下，忍不住哭出聲來。

虞錦雯喊聲：「作孽！」忍不住說道：「玉弟，你上去把藤束割斷，放下兩人來，我們在樹下接著。」

楊展應聲：「好。」一聳身，獨鶴沖霄，拔起兩丈多高，縱上了樹，再一騰身，到了橫幹上，一手挽住長藤，一手用劍輕輕割斷，把兩人緩緩墮了下去。下面瑤霜、虞錦雯兩人接住半面嬌、江燕兒身子，隨手用劍把捆身繩束也一齊割斷。

半面嬌和江小霞吊了半天，四肢麻木，哪還站得住，立時跌坐於地。半面嬌一聲不響；江小霞卻哭得嗚咽難言，突然慘叫道：「雯姊，你行好，快叫他們兩位賞我一劍，我感恩不淺。」

虞錦雯嘆口氣道：「你哥哥素來有己無人，事事亂來。你不應該不把老爺子的話，細細一想，竟會做出這種不光明的事來，更不該揑造出這種大逆不道的謊言，還揑作我的名義，別人或者不知老爺子的性情，你們兄妹不應該不知道。不用說有老爺子在此，哪有你們施展手段的餘地，便是你們這條詭計，早被楊相公看透。何苦白白丟人，你們鬧到這樣地步，楊相公和陳小姐依然大度包涵，尋到此地，特來解救。譬如你們兄妹處於楊相公地位，肯這樣存心麼？恐怕早已拔出刀來下手了，誰沒有天良？趁早回頭是岸，從此醒悟吧！」

虞錦雯苦口婆心的一勸，江小霞未嘗不受感動，坐在地上，哭得梨花帶雨一般，瑤霜道：「江姑娘，過去的事，也不必提了。我們各存各心。江姑娘如果此後還記著我父親一掌之仇，我也無法，只好聽從尊便，不過我得問問，他們都逃的逃了，躲的躲了，你們兩位，怎的會落鹿老前輩之手？」

咬定牙關不開聲的半面嬌，這時忽然答話道：「你還問這個幹麼呢？這樣已夠瞧半天的了，算你們兩口子交子午正運吧！」

瑤霜一聽她開口，便生氣，嬌喝道：「誰和你這種下流賤人說話！今夜看在江姑娘面上，權且饒你一次，下次如果再犯在我手上，便沒有這般便宜你了！」話剛出口，猛聽得對面四五丈開外，一株大樹後面，厲聲喝道：「休得逞強，我小喪門今夜有了一片憐香惜玉之心，否則你們早已死在俺喪門釘下了！」

喝聲未絕，刷地一條灰影竄了過來，這當口，樹上的楊展，一聲不哼，一順瑩雪劍，一個乳燕辭巢，從樹上飛掠而下，正把小喪門截住。

小喪門原是個採花淫盜，本來看得江小霞略有幾分姿色，在黃龍家中已經公然挑逗。今晚定了詭計，派好人位，分三批出發，江小霞、半面嬌帶了幾個黨羽先走；黃龍、江鐵駝第二批走；小喪門、禿鷹最後出發，約定在這林內會齊。不意黃龍、江鐵駝走到半路，便被賈俠余飛截住，而且是暗中戲耍，吃盡苦頭。等得小喪門、禿鷹出發，黃龍、江鐵駝已狼狽不堪。

小喪門、禿鷹明知事已敗露，被人佔了先著，又聽說鹿杖翁竟在林內等候，嚇得兩人避道而行。避開以後，小喪門卻惦著江小霞，未知能否脫身，過了半晌，算計鹿杖翁諒已走遠。重又回身到此暗探，湊巧碰著瑤霜、虞錦雯兩人，正和坐在地上的江小霞說話。

小喪門白天在豹子崗棚內，看見瑤霜，已經魂不附體，虞錦雯也是他目中之物，知道這兩人不大好惹，想先在江小霞身上打主意。不料此刻一尋江小霞，卻碰見了瑤霜、虞錦雯在林內亭亭並立，立時色膽包天，不顧一切，現出身來。萬不料半空裡會飛下楊展來，不禁吃了一驚，望後一退，丁字步一站，一翻腕子，從背上撤下一柄寬刃厚背砍山刀來。把刀一橫，冷笑道：

「我道是誰？原來是白天在擂台上用掌力碎石的小白臉兒。來，來，來！我小喪門曾你一下，免得你到處逞能。」

楊展細看這人，鼠目獐頭。一臉凶狡之氣，一身銀灰川綢，密扣夜行衣，腰挎鏢囊，頭包絹帕，旁邊還插著一朵生絹紅山茶。

楊展恨他出言無禮，一個箭步，竄到跟前，立時劍隨身進，手起劍落，一個烏龍入洞，劍鋒直點心窩。小喪門這柄砍山刀，頗具功夫，一閃身，刀光電閃，一洗一封，猛地進步，一個直劈華山，向楊展斜肩便劈。楊展一塌身，劍光罩體，一個枯樹盤根，劍如匹練，繞向小喪門的下部。

小喪門一聳身，接招換招，施展六合刀的刀招：崩、挑、劈、掄、截、撩六字訣。楊展一看此賊刀招，既狠且滑，差一點的真還不是他對手，立時展開了破山大師悉心傳授的內家峨嵋九宮太極劍法。初搭上手，覺不出厲害來，幾十招以後，移換步形，似虛卻實，按實避虛，花劍錯落，劍點繚繞。小喪門覺察不妙，而且賊人心虛，還有未出手的兩位女子，也不是省油燈，再不想法逃走，要自討苦吃，難逃公道。

他雖然起了逃跑的心，手上刀招，可不敢大意，提著一口氣，勉強奮勇再接了幾招，倏地一抽身，腳跟墊勁，往後倒縱出去丈把路，一轉身，正想縱進樹林深處，不料一聲嬌叱：「賊徒看劍。」劍如遊龍，已到身上。

小喪門大驚，仗著輕身功夫過人，忙不及斜刺裡一縱，避開一劍。一看是嬌媚如花的瑤霜，攔住去路。再向四面一打量，還有一個美艷如仙的虞錦雯，也橫劍玉立，擋住一面。三個人鼎足而立，把小喪門包圍在核心了。

這時小喪門已沒有猶豫的時間，也顧不得江小霞怎樣情形，自己逃命要緊，故意用刀一指虞錦雯，冷笑道：「華山派竟有吃裡扒外的人，連你也和他們在一起了，多半是看上……」

一語未畢，虞錦雯已怒不可遏，嬌叱一聲：「萬惡狂徒，死在臨頭，還敢鬥口！」人到劍到，一柄青銅劍，像電閃一般，向小喪門身上刺來。

小喪門弄巧成拙。他本想用話掩飾，趁虞錦雯略一疏神，便可從她那兒逃去。不料一語刺心，惹得虞錦雯立意除淫凶，展開鹿杖翁親傳絕招，絕不留情，刷刷幾劍，逼得小喪門步步後退。

小喪門人急智生，手上竭力招架，眼神四面亂招呼，退到一株大樹近身。猛地一跺腳，早地拔蔥，居然拔起兩丈多高，右臂挽住枝幹，風車似的盤了上去，立在樹幹上，刀交左手，右手一探鏢袋，正想掏出獨門暗器喪門釘來，驀地一聲狂叫，身子站立不住，直撲下來，叭噠跌落樹下，直挺挺地一動不動了。

原來小喪門惡貫滿盈，自取滅亡。楊展和他交手，意在警戒，尚沒決心取他性命。瑤霜卻恨極了小喪門。完全是為了小喪門見面就說了一句「憐香惜玉」的無禮話。又加上把虞錦雯也惹得憤怒填胸。在小喪門飛上樹枝，只要自己逃命，也就罷了，偏又逞兇，還要伸手掏鏢，這才招出瑤霜、虞錦雯不約而同，一個獨門見血封喉蝴蝶鏢，一個袖筒奪命梅花箭，雙管齊下，鏢中命門，箭封咽喉，當然一命嗚呼。

楊展嘆口氣道：「想不到這萬惡兇徒，自來送死，但是這屍骨怎麼辦呢？」

虞錦雯道：「不要緊，我有辦法。」說罷，和瑤霜在賊屍上，各自取回自己暗器，虞錦雯還把小喪門的喪門釘也取到手中，又從懷內貼身取出一小瓶藥末來，在小喪門致命見血地方，灑了一點，便把藥瓶藏好，還向賊屍點點頭道：「這賊坯這點藥末便夠了。」

瑤霜說：「虞姊倒有這樣寶貝，從前我聽母親說過江湖幾位行俠仗義的老前輩，常有此物，名叫『化骨丹』，現在漸漸失傳，很少有人能配製了。」

虞錦雯道：「正是，這是我義父賞給我的，賞給我時，義父還教訓我一頓大道理，說是此物不同尋常，行俠光明正大的人，才配佩帶此物，我想起擂台的事來，非常後悔，幾乎違背訓示了。」

三人處置小喪門，轉身一瞧江小霞、半面嬌已蹤影不見，只獨臂婦人迎上前來，說道：

「她們兩人，回復了血脈，站了起來，姓江的姑娘說：『既蒙楊相公寬宏大量，別人不敢說，我江小霞從此絕不向他們尋仇了。小喪門死活，我們也沒臉管他，請你替我轉告，我們就此走了。』難婦已知三位施恩釋放，不敢留難，只教她們把樹上綁的小鬼帶回去，她們也依我辦了。現在此地事情已了，只有難婦的事，要請楊相公和陳小姐慈悲的了。」

說罷，又跪了下去，瑤霜伸手把她挽起，說道：「你放心，便是沒有鹿老前輩的訓示，你這樣可憐的人，我們也要收留的。便是虎面喇嘛不甘心，托人擾惱，我們也有法治他，你安心跟我們回去就是。」

獨臂婦人垂淚道：「小姐這樣慈悲，難婦碎身難報。」

去時三人，回來時卻多了一個獨臂婦人，小蘋看得奇怪？一問情形，才知賊黨詭計不成，還遭到致命打擊，連小喪門性命都饒了進去。瑤霜向獨臂婦人笑道：「你口口聲聲稱我們恩人，其實袖箭不是我們兩人發的，是我小蘋發的。以後彼此一家人，休得恩人難婦的肉麻了。」

從此這獨臂婦人對於小蘋感念恩義，十分情厚，楊家的人，卻稱她為獨臂婆。大家談了一陣，時已不早，便各安息。

瑤霜這夜便和虞錦雯同榻，真個成為異姓姊妹之交。第二天楊展打發下人，到北門玉龍街，取回虞錦雯隨身包袱。虞錦雯深感兩人相待之厚，一時又不便再回鹿頭山江小霞家中，只好在楊家靜候義父鹿杖翁的後命。

虞錦雯在楊家賓至如歸，不覺一晃多日，已到了楊展武闈應考的日子了。在這幾天內，豹子崗黃龍一般人，毫無動靜。派人一打聽，擂台果然冰消瓦解，連黃龍一家都搬走了。奇怪的是鐵腳板、七寶和尚這般人，也沒有露面，好像也離開成都一般。虞錦雯盼望她義父鹿杖翁的後命，竟也音信俱無。虞錦雯猜測鹿杖翁定然回鹿頭山去了，便欲回鹿頭山尋義父去。

瑤霜死命拉住不放走，說道：「沒有鹿老前輩的命令，萬不能讓你溜走。鹿老前輩深山修道之所，你也不便久留，江氏兄妹家中，大約你也無意再往，既然認為小妹為可交之人，請你把我當作骨肉一般。我有了你這個姊妹，凡事也有個商量之所，鹿老前輩舉動莫測，安知在暗中監察，知道我們姊妹相處情熱，斷難分難，才不來信息呢，再說他要進闈應考，姊姊更得陪我，怎的忍心說出分別要走的話來。」

虞錦雯這幾天和瑤霜相處，彼此情義越深，原也捨不得分離，不過虞錦雯也有說不出的心事。這時瑤霜熱情流露地一說，虞錦雯也無話可說，卻私下打趣道：「我也知道，咱們要好，情逾骨肉，但是你們不久要回嘉定成禮去了，難道我也跟著你去嗎？」

虞錦雯雖然趣話，也是實情，瑤霜卻笑道：「到了那時，我自有辦法，總之沒有鹿老前輩的話，我是決不讓你離開的。」

在這樣情形之下，虞錦雯也只好在楊家盤桓下去了。

# 第十二章　雪衣娘與女飛衛

武生進武闈應考，不比擂台比武，有緊張熱烈的場面。武闈內都是刻板文章，平淡無奇，尤其是像楊展這樣人物和本領，何況還有主考廖參政和邵巡撫，在泯江白虎口，受過救命保家之恩，早已相識在心。這次武舉，在楊展手上，可以說毫不費事的手到擒來。闈中照例的幾場考試，完畢以後，啟闈散考，各武生紛紛出場。中與不中，靜候一報。楊展回到宏農別墅。

瑤霜、虞錦雯都不明白闈中怎樣考試，不免問長問短，楊展笑道：「說起來稀鬆平常，考試重力不重技，只有較射，還夠得上技字，真有奇材異能的人，限於朝廷考試程序，也無法隨意稱能。不過國家以此取士，文武兩道，要謀正途出身，不能不走這條路徑，其實一名武舉，未必便是將材，真夠材料的，未必都中武舉，這其間有幸有不幸，不知埋沒了多少真英雄。

「不過這次武闈，那位主考廖參政，卻是比較開明的人物，不過唯獨對我，卻有點故意和我過不去。在演武廳較射，輪到我挽弓時，他特意吩咐換了頭號硬弓，箭鵠移到百步左右，而且大聲對眾人說：『嘉定楊展，以文秀才投考武舉，定有奇材異能，立志報效國家。普通程限，未能盡其所長，所以另加特試。應考武生等，倘有自問能參加特試者，本主考為國家選拔真材，多多益善，這一下，全場武生，都要瞧我一人百步穿楊了。我也有點狂妄，照例步下三箭，馬上三箭，我卻把一壺箭袋內的十幾支鵰翎箭，箭箭都中紅心，卻把一支支箭，攢滿了紅心箭鵠，全場武生，忘記了站在何地，一齊喝起大彩來。』

瑤霜抿嘴笑道：「聽你說得嘴響，如果我和虞姊也在考場，這百步穿楊，有甚稀罕！」

楊展笑道：「我百步射紅，本沒稀罕。那天演武廳，因為我得了全場彩聲，卻引出一樁稀罕事來了。」

虞錦雯、瑤霜齊問：「什麼稀罕事？大約武生裡面有真本領的不服氣，也顯出特別能耐來了。」

楊展大笑道：「一點不錯，你們聽我說，武生裡面有一位姓關的，失心瘋似的跑上演武廳，向主考躬身說道：『姓楊的箭法，原是他上代楊由基的家傳，但是他學得功夫不到，只能射鵠，還不能穿楊哩。』這一句話，廖參政聽得不禁微笑，這位姓關的武生，把古時養由基改了姓，變成了楊由基，硬把養由基當作我的上代，廖參政原諒他是武生，讀書不多，也不多說，只問他：『你有什麼特殊本領，儘管當場試來。』姓關的說：『俺家傳青龍偃月刀，與眾不同，考場裡的頭號關王刀，還不稱俺手，必須俺自備祖傳青龍偃月刀，才顯得俺的本領。』

「廖參政便說：『看情形你家傳青龍偃月刀定已帶來，你就下去好好試來。』姓關的得意洋洋走下演武廳，立在台階上，兩手合在嘴巴上，向遠處長長地喊了一聲：『抬刀來！』便見四個大漢，抬棺材似的抬著一柄黑黝黝碩大無比的大刀，從校場角裡抬了過來。雖然四個大漢抬著，八條腿寫著之字，好像吃不住勁似的，抬著走非常吃力，可見這柄大刀重得異常。

「好容易抬到演武廳階下，大家一看，齊吃一驚。這柄刀，黑黝黝的當然通體精鋼鑄就，足有丈餘長，刀片薄似門板，刀桿便有桌腿那麼粗，比演武廳階下躺著的一柄頭號關王刀，沉了十幾倍，怕不下六七百斤重量，沒有千斤神力，休想舞得動它。我也瞧得奇怪，實在瞧不出姓關的居然有這樣神力，哪知道會者不難。

「姓關的走下台階，哈哈一笑，右臂一伸，搭在刀桿上，單臂一起，毫不費力似的，便把這柄碩大無比的家傳青龍偃月刀，單臂拿起，四個抬刀大漢，驟釋重負，紛紛倒退，幾乎跌倒，越顯得姓關的神勇絕倫。他把大刀一舉以後，馬上一個盤旋，左三右六的開起四門來，越舞越歡，這柄大刀在他手上，真像燈草一般。

「我瞧他刀法並不出奇，蠻力實在大得駭人，自問把這柄刀單臂獨拿，也許辦得到，要像他舞得輕如無物，大約要甘拜下風了。這時廳上廳下，卻被這柄大刀鎮住了，連喝彩都忘記了。大家都說今年武闈出了大刀神，便是他老祖宗關二爺當年使的青龍偃月刀，未必有這樣呆重。

「這時姓關的露足了臉，霍地收住刀法，柱著刀向廳上唱個喏。聽不清上面對他說什麼，卻聽得台階上高聲傳楊展，我嚇了一跳，心想要糟，如果叫我用他這柄大刀，準得丟臉。上面既然指名傳喚，不能不上去，哪知怕什麼有什麼，果然，廖主考定要抬舉我，卻說得很有分寸，他說：『你箭法出色當行，壓倒全場，如果把這柄大刀，也能舞動，豈不全美，我也知道武功不講濁力，不過朝廷程序如此，總得應點。』

「我明白廖參政一力抬舉，沒法子只好應命下階，但是這柄獨一無二的大刀，沒有第二柄，當然得向姓關的借用。不料我剛向他走去，大約他留神上面吩咐的話，知道來意，不等我近前，右手拄著大刀，左手向我亂搖，大聲說道：『我這柄寶刀，祖傳遺訓，不能借人使用。』我聽著一愣，姓關的好像怕我奪刀似的，已向遠處大喊說：『快來，把寶刀抬回家去。』他這聲大喊，廳上廳下滿都聽清了，廖主考已派軍弁下來喝道：『借刀一用，不缺不折，有何妨礙，主考有令，誰敢不遵。』

「姓關的滿頭大汗，極喊道：『這名武舉，我情願不要了，還不成麼。』喊罷，竟自把刀向肩上一扛，拔步便走，竟想退出場去了。這一下，真是出人意外，廳內喝一聲，把這個人拿下來。立時有兩個軍健趕去，姓關的驚得拔腳便逃，不意臂有神力，腿卻虛浮，一個不留神，腳下被石塊一絆，整個身子直跌出去，手上一柄大刀又長又闊，也出了手，撞在演武廳旁邊的旗杆石上，咔嚓一聲，刀頭竟會斷折。

「刀一折斷，全場武生們立時看清，個個轟然大笑，笑聲震天，兩個追他的軍健，也是哈哈一笑，一個扭住姓關的，一個提起折斷大刀，居然也單臂輕提，並不費事，連刀帶人，解往廳上。原來這柄家傳獨一無二的青龍偃月刀，刀片刀桿，全是木胎，無非外面薄薄的包著一層鐵皮罷了，刀一折斷，自然露出裡面本胎來了，最可笑四個抬刀的大漢，大約主人許了重賞，裝得活靈活現，好像抬不動似的，想不到主僕扮演的一台好戲，西洋鏡馬上拆穿，你們想，這不是稀罕事嗎！」

虞錦雯、瑤霜怔怔地聽了半天，還替楊展耽憂，想不到結果是這麼一回事，忍不住一齊大笑，只笑得眼淚出，肚皮痛，小蘋還笑得蹲在地上喊：「媽！」

內室裡大家正在說笑，外面家人們奔進來報道：「老太太已從嘉定來到，在門前下轎了。」

這一報突然而來，楊展、瑤霜齊吃一驚，怎地一點沒有信息，老太太突然駕臨成都了，楊展頭一個拔腳向外便跑，瑤霜也急急趕了出去。

虞錦雯也身不由己往外迎去，剛轉出外廳屏門，已見楊展、瑤霜一邊一個攙扶著一位慈祥的楊夫人緩步進廳，身後跟滿了一般下人們。只聽得瑤霜撒嬌似的喊著：「娘，怎地不先打發個人來，悄沒聲地便到成都來了，我們也沒有到碼頭迎接去，娘，路上沒累著麼！」

楊夫人笑道：「你們兩個孩子，都不在我跟前，我也動了遊興，故意偷偷地跑來，讓你們嚇一跳。」

楊展說：「母親故意說笑話，兒子知道其中定然有事，家裡平安麼？」

楊夫人笑罵道：「胡說，家裡太太平平的，難道一定要有事，才到成都來，你娘趁現在腰腳還健朗，和你們湊個熱鬧不好嗎！」

這當口，虞錦雯已迎到跟前，便盈盈下拜，楊夫人忙伸手拉住，一面向虞錦雯仔細打量，一面脫口而說道：「這位定是鹿老前輩的千金虞小姐了。」

虞錦雯低低喊聲：「伯母，侄女正是。」

瑤霜驚訝道：「噫，娘！你怎會知道的？」

楊夫人笑道：「孩子！你們鬧的把戲，我都知道，我知道的比你們還多得多呢。」

瑤霜向楊展對看了一眼，都猜不透老太太怎會知道成都的事，而且是近十幾天內的事。

大家簇擁著老太太進了內室，在中堂坐下，楊老太太自己帶了一個老家人和一個使女來，搬著行李等件進來，叩見了楊展、瑤霜，自去安置物件。在別墅的男女僕人，也一齊進來叩見老太太。

小蘋端著一杯香茗，送在老太太身邊几上，然後跪下去報名叩見，楊夫人向瑤霜道：「這孩子怪可憐的，被我見著，也得想法救她，想不到為了小蘋，你們還上了擂台，我聽到這消息，嚇得什麼似的。」

楊展詫異道：「真奇怪，這兒的事，母親什麼都知道了，誰和母親說的呢？」

楊夫人笑道：「你們且悶一會兒，你們兩個孩子，膽子太大了，都是什麼丐俠僧俠引起的禍頭，我不來，你們兩個孩子瞞著我，商商量量，還不知做出什麼把戲來呢。」

楊夫人說到這兒，向虞錦雯笑道：「姑娘，你不要看他們兩人，此刻在我面前守規矩，盡孝道，哪知他們小時，一般的淘氣，淘氣得令人不能相信，天上的星星，如果摘得下來的話，他們也摘下來了。說也奇怪，他們不是一樣的異常淘氣麼，可是他們兩人，從小便你親我愛，誰也沒有紅過一次臉，鬧得哭哭啼啼的，真是天生的一對……」」

楊夫人說到這兒，忽然截住，改了話頭，笑道：「姑娘，我和姑娘也是一見有緣，聽說姑娘和我們瑤霜非常說得來，這就好了，寒門雖然薄有資產，無奈幾代都是單傳，門祚衰薄，除出一堆下人們湊個熱鬧以外，人口太少了，我一到成都，家裡便沒正主兒了。姑娘也是女英雄，凡是英雄心腸都是熱的，從此姑娘不要見外，大家相處不分彼此才好。不瞞姑娘說，你義父已把姑娘託付我了，從此老身託大，看待姑娘，定和看待瑤霜一般。」

虞錦雯聽得心裡一動，而且滿腹狐疑，連楊展、瑤霜也聽得奇怪，怎的鹿杖翁會和老太太見面的呢？虞錦雯頭一個急於想問個明白，還沒有張口，那個獨臂婆偏在這當口進來，叩見老太太來了。

獨臂婆一打岔，三人暫時都不便開口，楊夫人看得這殘廢的獨臂婆，卻有點驚愕，向瑤霜細問這人來歷。

瑤霜笑道：「娘，這事你卻不知道哩。」

楊夫人笑罵道：「事事知道，娘變成神仙了。」

瑤霜笑著，便把收留獨臂婆的事，大略一說，卻把凶險節目刪去，免得老太太耽驚。楊老夫人聽得，不住的念阿彌陀佛，向獨臂婆吩咐道：「我們世代忠厚的傳家，我們小姐相公把你收留在家，深合我意，你身已殘廢，比我小得也沒有幾歲，雖然身有武功，總是和不殘廢的人不一樣，你盡可安心住在我家，我們也不把你當下人看待。只有一事，我要託付你，你有了年紀，江湖上事又明白。我在嘉定聽說我們小姐和相公，這次已和江湖匪人結下怨仇，他們年紀輕，只會顧前不顧後，請你在我兩個孩子身上多留點神，晚上門戶也當心點，我便感激不盡了。」

獨臂婆流淚道：「難婦死裡逃生，逢凶化吉，此後餘年，皆老太太和小相公小姐所賜，難婦早存粉身碎骨相報之心，老太太不必擔憂，難婦雖然殘廢，晚上守夜報警，還擔承得下來。」

虞錦雯暗地留神楊夫人容止言動，覺得這位夫人於慈祥之中，另有一種肅穆雍容之概，心想有其子必有其母，這位夫人有這一對佳兒佳婦，真非常人能及，也唯有這樣載福之家，才能有這一團祥和之氣，不禁想到自己身世，和楊夫人剛才吐露的口氣，不免芳心已亂，百感交集。這當口，楊夫人母子又談論起武闈中的事，插不下嘴去。一忽兒家庭開宴，虞錦雯又沒法不參加，心裡難受，面上還不敢露出些許來。楊夫人好像知她心意一般，殷殷慰問，體貼入微。

虞錦雯從小孤苦，早失母愛，不想以孤苦之身，參加這樣美滿家庭之宴，竟得這位楊夫人青睞，絕不說初次會面的客氣話，語語都是誠形於外，情出於衷的體己話，虞錦雯深深感動，眼圈紅而又紅。

楊夫人道：「姑娘，你不要難過，先請看點東西。」說罷，吩咐貼身使女，在行李箱內，撿出兩封信來，楊夫人把兩封信看了看，藏起一封在身邊，只留一封，遞與虞錦雯說道：「姑娘，我替你義父捎信來了。」

虞錦雯急忙拆開一看，只見上面寫道：「信入汝目，余已飄然遠引，身離巴蜀矣。黃龍等多行不義，必自斃，早夕縈懷者，唯汝之歸宿耳，玉郎瑤姑，人世之祥麟威鳳，得此良侶，大慰余心。破山大師本余舊友，特赴烏尤寺促膝禪房，互剖肺腑。次晨，破山介余於楊老夫人，夫人今世之賢母，亦汝等之福星，問汝身世，慨然以愛護自任，立命備舟，親赴成都。仁心俠膽，並世無雙，蓋夫人之赴成都，專為迎汝也。叩見之日，事之以母，悉聽所訓，毋違慈意，汝既得所，余始無累，從此別矣，幸汝自愛。鹿杖，年月日。」

虞錦雯信一入目，頓時粉面失色，珠淚直掛，噗的向楊夫人膝前跪下，哭得哀哀欲絕。

楊夫人轉身一把抱住虞錦雯，極力撫慰道：「姑娘，且勿悲苦，人家以為瑤霜是我義女，其實是我兒婦，老身不說泛泛的話，從此我把你當作閨女了。」這時瑤霜把虞錦雯放下的信，匆匆一瞧，丟與楊展。急忙離席把虞錦雯扶起，吩咐使女們擰把熱手巾來，卻笑道：「虞姊，現在看你還往哪裡去，我和玉哥也奇怪鹿老前輩怎會杳無信息，原來老前輩為了虞姊，見我娘去了。」

這時楊展看了鹿杖翁的手諭，似有所思。瑤霜嬌嗔道：「你怎地不勸勸虞姊，你瞧見我娘愛護虞姊，你不樂意了！」

楊展笑道：「那有此事，我正在這兒猜想鹿老前輩，為什麼說出『從此別矣』的話來。」

楊夫人朝楊展看了一眼，才說道：「鹿老前輩對我說過，為了黃龍這般惡徒，益發恨透了心，不願再隱跡四川，從此雲遊四海，逍遙物外。話雖這麼說，這位鹿老前輩，宛如神龍一般，也許想起乾閨女，說不定突然出現，和我們相見了。」

楊展明白母親的意思，忙順著意思，向虞錦雯委婉地勸慰了一番，而且說：「從此虞姊和我們無異骨肉，家母多了個女兒，小弟和瑤妹，添了個姊姊。小弟萬一僥倖中舉，明年便要赴京朝考，家母身邊有了雯姊瑤妹伺奉，小弟也可放心，瑤妹也不愁寂寞了。」

從這天起，虞錦雯正式拜了楊夫人為義母，下人們都改了稱呼，不稱虞小姐稱為雯小姐，瑤霜不稱虞姊，一口一個姊姊了。

第二天，楊夫人進城拜了幾家親戚，卻把虞錦雯帶了去，楊展也有事出門去了，家中只剩瑤霜，在樓上自己房內，悄悄地細讀一封信。這封信是她父親破山大師的手筆，由楊夫人帶到成都，瞞著楊展和虞錦雯暗地交與瑤霜。

這時瑤霜把這封信看了又看，心裡默默地盤算了一下，打發小蘋到前面去看楊展回來沒有，回來時，請相公上樓來。小蘋領命而去，湊巧楊展剛回來，小蘋一說，楊展立時上樓。卻見瑤霜面色有點不大自然，斜依在美人榻上，向楊展玉手一招，道：「你來，我有話和你說。」

楊展一笑，便側身向美人榻上坐了下去，小蘋非常乖覺，每逢他們兩人在一起時，便悄悄地避了出去。這時，替兩人斟了兩杯香茗，便避開了。

瑤霜問道：「武闈幾時放榜？大約你此刻探聽這事去了。」

楊展道：「不必看榜，自有報喜的人。我奇怪的是從那天擂台事了以後，鐵腳板、七寶和尚兩個寶貨，形影俱無，難道和鹿老前輩一般，都不別而行了？」

楊展一面說，一面伸手把瑤霜玉腕輕輕握住，瑤霜把玉臂一縮，嬌嗔道：「放穩重些，現在家裡人多嘴雜，不要落了閑話。」楊展聽得一愣，從來沒有聽到瑤霜正顏厲色的說過這種話，一時竟呆住了。瑤霜看得可笑，忍不住嗤地笑出聲來，楊展立時明白她故意放刁，也故意嘆口氣，說道：「現在你有了好姊姊，便把哥哥忘記了。」

瑤霜忍住笑，假裝賭氣似的轉過頭去，悄說道：「是啊！將來有了好姊姊，便把妹妹忘記了。」

楊展聽得一驚，似乎這話並非無因而至，身子往前一湊，伸手攬住粉面，驚問道：

「此話從何而來，這不是兒戲的事，我昨晚便想和你私下一談，母親面前，沒有機會約你……。」

瑤霜急問道：「你約我私談為什麼？此刻沒有人，你說吧。」

楊展道：「昨晚吃酒當口，下人們在行李箱中撿出來是兩封信，母親卻把另一封信，很快的藏了起來。那時我便奇怪，母親哪會有瞞我們的事，不意母親始終沒有把這封信拿出來，可惜我坐在母親下手，以為母親當然要把藏起來的信取出來的，沒有偷眼看一看封皮上的字跡。」

瑤霜朝他瞟了一眼，用指頭點著他心窩說：「好呀！你連娘都疑心起來了，你約我私談的就是這個麼？」

楊展道：「我疑心的不是母親，卻是你。」

瑤霜心裡一動，假作吃驚道：「這話我不懂，娘藏著的信，也許和我們沒有關係，是親戚家捎來的，所以沒有拿出來，你瞎起疑心已不應該，怎地又無端疑到我身上來了，怎是什麼緣故？我得問個一清二白。你說不出道理來，看我依你！」

楊展微笑道：「你說的也很近情理，但是我也不能無故亂起猜疑，舉一反三，其中自有可疑之處。」

瑤霜笑道：「唷！越說越上臉了，你偶然窺破了賊黨們一封鬼信，自以為能算陰陽的諸葛亮了，連家裡人都猜起了，從什麼地方讓你舉一反三呢？我聽聽你的鬼畫符。」

楊展仔細的湊著瑤霜面孔，笑道：「你呀！我的聰明的好妹妹，你臉上寫著字呢。」瑤霜笑啐道：「胡說，我不是發配犯人，臉上刺了字，你不用狡賴，快替我說出道理來。」

楊展倏地面色一整，直起身來，說道：「瑤妹你聽我說，昨晚我們都瞧見了鹿老前輩的手諭。鹿老前輩先到烏尤寺和岳父深談了一夜，第二天才和岳父到我家會見母親。岳父降臨家中，還是第一次，我母親又馬上為了此事，趕到成都，似乎隱含著一樁非常鄭重的事。鹿老前輩寫信託母親帶來，這是題內文章。但是岳父怎地沒有手諭呢？母親到此以後，也沒有說起岳父有什麼吩咐。

「你想母親在家已知道我們這兒的事，當然由鹿杖翁說出來的，岳父當然也知道了，江五後人尋仇，和我們一切舉動，定然十分開心，豈無片言隻字寫給我們？所以我推測母親藏起的信，定然是我岳父的手諭，為什麼要藏起來呢？依我推想，母親到此是鹿杖翁岳父和我母親三方面商量好才來的。岳父的信，定是寫與你的，其中卻有關礙著我的事，暫時不能讓我知道。岳父對於我們兩人，以及我們兩人的情分，沒有什麼事用得著這樣閃閃爍爍的，除非……。」

瑤霜急問道：「除非怎樣？」

楊展不理會這話，又說道：「此刻母親和雯姊都出去了，你派小蘋叫我上樓，當然有話商量。你卻故意不說，臉上神色，又有點異樣，我用話一引，你也使刁，故意說出姊姊妹妹的話來，我可以斷定你心裡有話，想試探著腳步開口。這種情形，和我們兩人平日相處，絕對不同，平日我們愛說什麼，便說什麼，用不著繞彎子，費心機，今天你改了樣，當然為了岳父一封信而起，前後一琢磨豈止舉一反三，已可十得八九了。但是我雖然十得八九，卻不便直說出來。

「瑤妹，我們兩人從小到現在，可以說世上稀有的一對同命鴛鴦，少一個果然不成，多一個也是擾局。我們兩人看著是兩個身體，其實只有一個心，我們的心，宛如一塊四四方方，平整無瑕的羊脂白玉，缺一角不可，多一角也不成。我們兩人的情愛，又像天然造就的一張美麗圖畫，想在上面再添點什麼景緻上去，非但畫蛇添足，而且也沒法再畫上去，除非存心想把這幅美麗圖畫塗壞了。瑤妹，我說這些話，你明白我意思了麼？」

楊展說時，瑤霜一對秋水如神的妙目，睜得大大的，瞅著楊展，眼內淚光瑩瑩，也不知是喜，也不知是悲，楊展話剛說完，瑤霜嬌喊一聲：「玉哥！」立時縱體入懷，緊緊抱住楊展，玉體亂顫，嗚咽有聲，再也說不出什麼來了。兩人這樣互相擁抱，心神交融，似悲還喜，似夢卻真，只覺大千世界，剎時無蹤，只有一團精氣，緊緊裹住兩顆火熱的心，越裹越緊，渾成一片，連這渾成的一片，也異常模糊，好像化為清氣，盪入高空。

兩人在這樣光景之中，沉酣了足有一刻功夫，房內鴉雀無聲的，也沉靜了一刻功夫，這一刻功夫是世界上最真、最善、最美的時間，可惜這時間延長不下去，只有一刻功夫，但是難能可貴的。也因為不可多得的，只有一刻功夫。「玉哥！」這一聲玉哥，便把房中的沉靜打破，兩情的沉酣喚醒，一切一切都恢復到平淡，似夢非夢的沉酣境界，只剩下一點回憶了。瑤霜兩頰紅馥馥的，宛似醉酒一般，喊了一聲：「玉哥！」從楊展懷中跳了起來，悄說道：「我們怎地發了癡，幸而沒人進來，否則多難為情！」

楊展還是念念不忘，嘆口氣道：「你和母親悄悄地說，雯姊處境可憐，本領又高，性情也好，我們真應該好好的待她。將來我們替她物色一位如意郎君，厚厚的妝奩發嫁，我是她唯一無二的兄弟，更得愛護她。這樣，才是正辦，才對得起鹿老前輩一番託付的厚意。瑤妹，我自己不便說，你務必把這話，悄悄地稟報母親。」

瑤霜低頭沉思，半晌不語。樓下使女們，卻報稱老太太，和虞小姐都回來了。楊展忙不及跳下樓去。瑤霜在鏡檯面前，匆匆整理了一下，也急急下樓。

瑤霜下樓，老太太、虞錦雯坐在中堂談笑風生，老太太向楊展說：「城內幾家親戚，瞧見虞姑，都說我來一趟成都，便得一個美貌的乾女兒，將來成都拔尖兒的姑娘，都要被我搜羅去了。我心裡想，你們還做夢哩，我瑤姑、雯姑，豈止美貌，都是文武雙全的女英雄，成都怕找不出第三個來，將來我發喜帖時，還要使你們嚇一跳哩。」老太太又說又笑，瞧瞧楊展，又瞧瞧瑤霜、錦雯，樂得合不攏嘴。可是老太太說的「發喜帖」一句話，非常含混。瑤霜、楊展聽得不以為意，原是意中事。虞錦雯聽得，心想老太太樂大發了，發喜帖沒有我的事，怎地把我也含混在裡面了。

忽聽得前廳人聲亂嚷，一陣鏜鏜的鑼聲，敲個不絕。幾個下人，一陣風的搶進來，向老太太叩頭道喜。說是：「我們相公榜裡奪魁，中了第一名武舉。此刻頭批報子已到，前廳高貼起金紅報單，還向咱家探詢各家親友地址，分頭報喜。已有一撥報子，馬上乘下水船，到嘉定去報喜去了。」

老太太一聽，喜上加喜，錦上添花，樂得從太椅上站了起來。一迭聲吩咐多多開發賞錢，打發報子。又吩咐快到香火堂前點上香燭，待我率領相公小姐叩謝祖宗庇蔭。吩咐以後，老太太忽然喜極而淚，顫聲喚道：

「玉兒，瑤姑，你們兩人親自在這兒，點上一副香燭。可憐我義妹，我親家母，沒有親眼瞧見玉兒中舉。要知道玉兒得有今日，完全是我義妹把玉兒從小訓練出來的，我得先向義妹叩謝。」說罷，眼淚婆娑，竟要出聲。一想今天是兒子一舉成名的之日，怎能如此。但是想起當年紅蝴蝶兩番救護之事，情發乎中，忍不住眼淚直掛下來。瑤霜、楊展一面點香燭，一面也漣漣下淚。虞錦雯扶著老太太，也陪了許多眼淚。這樣大喜事，竟哭了個滿堂，這是天地間自然流露的至情，一毫勉強不來，人間世完全靠這點至情在那兒維持。無奈世上人慾橫流，偽情矯情淹沒了至情，一切分崩離析，覆雨翻雲之禍，都從泯沒至情而起。

楊展中了武舉，宏農別墅內上下人等，忙得個馬不停蹄。楊武舉謁主考，拜同年，一番忙碌自不必說。家裡接待道喜的親友們，一批來，一批去，設筵慶賀，轎馬盈門，足足亂了三四天，才略略安靜下來。這一天晚上，老太太、虞錦雯、瑤霜上樓安睡以後，楊展在樓下自己房內，想起烏尤寺岳父破山大師處，雖已打發使人稟告，還得寫封詳函，稟告一切才好。雖然中個武舉不算什麼，也可稍慰老人家一番期望。想定主意，揮毫拂箋，正要下筆，忽聽得門上有人輕輕地叩了一下，楊展正想說門是虛掩的，叩門的人已飄身而入，依然把門虛掩而上。楊展笑道：「你這幾天太累了，怎地還沒安睡呢。」瑤霜一笑，走近前來，問道：「你預備和誰寫信？」

楊展道：「明天有人回嘉定去，我想寫封信稟報岳父。你來得正好，你有什麼話沒有？一塊兒寫上吧。」

瑤霜說：「且慢寫信，我和你商量一樁事。」

楊展笑著站了起來，離開書案，擁著瑤霜，並肩坐在榻上，笑道：「有什麼急事，和我商量，雯姊和你同榻，你悄悄下來，她不知道麼？」

瑤霜笑道：「這幾天你真夠忙，樓上的事，你統統不清楚。老太太早把雯姊拉去一床睡了。」

楊展笑道：「你怎不早通知我。早知這樣，我早已飛身而上，跳窗而入了。」

瑤霜昵聲說道：「你倒想得好，你哪知我這幾天為難極了。」

楊展詫異道：「有什為難之處？快說。」

瑤霜說：「那天我們在樓上，話沒有說全，老太太回來，接著你中了武舉，忙得不亦樂乎。我父親來信，始終你還沒有瞧過。你現在先瞧瞧信再說。」說畢，把破山大師的信取了出來。楊展接過信，皺著眉說：「還是這檔事糾纏不清。」

說了這句，細看破山大師信上寫道：

「瑤兒知悉，鹿杖翁來，得悉豹子岡擂台事，玉婿初顯身手。一鳴驚人，苦口勸人，所見甚大。惜江湖莽夫，未可理喻。詭計雖破，防備宜嚴，鹿翁翩然莅止。剪燭深宵，傾心玉婿，讚不絕口。據稱義女虞姓，得其衣砵，性淑質慧，與汝相契，倘得娥英並事，更是佳話。此翁豪邁任性，數十年如一日。遠道惠臨，實為此事，出家人未便置可否。

「鹿杖翁介見楊夫人，夫人慨然就道，其意蓋欲親見虞女，再定取捨。而鹿翁以為夫人仁諾，事已大定，歡然揖別，竟作浪遊，余意夫人時以累代單丁為憂，如見虞女可愛，或亦力主撮合，然知徒莫若師，玉婿志卓情專，此舉未必愜意，撮合溝通之任，非汝莫屬，非此亦不足以見汝之賢淑，閨闈瑣瑣，老僧實不願多所置喙，寥寥數行，未免又墮一劫矣。破山，年月日。」

楊展看完了信，嘆口氣道：「岳父畢竟知道我的。我母親未始不深知兒子的性情，但她老人家喜歡熱鬧，多多益善，卻沒有替我們兩人細想一想，也沒有替雯姊想一想。

「這檔事千萬不能讓雯姊知道，事成她未必滿意，不成她真個難以在此安身了。君子愛人以德，她現在可以說無處安身了。照我主意，大家姊弟相處，一樣熱鬧，何必定要如此。瑤妹，你快把我主意，偷偷地通知母親。可是我明白你為了難。沒法子，只好我自己去說了。」

瑤霜道：「你去說，和我去說是一樣的。不用我們自己說，誰不知道我們兩人是一個心呀！這幾天，娘在無人處，對我說：她老人家實在愛惜雯姊，捨不得把她嫁出去。這幾天，暗地考查雯姊性情舉動，非常賢慧，自問還不至於如此老悖，無端地替兒子兒媳添塊病。娘說：『玉兒從武科進身，將來定要離家出仕，報效國家。有兩個有本領的賢德媳婦，可以輪流著一個在家，一個跟著丈夫。我和玉兒兩面都不寂寞。將來你們兩人，各人替我抱出孫兒孫女，兒孫滿堂，我真樂死了。但是你們兩人的恩愛和玉兒的生性，為娘的怎會不清楚。我的兒，你是孝順我的。我們母女先暗地商量一下，這檔事，為娘的也得慎重，雯姑畢竟是初來乍會，我得先把她接回家去，放在身邊，慢慢的體察。不過娘的主意是有了，你們兩口子也細細商量一下，娘的主意，要得要不得。』

「娘對我這麼一說，你想，娘說的，比我們想得還周到，教我敢說什麼。我們在娘面前，不敢說孝順，總還不至於不孝順。你對我說的一番話，還能出口麼？如果冒冒失失的一出口，好像把娘一番好主意，滿聲駁回，等於說娘的主意要不得了。便是你在娘面前，也一樣的沒法出口呀！」

楊展聽得，跺著腳說：「真料不到打擂台，打出這麼一段事來。千不該，萬不該，鹿老頭子發的什麼瘋，轉彎抹角的會跑到嘉定去，把自己乾女兒硬往外一推，他倒滿心滿意的跑得無影無蹤了。」

瑤霜推了他一下，笑道：「輕一點兒說，如果這話，被雯姊聽去，她定要氣苦了。其實我知道你的心和我的心一樣，對於雯姊只有愛護之心，絕沒有嫌她之意。但是娘的一番話，我也仔細想過，老人家也是一番好意，而且深知道我們雖然恩愛，也知道我並不是撚酸吃醋的一流人物，娘放心得過，才暗地和我商量，擔心的是你的一關，怕有點阻礙，所以叫我們暗地先私下考量一下。我為這事，整整的琢磨了好幾天。我們雖然兩人一心，這事我卻另有個想法，娘說得好：『自問還不至於無端替你們添塊病。』

「只要娘考查得萬無一失，你就依了娘的主意罷。我和雯姊相處，雖只幾天工夫，我認為雯姊也是我輩性情中人，我們也添個得力臂膀。而且雯姊對於你我，時露知己之感，三人同心，未始不是佳話。」

楊展笑道：「古人只說二人同心，其利斷金。沒有聽說三人同心過，這事變成纏葛帳。好在母親也主張慎重，並不是說辦就辦，我自有道理。我們且說別的，我去拜謁主考廖參政時，廖參政把我邀請到密室談心，他還問起你來。」

瑤霜詫異道：「這事奇怪，他怎知道有我這人？」

楊展笑道：「一點不奇怪，你還記得，我們到豹子岡一天，坐在正棚內，隨後有一批進棚的貴客，說是官親官眷，其中有一個老頭兒，進棚便枕臂假寐，那時我們沒有注意。原來這人便是廖參政喬裝的，怕我認識他，大家見面不好意思，才裝閑睡。他是存心瞧瞧擂台上有無傑出人物，暗存著為國搜羅真才之意，不料瞧見的都是江湖上怨仇相報的兇殺慘劇。他聽了我在台上勸解的一番話，他也說我白費苦心，地方上有這般蠻橫之流，是有司不善教化之責。他問起我帶著小婢同行的一位女英雄是誰？我便直說了，他讚了句：『祥麟威鳳，同一不凡。』這老頭兒還要紆尊降貴，到此造訪，主考拜訪新武舉的，真還少見呢。」

瑤霜道：「娘昨天還對我說，明年春天，你便要進京會試。考武狀元了，我們的事，決定在本年十月舉行，和我父親也商量好了，她老人家帶著雯姊先回家，你陪著我到了吉期相近再回去。不過回去時，在吉期相近幾天內，我們不能在一起，把我送到烏尤寺後你讀書的那所房子去，叫小蘋和幾個使女伴著我……。」

楊展笑道：「這是古禮，要我親自迎接進門，才舉行交拜大典。瑤妹，這可趁了我們的心願了。」

瑤霜低啐道：「少帶們字，趁了你心願罷了。」

楊展在她耳邊笑道：「你自己剛說過，我們兩人一條心呀！」

瑤霜不理，低低自語道：「娘也不知什麼主意？我們的事，日子已近。雯姊的事，究竟怎麼辦呢？」

# 第十三章　鐵拐婆婆

嘉定楊府的前廳後院，到處花團錦簇，笙管細細，擠滿了吃喜酒的男女賀客。賀客裡面，唯獨川南三俠。另在後花園水榭內，獨設綺筵，淡笑無忌。三俠裡面的賈俠余飛，在豹子岡和楊展、瑤霜僅僅會過一次面，與丐俠鐵腳板，僧俠七寶和尚，忙著重整本門沱江第二支派，幫著青城道士矮純陽開香堂、立幫規，一面還監視著華山派黃龍等人興風作浪。自從豹子岡擂台瓦解以後，也沒有到宏農別墅和楊展、瑤霜會面。不過這兩位怪傑，耳目靈通，舉動不測，對於楊展、瑤霜的舉動，非常清楚。

到了楊展、瑤霜兩口子，帶著小蘋、獨臂婆，從成都回到嘉定，在舉行婚禮這一天，這兩位怪傑，便突然出現，而且把賈俠余飛也拉了來，參預賀客之列。這三俠的光臨，一半是賀喜，一半是追蹤華山派下的黨羽，發生了鉤心鬥角的角逐。

這三位怪賀客的光臨，也是與眾不同。在新郎押著花轎儀仗到烏尤山親迎當口，家中楊老太太和義女女飛衛虞錦雯，忙著接待遠近親友女眷們，楊老太太人逢喜事精神爽，陪著幾位女眷，到新娘洞房去參觀。新娘雖然尚未到來，洞房內富麗堂皇，珠光寶氣，原是一般賀客目標集中之地。

楊老太太領著一般女眷，進了正樓上並排三開間的洞房，由外屋進到新娘臥室，裝飾得像仙宮一般，真是琳琅璀璨，美不勝收。女客們嘖嘖稱羨當口，楊老太太卻發現了一樁怪事，她突然瞧見了窗口，紫檀雕花鑲大理石的梳妝台上，整整齊齊擺著一尺多高，羊脂白玉的三尊福祿壽三星。這三尊玉三星，非但雕得鬼斧神工，鬚眉逼真，栩栩若活，而且三尊三星，連底座都是整塊脂玉雕成，通體瑩潤透澈，光彩奪目，絕無些微瑕疵。

楊老太太生長富貴之家，卻沒有見過這樣稀罕東西，一般參觀洞房的女賀客，也有識貨的，都說：「這件寶物，嘉定城拿不出第二件來，絕不是送東西的賀禮，定是楊老太太愛惜新娘子，連傳家之寶都拿出來了。」楊老太太面上微笑，不加可否，肚裡卻滿腹驚疑，她記得賀禮內雖有不少貴重珍物，卻沒有這樣東西。最奇楊展出門赴烏尤山親迎時，自己到新房轉過一個身，並沒有發現這玉三星，怎的一忽兒工夫，便擺在梳妝台上了，這不是怪事嗎！

楊老太太驚疑之際，虞錦雯也陪著另一批女眷進新房來了。楊老太太悄悄的向她一說，她走近三尊玉三星跟前，仔細賞鑒，被她看出中間一尊壽星的拐杖頭上，放著一個小小的紙捲兒，取下來，舒開紙卷一瞧，紙卷內寫著比蚊腳還細的字，仔細辨認，才看清是：「臭要飯、狗肉和尚、藥材販子同拜賀。」一行字，立時明白，這份重禮，是川南三俠送來的，在這大白天，內外人來人往，耳目眾多的地方，居然神不知鬼不覺的把這樣珍奇禮物，送進洞房來，川南三俠的功夫也可想而知了。

到了楊展迎親回家，新娘子花轎進門，交拜成禮，送入洞房，時已入夜，內外掌燈擺席。楊展得知三俠暗送三星，知道禮到人必到，定必隱身在僻靜處所了，慌悄悄和雪衣娘瑤霜一說，自己避開耳目，趕到後花園內留神察看。果然，丐俠鐵腳板、僧俠七寶和尚、賈俠余飛，川南三俠一個不少，一齊現身。

七寶和尚見面便打哈哈，他笑著說：「我的相公，你快救命，你們府上廚房靠近花園，一陣陣酒香肉香，老往鼻子裡鑽，聞得到，吃不到，這份活罪可受不了！第一個臭要飯，餓得直咽唾沫，照他主意，賊無空過，賊頭賊腦的想往廚房去，偷點殘羹冷餚，也算吃著相公喜酒了，還是我們這位余老闆，覺得初次進門，面孔下不去，好歹把他攔住了。」說罷，三人都大笑起來，楊展和賈俠余飛還是初交，一面道謝三人的厚禮，一面請三人到內室，另闢雅室，請三人暢飲。

丐俠鐵腳板雙手亂搖，連喊：「不必！不必！余老闆雖然土頭土腦，勉強充個賀客，還說得過去；如果讓我們兩位寶貨，到內宅去，非但讓你們高親貴友笑歪了嘴，我們吃點喝點，也不受用。如果這樣，還不如跟狗肉和尚啃狗骨頭去哩！」楊展知道他雖是有意取笑，一半也是實情，便在花園內，一所臨池的精緻水榭內，指揮兩個心腹家人，在水榭內立時擺設盛筵，小心伺候，由三人自由自在的吃喝。

這一夜，楊宅的一般賀客，興高采烈的鬧到二更過後，才漸漸散席。本城的親友，扶醉而歸，遠一點的，便在楊府下榻。楊展周旋親友之間，百忙裡抽身到後園水榭，去瞧川南三俠，酒席已撤，人影全無。伺候酒席的兩個下人，說是三俠走時，不准他們通報主人，只說改日再和主人相會。楊展回到內宅，楊老太太業已身倦早息，留下的親眷們，也各歸寢。他便上樓走入洞房，他上樓時，女飛衛虞錦雯正從新房內出來，兩人在樓梯口碰面相逢，楊展便說：「雯姊今天接待親友們太累了，快請安息吧。」虞錦雯不知什麼緣故，面孔一紅，低著頭輕輕的說了一句：「不累。」便匆匆的下樓了。下樓時，轉過身來，嘴上囁嚅著，似乎想說什麼，忽又默然轉身去了。

楊展進了洞房，瑤霜坐在梳妝台前，小蘋和幾個貼身使女們，正在替她卸妝。梳妝台上的三尊玉三星，已移到側面一張紅雕漆的琴台上，琴台前面一對鎏金鹿鶴同春的高腳燭台上，明晃晃點著一對頭號的龍鳳花燭，三尊白玉三星，被燭光一照，格外光采奪目。

瑤霜背著身坐著，從梳妝台上一架鏡子內，瞧見楊展進來，不由的噗嗤一笑，斜身指著琴台上玉三星笑道：「我不信那三位寶貨，拿得出這樣好東西，不知從什麼地方想法弄來的。剛才我拘著禮數，不然，我真想問個明白。」

楊展笑道：「你不要多疑，鐵腳板這種俠義道，平時雖然玩世不恭，遇事不擇手段，但是大節目一絲不亂，肝膽氣節，可以羞煞一般通儒學士。這樣稀罕之物，當然另有來歷，他們既然送出手來，也不是真個來歷不明之物。

「所有賀禮之中，除出這件寶物以外，還有廖參政邵巡撫專差送來一批厚禮。邵巡撫送的幾件東西，雖然名貴，還是俗物，他無非藉此報答我白虎口救護的一番恩情。倒是廖參政送的近代名手唐解元畫的十二花神長卷，和一軸南宋絹絲的幽風圖，確是不可多得的精品，和這玉三星可以並駕齊驅了，廖參政還附著一封典麗堂皇的賀信，信內說起來春進京會試，務必叫我到他寓所下榻，此老巨眼認人，在一般仕宦當中，總算難得的了。」

夫妻說話之間，使女們已替新娘卸完鳳冠霞帔，頭上只鬆鬆的挽了個宮樣高髻。楊展也換了便服，坐在梳妝台側首細細的打量瑤霜，只覺得她今天開了臉，益顯得玉潤珠圓，容華絕代，越看越得意，不禁看呆了。瑤霜一陣嬌羞，笑啐道：「從小看到大，今天我面上添了花樣不成？」

楊展微微一笑，瑤霜又說道：「今天真把我悶苦了，坐在八面不透風的花轎裡，已夠受的了，頭上身上插的、戴的、掛的，累累墜墜叮叮噹噹，把我妝成四不像的怪物，還要屏著氣兒，垂著眼皮兒，邁著小步兒，由著人擺布。可恨你前廳那幾個刁鑽子弟，還要想出毒著兒捉弄我，你倒好，沒事人似的，自由自在的立在一邊，也瞧我的哈哈了。早知做新娘是這麼一股勁兒，我真不願……」說到這兒，嬌臉上紅雲泛起，一低頭，也吃吃的笑了。

小蘋一瞧洞房內諸事俱備，辰光不早，指揮幾個使女退去，自己在楊展、瑤霜面前，放了兩杯香茗，道了安息，便要抽身。瑤霜忽然喚住道：「小蘋，我和相公的寶劍暗器呢？」

小蘋悄悄說道：「老太太吩咐過，叫我收起來，說是新房內，取個吉利，不准擱兵器呢。」

楊展笑道：「你悄悄的只把小姐的蝴蝶鏢拿進來，兩柄劍擱在外屋好了。你不是在新房外屋打鋪嗎，晚上可得留點神。今天經過曼陀羅軒茶館，似乎瞥見幾個不三不四的腳色，剛才七寶和尚也提到了，也許豹子岡一般匪徒，沒有死心，跟下來，出點花樣也未可知。」

瑤霜皺眉道：「這兒可不比成都，萬一有點風吹草動，千萬不要驚嚇了老太太。」

小蘋笑道：「相公小姐望安，剛才獨臂婆私下對我說，宅裡屋大人雜，相公小姐的喜事，震動了遠近，賀禮又堆了一屋子，她早已存心守夜了。老太太那邊，有虞小姐伴著，萬無一失。虞小姐剛才還對我們小姐說，今晚不比往常，小姐和相公，無論如何，不許動刀掄劍，也不會有事發生，她自會當心，到前前後後巡視的。」小蘋說畢，含笑退出，順手把房門虛掩上了。

良宵苦短，楊家表面上，好像平安無事的度了新婚之夕。第二天楊展夫婦清早起來，到老太太屋裡坐了片刻，留宅的親眷們相見之下，彼此又是一番道喜。早膳用後，老太太又替新夫婦安排好一件大事，吩咐外面轎馬伺候，新郎新娘到烏尤寺拜謁老丈人破山大師，照俗例便是「回門」。不過新娘「回門」回到和尚寺去，又是一樁笑話。楊老太太卻有辦法，她早已預備下佈施全寺僧眾幾百套僧帽僧衣僧鞋。

有錢人家好辦事，新郎新娘動身赴烏尤寺時，轎馬後面，許多家人挑著香燭和佈施衣鞋擔子。另外備了體己的幾色禮物，是孝敬老泰山破山大師的。人家一瞧，楊家敬佛修善，楊武舉新婚之後便拜佛，聰明一點的，便知道是新郎新娘回門，只要瞧這許多佈施東西，為什麼不挑到別處寺裡去呢。

烏尤寺全寺僧眾，早由楊宅家人通知，新郎新娘轎馬到了山門口，全寺僧眾，按照檀樾佈施的例規，擂鼓敲鐘，排班迎接。老方丈破山大師卻沒出來，楊展、瑤霜拈香點燭，參拜了前後殿諸佛以後，吩咐家人們，把佈施衣帽，按名發放，全寺僧眾，皆大歡喜。

佈施完畢，只命兩個書僮，挑著體己禮物，到了後面方丈清修之所，雙雙拜見破山大師。這位老泰山瞧得面前自己訓練出來的一對嬌婿愛女，真是威鳳祥麟，天生佳偶，讓他平日禪悅功深，多年面壁，也不由的呵呵大笑，十分得意。想起當年自己「巫山雙蝶」的前塵，面前這一對，無異當年老一對的影子。塵海滄桑，如露如電，又高興，又感慨，覺得當年「巫山雙蝶」縱橫江湖，居然能夠得到這樣善果，都由於後來和載福積善的楊家，氣機相感，情義交孚所致。現在唯求我佛慈悲，降福於這對小夫妻了。

兩夫妻在方丈屋內，並未坐下，因為破山大師向他們說：「昨夜你們家裡，親友滿堂，喜氣洋洋地過了一夜，哪知道川南三俠，替你們足足忙碌了一夜，替你們楊家做了擋風牌，把事情整個攬在自己身上，你們才能風平浪靜的度過良宵吉夜呢。有友如此，真是難得。」

楊展夫婦聽得吃了一驚，瑤霜忙問道：「爹爹！昨夜怎樣一回事？我們兩人一點沒有覺察，家裡也沒有動靜，真個被三俠蒙在鼓裡了。爹爹既然知道，當然和三俠見過面了，三俠現在什麼地方？來的定是黃龍手下一般人了！」

破山大師搖頭嘆息道：「事情沒有像你們想的簡單，裡面還套著不少古怪的事由兒，我也不大十分清楚，你們跟我來，自己問三俠去。」

楊展、瑤霜驚疑之下，跟著破山大師，離開方丈室，出了烏尤寺後山門，到了從前楊展讀書的一座小樓前。雙門緊閉，好像無人，破山大師上前微一叩門，兩扇黑漆門，呀的一聲，從內開了半扇，探出一個小孩子頭，一對猴兒似的小圓眼，向外骨碌碌一轉，呲牙一笑，倏又縮進身去。便聽得門內有人哈哈大笑道：「新姑爺新姑奶奶雙雙回門來了，今天我們三塊料，暫充接待嬌客的美差，烏尤寺馳名遠近的一頓素齋，又穩穩地落在臭要飯肚裡了。」

雙門大開，楊展夫妻一瞧門內說話的是丐俠鐵腳板，身後賊禿嘻嘻的七寶和尚，土頭土腦的賈俠余飛，都迎出來了，趕情川南三俠，一個不少，把這所現成的房子，暫時充作三俠的落腳處所了。三俠身後掩掩藏藏的，跟著瘦猴似的一個小孩子，一身玄色緊身短打扮，腰裡圍著亮銀九節練子槍，看年紀不過十六七歲，卻沒有見過，不知是誰？

楊展、瑤霜跟著破山大師進門，大家進了樓下向陽的一間客廳，大家落坐。寺裡幾個小沙彌，立時提壺挈盒，跟了進來，忙著張羅香茶細點。鐵腳板向七寶和尚眉目亂飛，亂做鬼臉，七寶和尚脖子一縮，向他點點頭，笑道：「臭要飯，你不用裝怪樣兒，我明白你昨晚忙碌了一陣，別的不要緊，肚裡的酒蟲又作怪了。我勸你忍一忽兒罷，我肚裡酒蟲，比你只多不少。你要明白，這兒有尺寸的地方，我野和尚在大佛似的老方丈面前，嚇得我連大氣都不敢出，你少和我做鬼臉吧！」

兩人怪模怪樣的一吹一唱，引得眾人大笑，破山大師也禁不住笑道：「兩位寬心，這兒是楊家別業，與敝寺無關，我知道三位無酒不歡，早已打發楊府管家，騎馬趕回去，向楊老太太討取家藏美酒去了。」

破山大師這樣一說，七寶和尚、鐵腳板突然從座位上一齊站起，一臉正經地齊聲說道：「長者賜，不敢辭！」七寶和尚還低低的念著：「阿彌陀佛！」這一動作，又惹得大家大笑。

瑤霜忍著笑說道：「你們兩位不開玩笑，不過日子，昨晚究竟怎樣一回事？故意在我們面前瞞得緊騰騰的，沒有我父親說起，到現在我們還蒙在鼓裡呢！」

鐵腳板道：「姑奶奶！我們喜酒吃在肚子裡，事情擱在心頭，昨晚是什麼日子，如果讓一般吃橫樑子的，動了楊府的一草一木，驚動了姑爺姑奶奶大駕，我們喝的幾杯喜酒，算喝在狗肚子裡去了。我們三塊料，從此在川南這條道上，便沒法鬼混了。

「但是事情也夠險的，想不到多年匿跡銷聲的魔崽子，也出現了。昨晚這齣戲真熱鬧，三俠拚命戰群魔，最後如果沒有尊大人，佛法無邊，施展袖裡乾坤，把群魔嚇跑，此刻我們三塊料，也許接待不了姑爺姑奶奶，也許落不了整頭整腳了。」

楊展驚道：「咦，連我岳父都出手了，究竟是怎麼一回事？兩位不要再吞吞吐吐了。」

瑤霜更性急，催著快說，七寶和尚笑道：「事情已過去了，說不說兩可，不過事由兒是我們這位藥材販子起的頭，兩位要聽個熱鬧兒，讓他細情細節的說明好了。」

楊展、瑤霜忙向賈俠余飛請教，余飛正要張嘴，鐵腳板雙手一擱，指著門外笑道：「慢來慢來！美酒佳餚齊來，藥材販子肚裡一篇舊帳，且等在席上再說。我和狗肉和尚陪著大師細斟細酌，新姑爺新姑奶奶斯文一派，酒菜都有限，可以當作說書似的聽你這段閑白兒，你就好好的孝敬一段吧。只是一張嘴怕有點忙不過來，還是說呢，還是喝呢？各人自掃門前雪，你就啞巴吃黃蓮，我們顧不得你了。」

眾人大笑之間，果然門外抬進整罈佳釀，當面打開，酒香四溢，鐵腳板、七寶和尚聳鼻亂嗅，手舞足蹈，大讚：「好酒。」沙彌們調桌佈椅，精緻的素齋也川流不息的送了上來。於是大家讓破山大師居中首座，楊展夫婦居右，川南三俠居左，大家就席吃喝之間，賈俠余飛便把昨晚三俠戰群魔的始末，詳細的說了出來。

賈俠余飛，是洪雅花溪鄉的富戶，上代以販賣四川藥材起家，長江各大碼頭，都有余家的藥材棧，藥材以外，還開設了幾家當鋪，成都城內一家最大的當鋪，字號叫作「大來」的，便是余家的產業。不過這種藥棧和當鋪是余家祖上傳下來的公產，不是余飛一人所有。

余飛對於這類當鋪營業，認為名曰便利窮人，其實剝削窮人，平日不以為然，讓族人們經手經營，自己從不顧問。一年到頭，以採辦珍奇藥材為名，走遍蜀中各大名山，結交的都是江湖俠義一流，近朱者赤，偶然也伸手管點不平的事，江湖上便有了賈俠的美名。他又和鐵腳板、七寶和尚氣味相投，又列在川南三俠之列。外表上土頭土腦，是個道地的買賣人，其實他深藏不露，身懷絕技，知好如鐵腳板、七寶和尚、矮純陽一流人物，只看出他的拳劍功夫，近於武當內家一派，問他是何人傳授，他說是祖傳。他的祖父和父親都是世傳的本行商人，在江湖上絕無名頭留下，當然也無從查考。

豹子岡黃龍、虎面喇嘛擺立擂台，發臨通知水陸各碼頭有名人物，其中便有賈俠余飛一份帖子，這份帖子是就近送到大來當鋪，托鋪友轉交的。其實余飛本人，這時正在青城山中，流連忘返，湊巧碰著青城道士矮純陽結束下山，說起豹子岡擂台的內幕。鐵腳板、七寶和尚正在四處探聽他的行蹤，余飛便和矮純陽一同下山，順便又替邛崍派拉了幾個有名人物，同到成都，以壯聲勢。余飛來的幾個朋友，便同在大來當鋪托足。

豹子岡擂台，被楊展一篇正論，獨臂婆一口吹箭，鐵腳板一張利嘴，鹿杖翁一頓臭罵，弄得瓦解兵消。矮純陽統率邛崍沱江第二支派，大功告成。余飛請來的朋友們，無事可做，各自星散，余飛自己和鐵腳板、七寶和尚暢敘了幾天，也想回花溪老家去看看。不料在這當日，自己寄寓的大來當鋪，突然發生了奇事。

有一天旁晚時分，余飛在城外和七寶和尚、鐵腳板盤桓了一陣，回到大來當鋪去，剛進城門，當鋪裡一個夥計，氣急敗壞的奔出城來，一見余飛，喘吁吁的說：「相公快回去，鋪裡分派好幾批人，四城尋找相公，不想被我碰上了。」

余飛問他：「有甚急事？要這樣找我。」夥計說：「路上不便奉告，相公回去便知。」

余飛回到大來當鋪，主持鋪務全權的大老闆，原是余飛的遠房伯叔，年紀已五十開外。

一見余飛，如獲至寶，一把拉住，同到後面密室，悄悄對他說：「昨天早晨，當鋪開門時分，便來了一乘轎子，從轎內出來一個衣履華麗，氣度不凡，年紀四十上下的人，身後還跟著一個下人，提著一隻精巧的朱漆箱子。一進鋪門，提箱子的下人，便向櫃上說：『我家老爺，一時急用，有貴重寶物在此，櫃外不便說話，快接待我們老爺進去。』「我們當鋪本來可以從權內議，一半因為東西貴重，怕有失閃，一半也替鄉紳大戶遮羞，以免外觀不雅，當時開了腰門，請他主僕兩人到內櫃落坐，由我們二老闆接待。問他：『當的什麼東西？』來人把下人手上的朱漆箱提在桌上，揭開箱蓋一看，原來是三尊白玉三星。講到這三尊玉三星，質地、光彩、雕工，確是稀罕之物，論年代，最少也是宋元以前的東西，問他要當多少？

「來人說：『這件玉三星，是傳家之寶，別家當鋪，真還不敢輕易交鋪，因為你們余家大來當鋪，是多年老字號，才敢拿出來。少則五天，多則十天，定必備款來贖，不折不扣，要當三千兩銀子。』我們二老闆是多年老經驗，鑒別珠寶一類的東西，在成都也算頭把交椅。明知這幾尊玉三星不比等閑，這類寶物，碰著認貨的便是無價之寶，來人當三千兩，不算獅子大開口，但是一個當鋪，交易一筆三千兩的買賣，也是平常不易碰著的。

「我們二老闆做事小心，又請我出去過一過目，我出去一瞧東西，確是寶物，便和來人說：『當有當規，定的十八個月滿期，敝號放出去的款子，便不能不作十八個月打算。至於十八個月內，主家早取早贖，與敝號無關，而且這種物件，易殘易缺，存放更得當一份心。尊駕說的數目，未免太多一點，如果是千把兩銀子，敝號還承受得下來。』

「後來說來說去，照來人所說數目，打了個對摺，一千五百兩銀子成交，寫好當票，兌清銀子，玉三星仍然放在原箱子內，掛號存庫。來人主僕拿著一千五百兩銀子，依然坐轎而去，臨走時，那位主人向我笑道：『別人當東西，故意說馬上就取，那是無聊的門面話，我可不然，現在我再說一句，五天之內，定必取贖，只當五天，願認一月的利息，老闆，這批交易你做著了。』

「當時我對於他的話，也沒有十分留意，這是昨天午前的事。今天晌午時分，我們二老闆還覺得這批買賣做得很得意，對於存庫的玉三星，還要過過眼，細細的鑒賞一下，萬不料他到天字號存放珠寶庫去看玉三星時，那件寶物和朱漆箱子，蹤影全無。門不開，戶不啟，常年還有兩個護院的坐更守夜，別的珠寶一件不少，獨獨新當的玉三星不翼而飛了。這不是奇事嗎？

「最可怕的，當主臨走時，明明說出五天以內必取，當票上雖然照例寫著帶殘帶缺，寶玉寫成劣石，無論如何，總得拿出原件東西來還人家。現在拿什麼東西還人家呢？別的東西，也許還有個法想，唯獨這種寶物，獨一無二。當主如果咬定要原當之物，我們只有死路一條。現在出了這樣禍事，還不敢向外聲張，我們余家大來當鋪百年老字號，在成都是數一數二的，這塊牌匾，如何砸得起！禍從天上來，真把我們急死了。

「我和二老闆暗地商量，這檔事定然是江湖上飛賊的手腳，也許來當東西的人，便是飛賊，我們知道你和江湖上人們有來往，外面還有俠客的聲名，這檔事，只有你可以救我們的命。一筆寫不出兩個余字，為了余家大來當鋪的老牌匾，眼看要被人家摘下來了，你也得伸手托住呀！」這位遠房伯叔的大老闆，說得淚隨聲下，幾乎向余飛要下跪了。

余飛聽得心裡暗暗吃驚，余家大來當鋪老字號，在成都許多年，從來沒有發生過這種事。早不發生，晚不發生，偏在我托足鋪內當口發生了，這不明明衝我余飛來的嗎，這不是來摘大來當鋪的牌匾，明明是來摘我余飛的牌匾了。看情形我們這位遠房伯叔，也明知道這檔事衝著我來的，嘴上故意不說，卻用苦肉計把我套上了。余飛心裡暗暗打算，面上不露神色，而且一聲不哼，站起身來，命大老闆領著到天字號當庫，仔細踏勘了一下。只冷笑了幾聲，一言不發的便飄然出門去了。

余飛的舉動，更令大來當鋪內的人們，驚疑莫測，是吉是凶，只有等他回來再說的了。

余飛剛回來，得到這椿消息，馬上又走，可是這一走，當鋪裡上上下下足足盼望了兩天兩夜。大老闆二老闆在這兩天兩夜裡，寢食不安，頭髮都愁得白了一大半。幸喜這兩天以內，當主還沒有持票取贖。兩眼望穿的盼望余飛，盼望到第三天天色剛亮，鋪裡徒弟夥計們，起身得早早的，偶然到後面，經過余飛寄宿的一間窗口，忽見余飛在床上蒙頭大睡，呼聲如雷，忙去通報大老闆二老闆。兩位老闆素知余飛忽來忽往，舉動不測，平時連問都不敢問，這次可不一樣，這塊老招牌，和兩位老闆的性命，可以說都在余飛手心裡了。

兩人身不由己的飛步趕往余飛臥室門外，一看門是虛掩著的，兩人推開了半扇門，輕手輕腳，偏著身，走了進去，正想叫醒余飛，問個明白，猛地一眼瞧見桌上一條銅鎮尺，壓著一張當票，和一張信紙，兩人拿起當票一看，驚得幾乎喊出聲來，原來這張當票，正是那三尊白玉三星的原票。再看那張信箋時，寫著「當票已回，從此無人取贖玉三星，當本一千五百兩。一月利息若干，算清後，向余飛記名下來往帳劃取可也。幸不辱命，乞勿驚睡，飛白。」

兩位老闆驚喜之下，帶起當票，吐著舌頭，縮著脖子，躡手躡腳的溜出去了。

原當主的當票，怎會到了余飛手上，兩位老闆只有佩服得五體投地，哪會曉得其中奧妙。哪知道余飛為了這檔事，也鬧得暈頭轉向，費盡了心機和周折，才把這檔事勉強弄平了。

理想與事實往往不符，事實往往比理想來得複雜，江湖上奇奇怪怪的舉動，更複雜，更微妙。在賈俠余飛知道了大來當鋪的玉三星出事，踏勘了庫房以後，認定了華山派黃龍這般人，無氣可出，以為余家大來當鋪是我的私產，做出這樣曖昧舉動來報復了。他存了這樣主見，馬上出了大來當鋪，想去找鐵腳板、七寶和尚商量對付辦法。

他知道鐵腳板、七寶和尚兩人存身之處，向東一條街上走去。這時已快到掌燈時分，他出當門時，便覺察身後有人暗暗跟著，假作不知，走了一段路，暗地向後面留神時，看出跟著自己的是個小叫化般的精瘦孩子，年紀不過十六七歲，一蹦一跳的，假裝著隨意遊玩，其實一對小眼珠，骨碌碌的老盯著余飛身上。余飛是什麼腳色，一瞧便知道這孩子路道不對，眼神腳步都漏出得過傳授。猛地又記起豹子岡擂台上，戲耍銅頭刁四的小叫化，似乎便是這孩子。這孩子暗暗跟著我為什麼呢，難道玉三星這檔事和這孩子有關聯麼！且看他鬧出什麼把戲來。

余飛走完了一條街，向北面一條小胡同一拐，順眼留神身後時，那孩子蹤影全無，一轉臉，那孩子卻在對面胡同底出現，依然一蹦一跳的，笑嘻嘻的向自己對面走來。

余飛心裡一樂，這孩子好快身法，大約他地理熟，從別條小巷竄過來，故意擱在我頭裡了。他心裡一轉之際，那孩子已到了身邊，卻雙手一垂，悄悄的說了句：「余俠客想尋丟失的東西，請跟我來。」說罷飛也似的向胡同口跑去。

這一句話，比什麼都有力量，不由余飛不跟著他走，忙一轉身，跟在孩子身後，出了胡同，見他順著大街向東飛跑，不時還回過頭來。

小孩子在前面忽東忽西亂拐，不撿正道走，只在小巷中亂竄，余飛也不即不離的跟著，這樣走了一陣，走到北門相近文殊院的大寺前面，這處是冷靜所在，天已昏暗下來。小孩子走過了文殊院，轉入了一條極僻靜的小巷，在一家門樓下面輕輕扣了幾下門，余飛腳步一緊，進入巷內。只聽得那家台門一開，小孩說了一聲：「來了！」一面向余飛小手亂招。

余飛過去一看，原來是所小小的尼姑庵，依稀看出門樓上有塊「準提庵」三個字的小匾，余飛心裡雖然疑惑，但也不怕，跟著小孩昂頭直入。余飛一進庵門，小孩便把庵門關上了，卻向余飛笑嘻嘻說：「余俠客不必多疑，我們不是黃龍狗黨，我祖母在後院恭候呢。」

余飛笑道：「我早知道擂台上銅頭刁四是敗在你手裡的。」

孩子大笑道：「這種雞毛蒜皮，提它作甚。回頭見了我祖母，求你不要提起此事，我瞞著她老人家的，她知道了，了不得，我又要挨幾下重的了。」

兩人說著話，穿過了一重小小的殿屋，殿上寂無人影，只佛龕面前，點著一盞昏黃的琉璃燈，殿後一所天井，種著幾竿鳳尾竹，上面台階上小小的三間平屋，射出燈光，中屋門口，立著一個髮白如銀，黑臉如漆，瘦小枯乾的老婆子，手上拄著一支比人高一頭的拐杖，朝著余飛呵呵笑道：「小孩子淘氣，把余相公引到此地，實在太不恭了，諸事請相公多多包涵吧。」屋內老婆子一張嘴，音吐如鐘，看不出這樣皮包骨頭的瘦老婆子，有這樣洪亮的嗓音。

余飛吃了一驚。他吃驚的倒不是為了嗓音洪亮，他一眼瞧見這位白髮黑臉的老婆了，雖然枯瘦如柴，臉上一對眼珠，卻精光炯炯，威稜遠射，手上拄著一根拐杖，也很奇特，杖頭雕出似人指路的一隻小手，通體黑黝黝的油亮，他一見這位老婆子的異相，和手上拐杖，猛地想起一個人，忙不及搶上前去，躬身施禮道：「老前輩，莫不是十幾年前，江湖傳說巴山鐵拐婆婆麼？想不到今晚在此幸會。」

老婆子仰天打了個哈哈，笑道：「想不到余相公一見面便認出老身的來歷，老身隱跡多年，早晚便要入土，當年的事，不值一提。余相公被我孫兒無端的引到此地，肚皮定然餓了，快請屋內落坐，老身備了幾樣粗餚，請相公將就用一點，老身還有點小事求教。」

余飛從前聽人說過神偷戴五的名聲，戴五便是鐵拐婆婆的兒子，後來戴五死於同道暗算，下手時做得非常陰毒，無人知道兇手是誰。戴五死後，連鐵拐婆婆也匿跡銷聲，多年無人說起，想不到會在成都出現，而且特地想法將自己引來，酒食相待，其中定然有事。想起她兒子以神偷出名，難道大來當鋪的玉三星，是這位老婆子的手腳麼？

余飛一面和鐵拐婆婆說話，一面不免起疑，從前聽人說過，這位鐵拐婆婆，性如烈火，心狠手辣，翻臉無情，未到分際，一時不便探出真相。可是鐵拐婆婆很殷勤的接待余飛，幾色素齋做得非常精緻，由一個中年尼姑進出搬送，鐵拐婆婆自己陪著余飛，她小叫化似的孫兒，卻不知走到哪裡去了。

飲食之間，鐵拐婆婆只說一點不相干的事，到了飯後，請余飛到旁屋落坐，煮茗清談，才向余飛說道：「從前我兒子戴五，在下江被人暗暗害死，連屍骨都沒有下落，為什麼事要下這樣毒手？下手的是誰？死在什麼地方？江湖上各執一說，誰也摸不清，變成疑案。這樁事發生當口，我這孫兒剛只八歲。我媳婦產下我那第二個孫兒，得著這樣消息，連驚帶急，母子俱亡。由我這老婆子，把八歲孫兒撫育成長。我明白我兒子死得下落不明，完全是仇人怕我老婆子替兒子報仇，特地毀屍滅跡。但是天下事除非不做，既做總有水落石出之日。

「從那時起，我離開巴山舊居，匿跡銷聲，把孫兒暫時託人撫養，我自己到下江一帶，暗探我兒子死前死後的線索，仇人心計細密，做得非常乾淨。兩年以後，才被我探出一點痕跡來了，才明白我兒子的死，完全為了一件寶物。這件寶物是南京田皇親家裡的東西，原是大內的寶物，不知怎的落在田皇親手上，我兒子知道了田皇親家中有這樣寶物，想得到手中，才生出事來的……」

余飛急問道：「究竟是什麼寶物呢？」

鐵拐婆婆嘆口氣道：「便是余相公出來尋的玉三星了，在大來當鋪一般朝奉眼內，只知道是件稀罕東西，其實還有異樣之處，從這三尊玉三星身上，可以辨別當天的陰晴風雨，有風時起暈，雨時滴汗的異處。據說是古時于闐進貢的溫涼玉雕就的，這件寶物的異處，我還是最近從幾個人的口中偷聽來的。」

鐵拐婆婆一說出玉三星出處，余飛嘴上不由的「哦！」了一聲。

鐵拐婆婆不等余飛張嘴，又搖著頭說：「人為財死，鳥為食亡，一點不假，這件飢不能食，寒不能衣的東西，卻染上我兒子的血，唉！今晚也許我風燭殘年的老婆子，和那暗下毒手的仇人，……橫豎總有一人的血，又要染上這玉三星身上了……。」

鐵拐婆婆說到這兒，頭上蕭疏的白髮，竟像刺蝟般，根根倒豎起來，兩道眼神放出野獸般的凶光，形狀非常可怕。余飛暗暗吃驚，心想古人說的怒髮衝冠，一點不假，於此也可見這位鐵拐婆婆內功氣勁，已到火候。可是這麼大年紀，還是這樣大火性，從她話裡，已有點聽出白玉三星這件寶物，還牽連著一段血海怨仇。問題越來越複雜，大來當鋪這樁事，怕不易落到好處，我這次也要弄得灰頭土臉了。

# 第十四章　禿尾魚鷹的血債

鐵拐婆婆說到自己兒子的血海怨仇，不由得怒髮上衝，一想到有佳客在屋，難免驚疑，忙把自己怒火壓下去，心氣一平，刺蝟似的白髮，慢慢地平復下去了。又向余飛說道：「那時我雖然探出我兒子死在玉三星這件寶物上，但是兇手是誰？依然無從查考。而且我兒子一死，玉三星便無下落，可見玉三星落於仇人之手了。要找尋殺我兒子的仇人，還得從探查玉三星下落著手，可恨那仇人，已知我暗訪明查，故布疑陣。當時江湖好友幫我探查的，被仇人的疑陣迷惑，有兇手嫌疑的，似乎有不少人。經我老婆子細心考驗，才知一個都不是，全是仇人暗地佈置的手段，竟想移禍江東，教我摸不著路道，到處結仇，居心狠毒奸滑，無與倫比。

「我老婆子走遍長江兩岸，白費了好幾年工夫，依然得不到仇人的真名實姓。那知道我那仇人，真個奸滑無比，在我離開巴山，遍遊下江當口，他卻溯江而上，隱名易姓，改裝換服，隱跡川中了，這還是我最近才知道的。那時我用盡心機，在長江一帶，找不著仇人蹤跡，弄得心灰意懶，心裡又惦著我孫兒，只好權且回來，但已不願再回巴山，把寄養人家的孫兒領回來，隱跡成都城外偏僻處所，祖孫相依，以度餘年。哪知道天網恢恢，疏而不漏，我這樣心灰意懶的一忍，卻於無意之中，竟找著我仇人蹤跡了。」

鐵拐婆婆說到這兒，天井裡微微的一陣風飄過，鳳尾竹的竹葉影子，在紙窗上一陣搖擺，余飛已聽出有人跳牆而入，鐵拐婆婆並不起身，喝道：「是仇兒嗎？」

喝聲未絕，她的孫兒騰的跳了進來。這時她孫兒身上雖然還是小叫化一身裝束，腰裡卻纏著一條亮銀九節練子槍，腳下一雙爛草鞋，也換了嶄新的搬尖衲幫薄底小洒鞋了。一進屋來，向他祖母說道：「仇人毫未覺察，依然在青牛閣，看情形一時不會離開。」

鐵拐婆婆冷笑道：「好！便是他擺下了刀山火海，我老婆子也要和他算清這本舊帳！」

又向余飛嘆了口氣說：「這孩子是我的一塊累贅，沒有這塊累贅，這層怨孽，也許拖不到現在，早已可以解決了。」

余飛笑道：「我看這位小哥，輕身功夫已得真傳，從小在老前輩手裡鍛鍊出來，當然不同凡俗。」

鐵拐婆婆搖著頭說：「余相公不必客氣，他小名仇兒，我家姓戴，替他取個仇兒小名，無非教他不忘父親戴天之仇的意思，取名時節，我確已意懶心灰，希望他長大成人，自己去報父仇。但是這孩子和他父親一般，淘氣異常，教他小巧之能，倒是易學易精，講到真實功夫，便差得遠了。」

余飛一心注意著玉三星的事，隨口稱讚了仇兒幾句，便問：「後來仇人蹤跡，怎樣探到的呢？」

鐵拐婆婆向仇兒一揮手，仇兒出去以後，向余飛說道：「我起初隱跡城外，極少在外面走動。我果然不知仇人近在目前，大約仇人也不知我會隱跡此地，而且事隔多年，大約仇人心裡，以為我早已入土了，防備的心思，自然也鬆懈了。直到最近幾月內，我聽到豹子岡擂台的風聲，傳遍了成都人們的耳朵，我才觸動了心思，在開擂這幾天，我混跡人叢，暗地留神各門各派的人物。到了夜深人靜，暗暗到黃龍家中，和一般江湖人物寄身之所，靜心探聽。一面命仇兒扮成小叫化一般，出入熱鬧處所，隨地留神。這樣暗探了幾天，關於擂台的起落，我都知道，因為事不關己，心無別用，沒有擺在心上。

「後來黃龍受了鹿杖翁的挾制，和你們川南三俠的步步佔先，鬧得八面不夠人，豹子岡沒法存身，和一般狐群狗黨，想法搬到別處，徐圖復仇之策。在這當口，有一晚，快近四更時分，我從黃龍家中退出來，到了岡下一片林內，暫時歇一歇腳，忽見岡下兩條黑影一前一後，越溪而過，來到林外。月光照處，瞧出前頭走的是個道裝的少年，身上背著一隻小箱子，後面走的是個女子，認出是黃龍女人半面嬌，在林外走了幾步，到了黑暗處所，後面的半面嬌，把前面走的人喚住了，囑咐道：

「『箱子裡東西，我本想自己送去，現在我沒法離開這兒，這東西是你師父的性命，你回去對你師父說，我替他藏了這許多年，連我男人都不知道，現在我們家裡情形，弄得亂七八糟，沒法再替他保藏了。可是有一件，叫他千萬當心，他因這件東西和人結過樑子，這人手辣心狠，已在此地，千萬叫他當心，你路上也得留神，你就快走吧。』

「這幾句話，鑽在我的耳內，如何不動心，雖然摸不準是否與我有關，也非一探不可了。一看林外半面嬌已回身跳過溪去，我忙借著林木隱身，瞄著前面道裝少年的身影，一路追蹤，我本可沿路攔截，先看一看箱內什麼東西。但是我志在蹤跡仇人，又摸不準究竟與自己有無關係，不便打草驚蛇，所以我始終一聲不響的遠遠跟著，一直跟到城內這兒文殊院相近的青牛閣。青牛閣是所道院，規模不小，卻已破敗不堪，香火全無，平時人跡罕至。

「背箱子的青年道士，繞到青牛閣後牆，縱了進去。我暗暗跟到裡面，才知青牛閣前面幾層殿院，雖然破敗不堪，後面一大片荒廢的園圃內，倒有一所較為整齊的樓房，前面種著一排高梧，樓下黑黝黝的，燈火全無，只樓上左面一間，透出一點燈光。

「那時我已存身樓前一株梧桐樹上，背箱子的少年道士，進了樓門，聽到登登的樓梯直響，接著便聽出左面有燈火的房內，有人說話。我又飛渡到左面一株樹上，隱身梧桐枝葉內。幸無窗戶開著，向樓窗內瞧時，只見雲床上，盤膝坐著一個四十開外的魁梧道士，背箱子的少年道士，站在一旁，背上的箱子已擱在樓板上，師徒兩人，正在問話。

「我在樹上，離樓窗大約總有三四丈遠，樓內說話聲音略低一點，便聽不出來。我正想飛上樓簷，聽個仔細，驀見圍著園子的牆上，現出一條黑影，一伏身，蹤影不見，一忽兒，已在樓頂屋脊上現身，一邁腿，跨過屋脊，蛇一般伏在瓦上緩緩移動，一面貼著耳朵，聽樓內動靜。樓內道士，機警異常，似乎已知瓦上有人，袖子一拂，把燈搧滅，立時一條黑影，穿窗而出，在簷口微一定身，便向上面樓角縱去。我看出這人是背箱子回來的少年道士，肘後已隱著一柄寶劍，可是在這少年道士翻身跳上樓角時，伏在瓦上的人，早已跳起身來，翻過樓屋，隱在後坡不見了。奇怪的是徒弟出來捉賊，樓內他師父卻沒有現身。

「少年道士在樓頂前後坡搜索了一遍，找不著賊影，回身跳下樓來，落在樓下平地上，又前後轉了一個身，依然賊影無蹤。這時，左面樓房內燈火復明，窗口探出他師父身子，向下面喚道：『徒兒，賊子早已跑遠，讓他詭計多端，也是白費！』說罷，冷笑了幾聲，轉身回到雲床上去了。

「我留神房內樓板上的箱子，業已蹤影全無，立時明白他自己沒有現身追賊，是把箱子隱藏到別處了。我沒有見著箱內的東西，尚難斷定這人是我仇人，無奈賊子已經藏過，一時無法可想，只有先把這師徒兩人，是何路道，弄清楚了再說。那幾天我暗探各處，怕有人認出我真面目，面上特地套著面具，黑帕包頭，一身黑色短打扮，不男不女，誰也認不出我老婆子的真相。身上更是寸鐵不帶，十幾年臥薪嘗膽，報仇原不在一時，只要被我摸著了線索，認清了仇人真相，便不怕他逃上天去。

「當時，我在梧桐樹上摘了十幾粒梧桐子，扣在手心裡，時近中秋，梧桐子堅老如鐵，權充暗器，卻是合手。一抖手，發出三顆梧桐子，一顆打滅樓內燈火，兩顆分向師徒兩人身上襲去，並不真當暗器使用，無非藉此引逗罷了。我把三顆梧桐子發出，自己身子已縱到別一株的梧桐樹上了，轉身一瞧，樓內燈火已滅，師徒兩人已飛身出窗，立在窗外瓦上。那師父一抬手，向我原立的樹上，發出幾顆暗器，打得梧桐葉嗤嗤亂響，我在旁的樹上，聽風辨聲，知是鐵蓮子一類的暗器。

「老道認定那樹上有人，不意暗器發出寂無影響，嘴上不禁咦了一聲，立時發話道：『那位道上同源，是否有意枉顧，如和那賊子一路，為那件東西而來，也請現身出見，當面賜教。我摩天翮皈依三清，多年隱跡，如有開罪之處，亦請明白見教。』

我一聽他自報摩天翮，立時記起有人提過他的名頭，從前也是長江一帶的飛賊，還有人評論他，除出風流好色以外，尚無大過，不想隱跡此處。照這樣看來，摩天翮也許是我仇人，因為從前我兒子是神偷，他是飛賊，難免為了玉三星的寶物，起了爭奪，他把我兒子暗地害死以後，懼我老婆子尋他，乘我下江尋仇當口，他悄悄的來到青牛閣，匿跡銷聲，充這修行的老道了。

「那黃龍女人半面嬌鬼鬼祟祟的，定和他有曖昧勾當，豹子岡擂台下，摩天翮沒有露面，似乎和華山派不是一黨，也許因為我兒子的事，不敢露面，奇怪的是半面嬌在林外叮囑他徒弟的話，好像已經知道我老婆子到了成都，正在找尋他，難道我在豹子岡露了形跡了？

「還有樓頂上，伏瓦竊聽，忽然隱去的人，照摩天翮此刻口氣，似乎這人和玉三星也有關聯，不管他們什麼關係，皇天不負苦心人，到底被我找著仇人蹤跡了。我要叫仇人死而無怨，認識我老婆子的厲害，非得把那箱內東西，認清了果然是玉三星的話，才算賊證俱全，而後叫他死在我鐵拐之下。放著你的，等著我的，暫時且不露面，明晚再和你算帳。

「我主意打定，讓那賊子報了一陣字號，我便在暗中抽身回來了。回到城外隱居之所。略一思索，收拾一點隨身應用東西，連夜和仇兒挪到此處。這準提庵內的師太，無意之中我幫過她一次大忙，她又不知我祖孫底細，地又僻靜，和青牛閣只隔了文殊院一段路，摩天翮萬不料我老婆子會隱身近處。但是我還不放心，不到天亮，便命仇兒扮作小叫化模樣，隱身青牛閣近處，暗窺摩天翮一師一徒，第二天作何舉動。幸而有此一著，不然，又要多費手腳了。

「仇兒別的不行，叫他做這種事，頗有點鬼聰明。他在青牛閣左右藏到天色大亮，寅初時分，便見青牛閣後園小門內，匆匆出來一個青年道士，向街上走去，一忽兒叫來兩個轎夫，抬著一乘體面轎子，由青年道士押到後園小門停下，青年道士退去。隔了不少工夫，走出一個四十開外的紳士，後面跟著一個下人，手上提著一隻朱漆箱子，這隻箱子的尺寸形式，我已和仇兒說過，他當然非常注意。他又看出紳士身後的下人，明明是剛進去的青年道士改扮的。

「那紳士坐進轎內，下人提著的箱子，便塞進轎內去了，轎夫抬著就走，改扮的青年道士跟在轎後飛跑，園內並沒有人送出來，連那扇小門，還是改扮的青年道士伸手帶上的。我們仇兒便有點難料了，一聲不響遠遠跟在轎子後面，一直跟到大來當鋪門口，轎子停下，改扮的青年道士伸手從轎內提出箱子，跟著紳士，大模大樣的進當鋪了，仇兒雖然不便跟進當鋪去，假裝玩耍，便在當鋪門口台階上坐著，還可探進頭去，窺見鋪內的情形。

「隔了許久，朝奉送著紳士出來，青年道士手上的朱漆箱子不見了。紳士臨走時，斬釘截鐵說了一句『五天以內，定來取贖』的話，仇兒也聽在耳內了。他又跟著轎子回到青牛閣，眼看紳士和改扮的青年道士付了轎錢，進了園內，才趕回準提庵來，對我報告。我立時明白，坐轎的紳士，不是別人，定是摩天翮的化身了。

「他為什麼要把那東西當掉？這又是賊人的故技。夜裡瓦上的人，和我暗中幾顆梧桐子一鬧，賊人心虛，唯恐箱子內東西，有個失閃，才想出借用當鋪，權作隱藏之地，神不知，鬼不覺，又穩妥，又得不少銀子。連自己師徒的真面目，都化裝了一下，然後施展飛賊的老手段，自己去偷自己的東西，然後手上有當票為憑，還可大大的訛一筆，主意真不錯，世上便宜的事，都被他佔盡了。只要聽他臨走說出五天必取的話，便可料定他要來這一手了，那知道有個小叫化似的仇兒，盯著他們呢。

「我還斷定他，賊膽心虛，不敢再待在青牛閣了，所以他五天必取這句話，是有用意的，我又料他這些年，確沒有在江湖上鬼混，否則余相公的名頭，和大來當鋪是余相公落腳處所，不能不知道。正因他不知余相公在大來當鋪落腳，才毫無顧忌的把那東西擱在大來當鋪內了。

「我老婆子既然明白了仇人的手腳，欠缺的，還不知箱子內的東西，我也得親眼看一看我兒子喪命的禍胎。存了這樣主意，自己又報仇心切，顧不得冒犯余相公，便於昨夜趕先暗入大來當鋪存庫，揭開箱子一看，果然是那起禍的玉三星。我見著箱內的寶物，宛如見著我兒子的靈魂，幾乎要放聲大哭。這還說什麼，摩天翮賊子，果然是害我兒子性命的兇手。那時我又轉念，這件寶物，原是我兒子的，又是兇手的憑證，不如就此帶回，萬一被我料著，賊子今晚也來下手，得了這件寶物，馬上離開成都，又得費好些手腳。賊子到來，如果偷不著這件寶物，他不疑東西落我之手，定以為當內另有收藏之處，便捨不得離開成都了。

「於是我背上那箱子，在大來當鋪前前後後，探查余相公安臥之處，想和余相公當面說明我的苦衷，待我手刃仇人以後，那張當票，可以取回。應化取贖玉三星本利，由我老婆子付清，免得大來當鋪吃虧。不意那晚竟找不著余相公蹤影，大約那晚余相公沒有回去，沒法子只好先回準提庵來，因為在當內四處找尋余相公，費了不少工夫，回來時快近天明，不便再找仇人算帳。

「照說這件寶物，由我老婆子取回，也可說物歸原主，不過被賊子施行詭計，東西進了當庫，我老婆子倒還做了一次偷兒，心裡何等慚愧！所以一到天亮，馬上授意仇兒，在大來當鋪門口，不論等候多久，必須想法請余相公來到此地，由我老婆子當面說明就裡，在余相公面前親自謝罪，這便是我老婆子冒昧請余相公光臨的一點苦衷。川南三俠，義聲俠膽，傳譽江湖，今日一見余相公一團正氣，處處謙和，果然名不虛傳。昨夜老婆子不大光明的舉動，更覺得萬分抱愧了，事已做出，只有請求原諒老婆子身上背著血海怨仇，多多擔待吧。」

余飛聽了鐵拐婆婆講明前因後果，才明白那件玉三星的丟失，其中有這麼大的糾葛。鐵拐婆婆所說的仇人摩天翮，自己雖無交往，從前卻聽人說起過，此人擅長少林南派翻騰術與鷹爪功，平日行為，和江湖上一般窮凶極惡之輩，比較起來，還算是束身自好的中流人物，怎的和神偷戴五結下這筆血債？現在鐵拐婆婆母報子仇，恨切哀腸，摩天翮大約難逃一命了。

當下向鐵拐婆婆說道：「大來當鋪是敝族公產，在下無非暫時安身，老前輩事出無奈，誰也得敬佩老前輩一番苦心，在下今晚得和老前輩會面，還認為非常榮幸呢。」

鐵拐婆婆拍著手說：「余相公真不愧一個俠字，我這討厭的老婆子，今晚請余相公光降，除出當面告罪，和說明大來當鋪一檔事以外，實在還要求一求余相公幫一點忙：今晚二更時分，我老婆子帶著孫兒，便要和仇人摩天翮算清當年一筆血債，兒子的血債，要我老婆子來替他報復，實在是世間上的一樁慘事。也許我們祖孫兩人，老的老，小的小，不是摩天翮的敵手，我們老小兩人，情願再死在仇人手內，絕不皺眉；萬一能夠手刃血仇，我老婆子洗手多年，到老還要和仇人一拚，不論誰生誰死，也要做得光明磊落，讓江湖上正人君子，下個評論。所以今晚老婆子懇求余相公從旁做個見證，但是也只袖手旁觀。

「不論我老婆子能否敵得過仇人，絕不許余相公出手援助，因為老婆子還識得是非黑白，我們這筆血債，絕沒有和余相公一絲關聯，也不願連累他人，牽入我們糾葛之中。再說，玉三星當票，當然在摩天翮身邊，老婆子對於大來當鋪的事，也要順帶辦出一個起落，玉三星原物也罷，當票也罷，總有一件請余相公帶回，老婆子這點請求，不知余相公肯應允麼？」

余飛一聽，心裡有點為難，暗想這老太婆真夠厲害，明知我對於她兒子的血債，無非一聽了事，關心的是本身找尋大來當鋪丟失的玉三星，既然得到了線索，怎肯空手而回，她卻藉此要挾我看個最後的起落。不過她的話，不是沒有道理，情理上教人沒法推辭，也只好點頭應允了。

二更時分，賈俠余飛一半好奇，一半沒奈何，跟著鐵拐婆婆和她孫子仇兒，到了青牛閣。這時鐵拐婆婆既不蒙臉，也不包頭，白髮紛披，完全本相，而且帶著那支仙人指路的鐵拐。照余飛暗地估計，這支鐵拐，最少也有四十斤重量，鐵拐婆婆挾在脅下，輕如無物，依然縱躍如飛。

仇兒還是那身小叫化裝束，只腰裡圍著九節亮銀鍊子槍。

看情形今晚祖孫兩人絕不藏頭露尾，決計揭開臉來，要和仇人一決生死的了。只是朱漆箱內的玉三星，既然由鐵拐婆婆偷回，大約總藏在準提庵內，鐵拐婆婆始終沒有把這件東西拿出來，余飛也不好意思張嘴，看一看這件東西。

三人到了青牛閣後園，地頗僻靜，離開有人家處所，隔著幾畝池塘，一片竹林，鐵拐婆婆囑咐余飛藏在暗處，不必露面。這層余飛求之不得，便和他們祖孫兩人，分途而退。余飛越過一重不高的土牆，便眼見南面一排梧桐樹後面，一座孤零零的樓房，樓上樓下，燈火全無。這夜卻值月圓之夜，一輪皓月，照徹大地。

余飛躡足潛蹤，遠遠兒的轉到樓房側面梧桐樹下，距離樓前台階下，有好幾丈遠。驀見台階下兩梧桐樹中間，擱著青石矮桌，兩個青石墩，左右石墩上分坐著一男一女，女的認出是黃龍女人半面嬌，男的是個四十開外的黑臉道士，當然是鐵拐婆婆所說的摩天翮了。青石桌上，擱著兩隻茶杯。

余飛見到時，女的已站起身來，向摩天翮說：「你知道這一次我們華山派吃了啞巴虧，但是事情不算完，這幾天我男人正和一般同道秘商辦法，好歹有一天，要和敵人們見個真章。你和兩面都沒有過節，你隱身在此，無非為了我，現在你蹤跡已露，你那仇人，出名的毒辣手，明槍易躲，暗箭難防，萬一鬧出事來，我也不得了。一時我又沒法脫身，你既然把那件東西，有了妥當存放之處，你就不必三心兩意，趕快離開這是非之地吧，那件東西，能帶走時便帶走，不能時，存在當鋪裡也好。」

摩天翮沉思了一忽兒，冷笑道：「好，我依你，我並非懼怕那廝，為了你，我就暫時離開成都，明天就走，這樣，你可放心了。」半面嬌嘆了口氣，轉身便走，摩天翮跟在身後，向園門所在走去。兩人走過一段樹影葉密之處，似乎互相擁抱著，親密了一陣，才把半面嬌送出園門。

在摩天翮送客出園時，屋上縱下一條瘦小的黑影，一站地，哧的又竄進樓內，余飛認出是鐵拐婆婆的孫子仇兒，年紀雖小，輕身功夫，真還不弱。片時，摩天翮從樹林裡走了過來，到了樓前，仰頭看看天色，又低頭看看青石桌，微微嘆息，大有鳳去樓空之感。余飛在暗地裡好笑，想不到這黑牛鼻子，倒是個多情人物，可是黃龍卻變成綠毛龜了。

在摩天翮徘徊樓前，情思昏昏當口，驀聽得樓上一聲驚喊，從樓窗口跳出一人，縱身向下一跳，落地時，只喊了聲：「師父！快捉賊，我中了暗算了。」喊聲未絕，這人雙手捧著胸口，一個趔趄，便跌在地上，起不來了。

摩天翮吃了一驚，顧不得再看徒弟傷處，一撩道袍，雙足一頓，人向樓上縱去，萬不料摩天翮身子剛起，窗口一株梧桐樹上，一聲猛喝：「惡鬼，今天你的報應到了！」便在這一聲猶喝中，從樹上飛下一人，橫刺裡截住摩天翮上樓之路，從半空裡，連人帶鐵拐，向摩天翮橫腰掃去，這一著險極，惡極！

摩天翮身子是直縱上樓，身子已到半空，那料得到會從旁邊樹上飛下人來，兩下裡勢子都非常迅捷，眼看快拐已要上身，照說這種猝不及防的襲擊，兩腳又不沾地，非常難以躲閃。連在暗地裡偷瞧的余飛，也替摩天翮捏把汗，心想要糟，這一拐杖糊裡糊塗把仇人打死，這位鐵拐婆婆也忒心急了，而且舉動也欠光明。在余飛吃驚當口，忽見半空裡鐵拐橫掃過去當口，摩天翮兩臂一抖，身子在空中，宛似游魚戲水一般，兩腿往上一飄，一根鐵拐，正貼著他肚皮掃了過去，竟沒有受傷，接著一個風車筋斗，翻落地來，在樓下台階前站住。大約這一下，摩天翮也是死裡逃生，鬧得變臉變色，兩眼如燈，指著鐵拐婆婆大喝道：「老鬼婆！你是什麼人？我和你素不相識，無緣無故，跑到這兒，撒野行兇，是何道理？」

這時鐵拐婆婆連人帶拐，已縱落摩天翮身側一丈開外，滿頭蓬鬆的白髮，又根根倒豎起來，兩目焰焰，活似怪物，用鐵拐指著摩天翮，獰笑道：「惡賊道，你休害怕，我和你仇深似海，豈肯叫你糊塗死去，這一鐵拐，無非是先叫你識得我鐵拐婆婆的手段……。」

鐵拐婆婆語音未絕，摩天翮驚得大喊道：「你……你原來是當年神偷戴五的母親，你找錯人了，我非但不是你的仇人，而且是……。」

鐵拐婆婆性如火發，不待摩天翮再說下去，厲聲喝道：「住嘴！萬惡的賊道，憑你口似懸河，舌似利劍，今晚也逃不出我手心去，該死的惡賊，照你口氣，不是我仇人，還是我恩人哩。」

摩天翮嘆口氣道：「老太太，這麼大年紀，還有這麼大火性，我是說，我非但不是你仇人，而且是只有我知道你的仇人是誰，假使我真被你一拐打死，你真一輩子找不到仇人了。」

鐵拐婆婆把手上鐵拐，在腳前石板上，舂得山響，左手指著摩天翮怒喝道：「惡道，到此地步，還要花言巧語，我問你，我兒子的玉三星怎會在你手上？半面嬌勸你避開仇人，這仇人是誰？你為什麼巧施詭計，改裝紳士把玉三星放入大來當鋪內？害死我兒子的人，既然只有你知道，究竟是誰？你說！你說！」

摩天翮被鐵拐婆婆逼問得兩眼如燈，跺著腳，大聲說道：「事到如今，我也顧不得許多了，說來話長，我現在乾脆先通知你仇人是誰，不瞞你說，你的仇人，也是我的對頭，這人現在成都，他就是……。」

一語未畢，摩天翮腦後嗤嗤兩縷尖風，從屋內黑暗處激射而出，襲向身後要穴，同時叮叮兩聲，幾件暗器，落在石階上。余飛卻在這時，從梧桐樹後一躍而出，大呼：「屋內暗藏的賊人，便是你們仇人，快追！」嘴上喊著，人已從樓屋左側，兜向樓後。

事出非常，摩天翮全神注意在對面鐵拐婆婆身上，萬料不到樓下堂屋內有對頭藏著，從他身後發出兩枝餵毒三稜飛魚刺，這種暗器純鋼打就，尖銳如刺，上有倒齒，入肉難拔，異常惡毒。總算摩天翮五行有救，余飛暗藏樹後，旁觀者清，已覺出摩天翮神情言語，不似鐵拐婆婆的仇人，另有一條黑影，在樓下堂屋門口，一閃而過，躲在門後，偷聽階下。鐵拐婆婆和摩天翮對口，屢次探頭伸手，不懷好意，大約怕階下對面鐵拐婆婆瞥見，一時不敢發動。

余飛卻已暗中注意，把自己金錢鏢扣了幾枚在手上，在摩天翮要說出仇人姓名時，猛見門後的賊人，突然露出半個身子，右臂一抬，暗器出手，賊人也不防暗中監視有人，余飛手中的兩枚金錢鏢，也同時出手，針鋒相對，兩枚金錢鏢把兩隻飛魚刺撞落，暗器和暗器對撞，叮噹有聲。

這一下，非但摩天翮嚇得躍過一邊，回頭驚看，屋內的賊人，也驚得閃入暗中，向屋後飛逃。對面怒沖牛斗的鐵拐婆婆，也愣了神，被余飛縱出來，大呼你們仇人在屋內，摩天翮立時警覺，轉身向樓基右面縱去，和余飛一般，向屋後兜拿。

鐵拐婆婆這時也覺情形不對，自己孫兒進樓以後，怎的沒有出來，鐵拐一順，雙足一登，飛身上樓，竄進樓窗，取出隨身火扇子，迎風一晃，冒出火光，立時瞧見了仇兒目瞪口呆，紋絲不動的靠牆而立。鐵拐婆婆用火扇子上下一照，立時明白，自己孫兒被人點了穴道了，正要用法拍醒，刷的一條黑影，從後窗口竄進屋來，抬頭一看，卻是余飛。

余飛向鐵拐婆婆說道：「賊人狡猾已極，竟被他逃出手去，摩天翮已追了下去，我料定那人是你家真正仇人，老前輩你快追上去，仇兒交與我好了。」正說著，猛聽得牆外不遠處所，突然一聲慘叫，鐵拐婆婆也被這局面，鬧得六神無主，究竟誰是仇人？自己也無法斷定了，聽得余飛這樣一說，遠處又有這聲慘叫，鐵拐一挾，飛身出窗，縱下樓去，飛一般向圍牆奔去。

剛要越牆而出，摩天翮背著一個女人，跳進牆來，一見鐵拐婆婆，便咬牙切齒的說道：「老前輩，你放心，仇人逃不出我手去，我和他已誓不兩立，你我誤會，總得說明了，你才能一心尋找仇人，老前輩暫請屈留一忽兒，我們先回樓去。」匆匆說了這幾句，背著人飛一般奔到樓下，連進樓登梯都來不及，直縱上樓，鑽入窗內；一忽兒，又跳下樓來，把地上直挺挺躺著的徒弟，也背了上去。

這時樓上燈火通明，鐵拐婆婆提著鐵拐，惘然無主地也走上樓來，自己孫兒已被余飛拍醒，盤膝坐在外屋一張椅子上，余飛正替他推宮過穴。外屋床上，直挺挺躺著少年道士。心口插著一支純鋼飛魚刺，三寸長的鋼刺，進去了二寸多，命中要穴，業已死掉。

裡屋雲床上，躺著一身夜行衣靠的黃龍女人半面嬌，右脅下穿進一支魚骨刺，正痛得宛轉哀啼，急得摩天翮眼流情淚，背流急汗，在床前亂轉，伸手想替半面嬌拔下飛魚刺，又不敢拔。因為這種鋼刺有倒鉤，鉤上有毒，拔得不得法，立時可以送命，急得摩天翮幾乎發瘋，鐵青著臉，跳出外屋，向鐵拐婆婆跳著腳說：「老前輩，我和你何怨何仇，被你這一鬧，兩條命便葬送在你手上，我也幾乎遭了仇人毒手，這是何苦！」

說到這兒，忽又轉身向余飛拜了下去，嘴上說道：「今晚小道沒有余大俠暗中救護，我也和我徒弟一般了，此恩此德，沒齒不忘，小道生平，最講究恩怨分明，小道今晚算是兩世為人，這條命便是余大俠所賜，此後凡是余大俠有事吩咐，便是粉身碎骨，決不皺眉。」

他嘴上說出恩怨分明這句話，聽在鐵拐婆婆耳內，也像賊人飛魚刺一般，直刺心坎，異常難受，咚的一聲響，手上鐵拐敲在樓板上，默默無言，原來余飛向樓屋後身兜拿賊人時，摩天翮碰上了他，大家已通過彼此姓名了。

這當口，余飛已經治好了仇兒，向摩天翮說道：「救危扶貧，是我輩本分，道長也毋須掛懷。這位小哥，便是神偷戴五的兒子，也是戴老前輩的孫兒，這位小哥也幾乎遭了賊人毒手。當時我在暗中瞧見他暗進樓內，一忽兒，令徒從窗口跳下，倒地身死，那時我還以為他人小心毒，令徒命傷其手，心裡不以為然，後來才瞧出令徒胸口中的賊人飛魚刺。此刻問他時，才知他由樓下躡足上樓，正值令徒已中暗算，提著最後一口氣，由裡屋逃出外屋，跳出窗去。一個蒙面賊人，也由裡屋鑽了出來，他貼牆一躲，已被賊人眼光掃到，順手給他點了穴道，定在那兒，幸而賊人一心奔赴樓下，沒有下毒手，否則這條小命，也是難保。

「你看他們，本來一門三代，現在只剩老的太老，小的太小，臥薪嘗膽了七、八年，硬是找不著仇人蹤影。突然知道起禍根苗的玉三星，在你手內，你的舉動，和半面嬌幾句閃爍的話，在戴老前輩心目中，當然認為可疑，事情太湊巧，難怪他們老小兩位，認定你是他們的仇人了。真是真，假是假，真金不怕火煉，現在已快到水落石出之日。

「那逃走的賊人，太心狠手辣了，江湖上絕難容留此人，今晚既然被我趕上，不由我不伸手了，從我余飛說起，我也不能放過賊人，不過此事回頭再說，你令徒一下致命，已難挽救，裡面傷的一位怎樣了？救命要緊，我瞧瞧去。」

摩天翮一聽，似乎余俠客懂得傷科，嘴上亂念無量佛，余飛向鐵拐婆婆安慰道：「令孫靜坐一忽兒，便可活動如常，老前輩且勿焦心，我們回頭再商量辦法。」說罷，跟著摩天翮進了裡屋，剛一進屋，猛聽得床上半面嬌鬼也似的大喊一聲，「冤家！我忍不住了，你不替我報仇，我死不瞑目！」

摩天翮一個箭步，竄到床前，只見半面嬌極喊了一聲，身子蹦起老高，落下來，眼珠瞪得老大，業已死掉。余飛近前細看時，原來半面嬌忍不住痛楚，咬牙伸手，一拍脅下飛魚刺，盡根沒入，斜穿心房，竟是自絕生命。摩天翮立在床前，兩眼盯著床上半面嬌，面如凶煞，一聲不響，忽地一跺腳，把外面道袍脫掉，奔到床前，抽出一柄積壓滿鞘的寶劍，背在身上，又把一隻鏢袋，繫在腰裡，轉到床前，拚著嗓音，朝半面嬌屍首喊道：「你等著，待我取了仇人腦袋來，和你攜手同行。」說罷直著眼，轉身便走。

摩天翮邁步時，余飛伸手把他拉住了，高聲說道：「小不忍，則亂大謀，你得沉住氣，報仇的不止你一人，外屋還有老少兩位。再說，床上的死人，你不要忘記了，她是黃龍的女人。」

這幾句話很有斤量，摩天翮聽得目瞪口呆，楞住了神，突然朝余飛一跪，淚流滿面的說道：「小道方寸已亂，余大俠金玉良言，小道無不遵命，現在事情鬧到如此地步，除出和賊人一拚，還有什麼辦法呢！」

余飛伸手把他架了起來，納在一把椅子上，卻向外屋喚道：「戴老前輩，你們老少兩位，請進屋來。」

鐵拐婆婆和仇兒應聲而入，余飛叫鐵拐婆婆也坐在一邊，轉身向摩天翮說道：「今晚連下毒手的賊人，果真是戴老前輩的仇人的話，你們兩家，已經是同仇敵愾，剛才你說過，只有你知道戴老前輩的仇人是誰，現在你可以說出來了，免得他們祖孫心裡還存著芥蒂。大家說開以後，再商量報仇辦法，我也可以看事做事，助你們一臂之力。」

摩天翮向鐵拐婆婆掃了一眼，又向床上半面嬌的屍首，癡癡地瞧著，忽地一聲長嘆，掉臉向余飛說道：「七八年前，小道在長江下流，兩湖地面，獨來獨往，有時也伸手做點沒本錢的買賣，那時神偷戴五的名頭，很是不小，不過戴五常在江蘇南京一帶出沒，從來沒有和他見過面。有一年正值八月中秋的明月之夜，我獨自在洞庭湖邊君山上面，登高望月，直到三更過後，才下山來。我本來在東面山腳下泊著我的坐船，卜山時，沒有從原路下山，信步遊行，卻在西面的山腳下了，到自己泊船處，還要繞著山腳，走很長的一段路。

「山腳下便是煙波縹緲的洞庭湖，一片湖光，托著天空一輪皓月，萬籟無聲，只天水相涵的月色，在波心射出萬道粼光，風景無邊，心胸奇暢。我沿著山腳貪玩月色，慢慢的向西走了里把路，轉出湖邊一座高岩，猛見岩腳下一帶蘆葦叢中，隱著一隻雙桅官舫，桅杆上既不扯旗，也不點燈，連船上也黑黝黝的沒有燈火。後梢舵樓上，船老大一個不見，只船頭上卻有人在那兒高談闊論。

「我覺得有點奇怪，便縮住腳，看準近官舫的藏身處所，再掩入蘆葦深厚之處，偷眼向船頭瞧時，只見有兩個人半蹲半坐的，似乎在船頭上對酌。一個全身穿著油綢子水靠，腰裡圍著亮晶晶映月生光的一件兵刃，似乎是柄緬刀；另一個身形瘦小，全身玄色夜行衣，背插單刀，再一聽兩人對答的話，我益發要看個水落石出了。

「穿水靠的一個，語帶北音，向瘦小的人冷笑道：『百言抄一總，你神偷戴五的名頭，我不是不知道。平日井水不犯河水，各走一道，我禿尾魚鷹，絕不能無事生非，找上你門去。現在你不在南京田府內下手，暗地跟著田家官船，到了我禿尾魚鷹的地面，而且等我下了手，你又來趕現成，天下那有這樣便宜事！這幾杯酒，雖然借花獻佛，不成敬意，我們總算好言好散，我言盡於此，今晚我們成友成仇，全在於你了。』

「神偷戴五哈哈大笑道：『這洞庭湖是你禿尾魚鷹的地面，今天我第一次聽到。如果我在江湖上早知有你這位禿尾魚鷹的大名，無論如何，也先得和你打個招呼。看情形你也和我一般，獨木不成林。憑你一個禿尾魚鷹，單槍匹馬，想霸佔偌大的洞庭湖，倒令我佩服之至，這且不去說它。我平生做事，絕不無故殺人，不論做什麼案子，手上不沾血腥。現在你把官船上主僕五口。統統殺盡，連船老大一家老小，也被你做掉了，都丟在水內，這種行為，犯了江湖之忌，虧你有臉還說出是你地面的話，明人不做暗事，這船上不論有多少珠寶財物，本沒放在我心上，照你這樣滿手血腥，我更不願意沾染了。

「『無奈船上那隻朱漆小箱子，是我一路跟來的目標，實對你說，這件東西，是我存心孝敬我老娘的壽禮，你既然願意彼此好來好散，滿船珠寶，我全不要，我只要那個朱漆小箱子。我話已說明，我也是那句話，今晚我們成友成仇，全聽你一句話了。』」

「禿尾魚鷹似乎震於神偷戴五的名頭，一時不敢變臉，滿不在乎的笑道：『老哥既然話已說盡，多說無益，小小一隻的朱漆箱子，不管裡面裝的什麼稀罕寶物，我譬如沒見，一準奉送。老哥是陸上朋友，小弟是水裡買賣，難得會在一起，來來來，這是田府家藏的佳釀，我們喝完了酒，彼此哈哈一笑，各奔東西。』說罷，提著酒壺，在神偷戴五面前，滿滿斟了一杯，殷勤相勸。

「那時我藏身所在，和那船頭斜對著，相距只兩丈多遠，船頭上一言一動，在一輪皓月之下，看得非常清楚。只見戴五把自己面前斟滿的一杯酒，拿起來，在禿尾魚鷹面前一放，冷笑道：『常言說得好，將酒勸人無惡意，此刻情形可不同，這杯酒，可得請老兄先喝，老兄願意和我交朋友，或者不願交朋友，全在這杯酒上了。』

「戴五這麼一說，我立時明白，禿尾魚鷹在酒內做了手腳，被戴五看出來了。在戴五把手上酒杯一送，說出這樣話時，禿尾魚鷹忽地跳起身來，似乎就要翻臉，不料戴五手腳更快，不用站起身來，就地一個掃蕩腿，掃個正著，禿尾魚鷹正著了一下掃蕩腿，嗵一聲，跌下水去。船頭上，酒壺酒杯一類，也跟著禿尾魚鷹的身子，掃下水裡去了。

「戴五把禿尾魚鷹掃下去之後，轉身躍入艙內，一忽兒挾著一隻朱漆箱子，一躍而出，立在船頭上，向禿尾魚鷹跌下去的水面看了看，轉身向著岩腳，正要作勢躍上岸去當口，他身後水面上，嘩啦一響，忽然湧起半截身子，右臂一抬，月光之下，一道亮晶晶的閃光，已襲到戴五背心，猛聽得戴五一聲厲吼，脅下朱漆箱子，掉落船頭，身子往後一仰，一個倒栽蔥，也翻下水裡去了。」

「隔了片刻，水面上水花亂湧，起了一陣水泡，戴五沒有冒上水面，禿尾魚鷹卻水淋淋的縱上了船頭，自鳴得意的一陣怪笑，轉身指著水面笑道：『憑你鬼靈精。也逃不了我手心去。』那時我實在看不過去了，一時義憤，從蘆葦叢中縱了出來，縱起身時，手上已扣了兩粒鐵蓮子，身子一落，離船頭已只一丈遠近，手上兩粒鐵蓮子，已向禿尾魚鷹腦後背心發去，嘴上卻喝了一聲：『萬惡賊徒，且慢得意！』

「那時禿尾魚鷹絕不防蘆葦裡還藏著人，猝不及防，打個正著，一聲怪叫，也和戴五一般，身子一晃兩晃，噗嗵一聲，跌下水心去了，我明白這兩粒鐵蓮子，雖不至取賊性命，受傷定也非輕，不過賊人識得水性，是他便宜之處。果然，沉了片時，從幾丈開外的江心裡，突然冒起半截身子來，向我鬼喊道：『有種的報出萬兒來！』

「那時我還年輕氣盛，一聳身，跳上船頭，指著江心禿尾魚鷹喝道：『長江摩天翮慣打不平，教你識得俺的厲害。』禿尾魚鷹並沒還嘴，一頭紮入水裡，逃得無影無蹤，那惡賊水性真有過人之處，倒不愧魚鷹之稱。」

# 第十五章　拉薩宮

摩天翮嘆息了一聲，繼道：「照那時情形，好像鷸蚌相爭，漁翁得利，但是我對於那隻船內的情形，確實連正眼都沒瞧一下，唯獨對於戴五落水時，掉在船頭上那隻朱漆箱子，我一時好奇，要瞧一瞧箱內究竟什麼東西，順手牽羊，把它提上岸去，回到西面山腳下自己船上，且不忙著開箱，立時開船，連夜趕到岳陽。我為什麼要到岳陽去呢？因為那時我和半面嬌已成了露水夫妻，半面嬌出身繩伎，後來不跑碼頭，在岳陽城內落籍，依然是賣笑生涯，自從和我結識以後，才閉門謝客，屬身於我。

「那晚我趕到她家裡，才取出箱子一看，箱內還有錦盒，很嚴密地裝著一尊玉三星，我也懂得一點古玩一類的東西，認出確是稀世之寶，便囑半面嬌好好地收藏起，這樣過了一年多光陰，我已把君山腳下戴五和禿尾魚鷹一檔事，早已置之腦後。

「在我和半面嬌孽緣不解當口，我自身卻發生了一樁事，我有一個拜把盟兄，在北道上發了跡，居然做到總兵，跟著皮島大帥毛文龍，坐擁貔貅，化外稱雄，把我也舉薦上去，派了幾名材官，直訪到岳陽，定要我前去效力。我不該一時雄心勃發，答應同往。臨走時，答應半面嬌日後迎她同享富貴，還叮囑她，千萬保藏那件玉三星，這件寶物，便是兩人見面的信物，那時我無非愛惜這件寶物，才這麼一說。

「兩人離別以後，千山萬水地奔到皮島，確也得到一官半職，不意好事多磨，毛文龍和熊督師不睦，毛文龍命傷熊督師之手，凡屬毛帥帳下的大小將弁，人人自危，各自星散。我盟兄忠心為主，同為熊督師所殺，我報仇不成，幾乎傷命，隱跡黃冠，才慢慢地溜進山海關，一步步逃回長江。這一折騰，光陰似箭，已過了五六年，我回到岳陽趕到半面嬌家裡時，塵海滄桑，房屋換主，半面嬌已走得不知去向。細一打聽，才知半面嬌在我走後，仍然高張艷幟，跟著華山派小神龍黃龍到四川去了。

「我並沒有怨恨她薄情，卻惦記著那玉三星寶物，身不由己趕到四川。因為我從皮島變裝逃進關內，只剩了一個光身子，做過官的人，再要伸手做沒本錢買賣，不是不敢做，是怕人恥笑，那件寶物，卻是無價之寶，正用得著，於是一路探訪，到了成都。先在這兒青牛閣落腳，把道路探熟以後，乘夜偷進豹子岡黃龍家中，暗地和半面嬌又會了面，半面嬌哭哭啼啼，反怨我一去多年無消息，她跟黃龍進川，情出無奈。

「那件玉三星仍然秘密收藏，預備和我有重見之日時，作為破鏡重圓的信物。她咬定牙關，要逃出黃家，跟我遠走高飛，我想起從前情義，又昏了頭，一時不好意思向她索回玉三星，反而勸她暫時忍耐，等待機會，因為黃龍人傑地靈，手下黨羽不少，我單身孤客，獨龍難鬥地頭蛇，一時不便亂來，這樣，我才在青牛閣存下身來。半面嬌背著黃龍，明去暗來，兩人又結了孽緣，直到最近黃龍和虎面喇嘛擺設擂台，存心和邛崍派爭奪碼頭，請了不少助拳腳色，其中有幾個遠地趕來的凶淫大盜，其中一個綽號小喪門的，聽說已命喪邛崍派之手，有一個是甘蜀毗境摩天嶺寨主禿鷹。

「半面嬌從黃龍口中，探出禿鷹原是洞庭湖水盜，在內地被仇人搜索，存不住身，才投奔甘蜀邊界的摩天嶺。幾年下來，練就了一身軟硬功夫，做了寨主，半面嬌疑心到禿鷹，便是當年洞庭湖的禿尾魚鷹，做了山大王，改稱禿鷹了，也許怕厲害仇人尋他，特意改成禿鷹，也未可知，因為當年君山腳下一檔事，我對半面嬌說過，也許半面嬌嘴巴不慎，從前露出一點口風，江湖上才知道戴五死於一件寶物上，戴老前輩起初打聽出的一點風聲，大約起因於此。

「最近她暗地到青牛閣通知我，還說禿鷹受黃龍供養，把他當作一尊人物，禿鷹卻作威作福，而且色膽包天，在半面嬌跟前，風言風語，醜態百出，存心不良。

「我得知禿鷹消息以後，暗暗到豹子岡擂台下，偷瞧了一次，雖然瞧出禿鷹身影，似和當年禿尾魚鷹有點相象，因為事隔多年，當年君山腳下一檔事，是在月光之下，並未十分認清，這時卻難斷言真相。直到最近這幾天，黃龍被邛崍派幾位能人，戲弄了一場，有點存身不住，全家離開豹子岡，隱身別處。半面嬌想在這時，乘機和我雙雙遠走高飛，先把秘藏的玉三星私下運出，交我徒弟帶回。

「不料那萬惡禿鷹，對於半面嬌一舉一動，隨時留神，她暗地常到青牛閣的舉動，也許早落在禿鷹眼內，那晚暗暗跟著我徒弟，來到青牛閣，大約已知道我是當年漁翁得利的人，舊恨新妒，一齊攻心，今晚又暗藏樓內，預備暗下毒手。不料陰差陽錯，戴老前輩把我當作殺死戴五的仇人，他在暗中聽得明白，大約也知道鐵拐婆婆的厲害，一聽我要說出仇人是誰，忙不及發出暗器，想把我殺死滅口。哪知道天網恢恢，余大俠暗中救了我性命，幫我捉賊，才把他嚇跑了。

「這樣一來，我才斷定現在的禿鷹，準是當年的禿尾魚鷹了，他隨意行兇，害死我徒弟，又把尚未走遠的半面嬌截殺，可見這萬惡凶賊，業已人性毫無。我料定這些年他佔山為王，目中無人，自以為本領高強，黨羽眾多，而且玉三星尚未到手，我摩天翮還活在世上，他決不放手，也許在黃龍面前，還要搬弄是非，糾合黨羽，和我們周旋，我們也應該立時下手，小道從今晚起，立誓不和他兩立了。」

鐵拐婆婆祖孫兩人聽了摩天翮講明前因後果，才如夢方醒，明白了自己兒子是被禿鷹所害，而且仇人近在咫尺，當面錯過，自己誤把摩天翮當作仇人，胡亂一攪，害了人家連傷兩命，幾乎連摩天翮也毀了，想不到自己到老，還做了這樣丟人的事。鐵拐婆婆越想越難受，嘴上「唉！」了一聲，倏地站起，把鐵拐放在一邊，向摩天翮福了幾福，嘆口氣說：「道長，今晚恕我老婆子荒唐，我老婆子也活膩了，讓我把那萬惡凶賊碎屍萬段以後，今晚的事，我定有法子，教道長順過這口氣來。」

摩天翮正想張嘴，余飛已搶著開口道：「老前輩痛子心切，情出無奈，今晚的誤會，誰也得原諒誰，現在要緊的，不要叫禿鷹逃出手去。看情形禿鷹還在黃龍家中落腳，不過黃龍業已離開豹子岡。隱身在什麼地方，一時不易查明，我們幾位同道，也正在探查他們蹤跡，這時想找尋禿鷹下落，還得費點手腳呢。」

摩天翮道：「不要緊，半面嬌早和我透出他們的底細了，事不宜遲，我們就此前往……。」

余飛點著頭，向床上半面嬌屍首，掃了一眼，說道：「青牛閣留著一具男屍，一具女屍，實在不妥，她身上中的是禿鷹的飛魚刺，依我之見，不如乘便把她背到黃龍隱藏之所，教黃龍明白明白，他女人是他好朋友下的毒手，先讓他們來個窩裡翻。」

摩天翮把背上寶劍一順，咬著牙，說了一句：「也好！」奔到床前，向床上死人又說了句：「生有處，死有地，我送你回黃家去！」說畢，用床薄被，把屍首一捲，扛在肩上，向余飛鐵拐婆婆說道：「諸位跟我走，今晚好歹要和仇人見個起落。」說罷，當先扛著半面嬌屍首，搶下樓去。

時已快到四更，天上皓月猶明，街上沉寂如死，摩天翮扛著半面嬌屍首，當先飛馳，鐵拐婆婆、仇兒、余飛三人，在後跟著，出了北門，走了將近十里路程，過了漢司馬相如留傳古跡的駟馬橋，長長的一條河堤，夾堤盡是槐柳，綠蔭如幄，風露淒迷，走盡長堤，又過了一座石橋，向左一拐，穿進一片棗林，露出一帶上蓋玻璃瓦的黃牆，牆內琳宮梵宇，氣象崇宏，大家認識，這是成都有名的敕建西藏黃教拉薩宮。

拉薩兩字是藏語，翻譯出來，便是「聖地」的意思。原來這座拉薩宮，還是洪武初年，明太祖一統中國，西藏活佛達賴，由藏入川，朝貢明廷，明太祖替他在成都敕建行宮，以示懷柔之意，後來這座拉薩宮，便由一群喇嘛，盤據在內，日久弊生，由藏入川的黃教喇嘛，把這座拉薩宮，當作行樂窩，種種不法的事，便層出不窮，成都居民，恨如切骨，主持拉薩宮的大喇嘛，出名的叫作活殭屍，凡是川藏邊界水旱各路大盜，和他都有點來往，豹子岡主持擂台，被獨臂婆一口吹箭，射瞎雙眼的虎面喇嘛，也是活殭屍的死黨。

摩天翮扛著半面嬌屍首，走近拉薩宮黃牆，向後面跟進棗林的余飛、鐵拐婆婆一做手勢，大家會意，已到地頭。余飛更暗暗吃驚，想不到黃龍這般人，躲在拉薩宮內，真是物以類聚，聽人說過，活殭屍出名的一個難纏人物，黃龍既然和他同黨，華山邛崍兩派之爭，不久還有一番凶鬥，今晚藉此探他一下，倒是一舉兩得。

余飛心裡打著主意，腳下已和鐵拐婆婆祖孫兩人，走近牆下，猛見幾丈開外的黃牆上，黑影一閃，一陣風般翻下一個人來，那人也一眼瞧見了這面余飛一般人，嘴上噫了一聲，大袖一展，像一隻灰鶴般，撲了過來，到了余飛跟前，悄悄說道：「果然是你，我的余老闆，想不到你和這裡一般藏鬼，也做了交易。」

嘴上說著，眼神已掃到鐵拐婆婆、摩天翮兩人身上，神色一動，指著摩天翮肩上的屍首，向余飛耳邊笑道：「老闆！你這位夥計扛的什麼道地藥材，千年成形何首烏，也沒有這麼大呀！」

余飛笑道：「隔牆有耳，休得取笑，你來，我和你說。」說罷，把這人拉進林去，悄悄地略說經過，兩人一同走來，余飛指著鐵拐婆婆祖孫，和摩天翩介紹見面，才知來人便是川南三俠之一的七寶和尚。

余飛向摩天翮說：「你把扛著的東西，暫時放在牆腳下，我們退到林內去再商量一下。」摩天翮依言辦理，連鐵拐婆婆祖孫，都跟著余飛、七寶和尚重行退入一片棗林，離開拉薩宮的圍牆，有好一段路。

余飛向摩天翮、鐵拐婆婆說道：「我們這位狗肉和尚，今晚也是第一次摸著了黃龍隱跡之所，暗進拉薩宮，探出黃龍、虎面喇嘛、江鐵駝等黨羽，已和活殭屍一般兇徒，勾結一起，川中幾家賊寇，像搖天動之類，都已麇集一起。照拉薩宮一般賊黨口氣，已知鹿杖翁把義女虞錦雯寄身楊家，自己遠離四川，這般賊黨，對於鹿杖翁到底懼怕幾分，現在知道鹿杖翁離川，一發肆無忌憚，非但日夜密謀，要和邛崍派見個高低，連嘉定楊相公和雪衣娘兩位，也恨如切骨。

「但是今晚你們兩家找的是禿鷹一人，和餘人無涉，也不必牽入邛崍華山兩派的爭鬥上去，可是今晚你們一進拉薩宮，便難分清紅皂白。一進去便能手刃仇人，倒也罷了，無奈拉薩宮內正值盜匪聚集當口，你們仇人禿鷹，又是黃龍那般人待如上賓的腳色，一經動手，那般盜匪，定然依仗人多勢眾，替禿鷹賣力，這樣一來，變成打草驚蛇，報仇二字，便沒有把握了。再說，我們預備把半面嬌屍首送進去，讓黃龍瞧出他女人身上，中的是禿鷹飛魚刺，讓他們先來個窩裡翻麼，如果我們跟著死人一塊兒出現，這筆帳便不易劃到禿鷹身上去了……」

余飛話還未完，七寶和尚聽得不耐煩起來，笑道：「我的老闆，你少說幾句吧，說了半天，一句沒有說到骨節上去，老實對你們說，禿鷹這傢伙，詭計多端，外帶見色如命，我們臭要飯對於此人，早已派人盯上了，這色鬼另有落腳處所，只白天到拉薩宮來，和群賊混在一起，上更以後，便到城內一家私門子，找樂處了。這家私門子，離青牛閣不遠，你們今晚捨近就遠，算是白跑一趟，這禿賊老在城內逗留，不是好事，我們也容他不得，你們幾位，包在我手上，明晚此刻，定教你們和仇人對面……」

七寶和尚還要說下去，鐵拐婆婆忽地一閃身，低喝：「噤聲！」語聲一絕，大家聽出來路靠堤石橋上有人說話的聲音，接著一陣急步沙沙之聲，向林外奔來，大家身形一散，掩藏暗處，向林外偷瞧時，兩個背插兵刃，一身夜行衣靠的人，步履如飛，奔到拉薩宮圍牆處，其中一人，忽地驚喊了一聲：「咦！這是什麼？」

林內余飛等便知發現了半面嬌屍首了，又聽得另一人也驚訝萬分地喊道：「不得了，這是我們頭兒的寶貝，定是遭了敵人毒手了，快進去通報吧。」

兩人好像搶功勞一般，誰也不肯留著，一齊翻過牆去了，七寶和尚喝道：「此時不走，等待何時。」

他光頭一晃，頭一個竄出林外，身法奇快，已拐過彎去，大家豈肯落後，不大工夫，進了北門，到了文殊院前面一片空地上，大家停下身來，七寶和尚向大家說道：「此刻時已不早，明晚起更時分，大家在準提庵會齊，諸位放心，凡是城內的私門子，都在袍哥們手心上，禿鷹一舉一動，逃不過袍哥們眼目，我這一說，便可明白，現在我們各歸洞府，我說余老闆，臭要飯正在找你，我今晚預備下兩條黃狗腿，燉得撲鼻清香，三瓶茅台酒，足喝一天，還不跟佛爺同上西天麼。」

余飛哈哈一笑，說道：「你這野和尚，狗腿不離嘴，不怕人家聽得寒蠢麼？話說回來，我今晚也有點難見江東父老，也只好借你野和尚的狗窩蹲一宵了。」

說罷，又向摩天翮道：「你回青牛閣，可得當心一點，禿賊和你也是仇上加仇，你回去把你令徒就在園中暫時掩埋一下，事後再買好棺殮罷。」摩天翮連聲應是，鐵拐婆婆卻急急地問道：「七寶和尚既然知道禿賊落腳在這兒近處，何妨見告，我們也可防備一點。」

摩天翮也搶著說：「這話不錯，快請告訴我們吧。」

七寶和尚笑道：「我的老婆婆，我知道你們報仇心盛，恨不得立時找著仇人，你們瞧瞧，片時便要天亮，報仇不爭這一晚，你們胡亂摸了進去，一個不巧，把賊人驚走，便後悔莫及了，我說過在我身上，包你們如願，還不成嗎？」

七寶和尚這樣一說，鐵拐婆婆和摩天翮不好再說什麼，只好大家分手，約定明晚起更時分，在準提庵相會，七寶和尚臨走時，笑道：「明晚我暗中替你們守住了禿賊，叫我們老闆做你們嚮導便得，如果和尚道士一齊進尼姑庵，這齣戲真夠瞧半天的了。」說罷，哈哈一笑，拉著余飛，拔腿便跑，霎時跑得無影無蹤。

第二天晚上起更時分，余飛至準提庵門口時，黑暗中竄過一人，卻低低說道：「小道在此恭候多時了。」余飛一瞧是摩天翮，暗想他怎地不進庵去，一人在門外相候，難道和鐵拐婆婆還存芥蒂嗎。忽地想起昨夜分手時，七寶和尚打哈哈，隨口說了句和尚道士進尼姑庵的玩笑話，這位道爺聽在心裡，便不好意思進庵了，憑這一點，可見摩天翮還是個愛惜名譽的人，他和半面嬌這段孽緣，也只可說人非草木，孰能忘情了。

余飛心裡暗笑，嘴上卻說：「我輩只要居心光明，何必拘泥小節，我們一塊兒進去罷。」兩人在庵門口一說話，鐵拐婆婆的孫兒，早已蹦出來，開門迎接了。

摩天翮跟著余飛進庵，和鐵拐婆婆見面以後，大家剛在屋內坐定，鐵拐婆婆轉身進了裡屋，提著一隻朱漆箱子出來，擱在外屋桌上，向余飛說道：「這箱內便是大來當鋪的玉三星，起初我誤把摩道長當作仇人，才把它取來，現在這件東西已為摩道長所有，我便不能妄取，照說我老婆子應該將原物送回大來當鋪，才是正理，但是我老婆子今晚和仇人誓不兩立，誰生誰死，都沒一定，所以當著兩位的面拿出來，聽憑余相公、摩道長處置。」

鐵拐婆婆話剛說完，摩天翮倏地站起，從身上摸出一張當票，送到余飛面前，慘然說道：「戴老前輩的意思，當然也有道理，但是小道也有一點下情，這件東西，當年小道順手牽羊，不勞而得，萬想不到戴老前輩仇人蹤跡，直到現在才有眉目，如果當年沒有小道隱藏這件寶物，始終在禿鷹手上，也許憑這件寶物，戴老前輩不必耽誤這許多年，這一點小道此刻想起來，很是不安。

「再說，因為這件寶物，傷了好幾條性命，可見福薄之人，不易享受寶物，何況小道現在皈依三清，出家人更不宜有這樣東西，戴老前輩說得好，與賊誓不兩立，小道今晚也是視死如歸的人，此時與小道到大來當東西的局面，大不相同，小道孽緣牽纏，自種惡因，連悔悟都來不及，何敢還要這種身外之物，昨夜小道這條命，還是余大俠暗中救下來的，權把此物，貢獻我救命恩人，略表寸心，也只有像余大俠這樣仁心俠膽的人，才能守得住這件寶物……。」余飛不等他再說下去，面色一整，高聲說道：「道長休過得意，你既然知道為了這件東西，連傷多命，這樣不祥之物，還好意思送人麼？」

語音未絕，窗外有人接口道：「老闆替我收著，你們不要我臭要飯要，我有用處。」說罷，燭影一晃，騰地跳進一人，余飛一瞧，是蓬頭赤腳的丐俠鐵腳板。摩天翮鐵拐婆婆對於鐵腳板聞名已久，不必余飛介紹，一見來人的怪模樣，便可推測八九，都站起來和他寒喧。

鐵腳板哈哈笑道：「你們放著正事不辦，為了這件撈什子，你不要、我不收地推來推去，白費唾沫，我們狗肉和尚替那家私門子的婆娘，做了看家狗，有點等得不耐煩了。」說罷，向余飛耳邊悄悄說了幾句，竟伸手提起桌上朱漆箱子，卻向摩天翮笑道：「你不是願意送我們老闆麼，余老闆面嫩，拉不下臉，我替他收了，你們快去報仇吧。」闊嘴一咧，哈哈一聲怪笑，右臂挾著短拐，左手提著朱漆箱子，竟自拔腳便走，越牆而去。

大家看得這位丐俠鐵腳板突然而來，突然而去，不免有點驚異，余飛卻微微笑著，而且把面前那張當票，也揣在懷裡去了，向鐵拐婆婆摩天翩說道：「你們兩位既然推出這件寶物，我和鐵腳板也不稀罕這種東西，他拿去，另有用意，物能尋主，自有應得之人，現在我們就走，領你們找禿鷹去。」

鐵拐婆婆、摩天翩聞言站起身來，鐵拐婆婆卻向余飛說道：「余相公，老婆子還有一樁事，拜託余相公，我老婆子風燭殘年，有今天沒有明天，我這孫兒，想託庇余相公門下，不論為牛為馬，總比流落江湖好一點。再說，這孩子如果沒有正人君子督教，也許又走上他父親的一條路，余相公倘然能夠成全他，我老婆子死也瞑目了。」

余飛嘴上不免謙遜幾句，心裡暗想這位鐵拐婆婆處處流露與仇人同歸於盡的口氣，其實生薑老的辣。禿鷹未必是她對手，何必懷抱死念，這麼大歲數，還是和當年一般的火爆性，也是江湖上的一個老怪物了。當下對於託付孫兒一節，也只隨便應了一聲，並沒十分注意。

距文殊院兩里多路，相近北城根一處僻靜的地方，叫做青龍巷。樹多屋少，高高的垂楊，濃濃的槐樹，密層層的圍住了幾條窄窄的小巷，遮得黑沉沉的，益顯得幽深僻靜。白天如此，到了更深人靜，巷內家家戶閉人靜，更是岑寂得如同墟墓。便是明月在天，幾條窄窄的小巷內，也被牆頭的樹蔭遮得一段暗一段明的，幽陰可怕。賈俠余飛領著，鐵拐婆婆摩天翮和仇兒，在敲二更當口，到了青龍巷，拐進一條長長的窄巷，余飛立在巷口悄悄和他們說，「那頭第一家門內兩株高大的垂柳，枝梢探出牆來的，便是你們仇人藏身之所。」

說猶未畢，巷口一株大槐樹上，枝葉颯颯一響，從樹上旋風似的飄下一人，一看是七寶和尚，摩天翮忙稽首道謝。可笑七寶和尚禮數全無，人家向他稽首，他只淡淡一笑，連和尚應有的合掌和喧佛號都懶得做，卻一把拉住余飛，悄悄笑道：「憑這臭賊，何必勞師動眾，他們只管去甕中捉鱉，我們且喝酒去。」

不由分說，拉著余飛便走，忽又回過頭來，向鐵拐婆婆笑道：「那家婆娘，出名的叫作『迷昏人』，成都一般色鬼，都被她迷得由她使喚，平日窩匪聚賊，無惡不作。你就順手賞她一鐵拐，免得再害人。」說罷，把余飛拉出巷外去了。余飛明白，七寶和尚不願自己混入他們的糾葛帳內，並不真個要去喝酒，兩人走出巷外，縱上人家屋頂，依然潛入巷內，暗地偷瞧鐵拐婆婆和摩天翮如何下手。

可笑摩天翮、鐵拐婆婆二人，一經知道仇人處所，都存著爭先親刃仇人的主意，唯恐對方佔了先去，行動之間，便露出這種神色來，反而兩人口頭上起了爭執。可是鐵拐婆婆身邊卻多個助手，手腳靈活的仇兒，趁兩人在巷口爭執當口，緊了一緊腰裡的亮銀九節練子槍，一下腰，小活猴似地先向巷底跑下去了。到了那一家門口，人小膽大，一縱身，竄上牆頭，向牆內高柳上一接腳，便鑽進隨風飄拂的柳枝內去了。等得摩天翮、鐵拐婆婆兩人商定分屋前屋後進身，誰先碰著仇人，誰先下手的，仇兒已蹤影不見，大約已登堂入室了。

原來仇兒從牆頭跳到院內高柳枝幹上，居高臨下打量院內院外情形。瞧出這所房屋也只兩進，前院是一間平房，後院是座兩開間的小樓，左首連接鄰居的屋子，右首是巷外一片草地。草地周圍，雜種著一圈槐柳。仇兒一看前院屋內，燈火全無。後院樓上，似有一線燈光，映在窗紙上，側耳細聽，前院屋內，透出熟睡打呼的聲音。仇兒機警，認定仇人，定在後院樓上。

好在院子不大，從柳樹上便可翻上屋簷，越過一層屋脊，到了後院。一瞧下面後院內種著花草，院心還擱著一對鬼臉青的大號金魚瓷缸，他存心先探一探樓下屋內有人沒有，輕輕向下一縱，居然落地無聲。一閃身，躲在金魚缸背後。不料堂屋口的石階上，突然站起一隻大黑狗，領毛直豎，一對亮晶晶的狗眼，直注仇兒藏身之處，喉嚨內呼嚕呼嚕發起威來，大嘴一張，便要汪汪大叫。

仇兒心裡一急，從鏢袋掏出一支小鋼鏢，正想抬臂發出，猛見那隻大黑狗大嘴一張，還未出聲，忽地喉內嗚地一聲悶喊，四腳朝天，骨碌碌滾下階來，仇兒趕過去，借著月光一瞧，趕情暗中有人幫助他，不知用什麼暗器，打入狗喉，順嘴流血，業已死掉，黑狗雖然死得快，多少已有點響動。

樓上房內有一個嬌聲嬌氣的女人，喚道：「小銀兒，小銀兒，你開出門去瞧瞧，多半阿黑又和隔壁偷魚腥的貓兒打架了，吵得人睡不穩。」便聽樓下一間屋內，一個小女孩的口音，似乎在睡夢裡驚醒過來一般，迷迷忽忽地答道：「娘！我瞧見了，隔壁花家的貓兒，已逃過牆去了。」樓上女人似乎順嘴罵了一句，便不響了，仇兒暗地好笑，這樣卻聽出樓下只睡著一個小女孩，樓上發話的女人，定是七寶和尚所說的私門子了。

仇兒報仇心切，只聽樓上女人說話，卻沒聽出男人的聲音，究竟仇人是否在內，還不敢斷定，急於探個明白，一聳身，跳上金魚缸的缸口，再一踮腳，縱上一道腰牆，由牆上蛇行到樓簷口，然後伏在女人說話的窗口，屏息靜聽，只聽得樓內女子似乎伸了個懶腰，俏罵道：「該死的，今晚怎地變了乏貨，睡得這樣實騰騰的，不知又上那兒偷野食去了。折騰了個夠，到老娘這兒來養精神了。」

女人罵聲未絕，床上一個外路口音的男人，朦朧著說道：「不要鬧，今晚不知怎地，老覺心神不安，提不起興致來。」女人格格一笑，床上一響，又罵道：「挨刀的，瞧你沒人樣的貨，教老娘哪隻眼看得上你。」那男子噗嗤笑道：「你不過和馬王爺一般有什麼稀奇呢……」

房內剛說到這兒，伏在窗外的仇兒，猛覺一陣疾風到了身邊，一瞧自己祖母來了，鐵拐婆婆一閃身，貼在窗側，竟用鐵拐向窗上輕輕一扣，發話道：「禿尾魚鷹，老朋友到了，請出來吧。」這一聲不要緊，房內的女人，一聲驚喊，床前一點燈光立時熄滅，半响，後窗吱的一聲，似乎賊人要往後窗脫逃，卻聽得後窗口有人喝一聲：「滾回去！」

這聲是摩天翮的口音，樓內一陣急步響動，忽然哈哈狂笑道：「堵住了前後窗戶有什麼用處，明人不做暗事，有膽量的，到外面空地上比劃。」

前窗鐵拐婆婆，立時接口道：「好！不怕你逃上天去。」說罷，向仇兒耳邊略一吩咐，一個黃鶯織柳，便飛身到前院屋坡上，仇兒一聳身，攀住了樓頂屋簷，一捲身，翻上樓頂去了。

鐵拐婆婆一撤身，在對屋監視著，居然前後窗戶終沒有打開，樓下堂屋門，卻咯吱一響，竄出一條黑影，在院子裡一跕腳，倏地縱上左邊隔鄰的腰牆，不料腳未站穩，鄰院屋角上，有人喝聲：「不要臉的狗強盜，此路不通，你們到右邊牆外比劃去。」

這人嘴上喝著，兩顆鐵蓮子，已襲到禿鷹身上，禿鷹在牆上身未站穩，暗器已到，忙趁勢兩臂往後一抖，一個風車筋斗，依然翻落院中，原來他不敢從樓上前後窗現身，故意用話穩住了敵人，自己卻暗地下樓，想乘人不防，從鄰院逃走，不料余飛早在鄰院暗中監視，用了兩顆鐵蓮子，便把禿鷹逼回去了。

禿鷹這時真個暗暗心驚，想不到來了這麼多的敵人，落在院內，一跺腳，高喝一聲：

「老子豈懼怕你們，走！」

這個「走」字一出口，人已上了右面一堵腰牆上，向牆外一瞧，嘿！牆外空地上早已站著一人等他了，禿鷹這時預備一拚，絕不躊躇，縱下牆去，不料腳一沾土，背後一聲冷笑，禿鷹吃了一驚，斜刺裡一縱，轉身看時，才知他縱下牆時，一個白髮飄飄的老太婆，也如影隨形的跟蹤而下，禿鷹對於別人，尚不懼怕。唯獨一見這位老太婆，便自膽寒，他在青牛閣，暗中已經見過，而且知道此人是誰，除出這位鐵拐婆婆以外，那面站著的摩天翮，也一個箭步縱了過來，背上一口青鋼劍，業已出鞘，在肘後隱著。

禿鷹四面一瞧，並無別人，兩手一鬆腰口，右臂向外一抖，月光下電閃似地一亮，他手上橫著一柄銀帶般的緬刀，這種緬刀鋒利無比，看著軟軟的，但能使用這種緬刀的人，另有數家，功夫到時，能夠剛柔如意，變化無窮。

禿鷹把緬刀掣在手內，刷地向後一退，指著兩人冷笑道：「你們兩人一起上，倒省了我的事……」

摩天翮怒喝一聲：「住口！萬惡兇徒，青牛閣連傷二命，此刻俺摩天翮單劍取你狗命。」左手劍訣一起，正要動手，不料鐵拐婆婆白髮根根倒豎，兩眼如燈，一縱身，鐵拐一橫，攔住了摩天翮，厲聲狂喊道：「道長慈悲，成全我老婆子一片苦心，八年積恨吧！」其聲慘厲，連摩天翮聽著，都有點驚心動魄，暗想今晚我和他一爭執，定然便宜了兇徒，反而讓他逃跑了。他心裡一轉，嘆了口氣，只好收劍一退，暫且從旁監視，且看兩人如何結果再說。

鐵拐婆婆一看摩天翮收劍後退，轉身哈哈一陣怪笑，手上鐵拐一橫，一張皺紋層疊的漆黑臉上，嵌著兩點貓頭鷹般怪眼珠，凶光直射禿鷹，一步步逼近過去，禿鷹一見鐵拐婆婆這副怪相，活似凶神惡煞附體一般，想起當年殺死她兒子的光景，不由得汗毛直豎，冷汗直流，不由得一步步往後退。突然鐵拐婆婆厲聲喝道：「惡徒！你當然知道我是誰，我兒子死在你手中，到現在整整八年，狡猾的凶賊，怨我老太婆無能，讓你多活了八年，你定以為有這八年長時光，我老太婆定然死了，哪知道天網恢恢，天留著我老婆子，和你算帳，今晚便是你惡人遭報之日。」

鐵拐婆婆話音未絕，一個箭步，已到禿鷹跟前，呼地一聲，一枝鐵拐，帶著風聲橫掃過去。禿鷹自知今晚凶險萬分，除出把當前兩個仇人殺死一個，或者還有逃命希望，兩眼早已註定了鐵拐婆婆手上的鐵拐。這支鐵拐，早年在江湖上，頗為有名，哪敢怠慢。一見拐到，知道拐沉勢疾，不敢硬接。一閃身，身形疾轉，刀花一起，一迎招，猿猴獻果，刀隨身進，向鐵拐婆婆左脅一點，卻是虛招，拐影一起，倏地一撤，一個盤旋，又到了鐵拐婆婆右側。刀光疾閃，順水推舟，橫刀猛截。

鐵拐婆婆一看禿鷹使的八掛連環刀招，既溜且滑，一聲猛喝，拐隨身轉，展開多年不用的三十六路仙人拐，把手上一支鐵拐，掄轉如風，迅厲無匹，禿鷹自以為功夫到家，但和鐵拐婆婆一對手，萬不料這位老太婆，招數這麼厲害，自己用盡招術，尋不著敵人半點破綻，身後不遠處所，還立著另外一個仇人。一面招架，一面不斷的打主意。再不想法逃走，便要難逃公道，心裡轉主意，手上不敢大意，步下卻借著招架之勢，往斜刺裡逐步後退，預備離開摩天翩遠一點，容易溜走。

這時鐵拐婆婆手上鐵拐，正展開一招指天劃地，藏拐尾，現拐頭，拐頭上仙人指路的一隻鐵指，向禿鷹氣海穴點去，禿鷹忙凹胸吸腹，手上緬刀，貼著鐵拐一封，鐵拐婆婆不待敵人還招，拐頭往上一起，藏拐頭，現拐尾，向敵人兜襠一挑。禿鷹一看不好，乘機腳跟一踮勁，向後倒縱出六七步去，眼光掃著身後並立著兩株大槐樹，立時得計，腳上又一踮勁，哧地又向後倒縱出六七尺去，身子已到樹下，立時刀交左手，右手掏出一支飛魚刺來，那面摩天翮大呼一聲：「兇徒要跑！」業已飛步趕來。

鐵拐婆婆斜拖鐵拐，雙足頓處，一鶴沖霄，人已凌空，連人帶拐，泰山壓頂般，向禿鷹當頭砸來。禿鷹想不到鐵拐婆婆還有這樣輕功，來勢太疾，萬難抵擋。右臂一抬，正想發出凶毒的飛魚刺，阻擋敵人，再縱上樹巔，隱身再發暗器，不料右臂一抬，飛魚刺將發未發當口，樹上颯啦一響，一大蓬枝葉兜頭砸下。禿鷹大吃一驚，百忙裡把手上飛魚刺發出，不管中與不中，身子霍地往樹後一退，剛閃避開上面砸下來的東西，腳未立穩，又是嘩啦啦一聲怪響。一條亮銀九節練子槍，銀蛇穿塔，電閃似的向背後襲到。

禿鷹身形疾轉，刀交右手，一掄一洗，剛格開練子槍的槍頭，還未看清敵人是誰，耳邊呼地一聲，鐵拐婆婆的鐵拐已當頭砸下。禿鷹一聲驚呼，把頭一甩，緬刀用力往上一架。不料架了一個空，拐頭一抽，橫掃千軍，攔腰一拐，勁足勢疾，揍個正著，禿鷹吭的一聲，整個身子被鐵拐兜起來，橫飛出一丈開外，跌落地上，居然還想掙扎起來。仇兒從樹蔭下飛步趕去，掄圓了九節練子槍，往下拚命一砸。禿鷹腦漿崩裂，頓時氣絕。

可笑摩天翮鬧得有力沒處使，趕過來，咬著牙，手起一劍，直貫禿鷹胸窩，總算替情人和徒弟報了仇。鐵拐婆婆卻立在禿鷹死屍身邊，仰頭哈哈狂笑。其聲慘厲，宛如梟鳴猿啼，令人聽著肌膚起慄。

# 第十六章　活殭屍

上面白玉三星的來歷，和鐵拐婆婆母報子仇一樁故事，是在破山大師款待嬌婿嬌女，川南三俠同席談心，由賈俠余飛口內說出來的。余飛說到這兒，話風略停，雪衣娘瑤霜聽得出了神，向余飛問道：「禿鷹既然遭了惡報，那個下流女人，叫什麼『迷昏人』的，怎麼樣了呢？」

余飛指著七寶和尚笑道：「這又是他作的孽，鐵拐婆婆的孫子仇兒，人小手辣，他聽得七寶和尚說過，這女人是害人精，他在禿鷹下樓時，鑽進窗去，一練子槍，把那女人，穿了個透心涼。」

雪衣娘點頭道：「殺得好，鐵拐婆婆祖孫二人，大約報仇以後，安心回巴山去了。」

余飛搖著頭一聲長嘆，慘然說道：「誰也想不到，鐵拐婆婆這麼大歲數，心如烈火。那晚報仇以後，第二天竟偷偷地自殺了，想起那晚在青牛閣上，鐵拐婆婆向摩天翩說過：『今晚恕我老婆子荒唐，事後我定有法子，教你順過這口氣來。』的話，後來鐵拐婆婆又把他孫子仇兒，想託庇於我，那時我還以為她存心和仇人同歸於盡，哪知道她早存死志了。」

破山大師聽得連連念佛，瑤霜、楊展也嗟嘆不止，楊展問道：「那位摩天翮呢？」

鐵腳板大笑道：「可憐的牛鼻子，他對於半面嬌，也算得一位情種，禿鷹死後，他悄悄地掩埋了自己的徒弟，偷偷的在青牛閣替半面嬌設了靈牌，一個人對著靈牌哭了幾天，念了幾天經，算是超度他情人，我們一瞧這牛鼻子癡得可憐，把他拉出來，做了我們幫手，昨晚大戰烏尤山也有他，此刻他替我們去監視幾個漏網之賊，這牛鼻子不壞，他也一心要想拜見兩位哩。」

瑤霜明白了白玉三星的前因後果，指著鐵腳板笑道：「我們承情你們送這份厚禮，原來你們是慷他人之慨，不過這件東西太可怕了，我算一算，神偷戴五，禿尾魚鷹，鐵拐婆，連半面嬌，迷昏人，以及摩天翮徒弟都算上，恰好三男三女，六條性命，都可以說送在白玉三星身上。這件東西，真可以說是不祥之物，你們……」

七寶和尚不等瑤霜再說下去，雙掌一拍，向鐵腳板、余飛哈哈大笑道：「如何？我早說姑奶奶要責問我們，姑奶奶非但不見情，我們還落個灰頭土臉，依我看，我們橫豎喜酒已經落肚，姑奶奶既然把我們禮物看作不祥之物，我們再拉下一點臉皮，明天到楊府去，請出三尊玉三星，我們一人一尊抱回家去。姑奶奶一看禍去身安，心裡一高興，說不定再來一頓好酒好飯，這是白撈的，對，我們準這麼辦。」

他說罷，一桌的人笑聲震屋，瑤霜忍著笑道：「和尚休打如意算盤，既來之，則安之，你只好學鐵拐婆婆的法子，到我們家裡偷去，偷到手，算你能耐。」

余飛笑道：「姑奶奶休聽狗肉和尚滿嘴嚼蛆，吉凶禍福，唯人自召，原與玉三星無關，這三尊福祿壽玉三星，進了尊府這樣厚德祥和之家，才算物得其主，姑奶奶不信，有事為證，昨晚我們在烏尤山上折騰了一夜，姑奶奶姑爺洞房花燭，美美滿滿的一夜，三尊玉三星也安安穩穩的陪了二位一夜。

「如果三尊玉三星會開口的話，定然要說：『從前落在摩天翮手上，哪一天不提心弔膽的過日子，最後窮得進了當鋪，倒足了楣，便是跟著臭要飯等三個寶貨，趺趺撞撞地到了嘉定，也是一路災星當頭，現在可福星照命，要在楊府過幾年太平日子了。』這不是笑話，這裡也真有點說處。」

說罷，眾人又大笑起來，破山大師連連點頭道：「余檀樾雖是善頌善禱，但是和氣致祥，乖氣致戾的道理，是顛撲不破的。」

楊展笑道：「玉三星的來歷，經余兄一說，我們才明白了，可是昨晚的事，端地怎樣一回事呢。」

鐵腳板大笑道：「嘿！這檔事又得費一籮車的話，一客不難為兩主，余老闆你就多費神吧。」

瑤霜抿嘴一笑，提起酒壺，替余飛斟了一杯酒，笑說道：「余相公剛才說得嘴渴舌乾，沒有好生吃點喝點，這檔事我們向他們兩位請教了。」

瑤霜一說，鐵腳板向七寶和尚一扮鬼臉，說道：「嘿！你聽聽，世上會拍馬屁的，總沾點便宜。」

七寶和尚脖子一縮，悄悄說道：「話不是這麼說，我們不是拍在馬腿上嗎。」話音雖低，口齒卻清，瑤霜笑著，手上酒壺，順手替鐵腳板、七寶和尚都斟滿了，然後說道：「我也拍拍馬腿，先替兩位潤潤喉，我們好洗耳恭聽，昨晚三位辛苦了一夜，明天到我們家去，好好的再請三位喝幾杯。」

瑤霜這麼一說，鐵腳板一顆雞窩的毛頭，不住地亂點頭，嘴上說著：「一言為定，一言為定。」卻用手一拍七寶和尚肩膀，喝道：「你聽見沒有，朝廷不差餓兵，快開金口吧。」

七寶和尚忙不及把瑤霜斟滿的一杯酒，咯的一聲，喝下肚去，然後向鐵腳板說道：「趕情沒有你的事。」兩人眉目亂飛的一做作，大家又笑了起來。

七寶和尚先不開口，搶著酒壺，自己斟了滿滿的一杯，喝了下去，然後喉嚨裡響亮地咳了一聲，把筷子當作醒木，嗒的一響，敲了一下桌沿，然後閉著眼神氣活現地說道：「花開兩朵，各表一枝。余老闆說的是前部玉三星，我現在說的是玉三星後部。」

他氣派十足，居然有點像說書的派頭，瑤霜詫異道：「怎的又纏上了玉三星，昨晚的事，和玉三星又有什麼關係。」

鐵腳板笑道：「姑奶奶不要打岔，你聽他說出來，便明白了。」

原來，那晚青龍巷鐵拐婆婆祖孫兩人，結果了仇人禿鷹以後，時候不早，快到五更時分，余飛並沒露面，卻在暗中看著摩天翮和鐵拐婆婆在空地上一陣商議，由摩天翮扛著禿鷹屍首，仍然跳入私門子家中，一忽兒空手出來，便和鐵拐婆婆祖孫各自走了。余飛明白他們把禿鷹屍首放在迷昏人床上，明日事發，官府還以為因女妒殺哩。余飛一看大事已了，懷裡揣著那張玉三星當票，回了大來當鋪，這便是第一天清早，大來當鋪的老闆們，突然瞧見余飛在屋裡高臥，玉三星當票擱在桌上結束了。

這天，余飛足足睡到過午才起來，匆匆盥洗用飯以後，昨夜鐵腳板、七寶和尚和他約定有事相商，正想出門，忽然當鋪夥計，進來報稱：「當門口有個小叫化似的孩子，口口聲聲，求見余相公，問他姓名不肯說，只說余相公一見，便認得他。」

余飛猜測定是鐵拐婆婆的孫子仇兒，卻不知找他什麼用意，便吩咐夥計領那孩子進來，仇兒一進屋內，便跪在余飛面前大哭道：「我祖母死了。」

余飛吃了一驚，問他怎樣死的，仇兒哭訴道：「昨晚事了，把仇人身上的一柄緬刀，一袋飛魚刺，統統送了摩道爺，各自分手回家，祖母和我回準提庵時，路上一聲不響，到了庵內，抱著我眼淚汪汪地說：『你長大起來，千萬不要走上你父親的路子，跟著我老太婆，也一世出不了頭，余相公是鼎鼎大名，川南三俠裡面的賈俠，為人正派，我已拜託余相公關照你，萬一我死了，你不用三心二意，快去求余相公收留你，在他身邊做個光明正大的人。』

「那時我也哭著問她，為什麼要說這樣絕話，我們大仇已報，我們祖孫相依為命，仍回我們巴山去吧。我祖母沒有答理我的話。把我推開，命我好好兒去睡，我本來和祖母一房睡，一夜過去，並沒出事，我今天早上醒來，不見了祖母，那支鐵拐也不見了，忙去問前面做功課的師太，她說：『你祖母拄著拐到城外看江景去了。』

「我一聽這話，便覺得奇怪，我祖母輕易不出門的，出去總在晚上，忽地想起昨夜吩咐的話，嚇得出了魂，飛一般趕到北城外，沿著江邊一路尋找，走出十幾里路去，人煙逐漸稀少，忽見前面一座石橋上，聚著許多漁戶，在那兒紛紛議論，過去一打聽，說是：『清早石橋上發現一個白髮黑臉，拄著拐杖的老太婆，突然從橋上飛上天空，從空中又飛下來，直鑽入江心，便蹤影全無，也許是龍王奶奶顯聖了。』

「我一聽這話，跑到沒有人的江岸，跪在岸上大哭，哭得昏絕了好幾次，如癡如呆的不知哭了多久，突然想起昨夜祖母吩咐的話，並沒有回準提庵去，一直跑到這兒。現在我一個舉目無親的孤兒，我情願在相公身邊當個小僮，做個好人，讓我祖母死去也可瞑目。」

說罷，哭得嗚咽難言，余飛把他拉起來，安慰了幾句，答應替他想個妥當辦法，知他清早起來，突遭大故，水米沒有沾牙，讓他在當鋪裡吃了飯，然後帶著仇兒去找鐵腳板、七寶和尚兩人。

鐵腳板、七寶和尚兩位怪俠，倏隱倏現，並沒準處所，有時連余飛都找不著他們，不過這一天是約好的，余飛知道兩人在城心一個成都的袍哥頭兒家中落腳，四月袍哥遍地，其中五花八門，各有支派，各有統率，兩人落腳的一家，是屬於邛崍派下的，鐵腳板、七寶和尚能夠耳目靈通，呼應敏捷，全賴自己派下的袍哥們，黃龍一般華山派隱跡拉薩宮，和活殭屍一般黨羽，一舉一動，都能探出一點眉目來，便是拉薩宮內，也有自己派下的袍哥們混跡其間的緣故。

一個大幫的袍哥頭兒，表面上和紳士一般，出入轎馬，宅第宏深，余飛和仇兒進了這家袍哥首領的後面秘室，和鐵腳板、七寶和尚見面以後，余飛一說鐵拐婆婆投江自盡，仇兒變成可憐的孤兒的話，鐵腳板點頭道：「鐵拐婆婆不愧是江湖上老一輩的人物，把俠義二字，還看得很重，明知在青牛閣做錯了事，不願在江湖上落一個笑柄，乾脆一死，以謝摩天翮，如果換了現在後幾輩的江湖人物，便沒有這樣烈性了。」

七寶和尚笑道：「鐵拐婆婆把這位小孫，託付了我們老闆，他是神偷戴老五的後代。大來當鋪內的朝奉，如果知道小神偷進了門，大約愁得連飯都吃不下了。」說罷大笑，余飛笑道：「這是笑話，不過我終年到處飄流，又素不收徒，跟著我倒是個累贅。」

鐵腳板笑道：「看在鐵拐婆婆面上，總得想個辦法，暫時跟著我，臭要飯收個小叫化，倒是紅花綠葉，最合適沒有了。」

余飛笑道：「這不成，你得好好兒替他換身衣服，他這身破衣服，原是改裝著追蹤仇人用的。」仇兒從這天起，便跟著鐵腳板在一起了。

余飛說道：「昨晚你們約我有事相商，七寶和尚雖然對我說過一點大概，我還是不大清楚。」

鐵腳板道：「我們為了矮純陽重整沱江第二支派，忙了這許多天，沒有到宏農別墅去。聽說楊相公中了第一名武舉。楊老太太也到了成都，收了虞錦雯作義女，先回嘉定，預備兩小口婚禮，錦上添花，楊相公、雪衣娘不久便回嘉定，要洞房花燭了。哪知道黃龍、江鐵駝這般人，為了鹿杖翁賂賻朝外彎，虞錦雯棄暗投明，加上當年琵琶蛇江五一掌之仇，舊恨新仇，把楊相公、雪衣娘也恨如切骨了。瞎了眼的虎面喇嘛，不怪自己不對，知道了他前妻獨臂婆也投了楊家，還有狐群狗黨裡面的搖天動，記著白虎口楊相公和我攪得他落花流水。這幾筆帳，也添在裡面了。

「這般寶貨，一時沒法奈何我們三人，他們和活殭屍商量了好幾天，想在有家有業的楊家，出口怨氣。我和狗肉和尚，一聽到這個消息，倒有點焦急了，事情起頭是邛崍派和華山派的爭執，萬不能連累了楊相公。

「其實楊家有楊相公、雪衣娘、虞錦雯三位大行家，加上獨臂婆、小蘋湊湊數，群賊也未必能得手，可慮的那三位大行家，本領雖然高明，都是錦衣玉食的主兒。對於江湖上許多鬼鬼祟祟的鬼門道，畢竟經驗差一點，這幾天楊家喜氣揚揚，楊相公、雪衣娘心裡樂得渾淘淘，那會防到賊人們在他們身上轉主意呢，萬一有個疏忽，著了賊人道兒，不用說有個失閃，便是動了楊家一草一木，我們三塊料，從此便不能見人，更對不起破山大師平日相托之意，我們也只可手拉手的，走鐵拐婆婆一條路了。」
余飛道：「既然得知這樣風聲，為什麼不趕快通知楊相公，讓他有個防備呢？」
七寶和尚笑道：「是呀！我本預備到楊家通知去的，臭要飯卻把我攔住了，他一套臭主意，真還不錯。」
余飛忙問：「什麼主意？」
鐵腳板笑道：「楊家現在什麼情形，大約你也想得到，平日兩口子，一個玉哥，一個瑤妹，已夠渾淘淘的，這幾天預備做新娘新郎，到處是良辰美景，一團喜氣，尤其是楊老太太這許多年撫孤守節，巴巴地望到膝前一雙兩好，美滿姻緣。
「在這當口，我們狗癲瘋般，跑去告訴他們，替他們添上一段堵心的事，兩口子堵心且不說，萬一被楊老太太知道了，還不嚇死急死嗎，還不把臭要飯狗肉和尚罵得狗血噴頭，認為引禍進門的好朋友嗎？所以這當口，萬不能通知楊家，既然不能通知楊家，還得想法，釜底抽薪，讓他們照常平平安安度美美滿滿的洞房花燭去，怎樣才能辦得圓全，使要瞧我們三塊料的神通了。」
余飛搖頭道：「難難難！」
鐵腳板微笑道：「哪有這許多難字。天下無難事，只怕有心人。」
余飛笑道：「聽你口氣，彷彿有把握似的，我且聽聽你怎樣的高著兒。」
鐵腳板道：「我和狗肉和尚請你到此，便是商量安排金餌釣龍駝，金餌是什麼，不瞞你說，便是我昨晚順手牽羊帶回來的玉三星。」

余飛詫異道：「原來你這臭主意，還是昨晚在準提庵窗外偷聽時，才想出來的，你這臭主意怕要不得。」

鐵腳板得意揚揚的說道：「臭要飯雖然不敢比諸葛亮神機妙算，但是像黃龍、江鐵駝這般東西，還逃不出臭要飯手心去。」

七寶和尚坐在一旁哈哈大笑，余飛卻急得摸不著路，正色說道：「我和楊相公雖是初交，但是我一見他氣度品貌，確是一位人傑，這事你們不要兒戲，老賣關子幹麼？快說出來，我們也可斟酌斟酌。」

鐵腳板道：「老闆休急。請你來便是為了大家斟酌斟酌，我這主意要得要不得。三個臭皮匠，抵得一個諸葛亮。我們三塊料，總比三個臭皮匠強點。

「事情是這樣的，活殭屍拉薩宮內，有我們的暗探。不過都是做點雜務的下人們，探得的只是一點零零碎碎的事情，但是幾下裡一印證，也可十得八九。湊巧出了鐵拐婆婆一檔事，現在半面嬌禿鷹一死，看情形，黃龍這般人未必明白內情，半面嬌致命的飛魚刺，和青龍巷內禿鷹、迷昏人兩具屍首，定把黃龍這般人鬧得疑神疑鬼。

「現在我們只要如此如此、這般這般地做去，不怕他們不上鉤，擂台上沒有見起落，他們還不死心，趁此也得讓他們見個真章，便是拉薩宮活殭屍這傢伙，也是成都一害。成都一般袍哥們，早已容他不得，屢次要我出手，這就一舉兩得。」

余飛沉思了半天，才說道：「華山派這次擺擂，弄得一無結果，步步丟人，自然怨毒攻心，格外要和邛崍派誓不兩立，沒有不出膿的癤子，遲不如早，免得連累別人。不過你這主意，雖還可取，還得看事做事，不要大意才好。」

鐵腳板大笑道：「諸葛一生謹慎，我們老闆，大有臥龍之風，現在不必多說，既然三人同心，臭要飯便要升帳調兵了。」

拉薩宮的大喇嘛活殭屍，原是個陰狠凶辣的劫盜，非但長相奇特，性情古怪，便是嗜好也和人不同，專喜生吃普通人不敢吃的毒物，早年和虎面喇嘛出沒川藏邊界，被鹿杖翁所制，隱跡多年，年紀已到五十出頭，躲在拉薩宮內，據說練成了出奇陰毒無比的獨門功夫，但是他練功夫時，隱秘已極，誰也不知道他練的那一門功夫。

豹子岡擺擂當口，虎面喇嘛本想請他出來助拳，因為他和華山派名宿鹿杖翁有過節，沒有答應，後來擂台被鹿杖翁弄得瓦解冰消，黃龍這般華山派，連鹿杖翁也恨上了，鹿杖翁又已遠走高飛，才由虎面喇嘛拉攏，把黃龍這般人，和活殭屍結合一起，拉薩宮做了集合的大本營，活殭屍自以為獨門功夫練成，雄心勃發，也想利用黃龍這般黨羽，擴張自己勢力，預備在水陸碼頭上，自己伸進一腳去。

活殭屍、黃龍、江鐵駝一般人，發現了半面嬌屍首，又得知了禿鷹和他姘頭迷昏人併死床上，疑心遭了邛崍派毒手，但是半面嬌身上致命處，卻是禿鷹的飛魚刺，弄得莫名其妙，一面分頭棺殮，一面暗派黨羽，偵查真相，隔了好幾天，黃龍手下的黨羽，居然從外面偵查出詳細內情，回到拉薩宮，向黃龍報告，說是：「禿鷹為了一件寶物玉三星起的禍苗，這件寶物是田皇親家的無價之寶，被巴山鐵拐婆婆跟蹤到此，母報子仇，下手殺死。」居然把這段內情，查得非常確實，不過說到半面嬌的死，和玉三星落在何處，情形便不同了。

說是：禿鷹早年在洞庭湖當水盜時，半面嬌正在岳陽倚門賣笑當口，兩人早有交情，禿鷹從戴五手裡得到的玉三星，便藏在半面嬌家中，禿鷹血腥滿手，屢犯大案，被官府認真兜拿，存不住身，遠走高飛，半面嬌跟了黃龍，把玉三星也暗地帶到豹子岡，秘藏多年，絕不讓黃龍知道。

湊巧擂台事起，禿鷹到此，兩人舊歡新續，瞞著黃龍秘密交往。最近黃龍搬家，寶物玉三星無法再秘藏下去，才由半面嬌暗地交與禿鷹，哪知禿鷹又和迷昏人弄得火熱，把玉三星藏在迷昏人家裡，對於半面嬌有點愛理不理起來，半面嬌不免起疑，隨時暗地跟蹤，有一天，親眼瞧見了禿鷹和迷昏人的親熱情形，妒火中燒，和禿鷹拚命，禿鷹得新忘舊，竟和半面嬌交起手來，半面嬌不敵，逃回拉薩宮來。

那料禿鷹心狠手黑，深怕半面嬌在黃龍面前，搬弄是非，一不做，二不休，暗暗追到牆外，下了毒手，正想從屍身上拔下暗器飛魚刺，免得被人認出暗器，不料他的禍根，鐵拐婆婆身邊的孫子仇兒，業已如影隨形，也暗暗跟蹤身後，故意從樹林內，向他放了一鏢，禿鷹閃避之下，瞧出樹內藏人，顧不得再在屍身上拔下暗器，進林搜查，仇兒故意露出身影，飛逃回城，禿鷹知事洩露，豈肯干休，逃的又是一個十六七歲孩子，立時飛步便追。

哪知道仇兒是故意引他進城，鐵拐婆婆早已隱在一旁，跟在他身後，仇兒身小體靈，只幾個拐彎，禿鷹便追失了前面飛逃的人，再回身出城，又怕半面嬌屍身已被黃龍手下發現，無精打采的只好回到青龍巷迷昏人家裡再說，他一進青龍巷，鐵拐婆婆祖孫，早已埋伏停當。雙方交手，禿鷹功夫雖好，卻非鐵拐婆婆敵手，立死鐵拐之下，鐵拐婆婆早把迷昏人家裡情形，偵查明白，提著禿鷹屍首，跳進迷昏人家中，連迷昏人一齊殺死，搜出起禍根苗的玉三星，便和她孫子成功而回，但是可異的，鐵拐婆婆不知為什麼緣故，第二天便投江自殺，那件寶物玉三星和她孫子仇兒，已投奔城內鐵拐婆婆生前一個朋友家中，這個朋友是誰，一時卻不易探出來。

這人把聽來的話，據實一說，那知其中半真半假，可笑的是半面嬌和摩天翮一篇風流帳，卻劃在死無對證的禿鷹身上。摩天翮反而變成事外之人，照說這檔仇殺慘案，除出已死的幾個當事人物以外，知道的只有川南三俠和摩天翮、仇兒幾個人，黃龍黨羽從什麼地方，能夠探得這樣詳細呢，不言而喻，這是鐵腳板的袖裡乾坤，故意授意手下袍哥們，透風給黃龍黨羽的了。

黃龍聽了這個消息，氣得半死，認為半面嬌、禿鷹該死，派人把幾具屍首，草草埋葬了事，活殭屍和其餘一般匪盜，對於無價之寶的玉三星，卻都注上了意，立時分頭派人到城內去，查訪鐵拐婆婆孫子仇兒，投奔的是誰，什麼路道，仇兒是什麼長相，這件寶物的大小形式，是什麼樣子，最好都探查明白，再行下手，活殭屍貪心大熾，老奸巨猾，恐怕黃龍手下的人捷足先得，暗地又密派自己幾個親信徒弟，出去查訪，這一來，拉薩宮一般匪徒，全副精神，都在寶物玉三星身上了。

拉薩宮匪徒們，分頭出發，尋找寶物玉三星的下落，接連許多日子，有幾撥探出一點線索，但是回來報告時，一人一個說法，一個說的是東，那一個探得的卻是西，再跟著探得的線索，去實地探查，才知滿不是這麼一回事，白費了許多日子光陰，什麼也沒有探出來，反而因此大家起了猜疑，活殭屍的徒弟們，疑惑黃龍手下已經探出痕跡，恐被別人奪去，故意亂造謠言，在黃龍一般黨徒，也疑心活殭屍鬼計多端，故意叫徒弟們瞞住真相，彼此一猜疑，幾乎先來個窩裡反。

這其間，要算活殭屍真個老奸巨猾，暗地一琢磨，覺得情形不對，定然上了人家的當，暗派兩個細心大膽的徒弟，吩咐他們表面上依然打探玉三星下落，暗地裡卻注意以前各種不同的消息來源，不論什麼處所，只要你們張嘴談到玉三星身上，有人兜搭上來，或者故意當著你們的面，談論這檔事的，你們早晚盯著這人，探明了這人什麼路道，和落腳處所，再回來通報。

這一來，果然被他們探出苗頭來了，查明了凡是對他們亂放謠言的人，每晚都在城心一家很像樣的人家內，半天才吃得醉醺醺地出來，這家人家不用打聽，人人知道的成都出名的袍哥頭兒，是屬於邛崍門下的，活殭屍得了這樣報告，才明白是邛崍派的把戲，為什麼要玩出這樣把戲來，還得往裡探查。

活殭屍自己暗想了個主意，並沒通知黃龍一班人，在一天星月無光的晚上，他依仗身有獨門功夫，居然寸鐵不帶只帶了一個知道那家地方的徒弟，改換夜行裝束，悄悄進城，到了起更以後，由那徒弟指明地點，閃過一旁，活殭屍依仗身有特殊功夫，毫不遲疑，越牆而入，他是從屋後僻靜處所進身，暗地一打量，原來牆內是一所小小的花園，也有玲瓏的假山，小巧的亭子，亭子內掛著兩盞明角風燈，正有兩個人，在亭心對酌，一面吃酒，一面在那兒聊天。

活殭屍藉著園內花木隱身，掩了過去，藏在假山背後，仔細向亭心瞧時，瞧出亭內對酌的，一個是叫化模樣的人，一個卻是光頭和尚，心裡暗吃一驚，原來他沒有和川南三俠會過面，時常聽黃龍說起三人的模樣，推測亭內吃酒的，定是丐俠鐵腳板、僧俠七寶和尚了，靜心偷聽亭內說話時，更是心驚，兩人正在討論玉三星的事，聽得那和尚把酒杯一放，嘆口氣說道：

「這一次，你這鬼畫符弄得太丟人了，你派出去的蝦兵蟹將，得著了鐵拐婆婆報仇的詳情，和玉三星的下落，應該預先叮囑他們口頭謹慎，不應該讓華山派一班鬼崽子一五一十的探去，等得你後悔不迭，再故意亂放謠言時，風聲已經傳開，雖然玉三星下落，他們還沒有十分摸清楚，但是鐵拐婆婆孫子投奔這家的主兒，聽說不是本地人，自從得知外面注意這件寶物的人很多，嚇得他在城外雇定了長行下水船，一半天帶著寶物和仇兒，便要離開成都了。被你鬼畫符一鬧，煮熟的鴨子，眼看要飛，不用說華山派一般鬼崽子，鬧得暈頭轉向，白歡喜一場，便是我們也枉費心機呀！」

七寶和尚一陣埋怨，鐵腳板只管冷笑，突然發話道：「那件寶貝，我聽人說過，確是一件千載難逢的奇寶，如果真想要它，那主兒帶著寶貝坐船一走，從成都到重慶，沿路碼頭，總要靠岸，更容易下手，在水面上，也有法子，但是兔兒不吃窩邊草，船隻一進岷山，我們哪能拉下臉皮，做這種見不得人的事，再說那主兒是斯文一脈的規矩人，更不好意思亂來，被江湖上恥笑，還有我們沱江第二支派，還沒有佈置停當，一時也離不開此地。細想起來，我們生成窮命，大約沒福得這件寶貝，只好丟開手吧。」說罷，兩人一陣瞎聊，說到不相干的事上去了。

暗中活殭屍聽得又驚又喜，原來是這麼一回事，今夜總算來著，心裡還暗笑鐵腳板這種人，居然還有頭巾氣，這也是平日人們稱他們為川南三俠，替他們戴上了高帽子，這個俠字便把他們管住了，他們既然放手，我只要馬上查明碼頭上長行船隻，暗暗盯住，沿江都可下手，那件寶物，便可穩穩到手，心裡一喜，不再流連，忙不及退出牆外，尋著了同來的徒弟，趕回拉薩宮去了。

那知道活殭屍聽到的一番話，是鐵腳板、七寶和尚兩人唱的好戲，故意說給他聽的。這幾天，川南三俠早已料到拉薩宮內一般匪徒，要走上這條路子，每天一到起更，三俠裡面，總有一位登高監視，暗布機關。這天晚上，余飛帶著鐵拐婆婆孫子仇兒伏在房上隱蔽處所，果見有人探道進身，仇兒立時縱下屋去，悄悄通知鐵腳板預備去了，這樣，安排羅網，一步一步地做去，等候華山派匪徒自鑽圈套。

活殭屍回到拉薩宮，悄悄地到了自己屋子，換了裝束，徒弟們進來向他說：「前面華山派當家，黃龍，和一班同道，正在商量要事，派人好幾次來催請師父前往。」

活殭屍心裡暗笑，他們這班人又在那兒瞎起鬨，且到前面聽聽他們說什麼。他大模大樣地到了前面黃龍所在，瞧見坐了一屋子的人，正在得意揚揚的高談闊論，連瞎了眼的虎面喇嘛，手上拿著明杖，也坐在一邊。活殭屍一進門，黃龍這班人，真還把他當作人物，處處恭維他。活殭屍高坐上面，便問：「你們議論什麼？定有好消息。」

黃龍說道：「他們去探玉三星，卻探到了另外一檔事，巡撫衙門派出人來，在城內幾家大鋪子採辦禮物，說是巡撫送新武舉楊展的賀禮，細一打聽，才知我們這許多日子，都在那件寶物上打注意，沒有理會姓楊的小子，這小子卻和雪衣娘回了嘉定老家，已經定出日子要結婚了。姓楊的小子，勢力不小，連巡撫都要送份厚禮，此刻我們搖天動老弟，說起他和楊小子在白虎口結過樑子那檔事，邵巡撫定然感激姓楊的保護了一家老小財寶，才送這份人情了。

「現在我們暫把玉三星的事，放在一邊，大家商量著，先在那楊小子身上出口惡氣，姓楊的是嘉定首富，連巡撫都送禮去，這場婚事，排場定然不小，楊小子和雪衣娘志高意滿的做新娘新郎，定無防備。我們多備船隻，假充進香客商，順流而下，在嘉定城外等候他們花燭洞房之夜，齊到楊家，攪他個落花流水，人財俱盡，攻打個猝不及防。楊家是嘉定第一富戶，也許我們還可來個滿載而歸，一舉兩得。邛崍派雖然和楊家有交情，也防不到我們會到嘉定去，而且藉此敲山震虎，先教邛崍派識得我們厲害。」

黃龍志高氣揚的說罷，其中有一個匪黨說道：「黃大哥的主意不錯，不過嘉定城外烏尤寺的破山大師，是雪衣娘的父親，我們也得防著一點。」

這人話剛出口，活殭屍陰森森地一陣冷笑，厲聲喝道：「少說泄氣話，什麼破山大師，不是當年巫山雙蝶的黑蝴蝶麼，懂得一點五行掌，算什麼稀罕，何況現在已是個六七十歲的糟老頭子，你們只管放膽上楊家去，黑蝴蝶如果露面的話，我來對付他。」

眾人聽得大喜，夾七夾八的恭維話，五顏六色的高帽子，一齊向活殭屍頭上堆去，活殭屍並沒見情，雞爪似地雙手亂搖，大聲說道：「休亂休亂！我也有點事和你們商量。」

黃龍忙問：「何事賜教？」

活殭屍睜著一對鬼眼，向一屋子人掃了幾眼，咧著一張寡肉少血的乾癟嘴，磔磔怪笑道：「你們為了那件玉三星，白忙了這許多天，連我幾個徒弟，也跟著瞎鬧，我氣不過，剛才我自己出去一趟，費不了什麼大事，一下子便探得一清二楚了。我還通知你們，楊家的事，你們儘管放開手做去，你們華山派的對頭，人們稱為川南三俠的三塊料，現在正忙著他們沱江第二支派的事，分不開身來，你們上嘉定，更不敢礙手礙腳，事不宜遲，明天馬上到城外雇船去，最好船上的水手，也用自己人，免得透露風聲。

「不過我向來做事，講究斬釘截鐵。明人不做暗事，我先說明，我已探明那件寶物，也在這一半天內，從水道往下江去，到下江沒有第二條水道，當然要經過嘉定，我和你們一路同行，正好一舉兩得，而且我只要一舉手，便可把那寶得到手，絕不用別人幫忙。

「不過那件寶物，不比楊家財物，可以大家二五添作一的對分，我也不是把那寶物獨吞私得，得手以後，那件寶物作為拉薩宮的鎮山之寶。話得預先說明，你們願意時，便這樣辦，不願意時，我們另說另議。」

說罷，兩條灰黃吊客眉，往下一搭拉，見稜見角的一張青虛虛的骨牌臉，繃得鼓也似的緊，一點笑影俱無，真有點像棺材裡繃出來的殭屍，大家雖然也垂涎寶物，但是正在用人頭上，寶物的下落，又是他一鳴驚人地探出苗頭，頭一個黃龍便滿口答應了。活殭屍正在神氣活現當口，瞎眼的虎面喇嘛，突然喊了一聲：「窗外有奸細！」

坐近門口的幾個匪黨，聽說有奸細，向外一擁，屋上屋下的搜查，黃龍活殭屍也親自出去，在拉薩宮前後各處巡查了一遍，卻查不出一點痕跡來，疑惑虎面喇嘛錯聽了什麼響動，當作奸細了，怎的屋內許多人，誰也沒有覺察，偏是他聽到呢？其實瞎眼的人，耳朵比別人靈敏一點，虎面喇嘛確是沒有聽錯，而且還聽出窗外似乎有人微微冷笑了一聲，屋內正說得熱鬧，人人注意活殭屍的口風，沒有覺察罷了。窗外冷笑的是誰呢？卻是鐵拐婆婆孫子——仇兒。

原來活殭屍從城內回來時，鐵腳板帶著仇兒，馬上跟了下來，鐵腳板很歡喜仇兒的機靈聰明，輕身小巧術，也有專長，不愧神偷之子，教他翻房越屋，偷偷摸摸，居然比老手還精。

所以把他帶在身邊，同進拉薩宮，人小心靈，把活殭屍、黃龍一般人說話，聽了個滿耳，聽得屋內活殭屍一個勁兒吹大氣，把聽來的假話，當真事講，年輕沉不住氣，不禁冷笑了一聲，幾乎露出馬腳來了。

# 第十七章　大佛頭上請客

活殭屍、黃龍一班人商量停當以後的第二天，黃龍為首，率領華山派下一班死黨，加上虎面喇嘛的徒弟，像銅頭刁四，雙尾蠍張三之類，共有十幾名匪黨，扮作峨嵋進香的香客，分坐兩隻雙桅長行船，連船上的水手，都是清一色的同黨，先行出發，從成都順流而下，和活殭屍約定，沿江在彭山青神兩處碼頭停泊，彼此可以會面聯絡。

原來活殭屍已把那件寶物玉三星，視為自己囊中之物，經當眾聲明用不著別人幫助，自己帶了兩個得意徒弟，還是為了楊家這檔事，替黃龍這般人虛張聲勢的，如果為了玉三星，原是穩穩地手到擒來，根本連兩個徒弟都是多餘。

黃龍一聽這樣口氣，只好各行其事，希望他馬到成功，不要誤了楊家這檔事便得。所以黃龍這班人開船以後，活殭屍和兩個徒弟，另備了一隻快船，泊在碼頭上，並沒開船。

活殭屍自己高臥艙內，令兩個徒弟在碼頭上時時留意沿碼頭的船隻，和下船的主兒，瞧見了什麼時，隨時稟報。

到了黃龍一班人先開船以後的第二天，日色過午，從城內抬來一乘轎子，轎上捎著一個薄薄的行李捲，轎後跟著一個十六七歲的青衣書僮，在碼頭上歇下轎子，從轎內走出一個四十開外的紳士，自己伸手從轎內提出一隻兩尺見方的朱漆小箱子，書僮扛著那個小行李捲，跟著紳士下了一隻新油漆的下江快船。主僕一下船，一個船老大跳上岸去，匆匆的去辦沿途吃喝的東西。

活殭屍兩個徒弟看在眼裡，一個下船稟報，一個忙跟在上岸船老大的背後，想法一兜搭，探出下船的一主一僕，不是本地人，是赴重慶去的，船是包定的，不搭另客，馬上就要開船。問這人幹什麼，姓什麼？船老大卻說不清。兩個徒弟，先後下船去和活殭屍說。

活殭屍自己上岸去，假作閒遊，走近那隻船頭，向船內打量，只覺艙內坐著的紳士，身形頗為魁梧，書僮是一個精瘦的小孩子，眉目之間，卻透著精靈，那隻朱漆箱子擱在桌上，那紳士兩手扶著箱子，很仔細的四面察看，隱隱地聽他向書僮說：「上上下下非十二分當心不可，萬一裡面東西有點磕撞破損，世間上大約沒法找尋修補這寶貝的巧匠了。」

這話鑽在活殭屍耳內，暗暗點頭，肚裡暗說：「準是那活兒！」

活殭屍暗喜之下，認清了船隻，慢慢溜踱著預備回自己船去。忽見岸上又抬來了一乘滑竿，在碼頭上停下來，跳下一個土頭土腦的買賣人，雙手抱著一隻朱紅描金箱子，跑到碼頭上，神色慌張，東看西瞧，嘴上自言自語的喊著：「這孩子真該死，叫他在碼頭上等著，偏又跑得不知去向。」一面嘟囔，一面沿著碼頭，找尋船隻，從活殭屍身邊跑過，活殭屍兩隻怪眼，向他手上箱子盯了幾眼，嚇得他緊緊的抱著箱子便跑，好像要搶他似的，嘴上卻向岸下一排船隻喊著：「仇兒！仇兒！」

活殭屍一聽他喊：「仇兒！」立時吃了一驚，仇兒不是鐵拐婆婆的孫子嗎？在活殭屍念頭急轉當口，自己坐船隔壁，一隻船上，從中艙橫窗內，鑽出一個頭來，喊道：「在這兒，在這兒。」

岸上抱著箱子的買賣人，立時面色一寬，卻戰戰兢兢的從一塊跳板上，走下船去，在船頭上向後艄船老大問了一句：「我們什麼時候可到重慶？」

船老大回答：「下水船雖然比上水快得多，可是岷江這條江面，水勢太急，晚上更不易行駛，出門人不要貪快，還是穩當的好。」

買賣人問不出所以然來，一低頭鑽進艙裡去了。

這當口，把岸上的活殭屍愣住了，親眼看到的兩隻船上，都是一個大人，一個小人，都有一隻朱漆箱子，一般的到重慶，情形都像那話兒，可是寶物只有一件，到底是哪一隻船上是對呢？照說隔壁這隻船內，明明聽他喊著：「仇兒」，似乎應該這隻船上，才是貨真價實。但是天下也許有同名的，可惜探出頭來的仇兒，沒有看清，這人一進艙去，四面又關得實騰騰的，情形真有點可疑，一時委決不下，下了自己的船，暫不進艙，立在船頭上，望那面船上打量打量，又向隔壁艙上聽聽動靜，亂轉主意。艙內兩個徒弟也瞧得有點奇怪，到後艄去，向隔壁船上的船老大兜搭，偏碰著這個老大是個懶懥人物，熱氣換冷氣，反說：「出門人老打聽人家幹麼？吃我們這碗飯的，最忌這個。」

兩個徒弟受了一頓搶白，換了平時，早已拳腳齊上，這時卻不敢魯莽，怕壞了師父的大事。

活殭屍立在船頭上，滿肚皮搜索主意當口，忽見那面船上的船老大，從街上買辦回來，提了一大筐東西下船去，一忽兒，船上的水手們，起錨點篙，動手開船。活殭屍心裡急得了不得，一瞧隔壁這隻船上，自從土頭土腦的買賣人進艙以後，聲音全無，後艄幾個船老大，很自在地攢在一塊兒，抽旱煙，擺龍門陣，（川語聊天之意），不像要開船的光景。活殭屍暗想，那隻船且讓他開出江去，晚上不會行駛，沿江碼頭，總得停泊，我們船上的船老大，是自己人，快慢隨意，先釘住了隔壁的船再說，這隻船上有仇兒，更得注意。無奈隔壁的船很奇怪，隔了多時，依然沒有開船的動靜，眼看日影慢慢西沉，船內聲息毫無，好像坐船的主兒，在船內睡覺一般，活殭屍恨不得跳進艙去，把那朱漆描金箱子弄開來，瞧一瞧箱內是不是寶物，無奈青天白日，碼頭上下，人來人往，只好看著乾著急。

直到一輪紅日，掛在遠遠的西山腳下，江面上反映著萬道金蛇，猛聽得隔壁船上有了響動，兩面船窗都打開了，活殭屍和兩個徒弟，忙偷眼瞧時，只見中艙內那個土頭土腦的買賣人，似乎剛睡醒起來，睡眼惺忪的還打著呵欠，忽又向後艙喊著：「壽兒！壽兒！」活殭屍聽得又是一驚，剛才聽這人在岸上，大喊：「仇兒」，此刻喊的聲音，不像「仇兒」，變成「壽兒」，雖然仇壽兩字的發音相近，但是喉舌尖團之間，卻有點分別。

那人喊了幾聲壽兒以後，一個二十上下的雄壯少年，從後艙提著一壺開水，替那人面前，沏了一杯茶。活殭屍一見這個少年，心裡便起了疙瘩，鐵拐婆婆孫子仇兒的形相，早已聽人說過，是個十六七歲的瘦孩子，和這少年的年齡，長相差得遠，倒是那隻已經開走的船上書僮，年紀長相，十九相合，自己昏了頭，聽了風便是雨，在這不相干的船上，白耽誤了許多功夫；可是事情真怪，怎的這隻船上的情形，和開走的船上，一般的只有一主一僕，一般的只有一隻朱漆箱子，一般的把一隻箱子視同性命，不同之處，不過這船上的朱漆箱子外帶描金的罷了。

活殭屍認為自己看走了眼，不便和徒弟們直說出來，正想吩咐徒弟們立即開船，還沒有張嘴，忽又聽得那船上主僕說起話來。那個喊作壽兒的少年說道：「老闆，你把這隻箱子，看得好像性命一般，老說裡面是寶貝，既然是寶貝，不會藏在家裡，為什麼老遠的帶往下江去，萬一路上有個失閃，豈不丟了你命根子麼？」

這一句話，又把活殭屍耳朵拉住了，急向下面聽時，那個土頭土腦的老闆，發怒道：「你這小子，出門跑道，連句好話都不會說，專說喪氣話。」忽又哈哈笑道：「說也不要緊，別的寶貝，怕偷怕搶。我這寶貝，不識貨的人，是看不上眼的。不信，我叫你開開眼。」

說罷，從身邊摸出一個鑰匙來，把桌上朱漆描金箱子的銅鎖通開，揭開箱蓋，露出箱內的寶貝。那邊艙內箱蓋一揭，這邊艙內活殭屍和徒弟們的三顆腦袋，不由得伸長脖子，從船窗裡探了出去，六道眼光齊注箱內時，哪裡是什麼寶貝，滿滿的裝著一箱子的四川道地藥品，還聽得那個老闆指著箱內說：「這是牛黃，那是馬寶，這是透油紫桂，那是千年茯苓，這批貨到了下江，利市百倍，足夠一年開銷，不是寶貝是什麼！」

活殭屍聽得氣不打一處來，回頭大唾，跺著腳吩咐趕快開船。船離開碼頭時，明明聽得那船上主僕大笑之聲，活殭屍正在自己罵自己，瞎了眼，活見鬼，心煩氣結，一時沒有理會。等得離開了成都一段路，到了江面空闊處所，江風拂面，心神一清，猛地省悟。那船上的一主一僕，其中有詐，哪會有這樣湊巧的事，在同一時間和地點，發現了情形相同的兩撥客人！最可疑的，自己常聽人說起川南三俠的長相，賈俠余飛的長相，正和那船上土頭土腦的老闆相同，聽說余飛是販賣藥材出身，所以一箱子裝的都是藥材。啊喲！不好，姓余的明明是一派做作，明明是故意靠著我的船隻，有意戲耍我，明明已看出我要向玉三星下手了，特意在我面前，弄出這套詭計，牽住了我們船隻，讓那帶著玉三星的船，逃出我眼目之下，飛駛而去，這樣，更可斷定先開走的船上，藏著貨真價實的玉三星了，從姓余的把戲上，又可推測帶著玉三星的紳士，和他們有關，也許川南三俠，沒法得到這件寶物，也不願我們得去，特意暗中搗亂，也未可知。

哼！哼！我活殭屍不伸手則已，既然伸手，非得到手才罷，那隻船既然走的是這條江面，不怕他逃上天去。

他自己一陣暗鼓搗，一個勁兒吩咐徒弟，沿途留意新油的那隻坐船，不管白天黑夜，順流而下，凡是沿江停泊船隻的大小碼頭，務必加意留神。

活殭屍不分晝夜，兼程而進，當天更盡時分，已到彭山。船靠碼頭時，岸下只寥寥的幾隻貨船泊著，另有一隻小船，鑽出一個人來，向活殭屍船上一遞江湖切口，活殭屍知是黃龍留下的手下人，叫過來一問，得知黃龍這般人的兩隻大船，因為順風順水，貪趕路程，深夜江行，又不礙眼，彭山並沒停下，直放青神，青神下面，便是嘉定，大約在青神停泊了。活殭屍並沒十分注意黃龍的事，忙問這人：「有沒有瞧見一隻新油漆的坐船，船內只一主一僮，在這兒停泊沒有？」

那人思索了一回，點著頭說：「有這麼一隻船，起更時分，到了彭山，泊了沒有頓飯時光，船客催著開船，趕到青神再靠岸。照說一般客船上的船老大，不管上水下水，岷江一帶，向來不肯深夜趕路，這船也奇怪，居然船老大聽客人的話，有這麼大膽。」

活殭屍一聽，便知那船無疑，命這人留在自己船上，立時開船，向青神進發。從彭山到青神，也有百把里路，趕到青神時，已是第二天的近中午時分了，船上的船老大，一夜沒好生睡覺，已鬧得精疲力盡，船靠青神碼頭，預備下錨時，活殭屍走上船頭，一眼便看到並排靠岸第五隻客船，正是成都碼頭先開走的那隻新油快船。

那個四十開外的魁梧紳士，也正立在船頭上，背著手四面閑瞧，可是船頭船尾的幾個船老大，已在起錨點篙，從兩隻船縫裡倒退出去，顯然是要開走了。活殭屍又是一喜一驚，喜的是畢竟追上了這隻船，驚的是自己的船，剛靠岸，它卻開走了，好像知道自己不懷好意似的，這一次，可不能叫它逃出眼底去了。一伸手把船老大拋下去的鐵錨，提了起來，忙不及吩咐兩個徒弟，幫著水手們，開船追蹤，也來不及再留神黃龍這般人的船隻，是否靠在青神碼頭。

這一次追了個首尾相隨，走的是一條江面，又是大白天，自然不怕前面的船逃出手去，可喜的前面快船，這樣順風順水，不防他竟沒掛帆，自己的船，預防落後，特意揚起風帆，船似奔馬，反而越過了前面快船，急駛而下。活殭屍心裡一琢磨，這樣也好，在下站嘉定城外等著它，追得緊，反而令人起疑，大白天江面上來往船隻很多，也不便下手。

從青神到嘉定，比較近一點，快近日落時分，已到嘉定，瞧見黃龍等兩隻進香雙桅船，泊在嘉定城一二里外沿江山腳下，人已上岸，船上只留著一兩個手下，瞧見活殭屍的船到來，暗地一打招呼。活殭屍覺得從成都趕到嘉定，尚未得手，不願叫黃龍一班人知道，這幾年自己在江湖上絕少露面，也不怕被人瞧出破綻，索性直靠城外碼頭，今晚得手以後，再和他們見面，也還不遲。他有了這樣主意，便把船上風帆落下，駛過黃龍等坐船，逼近嘉定城外的碼頭上停泊了。

停泊了不大工夫，遠遠瞧見那隻新油快船，揚帆而來，活殭屍心裡暗笑，開船不掛帆，半路裡又掛了起來，大約半路改主意，要在日落以前趕到嘉定的緣故，這一來，倒像追我來了，思想之間，那船上已落下風帆，漸漸駛近，向碼頭靠攏，巧不過，竟貼著活殭屍坐船定篙拋錨子。

活殭屍心裡暗喜，步上船頭，假作閑眺，暗地留神那船內時，那個四十開外的紳士，從船內走上船頭，後面跟著那個十六七歲的精瘦書僮，提著那隻朱漆箱子，似乎要上岸，因為上岸的幾塊挑板，搭在活殭屍隔壁一隻大貨船上，主僕一先一後跨上活殭屍船頭，從他身邊擦過。

活殭屍心裡一緊，暗想事情要糟，怎地他們在嘉定上岸，還得盯上他們，看他到哪兒落腳才對，念頭剛起，前面的紳士，已跨上貨船船頭，後面的書僮，右手提著朱漆箱子，左肩上扛著一個小行李捲，一腳已經跨上貨船的船舷，不知怎麼一個失神，書僮後腳一滑，嘴上一聲驚喊，身子向前一栽，肩上的行李捲，滾落船頭，手上的朱漆箱子，竟從兩邊船舷的空檔裡掉下江去，噗咚一聲水響，連活殭屍也驚得「啊喲」一聲出了口。那紳士驚得轉過身來，亂蹦亂跳，直喊：「要命要命！」

那書僮倏地跳起身來，順手在活殭屍船舷內，抽出一支長篙，篙頭上原附著倒鐵鉤，那書僮不慌不忙，手腳靈便，竹篙一下，便鉤起一隻水淋淋的朱漆箱子來。立在貨船上的紳士，喊著：「你快瞧瞧，裡面進水沒有？」

原來這只箱子，並沒加鎖，書僮蹲著身子，便在活殭屍的腳邊，把朱漆箱子揭開箱蓋，把箱內東西一件件拿出來，整理了一下，向紳士笑道：「還好，只上面一層，略微沾了一點水漬。」

那紳士向活殭屍看了一眼，笑罵道：「你這孩子，年紀也不小了，兀是失神落魄地不當心，幾乎嚇掉了我的魂，你瞧著這箱子不稀罕，人家可當作寶貝哩！」說罷，一聲冷笑，催著書僮，把箱子蓋上，提著箱子，扛上行李捲，跟著紳士上了岸，在人叢中一擠，便不見了。

這一幕話劇，只把船頭上的活殭屍弄得目瞪口呆，定在那兒做聲不得。原來他一心一意，認定這隻船上的朱漆箱子，準是貨真價值的玉三星了。

書僮在他們面前開箱時，他還暗罵混帳，在碼頭上萬目睽睽之下，竟把這樣寶物抖露出來，哪知道他兩眼直注箱內，只見書僮把箱內東西，一件件翻騰時，那裡是什寶物，竟是一箱子破爛帳本。

果然，這一箱帳本，在有用的人眼內，也可以當作寶物似的貴重，但在活殭屍眼內，只氣得他兩眼翻白，真像殭屍一般，僵在那兒了，連他帶來的兩個得意徒弟，也覺這一次自己師父丟人丟大了。

師徒三人氣糊塗了心，一時沒做理會處，其中一個徒弟，一眼瞥見活殭屍腳邊，擱著一封信，以為那書僮翻騰箱內帳冊時，掉出來的，抬起來一瞧，只見信皮上寫著，「拉薩宮大喇嘛親拆」。不覺驚喊了一聲：「噫！」活殭屍低頭一瞧，劈手奪過信來，一步跳進艙內，拆開一瞧，只見信內寫道：

「尊駕遠來不易，今晚且請休息養神，明晚三更，在大佛岩上，恭候賜教。

川南三俠仝啟」

這寥寥幾句話，在活殭屍眼內，每個字都像一支支穿心箭，箭箭中的，他被人鬧得迷迷糊糊的心竅，也被這幾支穿心箭穿通了。前後仔細一琢磨，恍然裡鑽出大悟來。非但成都碼頭先後開出兩隻客船，故布疑陣，有意戲耍，便是派人探聽玉三星下落，和自己親耳聽到鐵腳板、七寶和尚說的一套鬼話，都落入人家計算之中，人家步步為營，自己步步上當，這樣看來，非但自己舉動，人家看得清清楚楚，大約連黃龍這班人的行蹤，也逃不過人家耳目。

現在事已至此，成了騎虎難下之勢，只有憑自己一身功夫，和他們比劃下來再說，也許還可挽回一點臉面。他這樣已把得寶念頭丟開，貪念一去，神智便清，明白自己行蹤已露，船舶在眾目昭彰之下，多有不便，忙又把船退出碼頭，駛一二里外，和黃龍的船隻，泊在一處。

恰好黃龍業已回船，正要派人去請活殭屍商量要事，兩人一見面，大約黃龍已經明白他被人戲弄，得寶之念成了畫餅，絕口不提，免得掃他面子，從自己懷裡，取出一封川南三俠的信來，請活殭屍過目。活殭屍一瞧，信內的話，和自己得到的一封，大同小異，也是約在明晚三更，在大佛岩候教的話。活殭屍並不想提起自己也有這麼一封，卻說道：

「事已如此，除出到時赴約，並無別法，不過你們想乘楊家舉辦喜慶下手的原意，已不能用，川南三俠既然趕到，楊家定然有了防備了。」

黃龍皺著眉說道：「我們上岸去，到城內楊家探道，楊家正在內外張燈結綵，轎馬盈門，打聽出明日是結婚正日，定然還要熱鬧，想不到一個武舉，有這樣勢力，越熱鬧越易下手。可恨邛崍派三個對頭，明明已知我們來意，故意不先不後，下了明帖，約在明晚三更比劃，我們如果怕事不去，從此江湖上便難抬頭，如果堂皇赴約，我們便沒法再到楊家去，楊家小子和雪衣娘，便可高枕無憂地洞房花燭了。我偏不中他詭計，無論如何，也得攪楊家一下好看的。」

活殭屍道：「難道你明晚不預備赴約嗎？這可洩氣，你們華山派以後還能在江湖道上立足麼？你們不去，我既然和你們同來了，我一個人也得會會他們。」

黃龍苦笑道：「不是這個意思，明晚大佛岩上，便是擺下了刀山火海，我們也得闖一陣子。不瞞你說，我們船隻，一到彭山，便有道上同源通知我們，岷江一帶，邛崍派羽黨甚多，勸我們多邀幫手，因此搖天動老弟，特意在彭山登陸，已邀了水陸兩路的出色同道，這幾位同道，和鐵腳板、七寶和尚結過樑子，情願助我們一臂之力，所以我們人手，並不單薄，為什麼不敢赴約？不過我們幾位重要人物，在按時赴約之際，除出幾位留守我們船隻以外，另派我們手下幾個能竄高縱矮的，仍然摸進楊家去，明槍易躲，暗箭難防，去的人不用去找尋楊小子、雪衣娘，只要偷進楊宅，不論什麼地方，到處縱火，順手殺人，而且得手即退，攪得楊家天翻地覆便得。川南三俠，勢必在大佛岩等候我們，絕不防我們有這一手，我們幾位重要人物，依時赴約，把這檔事，還可假裝不知，我們也可稍出惡氣，總算不虛此行了。」

活殭屍點頭道：「這樣雙管齊下，倒是辦法，我派兩個徒弟，幫著他們上楊家去好了。」

黃龍大喜，滿嘴稱謝。其實，活殭屍得不著寶貝，此刻又起貪心，想叫兩個徒弟同到楊家，渾水摸魚，得點楊家什麼了。

照說黃龍、活殭屍行蹤顯露，處處受制以後，還想雙管齊下。主意未嘗不毒，無奈人家棋高一著。鐵腳板又是岷江一帶邛崍派的掌門人，沿江碼頭，都有他的手下，黃龍等一舉一動，哪能逃過人家耳目，所以在楊家洞房花燭之夜，川南三俠，成竹在胸，照常在楊家後花園參與喜宴，到了二更將盡，三俠才離開楊家，直赴大佛岩，等候黃龍那般到來。可是在楊家前後，另有佈置，又暗地通個消息與虞錦雯，叫她照計行事，而且請她在楊展、雪衣娘面前休要說出來。

虞錦雯明白三俠主意，她只囑咐小蘋、獨臂婆加意當心，並沒說出所以然來。侍候義母楊老太太安睡以後，悄悄出房，到楊家練功夫所在，撿了一張打百步開外的鐵胎彈弓，背在身上，繫上彈囊，背上寶劍，在屋面上前後巡視。楊家層層院落佔地甚廣，前門臨街，後門地勢較僻，卻夾著一片池塘，左右兩面，並沒臨空，都緊毗鄰家，卻有風火高牆，牆內還有夾弄更道。

虞錦雯一看，只有靠後門的花園，賊人易於進身，將近三更，便隱身花園高處，待了頓飯功夫，忽聽得後門外池塘邊，有人喝了一聲：「下去！」便聽得噗咚一聲水響，似乎有人跌下池塘去了，半晌，又聽得一個童子嗓音，笑罵道：「我道是誰，原來是擂台上會過面的銅頭刁四，像你這種雞毛蒜皮，還來現世，去你媽的！」

罵聲未絕，便聽得啊喲一聲，又是一個，噗咚掉下水去了。虞錦雯心想，鐵腳板真厲害，用不著我動手，早已在屋外埋伏上人了。正想飛身而起，趕到後門一帶牆上，瞧瞧外面埋伏的是誰，忽見左面夾牆上，現出兩條黑影，身手頗為矯捷，一伏身，向內院縱去。虞錦雯雙足一踮，一個黃鶯織柳，便越過一層屋脊，褪下彈弓，隱身暗處，一瞧那兩個賊人，似乎看得楊家屋宇太多，聚在一起商量下手地方，其中一個，右臂一晃，手上發出火星，原來拿著火摺子。

虞錦雯暗喊：「不好！這人要放火。」彈弓一響，聯珠迸發，那面兩個賊人，雖然也閃開了幾個飛彈，無奈虞錦雯手法高妙，彈飛如雨，兩人身上業已中了幾顆，身子站立不住，只好忍著痛跳過夾牆，從鄰居屋上逃跑了。

虞錦雯趕過去一看，兩賊業已落荒而逃，不知去向，她不敢大意，飛一般從左面又繞到右面，在長的一道夾牆上，展開身法，一路巡查，竄到前廳幾層屋面上，並無動靜，從前院又返回來，到了後面新郎新娘洞房所在。從側屋望見樓內燭光微透，茜窗靜掩，內外寂寂無聲，心想樓內兩位夢甜神安，還不知有不少好朋友，替他們前後守夜，抵擋群賊哩！

川南三俠果然熱心為友，洞房內兩位，也真得人緣。虞錦雯對著洞房靜掩的樓房，不禁癡癡地立了半晌，一顆心也不知想到哪兒去了，驀地芳心一驚，暗啐道：「我發的什麼癡，我為什麼來的呢？」正想轉身，忽聽得後園，似乎有人驚喊了一聲。一點足，向後園飛馳，到了水榭近處，一眼瞥見一株柳樹蔭下，閃出一個人來，卻是獨臂婆婆，手上拿著吹箭筒。

虞錦雯飄身而下，一打招呼，獨臂婆婆悄悄喊一聲：「虞小姐，你來得正好，剛才一個賊人，從那座假山上，竄了下來，被我在暗處一箭吹個正著，不過是側面，只中在賊人面頰上，那賊驚喊了一聲，帶著箭，縱上假山，逃出牆外去了，我們開了後門，到外面瞧瞧去，也許還有餘黨。」

一言未畢，相近假山背後，閃出一個瘦小玲瓏，十六七歲年紀，一身黑衣黑帕，腰圍亮銀的九節練子槍的孩子來，向虞錦雯笑道：「兩位可以不必出去了，來的五六個小賊，沒有什麼了不得，我和摩天翮道長，早已把他們一齊趕回去了，我們現在要到大佛岩去，特地進來通知一聲，賊人不會再來的了。」

說畢，一轉身，便縱上了假山，虞錦雯忙問：「你是誰？還有你說的那位道長，怎地沒有露面？」

假山上的孩子笑道：「丐俠鐵腳板和七寶和尚再三吩咐我們，不要多言多語，今晚大佛岩事了，明天橫豎要見面的，您大約便是虞小姐，丐俠還囑咐我，務必轉告虞小姐，今晚的事，新郎新娘面前千萬一字不提，明天他們要向新郎新娘討酒吃呢！」

說罷，便跳牆出去了。原來這孩子，便是鐵拐婆婆孫子仇兒，他在成都，也替川南三俠做了不少事。余飛把青牛閣道長摩天翮拉到邛崍派門下，按照定下的計劃，叫摩天翮帶著仇兒，假扮一主一僕，帶著一箱子破爛舊帳本，余飛自己帶著一個邛崍派門下，也扮作一主一僕，帶著一箱子藥材，在成都碼頭，先後下船，先開船的是摩天翮和仇兒，後開船的是余飛，這都是川南三俠商量好的把戲，把活殭屍折騰得不亦樂乎。其實兩隻船上都沒帶著玉三星，在活殭屍開船追蹤以後，鐵腳板、七寶和尚才帶著真正的玉三星，另備一隻快船，穩達嘉定，送進楊家，作為川南三俠的特殊賀禮了。

大佛岩在嘉定南門外，與烏尤山並肩聳峙，峭壁千尋，下臨江渚，岩上石佛數十丈，俯瞰江流，為嘉定第一名勝。

這天晚上，三更敲過，黃龍、活殭屍為首，率領七八個著名同黨，走上大佛岩。黃龍立在高處，還向城內東張西望，滿想派去同黨得手，幾把火把楊家燒個精光，黃龍看得嘉定小小一座城池，宛在腳下，可是望了半天，也瞧不見城內半點火光，癡心妄想，還以為楊家一場大喜事，這時上下人等也許尚未入睡，派去的人，尚未動手，心裡想著，步步登高，已到了大佛石的岩頂。

涼月當空，秋風襲人，大石佛背後，靜蕩蕩的一片廣坪，月色平鋪，如披銀霜，四圍松濤謖謖，和岩腳江流急湍之聲，隱隱互答，如奏異樂，卻沒見川南三俠的影子，黃龍便怒喊道：「我們應約而來，他們卻一個不露面，這還算人物嗎？」

話猶未畢，猛聽得空中哈哈大笑，這笑聲很奇特，宛似有聲無人，從雲端裡被天風送下來一般，雖然聲高音小，兩面山谷卻起了回音，眾人急抬頭看時，找了半天，才見大石佛的左肩上，並排立著三個小小黑影。因為這尊大石佛，太高太大，上下數十丈，從下面望到石佛肩上，站著的三條人影，便像小孩子一般，黃龍等驚愕之下，卻見石佛肩上三條人影，霍地分開，順著石佛身後雕鑿出來的衣領摺痕之間，星移電掣般，飛瀉而下，晃眼之間，已到大佛下身邊座之上，離下面還有三四丈高下，三人微一停身，倏又雙臂一抖，飛縱而起，活似三隻怪鳥，舞空而下，難得的三人動作如一，輕飄飄地落到廣坪上，依然三人並肩而立，眾人定睛看時，這三人正是川南三俠，一個也不短。

在黃龍一般人心目中，以為岷江一帶是邛崍派的勢力範圍，大佛岩上，不知有多少邛崍派下的人物，擺成威嚴陣勢，等候他們。來的時候，完全是充硬漢，跳油鍋的拚命主意，不料依然只有三個首腦。這三個人中，只有丐俠鐵腳板，拿著半臥不離，哭喪棒似的短拐，僧俠七寶和尚和賈俠余飛兩手空空，好像不帶寸鐵，回頭瞧瞧自己帶來的人，個個背刀帶劍，其中只有活殭屍赤手空拳。暗想這三個怪物，真是狂妄極倫，算他本領高強，也擋不住我們人多勢眾。

黃龍心頭起伏之際，對面三俠飛落當場，向他們拱手為禮，立在三人中間的鐵腳板向黃龍呵呵笑道：「貴人不踏賤地，想不到諸位善心大發，到峨嵋進香，路過這小地方，也上來玩玩。」

說到這兒，又向活殭屍拱拱手道：「難得，難得，這位大約便是拉薩宮首座，鼎鼎大名的活殭屍了，活佛一般的身分，居然也光臨賤地，更是難得，總算湊巧，我們三塊臭料，不先不後，迎接著諸位大駕，雖然有心無力，總得表示一點東道的敬意，諸位平日山珍海味吃膩了，此刻請諸位換換口味，我們這位狗肉和尚，是專燉狗腿的名手，撈了幾隻不花錢的黃狗花狗，燉得稀爛，趁著今天城內楊家辦喜事，又偷得幾瓶陳酒，東西不算什麼，無非表示我們一點小意思，難得諸位遠道賞光，真使我們受寵若驚了！」

黃龍、活殭屍這般人，以為鐵腳板素性滑稽，隨口取笑，眼面前除出川南三俠，哪來的狗腿陳酒，活殭屍和三俠初次見面，更看不起叫化似的鐵腳板，邋遢不堪的七寶和尚，土頭土腦的余飛，便冷笑道：「三位不必客氣，咱們不吃偷來的東西，這樣空口說空話，白費唾沫，還不如直捷了當，說出真意來，倒有商量。」

活殭屍剛閉嘴，便聽得七寶和尚自言自語的說：「偷得著倒也罷了，便怕白費許多日子心機，沒法到手，還得丟大人。」

這話別人還不以為意，唯獨活殭屍聽在耳內，實在啞巴吃黃連，心裡明白。鐵腳板卻已大笑道：「我們非但不是空口空話，而且也不是虛情假意，諸位不信往上瞧！」

說著向那尊大石佛腦袋一指，笑說道：「這尊石佛，非但是嘉定獨一無二的名勝，大約四川省內，也沒有這般高大的第二尊石佛了。石佛頭上可以擺好幾桌酒席，不用說諸位十幾個人，便是再多幾倍，也容納得下。上面又涼爽，又望得遠，景象無邊。我們一番敬意，所以在佛頭上早預備下狗腿陳酒，而且恭候多時了。」

將酒勸人無惡意，鐵腳板在石佛頭上請客，說的句句都是極和平，極殷勤的話，但是黃龍、活殭屍這般人，卻不敢領情。不用說石佛頭上，只有幾條狗腿，幾瓶好酒，便是上面擺滿了燕窩魚翅，龍髓凰精，也沒法領這份人情。

他們一鼓作氣，到了大佛岩頂，已經是被人擠得沒法兒，才提心弔膽的赴約，現在再要請他們爬上幾十丈高的石佛頭上去坐席喝酒，仰著腦袋望上去，石佛的頭，便像在雲端裡一般，被風吹雨淋光滑滑的石佛頭上，不論上面有多大地方，不論各人身上功夫，上得去，上不去，筵無好筵，會無好會，還不知川南三俠存著什麼心？在上面埋伏著什麼毒著兒？鴻門宴好闖，這石佛頭上的狗腿，卻沒法領情。

鐵腳板這一下，便把黃龍這班人唬住了，所以活殭屍起頭說了「咱們不吃偷來的東西。」倒合了此刻黃龍的心思，鐵腳板一說出狗腿席擺在石佛腦袋上，黃龍馬上接口道：「三位盛情，咱們心領，明人不必細說，三位也不必故弄玄虛，既然亮面，定有賜教，彼時豹子岡擂台上，我黃龍和幾位同道，本想光明正大的向三位求教，不意尊駕們花樣百出，巧言退場，弄得一無結果。江湖同道，知道我黃龍一片苦心的，尚無話說，不知道的，誰不罵乘機取巧，有始無終，算什麼人物呢？」

黃龍話還未完，七寶和尚破袖一展，指著黃龍呵呵大笑道：「好一個光明正大的黃擂主，不說遠的說近的，諸位偷偷摸摸趕到此地，存著什麼主意？如果真個光明正大的峨嵋進香，我們絕不露面，絕不攔阻諸位雅興，無奈你們做的事，是正大光明的反面，孔子門前不賣百家姓，諸位回頭回到船上去，便知你們派去偷雞摸狗的幾位朋友，嘗著什麼滋味了！」

黃龍聽得暗暗吃驚，明知自己這一步棋，又落了空，派去的幾個人，功夫有限，只要楊家有了防備，便難得手，能夠逃回去，還算好的，其實這是黃龍單面的想法，他沒有料到從中作梗的人，根本不願驚動楊家，趕走完事，否則派去的人，一個也回不來了。

黃龍被七寶和尚幾句話，點破心病，吃驚之下，還想答話，猛聽得身後有人厲聲喝道：「動嘴皮子，當不了什麼事，是漢子，功夫上見高低！」

人隨聲出，一個鐵塔似的黑大漢，越眾而來，黃龍一看是雷九霄的盟友，綽號傻金剛，一身橫肉，力大無窮，本來是雷九霄代邀助擂的人物，到得晚一步，擂台瓦解兵消，雷九霄被矮純陽劍廢雙臂，在黃龍家中養傷，氣得傻金剛跳腳大罵，想找矮純陽代友報仇。

黃龍見他是個猛將，請他同道嘉定，隨眾赴會，這時聽著雙方唇槍舌劍，心頭火發，一躍而出，雙手叉腰，站在三俠面前，瞪著一對大環眼，氣勢虎虎，向三人喝問道：「你們三人裡面，有矮純陽沒有？我傻金剛要會會他。」

七寶和尚看得這位猛漢，好像要吃人一般，暗暗好笑，便向他說道：「你認識矮純陽麼？」

傻金剛向七寶和尚看了又看，搖頭道：「我聽說矮純陽是道士，你卻是和尚，不對。」

七寶和尚笑道：「你再瞧瞧我們三人，哪一個是道士呢？」

傻金剛心想：對呀，我這一問太傻了。他最怕人家說一個傻字，偏偏人家背後都稱他傻金剛，如果有人當面稱他金剛，便樂得張著嘴傻笑，如果在他面前，不留神加上一個傻字，他不問親疏，立時翻臉拚命，這時並沒有人，說出傻字，他自己卻想到問得太傻了，自己想著傻，也一樣發怒，不過這怒氣，想在七寶和尚身上發泄，立時豎著兩道掃帚眉，瞪圓了一隻怪眼，晃著一對醋缽似的拳頭，便要和七寶和尚敵對。七寶和尚大笑道：「我的傻哥，你要打架，不用忙，可是還得動動嘴皮子，問個清楚。」

傻金剛一聽當面叫他傻哥，這可真急了，一聲大吼，腳下一上步，夠上步位，左臂一晃，右臂一個貫心搬攔搥，潑風似地向七寶和尚當胸擂去，傻金剛人雖猛濁，功夫卻不弱，拳帶風聲，勢疾勁足，如果被他搥上，準得躺倒，不意傻金剛一舉搗去，猛覺眼前一黑，鼻子裡聞著一陣狗肉香和酒氣，自己的身子，卻跟著自己拳頭，直衝了過去，幸而平時馬步功夫，下得堅實，慌不及腳下一拿樁，站住身子。

轉身看時，那個尖酸和尚沒事人似的，站在一邊，笑嘻嘻的瞅著他。傻金剛怒極，一聲狂喊，又要趕去，忽聽得黃龍在那兒向他招手，喊著：「金剛回來，大家說明了，再較量不遲。」

傻金剛一看自己同來一班人，一個個都在那兒束腰活腿，抽劍拔刀，耀武揚威的預備動手，黃龍、活殭屍卻和一個叫化似的人，指指點點地在那兒說話。一面向他招手，傻金剛指著七寶和尚喝道：「回頭和你算帳！」說罷，回到那邊去了。

請續看《七殺碑》（下）英雄肝膽

近代武俠經典復刻版

# 七殺碑（上）

作者：朱貞木
發行人：陳曉林
出版所：風雲時代出版股份有限公司
地址：10576台北市民生東路五段178號7樓之3
電話：(02) 2756-0949
傳真：(02) 2765-3799
執行主編：劉宇青
美術設計：吳宗潔
業務總監：張瑋鳳

出版日期：2024年5月
ISBN：978-626-7369-72-2
風雲書網：http://www.eastbooks.com.tw
官方部落格：http://eastbooks.pixnet.net/blog
Facebook：http://www.facebook.com/h7560949
E-mail：h7560949@ms15.hinet.net
劃撥帳號：12043291
戶名：風雲時代出版股份有限公司

風雲發行所：33373桃園市龜山區公西村2鄰復興街304巷96號
電話：(03) 318-1378
傳真：(03) 318-1378
法律顧問：永然法律事務所 李永然律師
北辰著作權事務所 蕭雄淋律師

行政院新聞局局版台業字第3595號 營利事業統一編號22759935


**定價：320元**



國家圖書館出版品預行編目資料

七殺碑 / 朱貞木著. -- 臺北市：風雲時代出版股份有限公司, 2024.04
冊；　公分

ISBN 978-626-7369-72-2 (上冊：平裝). --

857.9　　113001005